MARIA DE LA PAU JANER

Im Garten der Finca

Buch

Carlota Felin wächst bei ihrem Großvater in der wunderschönen mallorquinischen Finca »Casa de Albarca« auf, die von einem herrlichen Garten umgeben ist. Sie liebt das verwinkelte Haus und die Gemälde ihrer Mutter Elisa und ihrer Großmutter Sofía, die von Geheimnissen umwoben sind. Beide Frauen sind früh – jeweils nur 20-jährig – gestorben, und Carlota möchte mehr über sie erfahren. Also macht sie sich daran, alte Briefe und Dokumente zu durchstöbern. Da erfährt sie, Ramón, der Gärtner der Casa de Albarca, sei dabei gewesen, als Carlotas Mutter tödlich verunglückte. Die junge Frau sucht ihn auf und ist auf der Stelle in seinen Bann geschlagen. Eine leidenschaftliche Liebe entbrennt zwischen ihnen. Doch dann wird Carlota das Gerücht zugespielt, Ramón habe ihre Mutter vom Felsen ins Meer gestoßen. Als Carlota ihn zur Rede stellt, reagiert Ramón wortkarg – denn was Carlota nicht ahnt: Ein Band der Liebe verbindet Ramón seit drei Generationen mit den Frauen der Familie Felin…

»Ein bezaubernder Roman, der seine Leser eintauchen lässt in die Leidenschaften dreier grundverschiedener Frauen, die dennoch sehr viel miteinander gemein haben.« *Tendencias*

Autorin

Maria de la Pau Janer, geboren 1966 in Palma de Mallorca, ist Professorin an der Universität der Balearen und moderiert regelmäßig Kultursendungen im Radio und Fernsehen. Ihre Romane waren allesamt in Spanien sehr erfolgreich und wurden mit zahlreichen Preisen ausgezeichnet. Sie lebt in einer alten Mühle auf Mallorca. »Im Garten der Finca« wurde mit dem angesehenen Premio Planeta ausgezeichnet und gehörte zu den bestverkauften spanischen Büchern des Jahres 2002.

Maria de la Pau Janer

Im Garten der Finca

Roman

Aus dem Spanischen
von Sabine Giersberg

BLANVALET

Die spanische Originalausgabe erschien 2002 unter dem Titel
»Les mujeres que hay en mí«
bei Editorial Planeta S.A., Barcelona.

Umwelthinweis:
Alle bedruckten Materialien dieses Taschenbuches
sind chlorfrei und umweltschonend.

Blanvalet Taschenbücher erscheinen
im Goldmann Verlag, einem Unternehmen der
Verlagsgruppe Random House GmbH.

1. Auflage
Deutsche Erstausgabe Juli 2004

Umschlaggestaltung: Design Team München
Umschlagfoto: Zefa/Becker
Satz: Uhl + Massopust, Aalen
Druck: GGP Media, Pößneck
Verlagsnummer: 36054
Redaktion: Ilse Wagner
LW · Herstellung: Heidrun Nawrot
Made in Germany
ISBN 3-442-36054-4
www.blanvalet-verlag.de

Sofía

1

In jenem Haus lebten die Gespenster meiner Mütter. Ich wusste es, seit ich als Kind an den Möbeln entlanggegangen und zu ihnen emporgesehen hatte wie die Erwachsenen zu den Gipfeln am Himmel. Ich musste den Hals recken und mich auf Zehenspitzen stellen, um die hölzernen Schaukelstühle, die Kirschbaumtische, die Stühle mit den Samtbezügen und die Himmelbetten betrachten zu können. Damals fiel es mir noch leicht, Ecken zu finden, in die ich vor meinen kindlichen Ängsten fliehen konnte, absurde Zufluchtsstätten, in denen ich mich sicher fühlte. Es gab Verstecke in den Wandnischen, zwischen den Sesseln und den schweren Vorhängen, die hinter dem Kamin, in dem Winkel, den der Kleiderschrank mit der Wand bildete, herabfielen. Ich machte mich ganz klein und wartete mit pochendem Herzen darauf, dass jemand zu mir kam.

Die Gespenster hatten nicht die weiße Gestalt, die sie in meinen Comics oder im Kino hatten. Sie waren nicht zwischen den Laken, die hinter dem Haus auf einer Terrasse aufgehängt wurden, wo der Orangenhain anfing. Da war ich mir sicher. Weil ich mir die Zeit damit vertrieb, sie in der morgendlichen Brise, dem mittäglichen Lüftchen oder dem Wind aufgewühlter Nachmittage herumflattern zu sehen, wusste ich, dass es nur weiße Stofftücher waren. Sie dufteten nach Orangen wegen der Nähe der Bäume, aber sie bargen keine Geheimnisse. Manchmal flatterten sie ganz hoch, und manchmal erhoben sie sich nur ein kleines bisschen oder blieben senkrecht hängen, während die Sonne die letzten Wasserreste aus ihnen vertrieb und die Luft ihnen wohlige Düfte schenkte.

Sie hatten auch keine außergewöhnlichen Gesichter oder Furcht erregende Züge. Es waren keine konkreten Gestalten, die man leicht mit den Sinnen erfassen konnte, eher vage Ahnungen. Ich spürte ihre Anwesenheit, die beruhigend, aber auch aufregend sein konnte. Aber es waren keine Schreckbilder, wegen denen ich unruhig schlief oder mitten in der Nacht aufwachte. Es waren liebenswürdige Gespenster, solange man ihnen nicht widersprach; großzügig, wenn ich ihnen von meinen seltsamen Einfällen, den Ideen einer Heranwachsenden, erzählte. Sie hatten die Geduld von jemandem, der alle Zeit der Welt hat. Die Anmut von denjenigen, die nie eine Geste machen, die sie vor unseren Augen verändert. Den Reiz des Ungesagten. Sie waren immer bei mir. Sie waren in jeder Ecke im Haus und gleichgültig, was ich tat, sie würden mich nicht verlassen. Sie warteten in den Zimmern entlang des Flurs auf mich, in den durch Schiebetüren verbundenen Räumen. Sie zwinkerten mir zu, wenn ich log, um samstags später nach Hause kommen zu können. Sie schauten traurig, wenn man sie nicht beachtete.

Die Gespenster meiner Mütter begleiteten mich durch eine lange Kindheit und eine ewige Jugend, bis sie eines Tages verschwanden und nie mehr wiederkamen. Das war, als ich Ramón kennen lernte, aber dazu später. Hier geht es jetzt um das Haus, in dem ich seit meiner Geburt gelebt habe, und vor allem um die Porträts der beiden

Frauen, die in meinem Schlafzimmer hingen. Zwei sehr schönen Frauen, die den düsteren Blick zu früh Verstorbener hatten.

Als ich klein war, fragte ich mich, ob die Natur mir wohl einen Teil ihres Liebreizes schenken würde. Ich war mir dessen nicht sicher, denn es erschien mir unmöglich, ihnen in irgendetwas gleichen zu können. Sie waren wie ein wolkenloser Morgen. Auf dem Bild hatten sie straffe Haut, Mandelaugen, kleine nervöse Hände, die nicht stillhalten wollen. Ich stellte mir ihre Bewegungen wie das Summen der Bienen an Sonnentagen vor, und das schüchterne, nur angedeutete Lächeln wird zu einem glasklaren, glücklichen Lachen. Eigentlich weiß ich nicht, ob sie glücklich waren. Von ihrem Leben hörte ich lediglich vage Geschichten, die mir nicht halfen, die Wahrheit herauszufinden. Von ihren Gesichtern blieben die Fotografien, von denen das Haus voll war. Sie lagen in Truhen, in irgendeinem Buch, auf dem Brett eines Regals. Und ich hatte die beiden Ölporträts in meinem Zimmer. Ich stellte sie mir lieber lebend vor und malte mir aus, wie sie elegant jeder misslichen Lage entschlüpften. Wenn ich im Spiegel mein noch nicht ganz ausgeformtes Gesicht betrachtete, hier und da ein unerwünschtes Pickelchen, das viel zu glatte Haar, verglich ich es zwangsläufig mit ihren Gesichtern.

In der Wand rechts von meinem Bett war ein Fenster, das auf den Garten schaute. Auf die Fensterbank gestützt, blickte ich gerne auf das Stück Landschaft, das sich innerhalb des Rahmens abzeichnete. Es war eine ruhige Landschaft, Orangenbäume, Steinmauern. In der Ferne eine schlanke Palme und der Schatten von ein paar Häusern, die sich neigenden Dächer, die Rauchwolken aus den Kaminen. Es war ein angenehmer Anblick … Ich kannte jede Nuance des Himmels, strahlend am Morgen, voller Leben am Mittag, matt am Abend, wenn er in ein grau eingerahmtes Rot überging. An der linken Wand hing das Porträt meiner Großmutter: Sofía Riba Morell, im Alter von zwanzig Jahren gestorben. Sie hatte einen schlanken Hals und zierliche runde Schultern. Honigblond und sandfarben fiel das Haar über ihren Ausschnitt. Das Gesicht war länglich, mit markanten Wangenknochen, obwohl sie sonst eher dem rundlichen Schönheitsideal der Zeit entsprach. Man hatte mir wenig über ihr kurzes und sicher glückliches Leben erzählt. Ich wusste, dass sie sehr jung Mateo Feliu Pujol, einen Arzt aus Andratx, geheiratet hatte, der sie mit der ruhigen Leidenschaft eines gut situierten Mannes liebte. Keiner von beiden hatte sich zu viele Fragen gestellt; ihr blieb keine Zeit dazu. Sie lebten in dem Haus, in dem ich später lebte, und bekamen eine Tochter. Meine Großmutter sah zu, wie die Tage einer nach dem anderen monoton verstrichen, stets im Kampf mit der Eile, die ihr die Augen diktierten; trotz der Bemühungen des Malers, ein konventionelles Porträt zu malen, blieb ihr Lebenshunger nicht verborgen.

Vor meinem Bett nahm das Porträt meiner Mutter einen beträchtlichen Teil der Wand ein: Elisa Feliu Riba, eine Frau mit einem kurzen Leben. Sie war genauso alt wie die andere, kaum zwanzig, als sie unter merkwürdigen Umständen zu Tode kam. Seit meiner Kindheit hatten alle eiligst den Schleier des Geheimnisses und des Schweigens über diese Umstände gelegt. Man wollte mir nicht antworten, wenn ich nach ihr fragte. Meine Mutter sei im Himmel, sagten sie und strichen mir über das Haar. Im Himmel und auf dem Porträt, dachte ich bei mir. Als ich über zwanzig war, konnte ich aufatmen, befreit von dem Familienfluch, von dem ich geglaubt hatte, er würde sich in mir fortsetzen.

Elisa Feliu trug das Haar im Nacken zusammengebunden. Trotz dieser scheinbaren Ordnung, ein Zeichen von Beherrschung, das sich von dem lose wallenden Haar auf dem Porträt der Großmutter unterschied, störte nichts das Bild des rebellischen Mädchens. Sie hatte den dunklen Blick von Katzen, die – eine seltsame Ironie – sieben Leben haben sollen, während ihres so kurz war. Die Lippen zeugten von Willensstärke. Ihre Hände waren ein wenig kleiner als die der Großmutter, sie hatte lange, feingliedrige Finger, und auf der weißen Haut zeichneten sich zart die Venen ab. Diese Hände waren dafür geschaffen, sich im Takt der Worte zu bewegen und ihnen Nachdruck zu verleihen. Ihr Kinn hatte die Neigung derjenigen, die selbstbewusst in die Welt hinausgehen. Sie trug ein Kleid, das je nach Lichteinfall orange oder braun schimmerte. Oben hatte sich eine dunkle Haarsträhne aus der Frisur gelöst.

Sie waren ähnlich und doch unterschiedlich. In den vielen Stunden, in denen ich die Porträts neugierig und fasziniert ansah, versuchte ich, Details zu entschlüsseln. Sie waren beide jung und von einer seltenen, außergewöhnlichen Schönheit. Die Großmutter hatte vielleicht eine zu große Nase, was ihrem auf der Leinwand leicht angehobenen Kopf etwas Hochmütiges verlieh. Bei meiner Mutter war es dasselbe mit dem Mund: Für eine Señora aus guter Familie hatte sie unpassende, weil zu volle Lippen.

Sie erinnerten mich an sehr reife Früchte, an den Moment, in dem das Fleisch aus der schwachen Haut bricht und Pfirsich- oder Pflaumensaft austritt. Der Blick bei beiden war sehr unterschiedlich. Die Fischreiheraugen der Großmutter sahen mich mit einem Funken winzigen Glücks, durchs Haus spazieren zu können, an. Wenn ich sie betrachtete, dachte ich an einfache, unkomplizierte Dinge. Dinge wie Spitzenbettdecken, die sie genäht hatte, oder die Marmeladengläser, auf die sie in klarer, ganz leicht geneigter Schönschrift die Namen der Früchte geschrieben hatte: Aprikose, Kirsche, Pflaume, Orange. Es heißt, sie sei eine Expertin an Kochtopf und Herd gewesen. Sie brachte die leeren Stunden ihrer Jugend damit zu, Eis zuzubereiten, Torten zu backen oder die langsam vor sich hin köchelnden Fleischeintöpfe zu probieren.

Der Blick meiner Mutter hatte nichts mit den Handarbeiten der Großmutter zu tun. Und auch nichts mit ihrer Geduld am Herd. Es waren Augen, die in mir gemischte Gefühle hervorriefen, mich beunruhigten. Vor einiger Zeit, als ich noch klein war, hatten sie mich gelehrt, an Gespenster zu glauben. Ich entdeckte, dass diese Augen nicht verschwinden und die Welt im Dunkeln zurücklassen konnten. Sie waren immer dort, wo ich mich gerade versteckte, um vor ihnen zu fliehen oder sie zu suchen, ich weiß es nicht. Andererseits schämte ich mich ein wenig. Es waren Augen, die nach Leben verlangten und es auskosten wollten, bis der allerletzte Tropfen herausgepresst war. Sie gaben sich nicht mit dem ruhigen Leben zufrieden, das die Großmutter zuvor in diesen Wänden gelebt hatte. Aus dem Blick der Großmutter sprach Lebenshunger, aber es war nicht wie bei der anderen Frau dieses stetige, verworrene, unerklärliche Fordern. Die Haare waren im Nacken zusammengebunden, reine Konvention, die mit Sicherheit der Maler vorgeschlagen hatte, weil er das Suchende in ihr zu stark ausgeprägt fand. Der Mann wollte sie zähmen, und ihm war nichts anderes eingefallen, als ihr Haar zusammenzubinden. Ein großer Fehler. Die flüchtige Strähne war ein Zeichen winziger Revolte. Das zurückgenommene Haar betonte – Widersprüche des Porträts – das Oval des Gesichtes, die feine Form der Schläfen und die Stirn. Die kleinen Ohren, der provokativ nackte Hals und der viel zu intensive Blick traten umso deutlicher zutage.

Ich stellte fest, dass mein Gesicht alles mitbekommen hatte, was bei ihnen übermäßig ausgeprägt war, und die Kombination gefiel mir nicht sonderlich. In meinem Gesicht war alles ein wenig groß: die Nase, die Augen, die Lippen. Es war unproportioniert. Fast meine ganze Jugend über trug ich das Haar zu einem Zopf geflochten. Es war angenehm, ich brauchte mich nicht weiter darum zu kümmern und keinen Gedanken daran zu verschwenden. Nachts löste ich den Zopf schnell, fast ohne mich im Spiegel anzusehen, kämmte die Haare und vergaß das Ganze. Bis zu meinem einundzwanzigsten Lebensjahr war ich nicht in der Lage, mich ohne ein beklemmendes Gefühl vor den Spiegel zu setzen, das Band zu lösen und mir das Haar über die Schultern fallen zu lassen. Ich fragte mich, wie es möglich war, dass ich eine so exakte Mischung beider Gesichter war, und das machte mir Angst.

Das Haus, in dem wir lebten, war ein besonderer Ort. Die Elemente existierten dort in einem ursprünglichen

Zustand, denn es war eine Quelle reiner Energie. Ein Ort voller Ruhe, ohne Verblendung und ohne Eile, am Rande der tanzenden Welt. Der Regen fiel wegen der Nähe der nördlichen Serra stärker als an anderen Stellen von Palma. Von Ferne konnte man ihr bläuliches Profil erkennen. Im Winter war die Temperatur im Garten ein paar Grad unter der in der Stadt. Das wenige Kilometer vom Zentrum entfernt gelegene Viertel Sa Indioteria hatte eine eigene Prägung. Es bestand aus zwei völlig verschiedenen Teilen. In Sa Indioteria Vella fand man Straßen mit Steinmauern, und aus den Häusern stieg Rauch auf. Es gab Palmen und Zisternen mit krötenfarbenem Wasser und Algen. Die Gattertore standen offen, und auf den Wegen bellten die Hunde. Manchmal huschte ein Kaninchen vorüber. Die Vögel verfolgten einander über die Dächer, und im Winter amüsierten sie sich auf den Autos.

Sa Indioteria Nova bildete für den Fußgänger einen absoluten Kontrast. Es war ein Viertel mit Gebäuden aus den Siebzigern, die mit den Jahren immer mehr geworden waren. Die chaotische Vielfalt an geometrischen Formen und Farben verwirrte das Auge des aufmerksamen Betrachters. Jahrelang lebten dort nur die Emigranten, die von der Halbinsel nach Mallorca gekommen waren. Sie suchten Arbeit und ein Dach über dem Kopf. Bald füllten sie die Straßen mit weinenden Kindern, neuen Wörtern, fremden Sitten. Die Grenze zwischen den beiden Welten – die Ruhe der Vergangenheit und das Chaos der Gegenwart – war wie mit einem Pinsel gezogen. Genau zwischen diesen beiden Welten, an der Schwelle von dem gemütlichen Gestern zu dem lärmenden Heute, stand die Casa de Albarca, die alte mallorquinische Finca, die mein

Großvater in jungen Jahren von einer sehr bekannten Familie gekauft hatte.

Mein Großvater aus Andratx, Mateo Feliu, hatte sie erstanden, weil er sich in das solide Erscheinungsbild des Hauses verliebt hatte, das dazu einlädt, in ihm zu leben und Geborgenheit zu finden. Aber zuerst musste er die Ländereien seiner Frau Sofía Riba belasten; sie war die Tochter eines Apothekers aus Llubí, der ihr nach seinem Tod ein zwischen den vier Erben schlecht aufgeteiltes Vermögen hinterließ. Meine Großmutter war die jüngste Tochter und vertraute ihrem Mann. Sie hatte das Pech, zu früh zu sterben. Sie lebte in der Finca nur die ersten drei Jahre nach ihrer Hochzeit, um dann die Welt für immer zu verlassen, obwohl ich davon überzeugt war, dass sie nicht ganz gegangen war. Sie war in dem Porträt in meinem Zimmer, eine schweigende Gestalt, die mich begleitete. Sie war vor allem in den Ecken jenes Hauses, das sie in kurzer Zeit zu ihrem gemacht hatte.

Als sie noch lebte, konnte man von dem Balkon der Hauptfassade einen Teil der Kirche Sant Josep del Terme sehen. Die Glocken läuteten festlich an den hellen Tagen, aber wenn jemand gegangen war, läuteten sie zur Beerdigung. Sie läuteten lange für sie an jenem Morgen, als es den Anschein hatte, dass nichts je die Ordnung der kleinen, sicheren Welt durcheinander bringen würde. Sie läuteten für ihre Tochter, meine Mutter, die ich nie kennen lernte, und sie werden eines Tages für mich läuten. Ich will dieses Haus nicht verlassen, es ist meine Zuflucht. Wenn ich die Glocken höre, muss ich immer daran denken. Die Kirche sieht man nicht mehr vom Balkon der Casa de Albarca aus, zu viele Billigbauten trennen das Haus vom Kirchplatz. In der Nähe dieses Platzes ist das Nonnenkloster mit dem Zürgelbaum. Er ähnelt dem, der im Garten der Casa de Albarca steht und mit seinen riesigen Zweigen Schatten spendet, wenn man vom Balkon schaut. Zwischen den beiden Bäumen besteht eine merkwürdige Beziehung von Nicht-Koinzidenz, von der der Großvater mir oft erzählt hat. Die Zürgelbäume tragen nur alle zwei Jahre Früchte, als spielten sie mit Großzügigkeit und Knappheit. Wenn der Zürgelbaum im Haus der Nonnen Früchte trägt, trägt unserer keine. Wir finden nicht eine einzige von den frühen, kleinen, schwärzlichen Früchten mit hartem Kern und wenig Fleisch. Die beiden Bäume wechseln sich ab. In dem Jahr, in dem sie Früchte tragen, bilden sie die ersten Frühlingsblätter früher aus. Während der eine vor der Zeit grün erblüht, hat der andere noch nackte Zweige.

Seit ich denken kann, habe ich in diesem Haus gelebt. Ich habe gelernt, das Verstreichen der Zeit an dem Zürgelbaum abzulesen, während ich stillschweigend seine Veränderungen beobachtete. Wenn sich Weihnachten nähert, ist der Baum nackt. Die sich von grün zu ocker verfärbenden Blätter sind abgefallen und bilden eine gelbe Schicht auf dem Boden des Patios. Unter dem Zürgelbaum stehen Steinbänke, auf denen mein Großvater in der Januarruhe seine Zeitung liest. Ich gehe nicht oft dorthin. Es ist ein Ort, den ich gerne von weitem betrachte, im Kommen oder im Gehen.

Ich habe meinen Großvater nie gefragt, ob er sich nach den Abenden in Andratx zurücksehnt, wenn die Sonne über die Schiffe im Hafen wandert. Ich habe mich auch nicht getraut, ihn zu fragen, ob er die echte Großmutter, also meine, vermisst. Jahre, nachdem er Witwer geworden war, hatte er eine kleine Frau geheiratet, die uns kaum störte. Sie heißt Margarita, und sie ist so einfach und langweilig wie die gleichnamigen Blumen. Kein Vergleich mit den Frauen auf den Porträts. Großvater verhält sich immer so, als müsste er sich bei mir für diese Hochzeit entschuldigen. Im Grunde haben wir kaum darüber gesprochen. Es gibt eine stillschweigende Übereinkunft zwischen uns: keine unpassenden Fragen und Bemerkungen. Ich habe nie etwas gesagt, was sein ruhiges Leben eines Mannes, der gelernt hat, Verluste hinzunehmen, durcheinander bringen könnte. Ich kann sein Schweigen respektieren, das tägliche Schweigen, wenn er während des Essens den Blick auf einen undefinierten Punkt richtet und kein Wort sagt; das sonntägliche Schweigen, wenn er meine Abwesenheit nutzt, um sich im Zimmer mit den Porträts einzuschließen und sie anzusehen. Ich spüre, dass er dem nicht widerstehen kann, vor Jahren schon hat er den Kampf gegen die Erinnerungen aufgegeben und einen Pakt geschlossen, um mit ihnen leben zu können. Er schaut sie gern an, denn ihr Anblick ruft keine Risse mehr in seinem Herzen hervor: Da sind seine Frau und seine Tochter, die er verlor, als sie noch viel zu jung waren, um zu sterben. Großvater ist ein faltiger Mann, den das Leben allmählich ausgedörrt hat. Seine Haut ist matt. Seine Augen, seine Lippen, seine Hände sind ausgetrocknet, es ist kaum noch etwas da. Man bemerkt sofort die gebeugten Schultern, den langsamen Schritt und eine Leichtigkeit, die er mit den Blättern an den Bäumen teilt.

Ich heiße Carlota Feliu und bin die einzige Tochter von

Elisa Feliu, die Enkelin von Sofía Riba und Mateo Feliu. Ich lebe in einem sehr großen Haus, in das noch viel mehr Menschen passen würden als die, die hier leben: mein Großvater und Großmutter Margarita, die Gespenster meiner Mütter und ich. Jeden Sonntag verschwindet der Großvater aus meinem Zimmer, wenn er mich kommen hört. Das Motorengeräusch des Autos sagt ihm, dass ich aus dem Kino oder dem Theater zurück bin. Er lauscht, wie ich das Tor verschließe, und vergewissert sich, dass ich die Lampe im Garten ausgeschaltet habe, und wartet, bis ich im Türrahmen erscheine. Dann führen wir unser übliches sonntägliches Gespräch.

»Guten Abend, Großvater.«

»Guten Abend. Ich habe ein wenig in deinem Zimmer gesessen. Es ist so angenehm dort, wenn es Abend wird.«

»Ja, vor allem im Winter.«

»Immer. Wo kommst du jetzt zu so später Stunde her?«

»Ich war unterwegs. Wo ist Großmutter Margarita?«

»Sie schläft schon eine ganze Weile. Du weißt, sie ist wie die Kurzstreckenvögelchen. Sie wird bei allem sofort müde. Sie hat ein wenig zu Abend gegessen und ist dann ins Bett gegangen.«

»Ja.« Ich machte eine Pause und sagte dann das, was er hören wollte. »Sie ist ihnen nicht sehr ähnlich.«

»Nein.« Schweigen. »Niemand ist ihnen ähnlich, außer dir. Du hast ihr Blut in dir.«

»Gefällt dir das nicht, Großvater?«

»Es gefällt mir, und es beunruhigt mich zugleich. Weißt du, ich glaube, sie waren nicht sehr glücklich, und ich fühle mich deswegen schuldig.«

»Sei nicht albern. Du hast keine Schuld. Sie hatten keine Zeit, das Glück zu kosten.«

»Du hast Recht. Arme Geschöpfe.«

»Wir sollten sie nicht bemitleiden. Das haben sie nicht verdient. Ich hätte gerne, dass du mir von ihnen erzählst. Willst du mir nicht sagen, wie sie waren?«

»Heute nicht, Kleines, ich bin zu müde. Außerdem ist das so lange her, dass ich Angst habe, die Geschichten zu verzerren ... Manchmal mache ich eine merkwürdige Mischung aus beiden.«

»Du willst mir nicht mehr erzählen. Als hättest du Angst, dich an sie zu erinnern.«

»Die ruhigen Erinnerungen tun nicht weh. Sie sind wie das Wasser.«

»Und welche Erinnerungen beunruhigen dich?«

»Keine.« Er dreht den Kopf weg. »Lassen wir das. Du stellst zu viele Fragen. Du bist genau wie sie, Carlota.«

Ich kann aus den Worten des Großvaters keine Rückschlüsse ziehen. Er küsst mich auf die Stirn und sucht eilig den Schutz seines Zimmers, die Gesellschaft seiner schlafenden Frau, die Ruhe des Schlafs. Währenddessen wälze ich mich unruhig zwischen den Laken. Ich bin allein, und es kostet mich eine enorme Anstrengung zu verhindern, dass die Gedanken zu fliegen anfangen. Es wird still, man hört nur hin und wieder Hundegebell oder den Müllwagen, der durch das Viertel fährt. Oder manchmal die Schritte eines Mannes, der nicht schlafen kann. Ich habe mich daran gewöhnt. Er heißt Ramón und lebt auch im Haus. Er ist der Gärtner.

2

Im Fensterrahmen zeichnet sich eine nackte Schulter ab. Vom Zimmer aus, in dem violette Töne vorherrschen, wirkt die Außenwelt wie ein Schacht, wie ein Meer in dunkler Nacht. Von draußen erkennt man durch einen Spalt in den Vorhängen eine Frau vor einem Spiegel. Es ist eine lange, vertikale Linie, in der man ihre ruhigen, bedächtigen Bewegungen halb erkennen kann. Sie hebt ein wenig den Arm und streckt die Hand aus, als wollte sie etwas fassen, das zu entfliehen droht. Sie bewegt die Finger, kurz davor, einem nicht vorhandenen Klavier oder Saiteninstrument Töne zu entlocken, die in der Luft vibrieren. Sie beugt die Beine und die Knie werden zu zwei großen runden Monden.

Ihr Körper bewegt sich mit der Sorglosigkeit derjenigen, die nicht wissen, dass sie beobachtet werden. Da ist keinerlei Eile und ein Kokettieren mit der eigenen Haut, in dem sich eine gewisse Unkeuschheit zeigt. Sie wäre unfähig, diese ein wenig wollüstigen Bewegungen, die bei der Selbstbetrachtung wie von selbst entstehen, vor ihrem Ehemann zu wiederholen, der um diese Zeit nach den abendlichen Hausbesuchen im Speisezimmer bei einem Gläschen Sherry sitzt. Wenn sie sich sehen, wird sie ihm ehrlich und zufrieden zulächeln, und er wird ein Bild erblicken, das den Konventionen perfekter Diskretion und gebührender Unterwerfung entspricht. Er ahnt nichts von den Positionen des Körpers, wenn er allein ist, dem Dehnen der Glieder, der Biegsamkeit des Fleisches, von der Art, wie sie den Oberkörper vor dem Spiegel vorbeugt.

Sofía Riba ist sehr jung. Sie hat vor einem halben Jahr geheiratet, es war eine Traumhochzeit. Die Kirche Sant Josep del Terme war festlich geschmückt. In jeder Bank weiße Seidenbänder. Die Braut trug auch ein Stück Seide an den Manschetten des Kleides. Und im Haar eine Krone aus Blüten, die nach einem üppigen Festmahl mit Rotwein ein wenig welk aussahen. An dem einen Ende des Saals, wo das Hochzeitsessen stattfand, saß die Familie der Braut. Ihre Mutter, die Frau des Apothekers von Llubí, der vor einigen Jahren an einer schlecht kurierten Bronchitis gestorben war, hatte ihre Rundungen auf einem gepolsterten Stuhl niedergelassen. Sie hüstelte hin und wieder, denn sie hatte keine andere Art gefunden, auf sich als die hinfällige große Señora aufmerksam zu machen. Der Bruder, der Celestino hieß wie der Vater, Gott hab ihn selig, und der dessen elegantes Auftreten geerbt hatte, ganz Lebemann, trank maßlos. Die Weingläser schwebten in seinen Händen, den feingliedrigen Händen eines Menschen, der nicht viel Kontakt mit den Dingen hat. Dann waren da noch die drei unverheirateten Tanten, die nicht viel Raum beanspruchten, aber ohne Unterlass redeten. Sie hießen Antonia, Magdalena und Ricarda.

Die Braut wollte in Sa Indioteria heiraten und die Familientradition durcheinander bringen, die die letzten sieben Frauengenerationen respektiert hatten, indem sie in Llubí geheiratet hatten. Das war im Grunde nicht das erste Anzeichen von Rebellion bei einem Mädchen, das von Kindheit an einen eisernen Willen hatte, den man sehr schwer beugen konnte. Wenn man die drei Tanten gefragt hätte, hätte jede von ihnen sich an den Kopf gefasst und in einer Geste zwischen Betroffenheit und Komplizenschaft das Kinn gehoben. Sofía war ein eigenwilliges Mädchen, das der Ehemann an die Kandare nehmen musste, wenn er ruhig leben wollte. Der Ansicht waren sie alle drei, aber das hätten sie nie jemandem gesagt, schließlich war das Mädchen, das die noch unfertige Kirche, bei der die Fenster fehlten, dem Friedhof von Llubí vorzog, das eigene Fleisch und Blut. Sie waren überrascht, als sie feststellten, dass ihre Mutter es ihr nicht übel genommen hatte, insgeheim davon überzeugt, dass diese noch unter dem Schock der letzten Entscheidung der Braut stand: das vom Vater geerbte Vermögen mit einer Hypothek zu belasten, um gemeinsam mit dem Ehemann die Finca zu kaufen.

Die Casa de Albarca lag eine halbe Tagesreise mit der Kutsche vom Stadtzentrum entfernt. Sie war von bewirtschafteten Feldern und kleinen Häusern umgeben, die wie eine Krippe aussahen und aus denen graue Rauchwolken in den Himmel stiegen. Sich dorthin zurückzuziehen schien ihnen eine riesige Dummheit zu sein, aber sie trauten sich nicht, das zu sagen. Sie freuten sich, sie so zufrieden zu sehen, denn sie war ein seltsames Mädchen gewesen, ganz anders als die übrigen Frauen der Familie. Als sie klein war, vertrieb sie sich die Zeit damit, die Wolken zu betrachten. Sie saß stundenlang in der Küche am Herd, lauschte den Gesprächen der Köchinnen und beobachtete, wie das Essen in den Töpfen auf dem Herd brodelte oder im Ofen braun wurde. Sie war ein wortkarges, nachdenkliches Kind. So definierten sie die Tanten, die ebenso erstaunt über ihr Schweigen wie über die Fragen waren, mit denen sie verfolgt wurden und die sie häufig nicht beantworten konnten.

Am Tag der Hochzeit warf sie einen Blick auf den Himmel, um festzustellen, dass es nicht regnen würde. Sie hätte sich nicht gerne die Satinschuhe schmutzig gemacht. Angekleidet wurde sie von den Tanten, die wie Feen waren, die man eingeladen hatte, um bösem Zauber vorzubeugen. Sie akzeptierte die Kutsche ihrer Mutter für den Weg vom Haus zur Kirche. Sie trug einen Schleier, der ihre feinen Gesichtszüge und das nervöse Lachen verbarg. Die Schleppe war aus Seide und breitete sich auf dem Boden wie ein Fächer aus. Das blasse Gesicht wirkte hinter dem transparenten Schleier geradezu hinfällig.

Die kleine Familie des Bräutigams nahm am anderen Ende des Saales Platz: sein Vater und sein Bruder, bei dem eine Schraube locker war. Es hieß, bei seiner Geburt hätte er plötzlich zu schreien aufgehört und von da an kein Wort gesprochen. Aber er lächelte immer nach allen Seiten, als wollte er aus irgendeinem geheimen Grund um Verzeihung bitten. Er schien glücklich, einmal aus dem Dorf herausgekommen zu sein, in dem er seit seiner Geburt eingesperrt war. Sie hatten eine lange Reise von Andratx machen müssen, um an der Zeremonie teilnehmen zu können. Während der Fahrt hatte er voller Erstaunen die Welt betrachtet. Der Vater sah seinen frisch vermählten Sohn an und fragte sich, ob diese Frau mit dem Gebaren einer Prinzessin eine gute Ehefrau sein würde. Er hatte ernsthafte Zweifel, aber Mateo hatte seine Warnungen in den Wind geschlagen.

»Du solltest dir eine etwas ältere Frau suchen, Junge, eine gestandene Frau, die uns keine Probleme macht.«

»Was für Probleme? Ich weiß nicht, wovon du sprichst. Sofía ist die schönste Frau, die ich je gesehen habe.«

»Von Schönheit lebt man nicht. Außerdem, kommt sie dir nicht ein wenig kränklich vor?«

»Ich bin der Arzt, Papa«, lautete die kurze, entschiedene Antwort.

»Du musst entschuldigen, aber ich hatte mir eine bessere Partie erhofft.«

»Ich weiß nicht, was du willst. Sie ist aus guter Familie, jung und gesund. Außerdem hat sie mir bewiesen, dass sie mich liebt. Weißt du, dass sie wegen mir die Ländereien ihres Vaters mit einer Hypothek belastet hat?«

»Ich hatte mehr Vernunft erwartet. Das ist das Einzige, was ihr fehlt. Bedaure, aber das ist ein ernster Mangel.«

»Du kennst sie nicht. Sie sagt fast nichts, wenn du dabei bist, weil sie dir gegenüber misstrauisch ist. Sie ist schlau: Sie hat gerochen, dass du sie nicht magst.«

»Da hat sie Recht. Ich hoffe, ich muss dir nicht mein Beileid statt meinen Glückwunsch zu dieser Hochzeit aussprechen.«

Trotz aller Unkenrufe fand die Hochzeit schließlich statt. Die Braut war jung und schön, der Bräutigam war verliebt. Alle Zeichen des Himmels verkündeten Freude. Die Gäste waren bereit, auf die Hochzeit anzustoßen. Die drei Tanten hüpften vor Freude, weil die Nichte heiratete. Alle waren vergnügt. Niemand hätte gedacht, dass die Zeit ihnen so wenig wohlgesinnt sein könnte. Am Abend vor der Hochzeit war Vollmond. Das sagten die drei Tanten, die um Sofías Bett kreisten wie Bienen um eine Blüte, sie trällerten Liedchen vor sich hin, und aus ihren Mündern rieselte kurzes Lachen wie Krumen, die das eilig geschnittene Brot hinterlässt und die noch nach dem warmen Ofen duften. Ja, die drei erinnerten sie an diesen Geruch, der aus der Küche kam, wenn sie Brot backten. Die Braut unter den Laken schaute sie mit einem spöttischen Lächeln an. Keine von ihnen hatte geheiratet, und sie mussten sich damit begnügen, von den Träumen der Nichte zu zehren. Sie hatten die Schneiderin beobachtet, als sie das Kleid anprobierte, sie hatte ihre Handschuhe mit Lilien aus weißer Seide bestickt, sie hatten die Schleifen für die Kirchenbänke gebunden, sie hatten über die Gäste diskutiert und sie nach Wichtigkeit platziert, nach Verwandtschaftsgrad oder Dauer der Beziehung. Ihre Worte klangen nach läutenden Glocken, nach kaputtem Glas, nach ein wenig unschuldigem Neid.

Für die Hochzeit kauften sie sich farbige Hüte: Antonia mit einem faustgroßen Nardenstrauß, Magdalena mit einem winzigen Samtkranz, der aussah wie aus Papier, und Ricarda mit einer grünen Feder, die an einen Flügel erinnerte. Die drei sprangen gleichzeitig auf und applaudierten nervös. Ihre Gesichter glühten von der Aufregung der letzten Vorbereitungen. Sie legten die Handflächen auf das Glas eines Fensters, das die abendliche Kühle zurückbehalten hatte, und dann auf das Gesicht, damit die Hitze daraus schwand.

Sie gaben zu, dass sie kein Glück in der Liebe gehabt hatten, sie stellten sich darunter einen Engel vor, der Federn aufwirbelt, wenn er die Pfeile ins Herz der Liebenden schießt. Auf dem Dachboden des Hauses in Llubí bewahrten sie eine Reihe von Liebesromanen auf, die sie im Lauf eines halben Lebens gesammelt hatten. Aber ihre Leben hatten kein Happy End. Das Schicksal machte sie zu alten Jungfern, die durch die Menschen, die sie lieben, leben und fühlen. Antonia hatte einen Verehrer, der ihr Ständchen darbrachte, aber im Krieg an der Front fiel. Sie hat ihn ihre ganze Jugend über beweint. Magdalena hatte drei Anwärter, aber das Schicksal wollte nicht, dass diese Geschichten in einem sicheren Hafen endeten. Sie gingen alle in einer winzigen Pfütze unter, noch bevor sie es wagten, auch nur vom Meer zu träumen. Ricarda war eine eifrige Kirchgängerin. Insgeheim war sie in den Priester des Ortes verliebt, einen großen, schlanken Mann, der ihr wenig Beachtung schenkte. Sie war eine Anhängerin der Beichte, und er vertrieb sich die Zeit damit, ihr komplizierte Bußen aufzuerlegen, ohne zu wissen, was für einen Gefallen er ihr damit erwies, denn es bedeutete, dass sie lange in der Kirche bleiben konnte.

Am Abend vor der Hochzeit sah Sofía sie also um das Kopfende ihres Bettes kreisen. Im Nachthemd sahen sie wirklich aus wie Feen im Märchen. Und sie war die Prinzessin, deren Wiege bei der Geburt von Feen umringt war. Die schwarze Hexe war nicht da. Nur die schlanken Körper mit welker Haut an den Brüsten und im Gesicht, die einander übertrafen, ihr gute Ratschläge zu geben. Sie wollten ihr sagen, sie solle ganz ruhig bleiben und sich keine Sorgen wegen des Ehemannes machen, wenn sie ihn wirklich liebte, wäre die Hochzeitsnacht wie der Eintritt ins Paradies. Das sagte die eine kichernd, während die anderen laut lachten und sich eilig bekreuzigten, für den Fall, dass der Priester sie von seinem Versteck aus hören könnte. Sie erzählten, die aus Andratx hätten die

Sonne verklagt, denn wenn sie nach Palma reisten, würden sie geblendet, und wenn sie bei Sonnenuntergang zurückkehrten auch. Sie wären sogar zu einem Rechtsanwalt gegangen, um ihm von ihren Streitigkeiten mit der Sonne zu berichten. Sie sprachen schnell, und die Worte kamen sich gegenseitig in die Quere. Sie wollten ihr Ratschläge geben, fanden aber nicht die passenden Sätze. Sie stellten sie sich in ihrem Haus vor und konnten nicht verstehen, dass die Braut ihr Gähnen unter dem Kissen verbarg. Als sie vor Müdigkeit einschlief, mussten sie ihr Kreisen unterbrechen und sich in das Zimmer zurückziehen, das sie teilten. Dort warteten sie darauf, dass der Morgen anbrach, um sich zurechtzumachen.

Sie heiratete in Sa Indioteria. Die Hochzeitsglocken läuteten. Ihre Herzen waren wie zugeschnürt während der nicht allzu langen Zeremonie. Ricarda stellte sich unwillkürlich ihren Priester auf der Kanzel vor. Die anderen seufzten einen Augenblick über die nicht anwesenden Verehrer. Antonia betete ein Ave-Maria für die Jugendliebe, die ihr der Krieg genommen hatte. Magdalena widmete jeder ihrer verlorenen Lieben einen Gedanken. Der Bräutigam schaute die Braut an. Sie hatte die Augen hinter dem Schleier niedergeschlagen, und verbarg den ungeduldigen, liebeshungrigen Blick. Sie aßen im Speisesaal der Casa de Albarca unter steinernen Bögen. Die wichtigsten Nachbarn aus dem Dorf waren eingeladen. Señora Son Macià kam mit Blätterteiggebäck. Das Ehepaar Son Nicolau bedeckte den Hauptgang der Kirche mit einem Teppich aus Rosenblüten. Alle wollten die neuen Besitzer der Finca willkommen heißen.

Das Mittagessen war gut und reichlich. Es gab Eintopf

mit Hähnchenbrust, Schweinehackbällchen, Kartoffeln und aromatische Kräuter. Sie tranken Wein aus Binissalem, und der Bräutigam hatte poetische Anwandlungen und rezitierte Verse eines persischen Poeten, dessen Namen niemand der Anwesenden sich merken konnte; schöne Worte über die Liebe und den Wein: »Aus meinem Grab wird ein solcher Duft nach Wein aufsteigen, dass die Vorübergehenden trunken werden. Um mein Grab wird so viel Heiterkeit sein, dass die Liebenden es nie mehr verlassen können.«

»Das ist nicht der Zeitpunkt, um über den Tod zu sprechen!«, rief der Vater des Bräutigams, sichtlich bemüht, das Missfallen zu verbergen, das ihm diese Hochzeit bereitete.

»Ganz bestimmt nicht!«, hörte man Antonias dünnes Stimmchen, während ihre Schwestern demonstrativ den Kopf schüttelten.

»Welch schöne Verse!«, flüsterte die Braut mit glänzenden Augen.

Die Mallorquiner sagen, die Zeit, die am Tisch vergeht, zählt nicht. Das Gespräch und die üppigen Festmahle haben die magische Kraft, die Zeit anhalten zu können. Deswegen altert niemand am Tisch. Die Gäste hatten also keinerlei Eile, den Schutz der Tischdecken und Speisen zu verlassen.

Es war ein strahlender Mittag Anfang Oktober. Die Tage hatten die Gelassenheit von Blättern, die sich auf den Weg vom Zweig zum Boden machen, von Nachmittagen, die immer kürzer wurden, bis alle Helligkeit verschluckt war, von langen Nächten. Am Tisch saß ein sehr junger Mann zwischen den anderen vor einer Tasse Schokolade, er hatte den menschenscheuen Ausdruck von jemandem, der die Bilder des Festes mit einem einzigen Blick rauben, mitnehmen will. Er sprach kaum. Er war schlaksig, man sah ihm an, dass er schnell gewachsen und seine Gliedmaßen aus dem Takt geraten waren. Alles an seinem Gesicht sah vorläufig aus, die Züge bildeten sich gerade erst heraus und kündigten an, wie es sein würde. Er war sehr schlank, mit hervortretenden Wangenknochen und sanften, frisch vom Pinsel des Lebens gezeichneten Lippen. Ein Mann, der die ersten Impulse debütierenden Lebens zeigt.

Er hieß Ramón und aß kaum etwas. Die Tabletts mit den Kuchen, die einen angenehmen Duft hinterließen, und die Krüge mit der dampfenden Schokolade gingen an ihm vorbei. Wenn jemand mit den Gedanken woanders ist, verspürt er keinen Hunger. Er hatte sich eigentlich vorgenommen, es sich gut gehen zu lassen an diesem Tag. Zu Hause gab es immer gute Brotsuppen, einen Bohneneintopf, der in der herbstlichen Kälte wärmte, eine Scheibe Brot mit Paprikastreichwurst. Süßigkeiten kannte er kaum, und das jugendliche Begehren konzentrierte sich darauf, als wäre es der Himmel. Er hatte die süßen Stückchen, die die Herrschaften bei ihren Festen aßen, noch nie probiert. Deswegen hatte er, der ein Einzelgänger war, begeistert die Einladung angenommen. Er hatte sich vorgestellt, wie er die gezuckerten Köstlichkeiten verschlang, hatte aber keine einzige angerührt. Seit er mit gesenktem Blick und den Händen in den Taschen durch die Seitentür hereingekommen war, hatte er nur Augen für die Braut.

Sie anzusehen war, als betrachte man gleichzeitig den

Himmel und das Meer. Er spürte ein Gefühl von Bewegung, als würde nichts einen konkreten Raum einnehmen, sondern als würden sich die Gegenstände und Personen gleichzeitig in einem Tanz bewegen, was ihn ein wenig verwirrte. Nur sie saß reglos auf dem mit Samt überzogenen Stuhl, die Hände auf dem Tisch liegend, während der Rest dabei war zu versinken, auch er. Er hatte das Gefühl, dass der Boden unter ihm keine feste Materie mehr war, sondern ein Strandufer, wo die Füße bei jedem Schritt im Sand versinken.

Er beobachtete die anderen voller Neugier, denn es kam ihm merkwürdig vor, dass sie nicht genauso verwirrt waren wie er. Sie müssten doch merken, was da vor sich ging, aber niemand sah ihn an. Alle aßen, redeten, ohne Notiz von ihm zu nehmen, meilenweit weg von seinen Obsessionen. Er stellte fest, dass sein Gehör schärfer geworden war, dass er eine ganz neue, erstaunlich empfindsame Wahrnehmung hatte, die es ihm erlaubte, jedes Gespräch zu hören, den nicht an ihn gerichteten Worten zu folgen, das Schrille eines Lachens, eines Satzes, bei dem der Ton nicht stimmte, zu erfassen. Im selben Moment fing er an zu schwitzen. Er wurde vom Hemdkragen bis zu den Knöcheln von fremdartigen Hitzewellen überflutet. Er hatte das Gefühl, in die Hose gemacht zu haben. Überall Feuchtigkeit, als würde er in einem Sturzbach stehen. Das war ihm unangenehm. Er wäre gerne gegangen, raus aus diesem Saal, in dem die Bewegungen der anderen – ein Kommen und Gehen wie von Wellen – und die summenden Worte sein Unwohlsein noch verstärkten.

Er brauchte etwas, um zu begreifen, dass all diese Empfindungen bedeuteten, dass er sich verliebt hatte. Im Moment hatte er mit der Gewissheit zu kämpfen, vollkommen verloren zu sein. Er fragte sich, ob er krank war, ob eine der Zutaten, kaum dass er sie gegessen hatte, ihm die Eingeweide durcheinander gebracht hatten. Einen solchen Zustand der Verwirrung kannte er nicht. Er war es gewöhnt, in einer Welt der kleinen Sicherheiten zu leben, einer Welt mit Geschichten, die wuchsen und Form annahmen, verbunden mit der Erde und ihren Früchten. Er war ein Heranwachsender und hatte sich nicht viele Träume gestattet. Im Winter, wenn er mit den anderen Männern am Feuer saß, hörte er gerne die Legenden. Er hörte sie schweigend an, denn er war kein Mensch vieler Worte. Später dachte er daran, bevor er auf dem Strohlager, eingerollt unter einer dicken Decke gegen die Kälte, auf der Veranda einschlief. Die Braut hatte er noch nie zuvor gesehen. Er lernte sie am Tag der Hochzeit kennen. Der Señor war gelegentlich bei dem Haus gewesen, denn er hatte die Sanierungsarbeiten koordiniert. Sofía hatte es vorgezogen, das Ganze aus der Ferne zu verfolgen, sie wartete auf den Tag, an dem sie dort ein neues Leben anfangen konnte.

Er dachte an den Garten und hatte nur noch Augen für sie. Dann war da noch das Herz, das jagte wie hundert Pferde auf der Flucht und ihn daran erinnerte, dass etwas in sein Leben einbrach. Nichts würde mehr wie vorher sein, dessen war er sich sicher. Seit diesem honig- und apfelfarbenen Herbst hatten die Tage immer den Ton von Sofías Haar, die Form ihrer Lippen und die Intensität der Augen, die nicht auf ihm ruhten. Er dachte, sie wären wie Vögel, irgendwann würden sie sich auf ihrem Flug einen Augenblick auf dem Gärtner der Casa de Albarca niederlassen.

3

Bei meinem Großvater waren Knochen und Herz aus Glas. Die Knochen kündigten das schlechte Wetter an, wenn Wind und Regen bevorstanden. Das Herz schwieg viele Jahre, aus Angst, bei der geringsten Bewegung zu zerbrechen. Ich ahnte das, wenn ich seine ängstlichen Gesten eines Mannes beobachtete, der weiß, wie sehr das Leben schmerzen kann. Dieses Leben, das er für großzügig gehalten hatte, als er Sofía Riba den Hof machte, aber von dem er sehr bald feststellen musste, dass es gegen ihn war. Ich habe es mir oft vorgestellt: Es gibt Schmerzen, die sind wie Stiche. Sie entblättern uns, bis von dem blühenden Baum nur mehr ein Skelett übrig ist. Sie sind schnell und verletzend. Danach sterben sie ab und hinterlassen eine unangenehme Erinnerung. Andere Schmerzen haben lange Rhythmen. Sie nisten sich in unserem Körper ein und verändern ihn. Sie werden Teil unseres Atems, unserer Spuren auf dem Boden, unseres Schattens. Wenn der Schmerz unseren Schatten erfasst hat, ist alles sinnlos. Jedwede Mühe, ihn zu besiegen, ist zwecklos, wir können ihn nur maskieren. Wir werden eine Verkleidung finden, die uns hilft, mit ihm zu leben, die es uns erlaubt, durch die Straßen zu gehen, ohne große Aufmerksamkeit zu erregen, ganz gewöhnlich auszusehen, ohne dass uns jemand verwechseln kann.

Großvaters Schatten hatte das Maß verloren. Ich ahnte es schon sehr früh, wenn ich ihn durch die Gärten der Casa de Albarca gehen sah und der Schatten sich auf dem Boden ausdehnte und auf die Fassade des Hauses fiel. Dunkel wie die Nacht. Er pflegte mit den beiden Frauen spazieren zu gehen, die mit uns leben, auch wenn wir sie nie zu Gesicht bekommen. Sie haben die Bilder in mein Zimmer gehängt, als Großvater wieder geheiratet hat. Vorher hingen sie im Salon. Obwohl er nie über sie sprach, merkte ich, dass er die Bilder vermisste. Es muss ihn traurig gestimmt haben, sie nicht oft sehen zu können. Da merkte ich es: Der Schmerz verlängerte seinen Schatten. Er verlieh ihm Pianistenhände, auch wenn er nie ein Klavier gehabt hatte.

Die Sonntage waren heilig. Wir hatten eine Übereinkunft getroffen, die wir nie mit Worten formuliert hatten, die wir aber beide verstanden. Großmutter Margarita geht frühmorgens in die Messe. Sie nimmt ihr Messbuch und legt sich einen Mantel über die zierlichen Schultern, denn sie friert schnell. Manchmal habe ich gedacht, dass sie sich in der Kirche bestimmt wohler fühlt. Zu Hause sind wir zu viele Menschen unter einem Dach. Nicht, dass die Gespenster meiner Mütter oder ich uns vorgenommen hätten, Großvaters Ehe zu stören. Es ist eine zu stille Verbindung, als dass jemand auf den Gedanken kommen könnte, sich einzumischen. Die Anwesenheit dieser wortkargen, ruhigen Person wird dem Großvater ein Trost ein. Vor allem, seit ich in die Universität gehe und die Bilder, dem täglichen Anblick entrückt, in meinem Zimmer hängen. Ich weiß, dass es ihm sein gläsernes Herz gebrochen hat, als wir ihnen einen anderen Platz geben mussten. Auch wenn er es verbergen wollte, ich sah die Scherben. Ich stellte mir die scharfen Kanten vor und dachte, sie müssten ihm wehtun. Deswegen fragte ich ihn.

»Du bedauerst es, dass die Bilder jetzt in meinem Zimmer hängen, nicht wahr?«

»Ja, ein wenig.«

»Lüg nicht. Mir brauchst du nichts vorzumachen. Gestern hast du es mir gesagt, und in der Nacht habe ich geträumt, dein Herz sei gebrochen. Ich glaube, es ist aus Glas.«

»Mein Herz ist immer noch an seinem Platz. Es hat zu viele Schicksalsschläge ertragen müssen, um jetzt noch zu brechen. Außerdem kann ich hin und wieder in dein Zimmer gehen, oder?«

»Wann immer du willst. Hast du darüber nachgedacht, dass sie jetzt mir Gesellschaft leisten?«

»Klar. Die beste Gesellschaft, die es gibt.«

Wir sprachen nie mehr darüber. An der Wand im Salon hatten die Bilder ihre Spuren hinterlassen, zwei rechteckige Schatten, die anzeigten, dass es eine Veränderung gegeben hatte. Großvater weigerte sich, sie zu übertünchen, und wir gewöhnten uns daran, mit diesen Abdrücken zu leben, die uns an sie erinnerten.

Sonntags ging Großvater eine Weile in mein Zimmer, um die Bilder anzusehen. Er vergaß es nie. Wenn Großmutter Margarita den Riegel am Gartentor vorschob, hörte ich die ungeduldigen Schritte auf dem Flur. Wie ein Kind, das hinter einem versprochenen Geschenk her ist, aber seine Ungeduld im Zaum zu halten versucht. Weil er nie ein großer Verstellungskünstler war, merkte man ihm die Vorfreude an. Es war eine grüne Ungeduld. Die Ungeduld war wie das Unkraut, das in einem verwilderten Garten wuchs. Wenn wir es eines Tages ausreißen und die Erde von den ungewollten Sprösslingen befreien wollen, merken wir, dass es tiefe Wurzeln geschlagen hat. Nur ein paar Tropfen Regen, und es sprießt von neuem.

Er setzte sich in den Schaukelstuhl, der strategisch so positioniert war, dass er beide Bilder zugleich anschauen konnte. Vom Fenster fiel Licht ins Zimmer und erfüllte die Luft mit kleinen Partikelchen, die alles deutlicher hervortreten ließen: den Staub, die Möbel, die sogleich freundlicher aussahen, die Gesichter auf den Porträts. Manchmal versteckte ich mich hinter ihm, um ihn beim Betrachten zu beobachten. Ich muss sagen, das fiel mir nicht besonders schwer, weil er es nicht bemerkte. Aber ich glaube, es hätte ihm auch nicht viel ausgemacht. Das Einzige, was zählte, war die Gier, ein paar Minuten schauen zu dürfen. Die Lust, zwei Gesichter zu betrachten, die er auswendig kannte, die sich ihm aber immer wieder anders darboten. Die Wehmut wurde mit den Jahren nicht weniger; wer hatte zu mir gesagt, dass die Zeit alle Wunden heilt? Das stimmte wohl nicht. Die Jahreszeiten und ihre zyklische Wiederkehr helfen, die Eile, die Unruhe, die Ungeduld des Herzens zu mildern, aber die Wehmut können sie nicht beugen. Er sah aus wie eine Skulptur, immer in der gleichen Position, den Rücken ein wenig gebeugt, den Kopf mit den kleiner gewordenen Augen und den vielen Falten erhoben, die Unterarme auf den Beinen, eine Hand auf der anderen, Handflächen nach oben. Ich musste nur ein wenig warten. Der Morgen verging langsam, und die Hitze erreichte eine unerwartete Intensität. Ich mochte das Gefühl, in Licht zu baden, als wäre die Helligkeit Wasser. Die Minuten vergingen ohne Worte oder Gesten. Dann fiel ein runder Tropfen. Er nahm seinen Weg nach unten, bis er in der Wölbung der Hände des Großvaters ankam, der sich nichts anmerken ließ. Es war eine Träne aus Wasser und Licht. Eine weitere, vielleicht noch runder, noch salziger, folgte der ersten. Ein kleiner, langsamer Regen fiel auf die Handflächen, der nie lange dauerte.

Es gibt Häuser voller Geschichten, die, wenn man sie aufschreiben könnte, tausende von Seiten füllen würden. Manchmal laden mich meine Freunde von der Fakultät zu sich nach Hause ein. Ihre Wohnungen machen auf mich den Eindruck eines weißen Blatt Papieres. Sie sind bequem und ruhig, die gerade erbauten Zimmer fein säuberlich an einem Flur aufgereiht. Ein Salon, die Schlafzimmer, das Esszimmer. Alles berechnet, messbar, vorhersehbar. Da gab es keine vom Wind sperrangelweit geöffneten Fenster, keine schlagenden Türen. Im Sommer regelt eine Klimaanlage die Temperatur. Im Winter sorgt die Heizung in allen Räumen für wohlige Wärme. An diesen Orten ohne jede Überraschung muss ich an die Casa de Albarca denken. Ich denke an die Schlupfwinkel, all die geheimen Orte, an denen ich mich als Kind versteckte, die sich vervielfältigenden Treppen, die Räume mit den hohen Decken und dicken Wänden. Dann fühlte ich mich glücklich, dort leben zu dürfen, und wollte mit niemandem tauschen. Ich begreife, dass ich Glück habe, in einem Haus mit vielen Geschichten aufzuwachsen. Wie viele Menschen haben vor uns dort gelebt? Auf welche vielleicht längst vergessene Gespenster treffen die Gespenster meiner Mütter? Welche Gefühle wurden dort erlebt, wie viele Gespräche haben ihre Spuren hinterlassen? Wenn jemand stirbt, geht er nicht ganz. Ich habe das gelernt, als ich die Porträts beobachtete. Es handelt sich um eine scheinbare Flucht, die endgültig werden kann, wenn niemand mehr da ist, der sich an dich erinnern will. Meine Mütter haben Menschen, die oft an sie denken. Oder besser gesagt: Sie haben Menschen, die es akzeptiert haben, mit ihnen zu leben. Zumindest trifft das auf meinen Großvater und mich zu, auch wenn wir nie darüber gesprochen haben, weil wir uns deswegen ein wenig schämen.

Sofía und Elisa betrachten uns mit dem Hochmut ihrer zwanzig Jahre. Für uns vergehen die Tage, verstreichen die Winter und die Sommer, Großvater wird alt, ich werde eine erwachsene Frau, die auf die Universität geht, und sie sehen uns unverändert an. Sofía mit ihrem Lächeln wie weiches Brot; Elisa mit Augen, hinter denen sich das Geheimnis ihres Todes verbirgt. Darüber sprechen wir auch nicht. Es gibt Gefühle, die werden in einem Winkel des Hauses aufbewahrt, und dort sind schon so viele, dass wir sie nicht mehr zählen können, wir wissen nicht mehr, in welchem Loch in der Wand wir den ersten Milchzahn oder in welchem Koffer wir das Geheimnis eines Todes versteckt haben. Allmählich passen wir uns dem Haus an. Wir gewöhnen uns an jede Ecke, wir nehmen die Form der Decken an, die Zeichnung der Fliesen und das geometrische Muster der Teppiche geht uns in Fleisch und Blut über.

Dieses Haus ist immer mein Zufluchtsort gewesen.

Die Räume erzählen mir von den verpassten Tagen, als es mich noch nicht gab. Aus der Küche dringt der Geruch der Konfitüren von Großmutter Sofía zu mir, die ich probiert habe. Die Terrassen sind immer noch voller Schlingpflanzen, die Blüten treiben, sobald das schöne Wetter kommt. Alles erscheint ruhig, und doch pulsiert es vor Leben. Das Zimmer, in dem ich mich als kleines Mädchen versteckt habe, wenn ich mich schlecht benommen hatte und man mich ohne Abendessen ins Bett schickte, ist heute der Schlupfwinkel, in dem die Bilder hängen. Es gefällt mir, dass sie dort hängen. Vorher sah ich sie immer nur nebenbei. Sie waren ständig präsent, und das Leben im Haus drehte sich um sie, aber sie waren mir nicht nah. Ich erinnere mich, jedes Mal, wenn ich anfing, zwischen den Möbeln herumzutoben, zeigten die Hausmädchen mit dem Finger auf sie, und ich riss mich sofort zusammen, aus Angst, eine geheime Strafe könnte von den Frauen auf den Porträts über mich kommen. Es genügte eine Bewegung mit dem Arm, die ihre Anwesenheit deutlich machte, und ich zuckte wie ein Mäuschen zusammen und war sofort wieder das liebe Mädchen. Seit ich an ihrer Seite schlafe, habe ich mich mit ihnen versöhnt. Die Beziehung besteht aus gemischten Gefühlen, auf der einen Seite Angst und Respekt, und auf der anderen Seite ist die Faszination, die sie immer auf mich ausgeübt haben, stärker geworden. Dazu haben auch die sonntäglichen Besuche von Großvater beigetragen. Wenn er sie mit komplizenhaftem Blick ansieht, fühle auch ich mich als Komplizin. Erst einmal von ihm, diesem Mann, der die Wehmut verbirgt wie etwas, dessen man sich schämen müsste, und natürlich auch von ihnen, die alles beobachten, ohne eingreifen zu können.

Manchmal lässt Großvater den Gedanken freien Lauf, und dann kommen die Worte über seine Lippen. Ich nehme sie auf wie einen köstlichen, wärmenden Wein, der meine Lebensgeister wieder weckt. Dann spricht er von Sofía, der ungeduldigen Braut, die ihn lachend zwischen den Laken umarmt. Auch seine Erinnerungen an Elisa, meine Mutter, nehmen die Form von Worten an, und er spricht über ihren unabhängigen, resoluten Charakter. Er sagt nie, dass sie tot sind, auch wenn er von ihnen stets in der Vergangenheitsform spricht. Irgendwann ist es mir gelungen, das Schweigen zu brechen und ihm Fragen zu stellen.

»Großvater, denkst du gern an sie?«

»Man sagt, es sei nicht gut, von Erinnerungen zu leben, an diejenigen zu denken, die nicht mehr sind. Aber, mein Kind, ich muss wohl aus anderem Holz geschnitzt sein. Mich nähren die Erinnerungen.«

»Wie meinst du das?«

»Ich habe sie sehr geliebt. Das ist die Wahrheit. Im Grunde eine sehr einfache Wahrheit. Manchmal fiel es mir schwer, sie zu verstehen. Ich konnte diese oder jene Eigenheit nicht verstehen, oder wie sie in einer bestimmten Situation reagierten. Ich verstand sie nicht, aber ich liebte sie.«

»Man kann einen Menschen lieben, der einen überrascht. Es gibt immer Facetten, die wir noch nicht an den Menschen in unserer Nähe kennen.«

»Ja. Mir wurde irgendwann klar, dass ich sie wegen ihrer kleinen Geheimnisse liebte, die sie noch attraktiver machten. Ich weiß nicht, wie ich es sagen soll, das Vorhersagbare weckt nicht auf die gleiche Weise unsere Gefühle.«

»Und die arme Großmutter Margarita ist absolut vorhersehbar.«

»Sprich nicht in diesem Ton von ihr. Lass sie in Ruhe. Das hat sie nicht verdient. Außerdem ist es kein Fehler, vorhersehbar zu sein. Die Menschen sind, wie sie sind. Da ist nichts zu machen.«

»Entschuldige. Ich wollte mich nicht über sie lustig machen. Du weißt, dass ich sie wirklich schätze, aber erzähl mir von ihnen.«

»Ich habe dir gesagt, dass ich sie liebte. Als sie gingen, wusste ich nicht, was ich tun sollte. Erst die eine und Jahre später die andere. Meine Reaktion war in beiden Fällen die gleiche.«

»Und wie hast du reagiert?«

»Ohne Kleider zu zerreißen oder laut zu werden. Meine Traurigkeit war eine stille, die lange anhält.«

»Noch immer.«

»Immer und ewig. Verstehst du nicht? Die Liebe, die sie in mir geweckt haben, ist immer noch vorhanden, genau wie früher. Was soll ich damit tun? Ich glaube, ich habe gelernt, sie still in mir zu tragen. Die Jahre sind vergangen, ich musste weiterleben. Überleben erschien mir wie eine Verstandesübung, aber diese schloss die Wehmut nicht aus.«

»Du bewahrst deine Gefühle auf wie in einem Karton. Und du öffnest ihn nur hier in diesem Zimmer.«

»Vielleicht. Die Sonntage eignen sich gut für die Wehmut.«

Während Großvater im Zimmer war, ging ich auf den Dachboden hinauf. Ohne dass wir es uns vorgenommen hätten, lebten wir unsere Sehnsüchte aus. Seine waren solider, aber nicht weniger wirklich als meine. Ganz in seinem Begehren gefangen, merkte er nicht, dass mich die Neugier die Treppen nach oben trieb. Es waren in Stein gehauene, ungeflieste Stufen mit unregelmäßigen Kanten, und sie führten steil nach oben. Am Ende der letzten Stufe, die im Vergleich zu den übrigen außergewöhnlich hoch war, war eine von den Jahren zerfressene Holztür. Hinter der Tür – überraschend eine Dachterrasse, wo vor Jahren jemand die Wäsche aufgehängt haben muss, denn man sah noch ein paar wenige Wäscheleinen, Kordeln und Drähte, die im Wind schaukelten und Rost ansetzten. Von der Dachterrasse aus hatte man einen herrlichen Blick auf Sa Indioteria. Kleine grüne und gelbe Flecken hoben sich ab, und man sah die Busse, die jede Viertelstunde in das Zentrum von Palma fuhren, man erahnte die Bewegungen der Bewohner. Durch eine Luke gelangte man auf den Dachboden.

Es war das Reich des Staubs. Wenn ich ihn betrat, drang die Helligkeit mit mir ein. Ein Arm voller Sonne schob sich nach drinnen und überflutete alles mit Weiß. Manchmal klemmte die Tür, als wäre sie unentschlossen, ob sie mich hineinlassen soll. Sie musste mein Geheimnis erahnen: Der Dachboden war der beste Ort des Hauses, der Ort, der mir entsprach. Es gefiel mir, zwischen den Kartons und Paketen herumzustreunen, mir zwischen riesigen Truhen, Koffern, irgendwelchem Plunder, in meinen Händen zerfallenden Alben, von Ratten angefressenen Büchern, Kinderspielzeug, kaputten Spiegeln und Instrumenten von wer weiß was für einem seltsamen Orchester einen Weg zu bahnen.

Ich war die Seiltänzerin, die über ein zwischen zwei Bäumen gespanntes Seil schreitet. Ich war die Königin der spitzen Absätze, wenn ich die Schuhe anprobierte, die dort aufbewahrt wurden. Ich war die Heldin der romantischen Romane, die auf den alten Regalen lagen, kaum noch durch einen Seufzer zusammengehalten. Ich war glücklich auf dem Dachboden, wenn ich den Atem anhalten musste, weil sich in einem Fensterchen die Fäden vieler Spinnweben kreuzten. Nichts ist dem vergleichbar, wenn man sich an einem Ort aufhält, der Geschichten birgt, wenn man spürt, dass die Gegenstände um einen herum befrachtet sind mit vergangenem Leben, mit Blicken, die wir nie sehen werden. Dort hörte ich aus weiter Ferne Großvaters Stimme: »Carlota, komm von dem Dachboden herunter. Du weißt, ich mag es nicht, wenn du dort hinaufgehst.«

»Großmutter Margarita mag das nicht, und du traust dich nicht, ihr zu widersprechen«, antwortete ich.

»Sie hat Recht, wenn sie sagt, dass deine Kleider schmutzig und dein Haar ganz staubig werden.«

»Was macht das schon?« Es entstand ein Schweigen, von dem ich wusste, es würde nicht lange anhalten. Er war ungeduldig, weil er die Bilder anschauen wollte und ich ihn dabei störte. Ich nutzte die Situation aus.

»Carlota, jetzt komm!

»Ich komme, wenn du mir erzählst, warum sie Elisa hieß.«

»Wer?« Er versuchte, so zu tun, als würde die Distanz meine Worte verzerren.

»Du weißt schon. Meine Mutter.«

»Zwing mich nicht, über Dinge zu sprechen, an die ich mich kaum noch erinnern kann.« Wenn er log, wurde Großvaters Stimme schwach und klang wie Flötenmusik.

Ich ging nicht hinunter, bis Großmutter Margarita aus der Messe kam. Sie kam gewöhnlich gerade rechtzeitig, um das Mittagessen zuzubereiten. Ich glaube, sie kam absichtlich spät. Sie war so bemüht, uns das Leben nicht schwer zu machen, dass sie ihre Schritte zurückhielt und nach der Messe noch mit einem Nachbarn plauderte. Sie nahm immer den weitesten Weg. Sie gab uns Zeit, damit wir uns erholen konnten, ich von meinem Rundgang auf dem Dachboden und der Großvater von seiner Wehmut. Wenn sie zurückkam, lächelte sie leicht. Manch einer würde sagen – nachsichtig. Wer weiß, wie viel Zärtlichkeit in ihr schlummerte. Im Dorf hieß es, sie sei viel zu schwach, sie könnte sich bei ihrem Mann und bei der falschen Enkelin, die das Schicksal ihr beschieden hatte, nicht durchsetzen, aber das stimmte nicht. Sie war nachgiebig und diskret, sie respektierte die Liebesgefühle und die Ängste der anderen. Sie stocherte nie in Wunden und stellte keine ungebührlichen Fragen. Ihr Ton war jedem Gespräch stets angemessen, sanft wie das Rauschen ihrer seidenen Kleider. Wer sie nicht kannte, hielt sie für eine Maus. Sie bewegte sich schnell und leise wie die Tierchen auf dem Dachboden. Sie berechnete jeden ihrer Schritte und versuchte, Großvater nicht unglücklich zu machen.

Auf dem Dachboden fand ich den Brief. Es gibt Briefe, die enthüllen uns einen Teil der Vergangenheit, sie erklären sie. Sie sind wie Brücken aus Licht, die sich von einem Ufer aus erstrecken, in dem die Dunkelheit die Formen der Dinge verschlingt. Es sind Worte, die auf einem Blatt Papier festgehalten werden, bis sie uns in die Hände fallen. Dann wiederholen sich die Sätze. Sie werden in einem anderen Kontext verwendet für Augen, die zufällig zum Adressaten werden. Und der Zufall bescherte mir dieses Schriftstück, das ich wahrscheinlich nie gelesen hätte, weil es nicht für mich bestimmt war. Ein Brief ist ein auf Papier festgehaltener Ausschnitt eines Gesprächs. Ein an eine konkrete Person mit Namen und Vornamen gerichteter Monolog, von der man häufig auch eine Antwort erwartet. Es war klar, dass ich nicht die Person war, an die sich der Brief richtete. Da dachte ich, ich sollte mich schämen. Unter normalen Umständen hätte ich nie einen Brief an jemand anderen geöffnet. Ich hätte mich bemüht, die Neugier im Zaum zu halten, und mir gesagt, der ist nicht für dich. Aber auf dem Dachboden war alles anders, das war meine Entschuldigung. Alles, was hinter der Holzluke, hinter den Leinen der Dachterrasse war, gehörte mir.

Ich fand ihn, ohne danach gesucht zu haben. Ich schaute nur Papiere durch. Das hatte ich so oft getan, dass es mir gar nicht mehr bewusst war. Es war eine Übung aus Trägheit, ich fragte mich nicht, ob dies oder jenes privat war. In dem kunterbunten Durcheinander auf dem Dachboden bildeten die Papiere eine untrennbare Einheit. Alles vermischte sich völlig wahllos. Meine Augen mussten sich nur an das Licht einer Glühbirne oder, wenn die Sonne schien, der morgendlichen Helligkeit anpassen. Sie beschäftigten sich damit, den Zeilen in einem Kalligraphieheft, den Büchern, unter den Fotos in den Alben, in den Briefen zu folgen. Sie sprangen von einem in einem Notizbuch erfassten Satz zu einem Abschnitt, den jemand in einer Bibel unterstrichen hatte. Sie wanderten von einer Postkarte mit verschönerten Ansichten zu einem vergilbten Blatt Papier. Und aus diesem ganzen Durcheinander habe ich den Brief herausgefischt.

Es gibt Briefe, die erzählen uns von der Vergangenheit, aber es gibt andere, die betreffen unsere Zukunft. Wenn wir sie lesen, wissen wir nicht, auf welchen Weg sie uns bringen. Wir wissen nicht, wie sie unser Leben verändern werden, ob sie es völlig durcheinander wirbeln oder ob sie auf unserer persönlichen Landkarte unerwartete Elemente auftauchen lassen. Wie hätte ich reagiert, wenn mir jemand die Konsequenzen dieser Lektüre geschildert hätte? Wäre ich fähig gewesen, den Brief in die Hand zu nehmen und die Zeilen zu lesen, wenn ich gewusst hätte, was mich erwartet? Ich weiß es nicht. Da ist ein gewisser Wagemut in meinem Charakter. Ich mag das Risiko. Es wird wohl ein Erbe von ihnen sein, das ich mir bis jetzt nicht eingestanden habe. Mein Leben war ruhig, bevor ich dieses Papier gelesen habe, und das gefiel mir. Es war gut, morgens aufzuwachen und die Gedanken einfach schweifen zu lassen. Das Leben war angenehm, ohne Obsessionen. Seit damals schlafe ich jeden Abend, verfolgt vom Geräusch seiner Schritte im Garten, ein. Auch wenn die Nacht kalt ist, öffne ich ein wenig das Fenster, damit mir nicht ein einziger entgeht. Von jenem Tag an stelle ich mir Fragen, die immer eine andere Antwort haben. Auf dem Dachboden habe ich wunderbare Augenblicke erlebt. Einige davon prägten die Zeichen einer Geschichte, die ich erst schreiben musste.

4

Er spioniert ihr nach. Vom Garten aus beobachtet er das Fenster und den Lichtstreifen zwischen den Vorhängen. Wenn er seinen Blick darauf konzentriert, erfasst er die Formen des Körpers, der sich im Zimmer bewegt. Das Wissen, dass sie allein ist, verleiht ihr eine gewisse Sorglosigkeit: entspannte Gliedmaßen, und wenn sie den Rücken ein wenig beugt, während sie die Schultern hebt, erkennt man die Rundung der Brüste. Das Haar hat sich in widerspenstige Locken aufgelöst.

Sofía weiß, dass sie nicht allein ist. Sie weiß, dass ein Mann jeden ihrer Schritte vom anderen Ende der Welt verfolgt. Sie, in dem ruhigen Käfig dieses Zimmers, geschützt vor dem Wind; er, im Garten, verloren in der nächtlichen Brise. Das Wissen, dass sie beobachtet wird, bestimmt jede einzelne Geste. Sie kann sich nicht von den Gefühlen leiten lassen, die die Einsamkeit ermöglicht, sondern sie muss auf der Hut sein. Körper, die sich als Objekt eines Blickes empfinden, bewegen sich nicht so frei wie die anderen. Deswegen ist sie bemüht, genau in der Mitte des Fensters zu stehen. Mit einer Geste, die unschuldig sein soll, aber davon weit entfernt ist, schiebt sie die Vorhänge ein wenig auseinander. So ist die senkrechte Linie fast wie zufällig ein paar Zentimeter breiter, als sie weggeht. Dann wird der Spiegel zum Hauptakteur.

Sie hat allmählich gelernt, sich für ihn zu bewegen. Anfangs, als sie nur ahnte, was vor sich ging, schämte sie sich jeder übertriebenen Geste. Sie wurde dann zu einer Ameise und zog sich in einen Winkel des Hauses zurück. Langsam gewöhnte sie sich daran. Es war nicht schwer, denn es gefiel ihr sehr, beobachtet zu werden. Sie hätte es niemandem eingestanden, aber die Dinge geschehen, und wir können sie nicht begründen. Es wäre ihr schwer gefallen, eine Erklärung zu finden, um vor sich selbst diese Augenblicke zu rechtfertigen. Es gab keine. Das einzig Wichtige waren die Bewegungen eines Körpers, der für seinen Blick Form und Leben annahm.

Sofías Leben war in zwei klar abgegrenzte Teile aufgeteilt. Ihre Tanten hätten von ihrer Kindheit und Jugend in Llubí erzählen können, von dem ruhigen Leben im Dorf, als die Zukunft noch eine unbestimmte Linie, ein beweglicher Horizont in der Ferne war. Sie ließ diese Zeit nur widerwillig zurück. Sie hatte nicht viel übrig für Veränderungen, und sie hatte sich an eine Welt voller Gewissheiten gewöhnt, in der alles seinen Gang ging. Die Vorfreude auf das Leben in der Casa de Albarca, mit der ihr Verlobter sie angesteckt hatte, reichte nicht als Anreiz für den Aufbruch. Auch nicht Mateo selbst, für den sie keine überbordende Leidenschaft empfand. Sie war eher ungewöhnlich still. Sie verliebte sich in ihn, weil sie sich in jemanden verlieben musste. So stand es in den Romanen, die sie in ihrem Haus im Dorf las. Und das sagten ihre Freundinnen, die Familie, die Nachbarn. Sie wollte nicht so werden wie ihre drei Tanten. Sie träumte davon, zu heiraten und ein Haus zu haben, in dem ihre Kinder aufwuchsen. Alles zeichnete sich ganz deutlich in ihrem

Verstand ab, ohne Risse, die das Leben erbeben lassen. Sie heiratete zufrieden. Sie erwartete vom Leben eine Reihe stiller Momente, ohne Überraschungen.

Die drei Tanten hätten gesagt, der zweite Teil von Sofías Existenz begann am Tag der Hochzeit. Als sie sich in Seide hüllte und mit unsicherem Lächeln durch den Gang der Kirche Sant Josep del Terme schritt. Ihrer Meinung nach kam es da zu der Verwandlung, zu einem Schnitt zwischen Vergangenheit und Gegenwart, der einen Wechsel von Ort und Zeit mit sich brachte. Jetzt begann die Zeit der Reife. Eine verheiratete Frau musste ordentlich, gelassen und eine Spur langweilig sein. Sie musste das Haus vernünftig verwalten. Sie musste aufhören, Luftschlösser zu bauen, mit offenen Augen zu träumen und ins Unendliche zu blicken, denn der Horizont war jetzt nicht mehr länger eine vage Linie, sondern eine Wirklichkeit, in der kein Platz für unpraktische Grübeleien war. Eine verheiratete Frau musste das Haar zurückbinden und durfte nicht zulassen, dass auch nur eine einzige Strähne aus der Frisur glitt. Sie musste hochgeschlossene Nachthemden mit langen Ärmeln mit Spitzenkanten tragen. An den Arbeitstagen musste sie Kleider aus Baumwolle und an den Festtagen welche aus Samt und Seide anziehen. Sie durfte keine Zeit vergeuden.

Die drei Tanten hätten die Trennungslinie dieses Lebens aufgezeichnet, das sie bestens zu kennen glaubten, aber sie hätten sich geirrt. Die Wirklichkeit sah anders aus. So sind die Dinge nun einmal. Ein Leben hat viele Lesarten. Es hängt vom Standpunkt ab, von dem aus wir es betrachten. Es ist, als ob wir auf einen Turm kletterten. Wenn wir gen Norden schauen, sehen wir Wiesen mit Rinden; blicken wir nach Süden, erstrecken sich vor unseren Augen die Nutzgärten. Da sind arbeitende Männer und schwarz gekleidete Frauen, ein Schatten im Grün. Und wenn wir uns nach Westen drehen, fällt unser Blick vielleicht überrascht auf die Wälder, in denen man so leicht die Orientierung verliert, eine dichte dunkelgrüne Matte. Richtung Osten stoßen wir auf steinige Wege, die sich kreuzen und auseinander gehen. Es ist ganz einfach, je nach Standpunkt sieht die Welt anders aus.

Wenn Sofía an ihr Leben dachte, entstand ein völlig anderes Bild. Sie unterschied zwei Etappen: die Zeit, in der sie lebte, ohne zu wissen, dass man sie beobachtete, als alles vorhersehbar war, und die Tage, die dem Fenster des Zimmers gewidmet waren. Dieses Zimmer war in zwei verschiedene Räume geteilt, und das beunruhigte sie. Da war das Zimmer, das durch die Anwesenheit des Ehemanns zu etwas Bekanntem, Vertrautem wurde, wo es keine Geheimnisse gab. Dann das Zimmer in dieser trügerischen Einsamkeit, in dem sie mit rasendem Herzen lebte. Sie waren wie Kopf und Zahl einer Münze. Ein einziger Raum, der durch einen unerwarteten Wechsel zu einem anderen wurde. Sie hatte das Gefühl, die Zeit, die sie dort allein verbrachte, entzog sich ihrer Kontrolle. Diese Zeit hatte ihre eigenen Rhythmen, die nichts mit ihrem übrigen Leben zu tun hatten. Eine begrenzte Parzelle, auf die sie nicht leicht hätte verzichten können.

Hin und wieder wurde sie von Fragen heimgesucht. Wann hatte sie bemerkt, dass jemand sie beobachtete? Das geschah langsam. Die Wahrnehmung wurde mit jedem Tag konkreter. Anfangs hatte sie ein eigenartiges

Gefühl gehabt, aber geglaubt, es wäre nur Einbildung. Sie war erst kurze Zeit verheiratet. Es fiel ihr schwer, sich an all die Veränderungen im Alltag zu gewöhnen. Sonderbare Veränderungen, denn sie schienen unbedeutend, aber ihr waren sie unangenehm. Wenn sie aufwachte, war der gewohnte Anblick durch eine Reihe merkwürdiger Gegenstände ersetzt. Von dem, was direkt vor ihr lag, bis in die hinterste Ecke: alles hatte sich verändert. Die Möbel aus dem Zimmer in Llubí waren nicht da. Sie öffnete die Augen und blinzelte ein paar Mal, bis sie wusste, wo sie war. Wo sie einen Stuhl erwartete, stand eine Kommode, das Bett mit dem Holzengel am Kopfteil war verschwunden. Stattdessen stand jetzt ein riesiges mit Baldachin und Spitzendecke da. Die ersten morgendlichen Geräusche waren auch anders. Sie war es gewöhnt, die Stimmen der Nachbarn zu hören, wenn sie aufwachte. Das Fenster ihres Zimmers im Dorf ging auf die Straße hinaus. Von den ersten Morgenstunden an gab es Bewegung, Verkehr, Stimmengewirr. Die Frauen kehrten den Bürgersteig. Sie besprengten ihn mit Wasser, damit der Staub nicht aufwirbelte. Die Fuhrwagen waren auf dem Weg zur Feldarbeit. Sie wachte von dem Betrieb auf, von einem Satz, der jemandem entschlüpfte und zu ihrem Bett flog. In der Casa de Albarca waren die Morgen still. Die Stille machte, dass sie die Augen öffnete und sich fragte, wo sie war. Sie sehnte sich nach den Stimmen, den Schritten. Diese Ruhe wie in einem Schacht hatte etwas Befremdliches.

Sie konnte nicht sagen, seit wann sie sich beobachtet fühlte. Es war eine Intuition, ein Schauer, der ihr den Rücken herunterlief, Angst. Sie hatte einen Verdacht, aber sie hätte ihn nicht begründen können. Irgendwann – es war mitten im Winter – machte sie den Schritt, der ihren Verdacht bestätigen sollte. Sie hatte beschlossen, es zu wagen. Sie machte es wie immer: Sie stellte sich mit nackten Armen und Beinen ruhig vor den Spiegel. Dort blieb sie eine ganze Weile stehen und wartete auf den geeigneten Moment. Sie hörte nichts außer ihrem eigenen ungeduldigen, schweren Atem. Schließlich drehte sie sich schnell um. Sie eilte zum Fenster, öffnete es, und lehnte sich weit hinaus. Und da geschah es: knisternde Blätter, ein Körper, der aus einiger Höhe auf den Boden springt, sich entfernende Schritte. Ihr Herz pochte wie wild. Sie versuchte, es zu beruhigen, indem sie, im Sessel sitzend, die Hände auf die Brüste legte. Jetzt war sie sich sicher: Jemand beobachtete sie vom Garten aus.

Sie fragte sich, wie es zu dieser Abhängigkeit von einem Unbekannten, zu diesem Wunsch, ihm zu gefallen, gekommen war? Ab wann hatte sie das Bedürfnis verspürt, ihren Körper vor dem Spiegel für ihn zu bewegen? Sie hätte es nicht zu erklären vermocht, und nur daran zu denken fiel ihr schwer. Dieses Verhalten zerstörte all ihre festgefügten Vorstellungen eines wohlerzogenen Mädchens für ein ruhiges Leben. Deswegen wollte sie nicht darüber nachdenken. An einem Tag, es muss im Herbst gewesen sein, wenn die Kälte schneidender wird, stellte sie fest, dass sie nicht mehr ruhig war, wenn sie ihr eigenes Bild betrachtete. Es waren viele Tage vergangen, alle gleich. Ein jeder die exakte Kopie des anderen, kleine Dinge, die sich vervielfältigen. Sie verbrachte die Morgen in der Küche am Herd, wo sie sich sicher fühlte und fast glücklich war. Sie zog die weiße Perkalschürze an. Der gestärkte Stoff hatte die Steifheit jener Kleider, die einen eigenen Körper haben. Sie band sie in der Taille zusammen und fuhr dann zwei- oder dreimal mit der Hand darüber, in dem Gefühl, bekannte Gebiete abzumessen. Dann schnitt sie Töpfe voller Aprikosen, Kirschen, Pflaumen und Mandarinen klein – je nach Jahreszeit. Sie füllte einen Teller mit gelbem, hellrotem, dunkelrotem und orangefarbenem Fruchtfleisch. Die Farben durften sich nicht vermischen, sondern sollten im Reinzustand erhalten bleiben. Die Früchte kochten mit dem Zucker in einem Topf. Während sich das Aroma im ganzen Haus verteilte, atmete sie tief ein, als könnte sie sie durch den Geruch probieren.

Was hatte die Frau der Konfitüren mit der anderen im Spiegel zu tun? Sie hätte gerne klare Verbindungen, gewichtige Gründe gefunden, die halfen, einen Zusammenhang herzustellen. Sie hatte sich immer für eine einfache Frau gehalten, die sich das Leben nicht unnötig verkomplizieren wollte. Sie hatte einen guten Mann gefunden und ihn geheiratet, entschlossen, mit dem Kauf der Casa de Albarca weiterzukommen. Sie hatte einen resoluten Charakter, sie lehnte sich nie zurück, und sie mochte die weißen, von der Taille bis zum Boden wallenden Schürzen. Die Fliesen in der Küche waren aus Steingut, von einer Farbe, die sie an Kupfer erinnerte. Sie setzte sich auf einen Hocker und überwachte das Feuer. Es musste ein langsames Feuer sein, damit die Mischung nicht zu schnell kochte. Für sie lag das Geheimnis einer guten Marmelade darin, die Rhythmen der Zeit zu respektieren. Jede Frucht musste ohne Eile gar werden. Dann blieben Aroma und Geschmack erhalten.

Ihre Verbindung zum Fenster und zu dem Mann, der im anderen Teil der Welt war, entwickelte sich ganz allmählich. Zuerst war da ein Gefühl von Schüchternheit. Als sie feststellte, dass sie das Objekt seines Blickes war, wurde sie verlegen. Sie wollte nicht daran denken, aber ihre Gedanken flogen ständig davon. In ihrer Verwirrung schloss sie die Möglichkeit aus, mit ihrem Mann darüber zu sprechen. Er hätte ihn hinausgeworfen. Die Scham dauerte ein paar Mondwechsel, bis sie langsam verschwand. Es war, als schälte man eine Orange. Wenn man die Schale der Frucht entfernt hatte, blieb der Körper, das Fruchtfleisch und der Saft, der die Hand benetzte, wenn man versuchte, sie auszupressen. Die feuchte Hand duftete nach Orangenblüten. Vor dem Spiegel war sie wie eine Orange, die ihre besten Scheiben begierigen Fingern darbietet. Aber da waren keine Finger, sondern ein Blick wie eine ganze Hand hinter den geschlossenen Fenstern.

Auf die Scham folgte die Überraschung. Sie konnte nicht glauben, dass jemand sie jeden Abend beobachtete. Es war ein Treffen, zu dem beide kamen, ohne es sich zu sagen. Sie trafen sich von verschiedenen Orten aus: sie vor dem Mond des Spiegels, er unter dem echten Mond. Bei dem Treffen war nur eine Intuition ihrer gegenseitigen Anwesenheit da. Sofía spürte, dass er sie beobachtete. Und der Mann im Garten erahnte ihre Formen, verzerrt durch die Vorhänge und die Distanz. Es gab weder Worte noch reale Bilder. Nur verzerrte Gestalten. Eine nur als Ahnung im anderen Teil der Welt, fern der angenehmen Helligkeit des Zimmers, und die andere in der Entfernung nur mehr angedeutet. In der hereinbrechenden

Dunkelheit ausharren, wenn sich der Tag neigt, und darauf warten, dass jemand in unserem Blickfeld auftaucht. Einen Tag nach dem anderen und noch einen, das Herz in der Faust.

Sofía stellte sich eine neue Frage. Nachdem die anfängliche Schüchternheit überwunden war und die Überraschung sich gelegt hatte, wollte sie wissen, wer es war. Wer war der Mann im Garten, der Spion? Das herauszufinden war nicht einfach. Sie musste sich anstrengen, die Augen offen halten, sich über jede Person in der Finca Gedanken machen. Die Casa de Albarca war eine kleine Welt, in der viele Männer ein und aus gingen. Junge und alte, Junggesellen und Verheiratete. Ein jeder von ihnen hätte derjenige sein können, der sie beobachtete. Deswegen beschloss sie, selbst zu spionieren.

Die Augen sind weise. Sie besitzen die Weisheit, sich auf die Dinge zu setzen und dort zu verweilen. Sie gehen durch die Welt wie Schmetterlinge, während das Leben verstreicht. Sie erfassen Ausschnitte, Bilder. Viele ziehen vorbei, andere bleiben für immer. Es gibt ein Gesetz natürlicher Selektion bei allen von der Pupille erfassten Gestalten. Manche sind einfache Reflexe der Welt, Momentaufnahmen. Andere bleiben im Gedächtnis, bis die Zeit und das Vergessen ihre Farben verblassen lässt. Diese besitzen ein eigenes Wesen. Wenn sie sehr stark sind, werden sie niemals ganz ausgelöscht. Sofia würde das Bild von Ramón nicht vergessen, als sie ihn das erste Mal sah. Sie hatte ihn vorher schon oft gesehen, aber nie auf ihn geachtet. Es klafft ein Abgrund zwischen Sehen und Ansehen. Sie hatte ihn zusammen mit anderen gesehen und ihn ignoriert. Er war ein wenig jünger als sie, als sie sich kennen lernten. Er war rank und schlank wie eine Zeder.

Sie sah ihn an und merkte, dass auch er sie ansah. In seinen Augen lag Begehren. Ein unermessliches Begehren, verzehrend wie Feuer. Sofías Gesicht glühte. Am liebsten hätte sie Gesicht und Hände in einer Quelle, einem Fluss oder im Meer mit Wasser benetzt, damit die Röte verschwand. Sie trafen sich in einer Ecke des Gartens, als sie mit Mateo spazieren ging. Auf einmal wurde der Ehemann zu einem störenden Hindernis und der ganze Raum zu freiem Himmel.

»Was ist mit dir? Geht es dir nicht gut?«

»Mir ist schwindelig. Hast du das bemerkt?«

»Du bist ganz rot. Möchtest du einen Schluck Wasser?«

»Ja.«

Noch bevor sie ihn zurückhalten konnte, wandte Mateo sich an den Jungen zwischen den Pflanzen und bat ihn um Hilfe. Er sagte, er solle ein Glas Wasser für die Señora holen. Als Sofía ihn ansah, sah sie nicht den Jungen mit den langen Beinen und dem Kopf voller Flausen, sondern einen Mann mit riesigen Augen. Sie begriff, dass das die Augen waren, die in ihr Zimmer eindrangen, ohne um Erlaubnis zu fragen, kühn wie jemand, für den nichts unüberwindlich ist. Das sagte ihr ein einziger Blick, und sie wurde von einer Unruhe überfallen, die sie schnell vor Mateo zu verbergen suchte. Sie hatte erraten, wer der Spion war. Sie hätte beruhigt sein können, denn ein Junge machte ihr nicht viel Angst. Aber es kam anders. Sie begriff, dass er kein Junge war wie die anderen, die auf den Feldern herumliefen. Sie erinnerte sich vage, dass man ihr von seinem Desinteresse an der Feldarbeit und von seiner Leidenschaft für den Garten erzählt hatte. Stundenlang betrachtete er die Bäume und die Pflanzen.

Ramón kam mit einem Krug frischen Wassers. Er hatte schlanke Finger. Sie stellte sich die Haut des Mannes vor, der mit Rosenblüten arbeitete, die Haut nass. Sie beobachtete, wie er ihr Wasser in ein Glas eingoss, das am Rand ein wenig beschädigt war. Sie dachte, sie müsste vorsichtig trinken, um sich nicht die Lippen daran zu verletzen. Während sie das Glas in den Händen hielt, merkte sie das leichte, fast unmerkliche Flattern; zittrige Finger, die fliehen wollten. Wo wollten sie hin?, fragte sich Sofía ein wenig traurig. Er goss ihr nach. Ein schmaler Strahl, der sich auf kurzem Weg vom Krug in das Glas ergoss. Er nutzte den Augenblick, in dem der letzte Tropfen fiel, um ihre Hand zu berühren. Es war nur ein Moment, und Mateo hatte es nicht bemerkt, aber Sofía nahm das Ganze sehr intensiv wahr. So ist das bei angenehmen Empfindungen, sie dauern länger an als in Wirklichkeit. Es war nur ein flüchtiger Kontakt, aber der Effekt währte wesentlich länger. Während sie trank, bemerkte sie noch einmal den Blick, der an ihren Lippen hing.

Es war ein sanfter Morgen im beginnenden Frühling. Die Luft war voller Blautöne: ein fast transparentes Himmelblau, das in ein makelloses strahlendes Blau oder in das Weiß der Wolken überging. Es wäre ein Spaziergang wie jeder andere gewesen, wenn Ramón nicht aufgetaucht wäre. Sie hätte ihm gern gesagt, dass sie noch Durst hatte, nur damit er sie noch einmal berührte, aber sie schwieg aus Angst, entdeckt zu werden. Langsam machten sie sich auf den Rückweg, Mateo reichte ihr den Arm, und sie stützte sich darauf, während ihre Gedanken Kapriolen schlugen. Sie sah ihn an und dachte, dass er ein guter Mann war – eine Feststellung, ohne jede Gefühlsregung. Sie fragte sich, was er von der vernünftigen Frau halten würde, die er geheiratet hatte, wenn er herausfinden würde, dass es sie erregte, von einem Jungen durch das Fenster beobachtet zu werden. Sie senkte schweigend den Kopf, während sie auf das Haus zugingen.

Von da an begannen die Feste vor dem Spiegel. Sie nutzte die einsamen Momente, wenn Mateo nach den Patientenbesuchen im Wohnzimmer eine Zigarre rauchte. Es ist eine ruhige Zeit, nichts und niemand stört sie. Aufrecht, den Körper gestrafft, das Nachthemd bis zu den Knöcheln, die Arme bedeckt von Stoff und Spitzen, betrachtet sie sich im Spiegel des Schranks. Er ist groß, und sie kann sich ganz sehen. Sie bleibt einen Moment ruhig stehen. Sie muss Kräfte sammeln, um das Fünkchen Scham zu überwinden, das noch in einer Ecke verborgen ist. Sie lernt, mit dem Warten zu spielen. So schafft man Erwartung, Begehren. Wenn jemand etwas will, spürt er eine Dringlichkeit, den Wunsch, die Sehnsucht und die Leidenschaft sofort zu befriedigen. Unruhe ist gewöhnlich mit Eile verbunden. Sie spürt, dass Ramón leidet, wenn er sein Begehren zügeln muss, und das gefällt ihr. Es ist angenehm, sich seine gierigen Augen vorzustellen.

Knopf für Knopf öffnet sie das Nachthemd. Mit einer Handbewegung legt sie den Hals frei, man sieht den Ansatz der Brüste. Die Hände streichen über die Kurve von Hals und Ausschnitt. Ihr Atem geht schnell, während sie langsam den Rock hebt. Man sieht die kleinen, flinken Füße, die zierlichen Knöchel, die schlanken Beine bis zum Knie. Dann kommen die straffen Schenkel, und Sofía hält einen Moment inne. Sie will ihm Zeit lassen, damit er bei den Rundungen des Fleisches verweilen kann. Zugleich biegt sie schweißnass den Kopf nach hinten. Sie muss die Ärmel hochziehen, damit sie ihre eigene Ungeduld ertragen kann. Von ihm weiß sie wenig: Da ist nur ein leises Geräusch von Schritten und ein Hauch von Begehren. Sie wollte ihn nicht im Zimmer haben, obwohl sie sich das manchmal vorstellt, wenn sie sich an die Berührung seiner Hand im Garten erinnert und nicht nur aus der Ferne begehrte Haut sein will.

Ihn auf der anderen Seite der Dunkelheit zu wissen, löst in ihr widersprüchliche Gefühle aus. Es beruhigt sie, dass es nur ein Spiel ist. Es gibt keinen wirklichen Betrug, da sie keinen Liebhaber hat, der sie jeden Abend besucht. Im Grunde könnte er das Produkt ihres hochfliegenden Geistes, eine Ausgeburt ihrer Phantasie sein. Dieser Gedanke befreit sie von Schuldgefühlen. Dennoch schiebt sich die Gewissheit seiner Anwesenheit über alles. Nur sie beide wissen es, aber das Treffen ist real. Trotz der Distanz umarmen sie seine Blicke. Wenn die Sonne untergeht, besucht sie ein Blick und erfüllt sie mit Wonne.

Sie befreit sich von den lästigen Kleidern. Nackt vor dem Spiegel kehrt sie zu der anfänglichen Ruhe zurück. Alles ist Schweigen, keine Geräusche von Schritten und keine unbequemen Worte. Ihre Haut und ihr Denken glühen vor Begehren. Es ist ein neues Begehren, das sie erst vor dem Spiegel kennen lernte. Sie stellt sich Ramóns Atem unter dem Mond draußen vor. Sie lächelt für ihn.

Dann neigt sie sich nach vorn, bewegt die Arme, beugt die Beine. Sie zeigt ihm die dunkle Frucht des Geschlechtes.

5

Der Brief, den ich auf dem Dachboden fand, wurde in Jaisalmer geschrieben, einem fernen Ort in der Wüste von Thar, in Indien. Er berichtete von den Schwierigkeiten, dorthin zu gelangen. Der Weg sei lang, mühselig, fast nicht zu bewältigen. Man musste eine Route von mehr als acht Stunden von Jodhpur durch grüne Felder zurücklegen, auf denen die Saris der Frauen zu bunten Farbflecken wurden. Je weiter man vorankam, umso wüstenartiger wurde die Landschaft. Das Grün wurde rar. Es gefiel mir, mir das vorzustellen, während meine Augen, von einem Abschnitt zum nächsten springend, den Zeilen folgten. Da stand: »Hier werden die Landschaften und die Zeit langsam. Ich habe gelernt, keine Eile zu haben. Wir brauchen nicht ungeduldig zu werden, weil es keinen Zweck hat. Man muss sich in Indiens Rhythmen einschwingen, erreichen, dass der Kopf zu einem weißen Blatt Papier wird. Was für ein eigenartiges Wunder, ihn nur mit Blicken, Wüste, dem Gefühl von Schweiß und der Gewissheit des Weges zu füllen!«

Das Blatt war mit den Jahren vergilbt und abgegriffen. Jemand hatte den Brief aufmerksam gelesen und dann vergessen. Ich fragte mich, welchen Weg er genommen hatte, bevor er auf dem Speicher gelandet war. Er war bestimmt durch viele Taschen und Schubladen gewandert. Von dem Moment an, in dem er von seinem Adressaten gelesen worden war, bis zu dem, in dem ich seine Worte verschlang, war viel Zeit vergangen. Ich versuchte auszurechnen, wie viele Jahre vergangen waren, seit die Post ihn ins Haus gebracht hatte. Er war lange vor meiner Geburt geschrieben worden, noch bevor meine Mutter eine Frau gewesen war. Elisa muss sechs oder sieben Jahre alt gewesen sein, als dieses Papier Teil ihrer Geschichte wurde. Sie muss das Leben in diesem allzu stillen Haus wohl mit offenen Augen betrachtet haben. Seit Sofías Tod waren bereits Jahre vergangen. Als der Brief über Land und Meer reiste, flogen die halb verschlafenen Frühlinge, die schlaftrunkenen reptiliengleichen Sommer und die viel zu traurigen Herbste und Winter vorbei. Alles im Haus hatte nach dem Tod meiner Großmutter an Intensität verloren, als hätte sich das Leben verdunkelt.

Ich versuchte, schnell an Informationen über Jaisalmer heranzukommen, aber das war nicht einfach. Es handelte sich um einen fernen Ort mit engen labyrinthischen Gässchen. Die Reisenden waren von dem wunderschönen Anblick eines von Tempeln und steinernen Minaretten aus dem vierzehnten Jahrhundert umgebenen Sees überrascht. »Das muss Gelassenheit sein, das Gefühl, sich zu verlieren: Körper, überflüssige Gedanken, übermäßige Gefühle lösen sich auf. Alles wird friedlicher.« Im Bann dieser Zeilen stellte ich mir eine Stadt wie im Märchen vor. In den Straßen pulsierendes Leben. Kinder, die zu den Klängen eines von anderen Kindern gespielten Tamborins tanzen. Die *havelis*, die prächtigen Häuser der einstmals reichen Händler, mit ihren herrlichen Täfelungen. Junge Mädchen mit langem Haar bis zur Taille, bildschöne, aus der Dunkelheit gerettete Scheherazaden. Kleine Mädchen mit dem Gesicht voller Fliegen.

Auf dem Speicher stand ein Holzpferd, das meiner Mutter gehört hatte. Ich erbte es wie ein ausgemustertes Stück, das es wert war, vor der Zerstörung gerettet zu werden. Es hatte einen Sattel und grüne Zügel. Sie erinnerten mich an die Blätter der Bäume. Als kleines Mädchen bin ich gern darauf geritten und habe mir phantastische Wiesen vorgestellt. Ich hatte damals schon eine überschäumende Phantasie. Ein Gedanke wuchs, nahm verschiedene Formen an, wurde einen Moment lang zu einer flüchtigen Wolke, flog wieder davon und zerstreute sich in viele kleine Bläschen. Wenn ich auf Elisas Pferd ritt, fühlte ich mich ihr sehr nah. Ich stellte mir vor, dass meine Mutter wieder bei mir war. Ich hatte an sie nur eine sehr vage Erinnerung, die sehr bald von dem Porträt ersetzt wurde. Ich dachte, vielleicht war es ein fliegendes Pferd. Ich hielt die Zügel in den Händen und schloss die Augen. Dann erhob sich die Erde in die Lüfte, bald stand die Welt auf dem Kopf, und ich ritt durch die Tiefen, Himmel und Erde küssten sich.

Den Brief zu lesen, das war, als würde ich mein Holzpferd reiten. Alles Konkrete und Greifbare in meiner Nähe geriet aus dem Lot. Ich fragte mich, wer dieser Mann gewesen war, der ihn geschrieben hatte, der lange Zeit in Indien verbracht und mit unruhigem Blick herumgereist war, um dann an die bekannten Orte zurückzukehren, mit der Vergangenheit abzuschließen und sich erneut niederzulassen. Ich weiß nicht, ob er die wie einen Schatz gehütete, vor den Augen der anderen verborgene

Vergangenheit mitbrachte. Vielleicht hatte er zugelassen, dass die Bilder an Glanz verloren und in den Labyrinthen von Jaisalmer zu Staub wurden, während die Distanz zunahm. Es gibt Bilder, die lassen wir nur schwer gehen. Sie sind Teil unseres Lebens, und wir möchten, dass sie immer dieselbe Farbe und Intensität haben. Wir klammern uns an ihnen fest, obwohl sie uns bereits entfliehen. Festzustellen, dass man ins Nichts greift, ruft ein Gefühl von Verlassenheit hervor. Wir hatten an sie geglaubt wie andere an ein Heiligenbild, ein Gebetsbuch, ein Kind, ein Projekt. Es war ein Teil unseres Lebens, der uns glücklich macht. Sie waren da, wenn wir morgens die Augen aufschlugen, und abends, wenn wir ins Bett gingen. Als das Bild anfing, sich aufzulösen, wurde uns klar, dass wir etwas geliebt hatten, das nur in unseren Gedanken existiert.

Das Pferd aus meiner Kindheit hatte einen kaputten Kopf. Er war aus Holz. Die Pupille war dunkel auf weißen Grund gemalt. Die Lippen waren halb zu einem Lächeln geöffnet, sodass man die Zähne sehen konnte. Die Feuchtigkeit, die Zeit und der Holzkäfer hatten den Kopf bis zur Unkenntlichkeit zernagt. An einem Tag legte ich einen Finger auf das linke Auge des Pferdes. Er versank in der Feuchtigkeit, während Schweißtropfen über meine Stirn rannen. Ich fing an zu weinen. Das war lange, bevor ich den Brief fand, der von Wiederkehr sprach.

Es hätte mir gefallen, wenn es andere Mädchen gegeben hätte, mit denen ich meine Phantasien hätte teilen können. Die Casa de Albarca aber war eine Erwachsenenwelt. Seit Großvater Großmutter Margarita geheiratet hatte, kamen nicht viele Leute zu Besuch. Sie hatte keine Familie, und sie zogen beide ein ruhiges Leben jenseits der Katastrophen der Welt vor. Mir blieb nichts anderes übrig, als mich mit aller Macht an die Gespenster meiner Mütter zu klammern. Sie waren an meiner Seite, wenn sonst niemand da war. Ich setzte mich auf einen Hocker in meinem Zimmer und sah sie an. Ich fragte mich, ob ich ihnen ähnlich sehen würde, wenn ich groß war. Ich malte mir ihre Lebensgeschichten aus und sagte mir, dass sie glücklich gewesen waren, zumindest eine kurze Zeit. Großmutter Sofía, schnell verheiratet und wenige Jahre später tot. Meine Mutter, Elisa, hatte keinen Mann, aber dafür eine Tochter, die wohl eine Schande für die Familie gewesen sein muss: mich.

Ich heiße Carlota und habe eine Sommersprosse auf der linken Wange. Als ich klein war, war die Sommersprosse auch klein und rosa. Mit den Jahren ist sie zu einem von der Sonne gebräunten, kreisrunden Fleck geworden. Großvater streichelte ihn gern. Er zeichnete mit dem Finger die Form nach und sagte, es wäre ein Geschenk des Himmels. Ich protestierte immer.

»Großvater, ich will keine Sommersprossen haben.«

»Du hast doch nur eine kleine, und darüber solltest du dich nicht beklagen.«

»Warum?«

»Deine Mutter hatte auch eine Sommersprosse auf der Wange. Wenn sie lachte, entstand ein Grübchen, in dem sie fast verschwand. Wie von Zauberhand. Wenn sie ernst war, tauchte sie wieder auf.«

»Es ist mir egal, ob sie eine hatte.«

»Deine Großmutter Sofía hatte auch eine. Ich küsste sie jede Nacht, bevor wir einschliefen. Sie sagte, das würde so schön kitzeln.«

»Nun, Großmutter Margarita hat keine.« Ich gestehe, da war eine Spur Boshaftigkeit in den scheinbar unschuldigen Worten.

»Nein.« Es entstand eine Pause. »Großmutter Margarita hat sehr weiße Haut.«

»Die Arme, nicht wahr? Wir sollten ihr eine Sommersprosse aufmalen.«

»Was?«

»Ich meine, wir sollten ihr eine in den Nacken malen. Dann ist sie uns wenigstens ein bisschen ähnlich.«

»Sei still, du Kindskopf.«

Ich habe schulterlanges Haar. Es ist braun, an den Spitzen dunkler. Es hat den Ton von einigen der Konfitüren, die Großmutter Sofía in der Küche zubereitete. Die Einmachgläser stehen immer noch da, leer und fein säuberlich aufgereiht, auf Befehl von Großvater. Sie haben sogar noch die Etiketten mit dem Namen der entsprechenden Frucht, die sie darauf geklebt hat. Sie kochte Marmeladen aus Feigen, Wassermelonen und Bitterorangen. Sie nahm ein Kilo Früchte und ein Kilo Zucker. Auf der Flamme bekam die Mischung eine geleeartige Konsistenz, die an einen Göttertrunk erinnerte. Die Luft war von einem süßen Duft erfüllt, der sich im ganzen Haus ausbreitete.

Ich habe viel zu große Augen, es sieht aus, als wollten sie die Welt verschlingen; die Nase und der Mund sind ein wenig zu stark ausgeprägt. Meine Gesichtszüge sind das Erbe von zwei Frauen, in diesem Haus, in dem man ihre Anwesenheit nach so vielen Jahren noch immer spürt. Ich bin groß, aber vielleicht zu dünn. Das findet zumindest der Großvater. Als seltsames Gegengewicht zu diesem Durcheinander habe ich einen maßvollen, beherrschten Charakter. Ich habe mich immer bemüht, meine riesige Neugier an den Dingen zu zügeln, diese Lust, hinter die Geheimnisse der anderen zu kommen. Ich bin überzeugt, dass jeder ein Geheimnis hat. Die Geheimnisse sind wie Teile des Lebens, die immer unerklärlich bleiben, die um uns herumschweben. Es sind fliegende Wesen, die nie ruhen und die uns daran hindern, Ruhe zu finden. Ich würde gerne in einer Holzkiste alle Geheimnisse aufbewahren, die durch das Haus schwirren. Die des Großvaters, der so wortkarg ist und mit dem ich gerne öfter Gespräche führen würde. Jedes Gespräch gibt mir einen Hinweis auf sein einsames Leben. Was für Geheimnisse sollte hingegen so ein durchsichtiges Geschöpf wie Großmutter Margarita haben, die sogar leicht atmet, um die Menschen an ihrer Seite nicht zu belästigen. Auch sie verbirgt etwas. Da bin ich mir sicher. Weil sie so klein ist und manchmal Flügel zu haben scheint, führt sie mich in die Irre. Ihre unbedeutende Erscheinung lässt ihr Treiben förmlich untergehen. Trotzdem ist mir klar, dass sie mehr weiß, als sie sagt. Ihr Leben besteht aus sich wiederholenden Tagen und bekannten Handlungen, da ist kein Raum für Überraschungen. Manchmal muss ihr Kopf voller Fragen ohne Antworten sein, denen sie auszuweichen versucht.

Da sind die Geheimnisse der Gespenster meiner Mütter. Das Leben von Großmutter Sofía war geordnet. Niemand weiß von irgendeinem Abenteuer im Leben dieser jungen, glücklichen, angesehenen Frau. Sie hatte wenig Zeit, um die Welt kennen zu lernen. Es heißt, sie hätte sich gerne in ihrem Zimmer eingeschlossen. In dem Zimmer, wo sie zusammen mit dem Großvater schlief und das jetzt meines ist. Sie brachte die Abende mit Lesen oder Sticken zu, ihren Lieblingsbeschäftigungen. Das Leben von Elisa, meiner Mutter, war turbulenter. Es gibt viele Geschichten, die versuchen, Licht in das Dunkel zu bringen. Das größte Rätsel rankt sich um ihren Tod. Und dann ist da noch das Geheimnis vom Dachboden, das ich beim Lesen eines Briefes entdeckte.

Ich bin neugierig. Es ist mir nicht gleichgültig, wenn sich aus einer Geschichte ein Faden löst und in der Luft hängt. Bei mir zu Hause gibt es viele Fäden, die ich gerne verfolgen würde. Einige sind verworren, und man bräuchte alle Geduld der Welt, um sie zu entwirren. Wenn ich auf dem Holzpferd auf dem Dachboden ritt, stellte ich mir vor, dass ich große Distanzen zurücklegte. Jaisalmer ist sieben oder acht Stunden Autofahrt von Jodhpur entfernt. Jodhpur ist eine blaue Stadt, die man vom Himmel kaum unterscheiden kann. Die Inder streichen die Häuser blau, damit die Sonne nicht so sehr in den Augen brennt, wenn sie sie ansehen. Von der auf einer Hochebenen gelegenen Festung sieht man übereinander liegende Schichten von Blau. Auf meinem fliegenden Pferd stellte ich mir ein kleines Mädchen mit orangefarbenem Kleid und Schleier vor. Sie tanzt zu den Klängen der Sithar ihres Vaters. Sie hebt die kleinen Arme und dreht sich immer wieder im Kreis.

Der Mann, der meinem Großvater einen Brief aus Jaisalmer schrieb, sprach von einem kleinen Dorf namens Khudi. Es lag weiter nördlich, eine Stunde entfernt. Er legte den Weg auf einem Dromedar zurück, da es sich um ein Wüstengebiet handelte. Dreiundzwanzig Jahre lang war dort kein Tropfen Regen gefallen. Aber als er dort war, kam unerwartet der Monsun, der wilde Regen. Das Tier, auf dem er saß, verlor die Kontrolle. Wie mein Pferd, als ich klein war und wollte, dass es über die Hindernisse auf dem Speicher sprang. Der Mann flüchtete sich, schlecht geschützt von einem Mantel und von Kopf bis Fuß nass, in eine Hütte. Von dort aus beobachtete er die Kinder, die barfuß durch den Schlamm liefen. Viele von ihnen erlebten zum ersten Mal Regen. Ihre Beine und ihre Herzen hüpften vor Freude durch den Morast. Als der Mann ihren neugierigen Blick sah, entschloss er sich, den Brief zu schreiben. Seine Zeit in Indien war zu Ende.

Ich fragte Großvater: »Kennst du eine Stadt namens Jaisalmer?«

»Ich kenne nicht viele Städte, Kind. Ich bin nicht weit gereist.«

»Aber du hast von vielen Orten gehört, auch wenn du sie nicht kennst.«

»Natürlich. Die Worte fliegen und erklären, wie ein Gesicht, ein Haus, ein Ort aussieht. Aber wenn deine Augen sich das Gesicht nicht einprägen, bleibt nichts haften, oder wenn du einen Ort nie betreten hast, wird die Wahrnehmung schwächer. Sie hält nicht an.«

»Da bin ich anderer Meinung. Ich kenne Großmutter Sofía nur vom Hörensagen und habe nur vage Erinnerungen an meine Mutter. Ich kenne nur die Bilder von ihnen. Und doch verleihen die Worte ihnen körperliche Präsenz. Sie sind mir nah, weil du mir von ihnen erzählt hast.«

»Schön. Man könnte sagen, dass es sich um zwei außergewöhnliche Fälle handelt. Ich habe mich sehr darum bemüht. Seit deiner Geburt habe ich dir immer wieder zu beschreiben versucht, wie sie waren. Ich wollte nicht, dass du sie vergisst. Ich habe mit einer enormen Willensanstrengung alles gegeben, denn es stand zu viel auf dem Spiel.«

»Was meinst du?«

»Deine Erinnerung ist meine Erinnerung. Dein Vergessen wäre mein Vergessen gewesen. Wie wäre mein Leben verlaufen, wenn du dich nicht an sie erinnert hättest? Ich denke, ich wäre einsam und traurig gewesen, weil ich mit niemandem reden konnte. Du bist der Anker, der mich am Ufer der Erinnerung festhält. Dank dir kann ich mich erholen. Ich kann zu ihnen zurückkehren, sooft ich will. Verstehst du das?«

»Ich glaube schon. Eine geteilte Erinnerung ist realer. Die Erinnerungen, die man zu zweit bewahrt, versinken nicht im Nebel, sie bleiben klar. Es ist, als ob wir die Fenster öffneten, damit die Sonne hereinfällt.«

»Die Sonne, die jeden Morgen auf die Bilder scheint?«

»Nein, die Sonne, die unser Leben erhellt, auch wenn sie nicht mehr da sind. Und was ist mit Jaisalmer?«

»Jaisalmer ist ein Punkt auf einer Landkarte. Ein Ort, den ich nie betreten, an den ich aber eine vage Erinnerung habe. Ich weiß nicht. Vielleicht hat mir jemand davon erzählt.«

»Du hast den Namen in einem Brief gelesen, den du vor vielen Jahren bekommen hast.«

»Ich?« Er war sichtlich überrascht.

»Ja, Großvater.« Der Brief ging an diese Adresse, an dich.

Vor vielen Jahren erhielt Großvater einen Brief. Er hat ihn wohl nicht sonderlich beeindruckt, aber ich glaube, er hat ihn auch nicht gänzlich unberührt gelassen. Damals war er ein geachteter Witwer. Er hatte eine kleine Tochter, die vielleicht bei ihm im großen Salon spielte. Er hatte bereits die Haltung des gelassenen Mannes angenommen, der sich voller Resignation an die Wechselfälle des Lebens gewöhnt hat. Manchmal hat er, während er den Brief las, zu Sofías Bild aufgeblickt. Damals gab es erst ein Bild, und es hing an der Hauptwand des feinen Salons. Auf dem granatroten alten Samtsofa sitzend, trank er einen Cognac. Es war die einzige Eigenwilligkeit, die er sich erlaubte, ansonsten ging er ganz in seinem Beruf auf. Er stand in dem Ruf, viel zu ernst zu sein. Und das steigerte sich mit den Jahren, bis er in den Augen der Leute als unzugänglich galt. Niemand bestritt, dass er höflich, wenn auch ein wenig distanziert war. Aber um die Lippen hatte er einen verbitterten Zug, der mit jedem Verlust deutlicher wurde. Um die Augen lagen schwarze Schatten, die an Geigenmusik erinnerten.

Schließlich fand ich den Brief, und die Sätze ließen mich den Faden einer Geschichte rekonstruieren. Ich hatte sie nicht selbst geschrieben, aber ich verstand es, sie zu meinen zu machen. Sie waren entstanden, weil jemand den Regen in einem winzigen Dorf beobachtet hatte, einen Regen, der, wenn er losbricht, die Erde mit Blasen füllt und die Wege zu Schlamm werden lässt. Dort waren Kinder, die hatten es noch nie regnen sehen. Es ist nicht einfach, sich das vorzustellen, aber es kann schön sein. Situationen, die für die einen völlig normal sind, können für andere absolut neu sein. Kinder, die das vom Himmel fallende Wasser mit den Lippen auffingen. Sie tranken es langsam, die Beine nackt bis zu den Knien. Sie spürten, wie die Tropfen über ihre Haare, ihre Stirn, die Wangen flossen. Es war ein wundervolles, unerwartetes Gefühl. Die Sätze sprachen von Jaisalmer, dem Ort, an dem der Brief verfasst worden war, aber sie sprachen auch von einem anderen Ort: von der Casa de Albarca.

Er musste an die Rosensträucher denken. An die Wassermenge, die sie, abhängig vom Klima, der Durchlässigkeit des Bodens und der Temperatur, benötigten. Er hatte sich sehr bemüht, die Erde immer feucht zu halten. Wenn sie austrocknet, leiden die Wurzeln unter der Hitze. Solange die Rosensträucher klein waren, besprengte er sie mit reichlich Wasser. Er ließ den Strahl tief in die Erde eindringen, bis sie ganz durchfeuchtet war. Als er in Khudi den entfesselten Regen sah, kamen ihm die Rosensträucher in den Sinn, die er geliebt hatte. Er dachte ein wenig wehmütig daran, während er die Kinder von einer Pfütze zur nächsten springen sah. Seit Sofías Tod waren sechs Jahre, sieben Monate und zwölf Tage vergangen. Vielleicht war er schon lang genug in Indien. Die Rosensträucher brauchten einen sonnigen, windgeschützten Ort, um zu gedeihen. Auch er hatte den Drang verspürt, fern von der rauen Witterung der Welt zu leben. Er hatte eine richtige Entscheidung getroffen. Die Zeit ist ein Balsam, der sich in den tiefsten Wunden verteilt und sie heilt. Räumliche Distanz ist eine Heilpflanze, die uns vor dem Leiden rettet.

Begierig las ich den Brief, wieder und wieder. Ich las ihn viele Male, bis ich ganz atemlos war. In jeder Zeile entdeckte ich Neuland. Er war in einer deutlichen Handschrift abgefasst, winzig die Vokale, die Konsonanten eine wenig in die Länge gezogen. Er war an meinen Großvater gerichtet, dem er respektvoll und warmherzig die Landschaft von Jaisalmer beschrieb. Ich ließ nicht locker.

»Der Brief war für dich, Großvater, erinnerst du dich nicht?«

»Jaisalmer? Ein schönes Wort. Ich weiß nicht, wo dieser Ort sein soll.«

»Aber natürlich. Ramón hat dir von dort einen Brief geschrieben.«

»Ah! Den meinst du ... Ich kann mich vage erinnern. Das war vor langer Zeit. Ich glaube, es ging um seine Rückkehr.«

»Er bat dich um Erlaubnis, nach mehr als sechs Jahren in dieses Haus zurückkehren zu dürfen.«

»Ja, ich zögerte ein wenig. Er war vor langer Zeit weggegangen, und ich hatte ihn immer für einen komischen Vogel gehalten. Aber er war ein guter Gärtner.«

»Du hast gesagt, er solle zurückkehren.«

Der Brief war der Schlüssel, der einem Mann wieder die Türen zu dem Haus öffnete, in dem ich lebe und das er nie mehr verlassen hat. Er gießt die Rosen und beschneidet sie. Er schützt sie vor dem Wind und dem schroffen Regen. Ich würde gerne wissen, warum er so weit weggegangen ist. Und was die Gründe für seine Rückkehr waren. Ich hatte nichts als vage Ahnungen: die Sehnsucht nach Rosensträuchern, die Entdeckung des Regens in Kinderaugen, das Bewusstsein, wie viel Zeit er fern von der Insel verbracht hatte. Das war nicht viel für ein neugieriges Wesen wie mich.

6

Der Abstand zwischen den Vorhängen in Sofías Zimmer wird mit jedem Tag ein Stückchen breiter. Vorher haben sich die beiden Schals fast berührt; jetzt klaffen sie mehr und mehr auseinander. Sie selbst öffnet sie in einer täglichen Übung der Kühnheit. Erst war es wie zufällig, eine Bewegung mit dem Arm, der scheinbar unabsichtlich die Vorhänge auseinander schob. Die Hand, die sich in den Falten der Kleidung verliert und sie in eine bestimmte Richtung glatt streicht. Dann gewann die Geste an Bestimmtheit und Präzision. Die Bewegung erfolgte nicht mehr wie zufällig, sondern wurde bewusst vom Willen gesteuert. Sofía war fröhlich, ohne es zu merken. Manchmal ertappte sie sich dabei, wie sie ein Liedchen trällerte, während der Stoff über ihren Armen lag. Sie sagte sich, sie wolle, dass das Licht hereinsprudelte. Sie verstand die Obsession der Dienstmädchen nicht, die dem Licht unbedingt Einhalt gebieten wollten. Die Vorhänge hatten die Formen des Meeres. Eine zögerliche Welle, die sich in die Höhle des Armes zurückzieht, der als Hafen dient. Wenn es sonnig war, ließ sie die Fenster den ganzen Nachmittag offen, und der Wind trieb den Stoff wie Salzwasser vor sich her. Sie, die nur selten das Meer zu Gesicht bekam, fühlte sich, als wäre sie an allen Ufern zugleich. Sie brauchte nur darauf zu warten, dass es Abend wurde.

Sie fing an, sich auszuziehen. Sie nestelte mit steifen Fingern am Hals der Bluse herum, als wären sie es nicht gewöhnt, jeden Knopf einzeln aufzumachen. Das war die Ungeduld. Wenn sie es geschafft hatte, ließ sie die Kleidung eine Weile um ihren Körper schweben, bis sie sie mit einer gewissen Verachtung losließ. Der Rock fiel gerade herunter bis zu den Knöcheln. Sie musste sich bücken, um ihn ausziehen zu können; die Strümpfe hingegen glitten ganz langsam an ihren Schenkeln hinab, wie schnurrende Katzen oder Seidenpapier. Manchmal streckte sie Hals und Arme aus, als wollte sie ein seltsames Gleichgewicht zwischen der Vertikalen und der Horizontalen herstellen. Sie, die sich wie ein Geigenbogen bewegte, der über ihren Körper strich. Sofía glitt über Sofía, wenn die Öllampen ihr Zimmer erleuchteten, damit sie vom Garten aus gesehen werden konnte.

Der Gärtner war fast noch ein Junge. Er mochte die Mimose, die neben dem Fenster wuchs. Hochaufgeschossen wie er war, steckte er sein Gesicht in sie, bevor er hinaufstieg. Manchmal hatte er noch gelbe Blütenspuren im Gesicht. Er kletterte mit der Geschicklichkeit einer Katze an den Rissen in der Fassade hoch. Er hatte das schon als kleiner Junge gelernt, als er mit den anderen Kindern spielte. Er kannte jeden Zentimeter der Fassade. Angefangen von den Regenrinnen, durch die bei Regen das Wasser hinunterschoss, bis hin zur Form der Steine. Er maß sie mit seinen Füßen ab, die den richtigen Untergrund fanden, von dem aus sie sich in die Höhe erhoben. Mit offenen Händen, die Handflächen ein wenig aufgeraut von dem Kontakt mit dem Stein, die Röte spürend, presste er sich an die Fassade. Er bewegte sich lautlos und nutzte aus, dass der Patio um diese Zeit ruhig war.

In den ersten Monaten war er auf einen der Äste des Zürgelbaums geklettert, die fast bis an das Fenster heranreichten. Deshalb hatte er sich sicher gefühlt. Dann vertrieb er sich die Zeit mit der Beobachtung von Sofías Gestalt, die undeutlich inmitten von Hell und Dunkel zu erkennen war. Es war eine Gestalt in Bewegung, die ihn an die Bäume im Garten erinnerte, wenn der Wind wehte. Sie hatte zierliche Arme und Knöchel wie junge Zweige. Er starrte sie an, während die Zeit verflog. Mehr wollte er nicht. Nur die Ruhe und die Möglichkeit, sie ansehen zu können, sich der Verführung durch einen Körper hinzugeben. Er konzentrierte sich auf einen einzigen Lichtpunkt, den des Zimmers, in dem sie sich befand, und kniff die Augen zusammen, damit sein Blick durch den Spalt der Vorhänge eindringen konnte. Wenn das Hindernis überwunden, wenn es ihm gelungen war, durchsuchte er jeden Winkel, bis er bei Sofía innehielt. Niemand hätte ihn von diesem Körper weglotsen können.

In den Mondnächten musste er sich verstecken, damit die Helligkeit ihn nicht verriet. Der Mond war ein Spion, der jede noch so kleine Geste verfolgte. Er erfasste und vergrößerte sie. Wenn er einen Arm bewegte, vervielfältigte sich der Schatten. Wenn alles so dunkel war wie ein Schacht, fühlte er sich sicherer, aber auch verwundbarer. Jeder hätte in seinen Aktionsradius einbrechen können, ohne dass er es zu verhindern vermocht hätte. Wenn ein verspielter Wind wehte, betete er, der Himmel möge sich wieder beruhigen. Wenn die Tramontana blies, verfluchte er die Winde. Manchmal fiel Regen. Das Wasser lief über sein Gesicht und spülte die Mimosenspuren fort.

Eines Abends war er kühn. Es war schon viel Zeit vergangen, seit er zu dem Treffen mit der Frau und dem

Baum kam. Ganze Abende hatte er damit zugebracht, die Füße auf den Ast gestützt, den Körper angespannt bei dem Versuch, noch einen Zentimeter näher an das Fenster heranzukommen. Und doch war die Situation immer die gleiche, zwischen ihnen lag eine Distanz, eine Ferne aus Glas und Dunkelheit, von der er gewünscht hätte, dass sie verschwände. Manchmal stellte er sich vor, dass er einen Satz machte und der Körper wie ein Pfeil auf das verschlossene Fenster zuflöge. Er zog sich einen Moment zusammen, um Kräfte zu sammeln. Dann streckte er die Arme senkrecht nach oben und reckte den Kopf nach vorne. Er war ein Projektil, das auf ein einziges Ziel gerichtet war: den Fenstersturz eines schlecht erleuchteten Fensters. Er dachte daran, aber er traute sich nicht zu springen. Er hatte keine Angst vor der Berührung des Glases mit seiner Haut, wenn der Körper dagegenschlug, sondern vor ihrer Reaktion. Um nichts in der Welt wollte er ihr Angst machen. Sie, die ihm erlaubte, sie aus der Ferne zu beobachten, würde es ihm vielleicht übel nehmen, wenn er versuchte, die Grenzen von dem, was stillschweigend erlaubt war, zu überschreiten. Wer weiß, ob nicht danach die Linie zwischen den Vorhängen kleiner würde, zu einem winzigen Spalt, durch den seine Blicke sich hindurchmanövrieren müssten.

Wenn er daran dachte, häuften sich die Zweifel. Die Unsicherheit, ein Rest des Ballasts der Pubertät, drängte sich allen anderen Gefühlen auf. Natürlich spielte auch die Angst, sie zu verlieren, eine Rolle. Was würde geschehen, wenn sie des nächtlichen Spieles überdrüssig würde? Wo würde er genügend Luft zum Atmen finden, um das Leben trotz ihrer Abwesenheit fortzusetzen. Jetzt, wo sie nur eine Gestalt hinter den Scheiben war, betete er, dass sie nie verschwinden möge. In gewisser Weise hatte er ihr Bild geraubt. Er bewahrte es in seinem Blick auf. Er hatte jede einzelne ihrer Bewegungen gespeichert, die Art, wie sie die Arme, die Beine, den Bauch bewegte. Es gefiel ihm zu wissen, dass sie ein Geheimnis teilten. Sie beide, so jung und so allein.

Der Schmerz, der aus einer Obsession entsteht, ist nicht laut. Es handelt sich nicht um die Schmerzbekundungen, an denen der ganze Körper beteiligt ist, die Stimme, die Gesten. Es gibt keine Anfälle, keine Übertreibung. Es ist ein tiefer, stiller Schmerz, der aus der Unmöglichkeit resultiert, sich zu bewegen, zu handeln, denn die Obsessionen lähmen unseren Körper und unser Leben. Bei der Obsession, die Ramón für Sofía empfand, herrschte die Angst vor. Eine Unruhe aus Fragen, die häufig keine Antwort fanden. Er fragte sich, ob er sie umarmen könnte, ob er viele Hindernisse überwinden müsste, um sich ihr anzunähern. Er fürchtete sich vor der Drohung endgültig geschlossener Vorhänge.

Bei der Obsession, die Sofía für Ramón empfand, herrschte der Schmerz vor. Eine Mischung aus Ungläubigkeit, was sie da erlebte, aus Schuldgefühl und Verwirrung. Oft, wenn ihr Mann früh aufstand, um zur Arbeit zu gehen, unternahm sie alles, um zwischen den Laken zu verschwinden. Er küsste sie auf die Stirn, und sie tauchte mit ihrer Lockenpracht unter das Kissen. Sie konnte die Tränen nicht zurückhalten. Sie hätte nie geglaubt, dass so viele davon in ihren Augen wären. Stille Tränen aus dem tiefen Schacht der Traurigkeit. Sie konnte nichts dagegen ausrichten. Wenn sie sie mit dem Handrücken wegwischte, tauchten sofort die nächsten auf. Ohne Eile nahmen sie ihren Weg von den Augen zu den Lippen. Sie hatten einen salzigen Geschmack, den sie manchmal mit der Zungenspitze auffing. Der ganze Mund war salzig. Dann bekam sie Durst.

Es gibt Obsessionen, die sind wie das hartnäckige Tröpfeln des Regens. Stellen wir uns einen Winterregen vor, der tage- und nächtelang anhält. Der Himmel ist grau, hin und wieder ein paar blaue Stellen. Es ist ein trauriger Himmel, weil wir traurig sind. Die Gedanken, die sich im Kopf festsetzen, rufen Traurigkeit hervor, weil sie allen anderen den Weg versperren. Die Sehnsüchte, die das Epizentrum unserer Welt einnehmen, erzeugen Schmerz, weil sie verhindern, dass neue Sehnsüchte entstehen. Wenn wir uns mit einem einzigen Gedanken blockieren und uns auf eine einzige Sehnsucht konzentrieren, die nicht erfüllt werden kann, leben wir eine Scheinexistenz. Einerseits vergehen die Tage in scheinbarer Normalität. Da sind die Töpfe, in denen Sofía ihre Marmeladen kocht, die Speisekammer der Küche, die Briefe der drei Tanten, die ruhigen Gespräche mit dem Ehemann. Da war der Garten, die Mimose, die sein Gesicht färbte, der Zweig des Zürgelbaums, die Orangenbäume und die Weinreben. Alles war vage real. Das einzig Gewisse waren die Abende und ein Fenster mit geöffneten Vorhängen.

Aus der Ferne zu begehren, das heißt, sich alles im Geist auszumalen. Das Begehren entsteht gewöhnlich aus der Distanz, aber es konkretisiert sich durch die Nähe, weil es auf Vereinigung drängt. Wenn es keine unüberwindlichen Hindernisse für die Nähe gibt, wird das Leben zu einem Fest aus Küssen und Berührungen. Jemanden zu berühren ist nicht einfach. Manch einer sagt, es sei keine Kunst. Wer kann die Haut eines anderen mit so geschickten Fingern streicheln, dass er erschaudert? Der Bogen spannt sich, die Saite der Geige gerät ins Schwingen, Musik erklingt volltönend. Es gibt Hände, die streicheln, als würden sie Düfte verteilen und den anderen in Schaum hüllen. Das Begehren wird real, wenn der andere anwesend, berührbar ist. Ein Körper, an dem man mit den Lippen entlangfahren, den die Hände mit begehrlichen Fingern erkunden können. Leib an Leib, feste Form, die im Spiel wirklich wird.

Sie mussten das Begehren aus der Ferne leben. Ramón verbrachte nach den Besuchen am Fenster die Nächte mit schlaflosen Augen. Sofía bemühte sich, sich nicht hin und her zu wälzen, um den Schlaf ihres Mannes nicht zu stören. Beide teilten das Gefühl unvollendeten Begehrens, als hätte man ein Fest mittendrin unterbrochen. Zuerst nahm das Begehren das gesamte Denken ein, als hätte es Flügel. Es konkretisierte sich in dem Wunsch, mit dem Körper des anderen zu verschmelzen, eins zu werden. Es war eine fast schmerzliche Erfahrung, denn es war ein einziges Drängen und Sehnen, ein eiliges Begehren, hungrig und groß. Als es zur Obsession wurde, nahm es das gesamte Wollen und Fühlen ein. Was bedeuteten die anderen Grundbedürfnisse, wenn sie das dringlichste nicht befriedigen konnten?

Sofía verlor ihre Begabung, Marmeladen zuzubereiten, den Instinkt für das exakte Verhältnis von Früchten und Zucker, für die Auswahl des saftigsten Fruchtfleischs, für die ideale Kochzeit. Einmal brannte ihr ein

Topf mit Aprikosenmarmelade an. Der Geruch durchzog das ganze Haus, und niemand konnte es glauben. Bei einer anderen Gelegenheit veränderte sie die Zuckermenge, und die Mischung landete im Müll. Wenn sie sich in der Küche einschloss, beteten alle, die Señora möge ihre Fähigkeiten zurückgewinnen, denn sie wurde allmählich unleidlich. Ramón vernachlässigte seine Pflichten. Er verbrachte den Tag dösend unter der Mimose im Garten und vergaß die Rosensträucher und die Bäume. Er hatte fast ständig gelbe Hände. Wenn er Sofía von weitem sah, zeigte er sie ihr. Sie lachte, als wäre die gelbe Farbe ihr Liebeszeichen, ihr Geheimcode. Die Würmer machten sich die Unaufmerksamkeit des Gärtners zunutze und fielen über einige Zypressen her. Die dunkelgrünen Blätter wurden braun. Eine klebrige Substanz floss den Stamm hinunter, und die Zweige vertrockneten. Der Gärtner beobachtete das überrascht, unfähig, ein Mittel dagegen zu finden. Nachdem er sich so viele Jahre um den Garten gekümmert hatte, hatte er sich nun von ihm entfernt. Das Efeu musste geschnitten werden, und die Blätter brauchten dringend Wasser. Die Orangenbäume hatten trockene Früchte, weil ihnen Wasser fehlte. Das Einzige, was Ramón interessierte, war, dass er selbst Durst hatte.

Das aus der Ferne gelebte Begehren verwandelt sich in eine Mischung aus Schmerz und Ungläubigkeit. Der Schmerz darüber, das geliebte Wesen nicht berühren zu können, der Zweifel, ob es jemals möglich sein wird. Wenn das Begehren sich auf den Blick, den Geruch, den Geschmack aus der Ferne beschränkt (welchen Geschmack hat wohl die Luft, die der andere einatmet?), ist damit nur ein Teil seines Potenzials gestillt. Da sind noch die Hände: die verwaisten Finger. Die Finger existieren nur, um andere Finger berühren zu können. Wenn sie das nicht können, frieren sie. Das von außen gelebte Begehren nährt sehnsuchtsvolle Gedanken. Sofía sehnte sich nach Ramón vor dem Spiegel in dem Zimmer, in dem sie sich jeden Nachmittag einschloss. Ramón sehnte sich auf dem Ast des Zürgelbaumes nach Sofía, manchmal völlig durchgefroren von der abendlichen Kühle, manchmal in der wohlwollenden Brise des Frühlings oder Sommers. Wenn sie sich hätten berühren können, wäre alles anders gewesen. Aber es war ein Fenster zwischen ihnen. Ein Fenster und ein Topf mit verdorbener Marmelade; ein Fenster und die verdursteten Hecken im Garten; ein Fenster und ein Ehemann, der nicht viel sprach.

Eines Nachts beschloss Ramón, den Schritt zu wagen, der die Distanz zwischen ihnen überbrücken sollte. Der Zürgelbaum war mit jedem Tag weiter von dem Fenster entfernt. Er hatte das Gefühl, sie waren durch viele Kilometer Luftlinie getrennt. Er musste sie verkürzen, um näher bei Sofía sein zu können. Er schaute die unteren Zweige an, auf denen er so viele Abende gesessen hatte. Er hatte sich an einen gewöhnt, der mit dem Stamm eine Art Stuhl bildete. Er hatte lange das Gelb der Blätter angeschaut, diese grünen Punkte, die Ockerfarbe annehmen konnten, und darauf gewartet, dass sie an den Spiegel trat. Da siegte die Ungeduld, die Lust, sie zu sehen, zu riechen. Trotz der Entfernung, trotz der geschlossenen Fenster stellt er sich ihren Geruch vor. Er hatte ihn sich an jenem Tag eingeprägt, als er ihr das Glas Wasser in den Garten gebracht hatte. Er hatte ihn mit der Haut, dem Haar, den Händen aufgesogen, als wäre er ein Flakon, der Sofías Duft enthielt. Jeden Abend öffnete er das Fläschchen ein wenig, damit ein Hauch herausdringen konnte. Aber nicht zu viel, denn er hatte Angst, den Duft zu verlieren. Gerade so viel, dass er eine Prise einatmen konnte.

Jener Nachmittag war nicht anders als die anderen. Ramón hatte sich nicht vorgenommen, den Ast des Zürgelbaums zu verlassen oder das Treffen irgendwie anders zu gestalten. Hätte man ihn gefragt, hätte er gesagt, er wollte nur dasselbe wie immer. Sie lange ansehen, bis die Lider erschöpft zu zittern anfingen. Sich in der Betrachtung verlieren, die alles andere als ruhig war, denn seine Gedanken waren aufgewühlt. Er wollte sich an der Form ihres Arms, der Biegung des Rückens, den Ansätzen der Brüste ergötzen.

Als er unter dem Fenster stand, überkam ihn der Wunsch, in ihrer Nähe zu sein. Er berechnete den Abstand vom Boden bis zum Fensterrahmen. Er schaute sich um, weil er sichergehen wollte, dass niemand ihn beobachtete. Es wäre nicht leicht gewesen, die abendliche Kletterpartie zu begründen. Ohne Eile begann er den Aufstieg. Es war wichtig, das Gleichgewicht zu halten und zugleich mit den Füßen die Stelle zu finden, an denen er sich abstoßen konnte. Die Wand fühlte sich rau an, und das gab ihm ein angenehmes Gefühl von Wirklichkeit. Eine unbekannte innere Ruhe trieb ihn weiter. Minuten vergingen, und er versuchte, den Atem zurückzuhalten und ihn den langsamen Bewegungen anzupassen. Wenn er langsam atmete, würde er nicht so schnell müde, dachte er. Er musste seine Kräfte einteilen, damit sie lange vorhielten, sonst fiel er womöglich. Und dann würde der Verwalter wegen des Geräuschs mit Fackeln in den Patio kommen, um nachzusehen, und ihn entdecken. Dann würden sie den Señor informieren, und das wäre sein Ende. Durch den Kontakt mit dem Stein verloren die Finger an Flexibilität und Gefühl. Jeder Rand hinterließ Spuren auf seinen Händen. Zum Glück war der Fensterrahmen breit. Er stellte sich darauf und sank seufzend in die Hocke.

Sofía stand vor dem Spiegel des Fensters. Ihre Nacktheit tat ihm in den Augen weh, so nah war sie. Mit der geschlossenen Hand klopfte er an die Scheibe, um ihr zu sagen, dass er da war. Sie schaute kurz über die Schulter, ohne sich umzudrehen. Sie stand auf Zehenspitzen, die Arme in der Luft und in der Taille ein wenig vorgebeugt. Er betrachtete sie mit offenem Mund. Sie kam an das Fenster, ganz nah an die Stelle, wo er sich hinsetzte. Ramón fuhr mit seinem Finger über die Scheibe und zeichnete die Form ihres Rückens nach bis zum Po. Dann tat er das Gleiche noch einmal. Sie war beschlagen von seinem Atem.

7

Ich erinnere mich noch an den Tag, an dem Großvater mir von seiner Verlobung mit Margarita Reus erzählte, einer fünfzigjährigen Frau, die in der Nähe der Casa de Albarca wohnte. Es war ein sonniger Maimorgen, auf den Feldern blühte der Mohn. Wir gingen nebeneinander her und genossen die frische Morgenluft. Zumindest traf das auf mich zu, denn ich ging wahnsinnig gern mit ihm spazieren. Großvater war immer noch ein feiner Mann, der galant den Stock mit dem Elfenbeingriff schwang. Er zeigte damit auf die Steine, die Kräuter am Wegesrand, die Tür eines Hauses oder auf eine der aus den Kaminen aufsteigenden Rauchwolken. Ich war angetan von seiner ruhigen Art zu reden, davon, wie er die Erinnerungen locker verknüpfte, mit Leichtigkeit von einem Gedanken zum nächsten sprang, wie es nur wachen Geistern eigen ist. Ich hätte ihm stundenlang zuhören können, weil er mich immer wieder überraschte. Seinen Worten zu lauschen, das war, als griffe man in eine Schatztruhe voller bunter Edelsteine.

Wie angenehm manchmal ein Gespräch sein kann. Auch wenn ich nicht exakt sagen könnte, worüber wir sprachen, kann ich mich doch sehr wohl an die Wirkung seiner Rede erinnern, dieser Mischung aus Ernsthaftigkeit und leiser Ironie, mit der er über Gott und die Welt sprach. Er brachte mich oft zum Lachen. Großvaters Worte hatten eine seltsame Wirkung: Sie beruhigten mich, und zugleich regten sie mich zum Nachdenken an. Ich bin sicher, dass er es nicht mit Absicht tat, aber er erweckte durch winzige Fragen, scharfsinnige Kommentare und sein Schweigen meine Neugier auf die Welt.

Einen ähnlichen Effekt hatte der Anblick der Bilder meiner Mütter. Wenn ich sie ansah, weckten auch sie eine riesige Neugier in mir, aber da war keinerlei Gefühl von Frieden. Im Gegenteil: Die Bilder beunruhigten mich. Ich hatte sie gerne um mich und sah sie an, aber sie vermittelten keine Ruhe. Wahrscheinlich, weil ich das Geheimnis in ihnen erahnte, auf dessen Grund ich nie vorstoßen würde, da mir der Schlüssel fehlte. Im Gesicht des Großvaters hingegen war nichts geheimnisvoll. Vielleicht ein Ausdruck verhaltener Emotionen, der erklärte, wie er mit den Wechselfällen des Lebens fertig wurde.

Der Himmel war strahlend blau, und ich kniff immer wieder die Augen zu, um mich vor den Sonnenstrahlen zu schützen. Das Licht betonte die Falten und Flecken auf Großvaters Händen. Ich konnte seine Haut ganz genau studieren, während wir durch das Grün und Rot der Landschaft gingen. Als wir an der Zisterne der Finca vorbeikamen, zeigte Großvater mit der Spitze des Stocks auf etwas Winziges. Ich hatte Mühe zu erkennen, was er mir zeigen wollte, und ich kniff die Augen zusammen, bis sie nur noch Schlitze waren. Es war eine kleine Kröte, die im Wasser herumsprang. Sie wich der Stockspitze aus, mit der der Großvater sie antippte. Da stellte er plötzlich aus dem Nicht heraus die Frage: »Kennst du eine Frau namens Margarita Reus?«

Er sagte den Satz nicht in einem besonderen Tonfall, er fiel einfach. Mit einer kleinen Anstrengung ließ er ihn über die Lippen kommen und in den strahlenden Morgen fliegen. Anscheinend eine einfache Frage, ohne Hintergedanken. Er hätte mich auch fragen können, was ich von dem neuen Gemeindevikar oder vom Bäcker halte. Ich war in Gedanken bei der Kröte auf der Zisterne. Ich musste über die Frage nachdenken, denn sie lag völlig außerhalb meines Interessenbereichs. Vor meinen Augen tauchte eine kleine, blasse Gestalt auf. Ich wusste nicht viel von ihr, obwohl ich sie schon eine ganze Weile kannte. Sie gehörte zu den Menschen, die nicht auffallen. Sie war ein nahezu unsichtbares Wesen, das in meiner Welt lebte, aber ich konnte mir beim besten Willen nicht vorstellen, was es für Berührungspunkte geben könnte. Es wunderte mich, dass Großvater, ein von Natur aus diskreter Mann, überhaupt Notiz von ihr nahm.

Es gibt solide und durchscheinende Menschen. Erstere sind aus einer Materie gemacht, die Unklarheiten nahezu ausschließt. Wir merken, dass sie einen Platz auf der Welt haben, weil sie selbst das kundtun. Ihre Anwesenheit füllt den Raum, in dem sie sich befinden. Niemand zweifelt an ihrer Wichtigkeit. Man muss sie im Gespräch erwähnen, wenn sich die Gelegenheit bietet, sie mit einbeziehen. Wenn sie sprechen, ist es normal, dass wir ihnen zuhören. Die Argumente haben einen zusätzlichen Wert, weil sie aus ihrem Mund kommen. Das hat nichts mit den physischen Eigenschaften zu tun. Es ist gleichgültig, ob man groß oder klein, dick oder dünn ist. Die soliden Menschen können alle Eigenschaften haben. Ihre Solidität geht darüber hinaus. Vielleicht verraten sie sich durch die Art, wie sie sich bewegen – selbstbewusst. Vielleicht durch ein paar Worte, mit denen sie die Aufmerksamkeit ihrer Zuhörer einfangen. Mein Großvater ist so ein solider Mensch.

Großmutter Margarita ist eine durchscheinende Frau. Die durchscheinenden Menschen haben sich im Drehbuch vertan. Sie sollten Figuren einer Erzählung sein und sind doch Teil der Alltagswelt. In der Erzählung hätten sie eine wichtige Rolle. Sie würden im Wald leben, hinter dem Wasserstrahl einer Quelle auftauchen oder sich in einer Höhle verstecken. Sie definieren sich durch ihre Vagheit. Bei ihnen ist nichts ganz sicher und nichts ganz Täuschung. Sie erscheinen schwach, fast zerbrechlich. Es sind durchsichtige Wesen, die wir manchmal mit einem Blick erfassen, meistens aber gar nicht wahrnehmen. Als ob sie gar nicht da wären. Ähnlich ist es bei ihrer Stimme. Sie sprechen so leise, dass ihre Sätze überhört werden. Das ist nicht nur eine Frage der Lautstärke, sondern der Intonation, die Sätze reihen sich gleichförmig aneinander.

Das hätte ich nie gedacht. Wie kann ein Mann, der so solide ist wie die Berge des Tramuntana-Gebirges hinter der Casa de Albarca, von einer Frau Notiz nehmen, die ein unscheinbares Blatt im Wind war? Meine erste Reaktion war Unverständnis, verknüpft mit einer Ablehnung, die ich mir nicht eingestehen wollte. Das Terrain war begrenzt. Es war kein Platz für noch mehr Frauen in unserem Garten. Zu Anfang, als ich noch heranwuchs, hatte der Großvater davon gesprochen, wie sehr er sie vermisste. Er tat das hin und wieder auf unseren Spaziergängen über die Felder von Sa Indioteria. Ich war der Vorwand, den er brauchte, um seine Vergangenheit aufrollen zu können, und im Grunde überflüssig, denn sobald er angefangen hatte zu erzählen, vergaß er mich völlig. Weil es seltsam ausgesehen hätte, wenn der Arzt auf seinen Spaziergängen Selbstgespräche führte, nutzte er meine Anwesenheit, um sein Herz zu erleichtern. Irgendwie erfüllte ich dieselbe Funktion wie sein Stock, der ihm half, weiterhin leichtfüßig einherzuschreiten, oder wie seine Brille, durch die er mit einem Blick die Gesichter der Vorbeigehenden erkennen konnte. Das machte mir nichts aus. Ich muss gestehen, seine Anfälle von Offenheit gefielen mir, ich wartete mit klopfendem Herzen darauf und versuchte, ihn zu animieren, indem ich schwieg. Ich wusste, dass das Schweigen die Erinnerungen in ihm wachrief, aus denen dann die Worte hervorsprudelten.

Er erklärte mir viele Dinge, die ich schwer in eine geordnete Struktur bringen kann. Es sind Gedanken, die mich immer begleiten, ganz tief in mir drin, auf dem Grund der Erinnerung. Er sagte, wenn jemand geht, sei das Schlimmste die Gewissheit, dass er nie mehr wiederkehrt, das Wissen, dass ein Teil unseres Leben weg ist. Das merkt man nicht gleich, versicherte er mir, man merkt es ganz allmählich bei den kleinsten Alltagsdingen. Wenn du dich nicht daran gewöhnen kannst, allein im Bett zu liegen. Du willst einen Satz sagen und weißt, dass die andere Person nicht da ist, um ihn zu hören. Zaghaft sprichst du ihn trotzdem aus. Aber das Zimmer hat kein Echo, das dir Gesellschaft leisten könnte, und der Satz endet auf deinen Lippen, als wäre nichts geschehen, und du begreifst, was Einsamkeit ist.

Die Tage und Nächte vergehen. Jeden Abend kehrst du zu dem Bett zurück, das du mit demjenigen geteilt hast, der nun fort ist. Lange Zeit traust du dich nicht, den anderen Teil des Bettes zu benutzen. Du ziehst eine imaginäre Linie, die den Raum auf zwei Personen verteilt. Eingehüllt in die Laken in deinem Bereich, erinnerst du dich, wie es war, als du den Arm ausstrecktest und den anderen Körper spürtest. Du stellst dir seine Formen, seine Wärme vor. Ohne es wirklich zu wollen, getrieben von einer trägen Sehnsucht, streckst du das Bein aus.

Dein Fuß überquert die unsichtbare, von dir selbst gezogene Grenze. Du suchst einen anderen Fuß, der nicht da ist, und findest eine riesige kalte Landschaft auf dem Laken.

Und dann kommt der Morgen. Alle Morgen der Welt sind zu einer einzigen großen Abwesenheit geworden. Du öffnest die Augen und siehst, wie das Licht strahlt. Dieser Überfluss von Licht passt nicht zu dem, was du willst. Du möchtest, dass die Nacht nicht aufhört. Im Schatten, der auf der Bettdecke liegt, schließt du erneut die Augen, damit die Dunkelheit dich wieder umfängt, die Dunkelheit, in die auch die Schmerzen gehüllt sind, denn sie haben dieselbe Farbe. Du fragst dich, ob die Gefühle wie die Menschen sind, ob sie geboren werden, wachsen und sterben. Du wünschst, dieses Gefühl von Abwesenheit möge sterben. Du möchtest sehen, wie es zusammenschrumpft und faltig wird. Du möchtest feststellen, dass sein abgezehrter Körper nur noch wenig Raum in deinem eigenen einnimmt, aber dem ist nicht so. Das Gefühl füllt dich völlig aus. Wohin mit der Sehnsucht? Wie kannst du erreichen, dass das Denken anhält und die Erinnerung an die winzigen Details aufhört, die mit schmerzlicher Genauigkeit immer wiederkehren?

Da sind Momente, die du schon verloren glaubtest, die du dann aber, ohne es zu wollen, zurückgewinnst. Diese Geste, die die Abwesende so oft machte, die Art, sich durchs Haar zu fahren, das Lächeln in den Augen oder den Mundwinkeln. Sätze, die sie bei einer bestimmten Gelegenheit gesagt hat, durch die die Erinnerung wieder schärfer wird. Es gibt Situationen, die hattest du ausgelöscht, und dann tauchen sie als Sequenz wieder auf, und du wirst zum Zuschauer und siehst erlebte Szenen vor dir. Das alles geschieht in deinem Verstand; deine Schläfen pochen. Du hast das Gefühl, du kannst das hartnäckige Drängen der Erinnerungen nicht ertragen. Auf der anderen Seite – sinnlose Widersprüche – willst du nicht, dass das Gefühl stirbt. Was bleibt von der Liebe, wenn du zulässt, dass sie flieht? Zitternd findest du sie in deinem Herzen, und du denkst, du musst sie bewahren. Dann änderst du deine Haltung. Du bemühst dich, dass die Dinge, die Teil des Lebens der anderen Person waren, in deinem Leben einen Platz bekommen. Du schaust ihr Porträt an und denkst, dass du ihr Gesicht nie vergessen willst.

Der Großvater redete, und die Worte erhoben sich wie einsame Vögel in die Lüfte, die Flügel über dem Grün ausgespannt. Manche flogen hoch oben, andere tief, direkt über den Gräsern am Wegesrand. Manchmal wäre ich ihnen gerne nachgelaufen und hätte sie wie Schmetterlinge eingefangen und unversehrt in einer Schublade aufbewahrt, damit sie nichts von ihrer Kraft verlören. Ich hörte ihn gern von seiner Sehnsucht sprechen. Wörter wie Wehmut oder Traurigkeit sagten mir nicht viel. Sie beschrieben Gefühle, die ich noch nicht kennen gelernt hatte. Gefühle, die ich misstrauisch aus der Distanz des noch nicht gelebten Lebens beäugte. Auf meinen Lippen waren es einfach nur Worte, eine Aneinanderreihung von Silben, die sich zu einem Wort verbinden. Wenn er sie aussprach, fiel es mir leicht, sie zu verstehen. Hinter jedem Wort waren all die Sätze, die Großvater sagte und die mir bis dahin ungekannte Bedeutungen eröffneten.

Sehnsucht, das war das Gesicht meiner Mütter, die

Art, wie Großvater die Augen halb schloss, wenn er an sie dachte; das fast unsichtbare Zittern der Hand, die den Stock hielt, der Versuch, das Thema zu wechseln, wenn er fürchtete, seine Augen könnten Funken sprühen. Er sagte dann: »Beeil dich, es gibt Regen«, oder er murmelte: »Die Felder sind flammend rot vom Mohn«. Sehnsucht, das war die Gestalt des verwundbaren Mannes, über den alle Winde hinweggefegt sind. Meine Hand in der seinen, geschützt wie in einer Höhle. Das Gefühl, zu spät gekommen zu sein, an welchen Ort auch immer. Ich hörte ihm zu. Ich trank seine Worte, als wäre es ein köstlicher Nektar.

Ich sagte mir, Wehmut war, wenn man nach Hause kam und niemand da war. Wenn man feststellt, dass die Stille in den Räumen wohnt, und man sich anstrengt, sich an ihre Stimmen zu erinnern. Die von Sofía, seiner Frau, und die von Elisa, seiner Tochter. Wenn man sich auf die Erinnerung konzentrierte und entsetzt merkte, dass man den exakten Klang ihrer Stimmen allmählich vergaß. Der Verstand ist unfähig, sie zu reproduzieren, und die Stille kann man nicht beugen. Man muss Instrumente finden, die uns ihr Echo bringen. Sofías Stimme war wie eine Geige. Nein, das trifft es nicht genau. Vielleicht wie eine Harfe, in der die Musik einer anderen Epoche schwingt? Auch nicht. Wer weiß, vielleicht wie eine Mandoline. Elisas Stimme als lebhafte Flöte, als Schellenklang. Zwei Stimmen wie für Klavier komponiert.

In jedem Zimmer, das er betrat, machte er Licht. Er setzte sich vor seine Bilder und fragte sich, ob er eines Tages, wenn er sich an sie erinnerte, nur diese beiden Bilder vor Augen haben würde. Dann bemühte er sich, ihre Gesten wieder lebendig werden zu lassen. Er stellte sich einen Tanz vor, vorgebeugte Körper, erhobene Arme, eine Hand, die eine Haarsträhne aus der Stirn streicht, das ruhige Lächeln seiner Frau, das unruhige seiner Tochter. Er erfand Schritte in allen Winkeln des Hauses, Rufe der Überraschung oder der Freude. Er sah Kleider, Hüte, Schuhe mit Absatz. Das Haus wurde zu einer lebendigen Bühne, die er zufrieden betrachtete.

Sehnsucht zu empfinden hieß jeden Tag ein wenig mehr mit dem eigenen Schatten zu verschmelzen. Der Schatten und du immer zusammen, allein. Das Gefühl, neben ihm zu gehen, sich in eine Verlängerung der Dunkelheit zu verwandeln, in eine Schattengestalt. Wo ist der Körper, der dich definierte? Auf welch seltsamen Wegen hast du ihn verloren, wenn du dich beim Blick in einen Spiegel nicht mehr erkennst? Manchmal denkst du, dass dir nur noch das Warten bleibt. Ganz ruhig bleiben, warten, dass die Zeit vergeht und die Stunde kommt, in der du sie wiedertriffst. Tief in deinem Innern sagt dir ein Fünkchen Klarsicht, dass du nichts überstürzen sollst. Das Feld ist noch rot von Mohnblumen. Da ist die Kröte in der Zisterne. Ein kleines Mädchen, das dir die Hand gibt und neben dir die Bedeutung der Wörter erlernt. Eine blasse Frau, die dich anlächelt, wenn ihr euch trefft. Anfangs hast du nicht reagiert. Du hast es nicht einmal bemerkt. Irgendwann hast du zurückgelächelt. Am darauf folgenden Tag hast du leicht den Kopf geneigt; sie hat das bestimmt an die Kavaliere aus früherer Zeit erinnert, und dir kam es lächerlich vor. Seit jenem Tag wartet sie sonntags am Eingang der Kirche auf dich.

Ich konnte nicht glauben, dass er diese Frau heiraten wollte. Sie passte überhaupt nicht in unser Leben eines Paares, das sich arrangiert hat. Ich war wütend, es war, als ob er mich betrügen würde. Was machte ich in diesem Haus, wenn er eine andere Frau hierher brachte? Es war ein strahlender Morgen, und wir gingen durch dasselbe Feld wie etliche Male zuvor. Dort hatte mein Großvater viele Worte gesagt. Es war, als würden sie noch um mich herumschweben. Ich musste nur die Hand öffnen und sie einfangen. Ich sagte es ihm: »Du kannst nicht heiraten!«

»Warum nicht, Carlota?« Es klang verlangsamt, als käme die Stimme von weither.

»Was sollen wir mit den Bildern machen, wenn du wieder heiratest. Sie wird sie nicht sehen wollen.«

»Darüber habe ich auch schon nachgedacht. Sie werden in deinem Zimmer hängen. Ich komme hin und wieder, um sie mir anzusehen. Es genügt mir zu wissen, dass sie da sind.«

»Du hast mir ein Leben lang von ihnen erzählt. Wir sind tausendmal spazieren gegangen: Ich habe geschwiegen, und du hast dich an meine Großmutter und meine Mutter erinnert. Du hast gesagt, ich würde dir helfen, sie nicht zu vergessen, du wolltest nicht, dass sie ausgelöscht werden.«

»Ich werde sie nie vergessen. Was glaubst du, an wen ich jeden Morgen denke, wenn ich die Augen aufmache? Welche Gesichter mich begleiten, wenn ich schlafe? Das eine hat mit dem anderen nichts zu tun, Carlota.«

»Ich verstehe dich nicht, das musst du mir erklären.«

»Margarita ist eine gute Frau. Diskret und ehrenwert,

sie hat ein großes Herz. In den letzten Monaten hatte ich Gelegenheit, sie kennen und schätzen zu lernen.«

»Kennen? Schätzen? In was für einer Sprache sprichst du da?«

»Ich will dir damit sagen, dass sie es wert ist. Ich rede gern mit ihr, und ich habe sie gern um mich.«

»Liebst du sie?«

»Lieben ist ein kompliziertes Wort, weil es viele Facetten hat. Nun, ich liebe sie auf eine neue, ruhige Weise. Es ist ein Gefühl, das mit den anderen Gefühlen nicht kollidiert. Es stört nicht«

»Großvater, ich bin enttäuscht. Du kannst die Einsamkeit nicht ertragen. Du fühlst dich allein, und deswegen heiratest du.«

»Und was ist dabei?«

»Es schmerzt mich, dass du nicht der starke Mann bist, für den ich dich gehalten habe.«

»Das ist ein Satz wie aus einem Film, Kind, aber das Leben ist anders. Ich gebe zu, die Einsamkeit ermüdet mich. Du bist ein junges Mädchen und glaubst, dass du die Welt im Griff hast. Bald wirst du ausfliegen. Das ist das Gesetz. Und ich werde nur noch dazu da sein, mich an sie zu erinnern und auf dich zu warten.«

»Und sie?«

»Sie sind seit vielen Jahren tot. Wir werden das nie ganz akzeptieren, aber es ist die Wahrheit. Sie leben, weil du und ich sie leben lassen. Wenn wir nicht mehr da sind, ist alles endgültig vorbei. Jetzt haben sie eine zweite Chance, durch die Erinnerungen zu leben. Wenn die Erinnerungen zu Ende gehen, wird von ihnen nichts mehr übrig bleiben.«

»Ich mag es nicht, wenn du so sprichst. Als wärst du ein anderer.«

»Es stimmt. Ich habe dafür gesorgt, dass du die Erinnerungen an sie schätzt, weil ich ihr Leben verlängern wollte. Aber Erinnerungen reichen nicht.«

»Was fehlt uns? Was fehlt dir?«

»Dir fehlt nicht sehr viel. Du hast deine Klassenkameraden. Dann kommt die Universität. Du wirst dir deine eigene Welt aufbauen. Aber mir fehlt Gesellschaft.«

»Hast du schon mit ihr gesprochen?«

»In unserem Alter braucht man nicht viel zu reden. Ich habe es ihr gestern Nachmittag gesagt und ihr von dem Leben im Haus erzählt. Ich habe ihr gesagt, dass wir allein leben, dass mir die Einsamkeit zur Last fällt und ich ihr gerne einen Antrag machen würde.«

»So direkt?«

»Ich kann nicht anders.«

»Und wie hat sie reagiert? Hat sie direkt ja gesagt, oder wollte sie noch darüber nachdenken?«

»Weder noch. Sie, die sonst immer so blass ist, wurde rot. Ich gebe zu, damit hatte ich nicht gerechnet.«

Großmutter Margarita wurde ohne viel Aufhebens ein Teil unseres Lebens. Oft tat sie so, als ob sie Dinge nicht sähe, die offenkundig waren. Anfangs fand ich das dumm. Tatsachen sind nun einmal so oder so, dachte ich, und sie kann das einfach nicht akzeptieren. Allmählich merkte ich, dass ihre Taktik, keinerlei Theater zu machen, sehr geschickt war. Sie vermied sinnlose Konfrontationen und bewahrte sich selbst vor unwürdigen Situationen. Sie hatte den Weg des Schweigens als Form der Annäherung gewählt, und sehr bald wurde das Schweigen zu ihrem

Komplizen. Sie hielt den Mund, wenn Großvater schlechte Laune hatte, wenn er und ich aus irgendeinem Grund stritten, wenn sie spürte, dass die Atmosphäre angespannt war. Zugleich fand sie immer das passende Wort, wenn es notwendig war. Sie war nicht eine Frau, die Luftschlösser baute, sie war umsichtig und wohlerzogen. Nicht gerade ein verführerisches Wesen voller Geheimnisse, aber man konnte gut mit ihr auskommen. Großvater machte keinen glücklicheren, aber einen zufriedeneren Eindruck. Er hatte an Ruhe und innerem Gleichgewicht gewonnen. Er lachte nicht viel, aber ich merkte, dass er mit seiner Entscheidung zufrieden war. Das war ein Trost für mich. In der ersten Zeit ihrer Ehe habe ich ihn wirklich bestraft. Wenn ich ihm zeigen wollte, dass ich ihm immer noch nicht verziehen hatte, schloss ich die Tür meines Zimmers ab, wo die Bilder hingen. Dann wirkte er wie ein Tiger im Käfig.

Großmutter Margarita hat mich in einer langen Schlacht besiegt. Nicht durch ihre Zurückhaltung, ihre Gelassenheit oder ihre Diskretion – zweifellos Tugenden –, sondern weil sie so zerbrechlich wirkte. Dieses Erscheinungsbild des kleinen Mädchens, das, aus einer anderen Welt kommend, bei uns gelandet war, eroberte mein Herz. Ich schaute ihre grauen Strähnen an, die einmal blond gewesen waren, und bemerkte diesen überraschten Ausdruck, den sie immer noch in den Augen hatte. Alles konnte sie in Staunen versetzen. Ihre Harmlosigkeit nahm mich für sie ein. Wir unterhielten uns nicht oft, aber ihre Anwesenheit wurde allmählich Teil der Familienlandschaft. Sie war ein Glücksfall in einer häufig dunklen, chaotischen Welt.

8

Das Fenster zeichnet sich in der Fassade wie ein Rechteck aus Licht ab. Die auf beiden Seiten zurückgezogenen Vorhänge sind von außen nicht mehr zu sehen. Sie geben den Blick frei auf das Panorama des Zimmers. Der Blick kann ungehindert die Gegenstände erforschen und sich auf dem sich bewegenden Körper niederlassen. Ramón fühlt sich dadurch anders. Er hatte sich daran gewöhnt, die Augen an den winzigen Spalt anzupassen, der ein verzerrtes Bild der Gegenstände darbot. Jetzt hat er das Gefühl, dass der Horizont sich plötzlich erweitert hat, die Linie ist zu einem Feld geworden, in dem man Reliefs, Ebenen, Abstufungen erkennen kann. Er ist nicht wieder auf den Zweig des Zürgelbaums geklettert. Der Baum ist Teil einer Epoche, die für ihn weit zurückliegt, eine sich ewig hinziehende Zeit der Annäherung, an die er ohne Wehmut zurückdenkt. Er hat gelernt, die Beine so zu beugen, dass er sich hinter den Scheiben, die ihn von der Welt trennen, auf den Fenstervorsprung knien kann. Für Ramón beschränkt sich die Wirklichkeit auf die Größe von Sofías Zimmer, die Gegenstände, die sein Blick erkennt, und vor allem die Frau, die ihn, das spürt er, jeden Abend erwartet.

Sie hat den Rückzug in ihr Zimmer zur Gewohnheit werden lassen. Wenn sie mit dem Essen fertig ist, leistet sie ihrem Mann bei einem Kaffee und einer Zigarette Gesellschaft. Eine kurze Unterbrechung an einem langen Arbeitstag. Nach der Ruhepause geht Mateo bis abends in seine Praxis zurück. Im Wohnzimmer führen sie ruhige Gespräche, die ihn beleben und sie unruhig machen. Für ihn sind die Gespräche mit Sofía Balsam. Er kann sich von all den vielen Wörtern befreien, die er sich hat anhören müssen und die ihn mehrheitlich nicht interessieren. Mit Sofía sind die Wörter eine kühle Brise, die ihm die Anspannung nimmt. Und sie denkt, dass ihr Mann ein guter Mensch ist und ihre Spielchen mit dem Gärtner nicht verdient hat. Aber sofort versucht sie, ihr gutes Gewissen wiederherzustellen, indem sie sich sagt, dass sie nichts Falsches tut. Sie ist nur die Hauptakteurin in einem Spiel der Blicke, über das sie nie zu reden wagte, nichts weiter. Der Ausdruck »Untreue« ruft in ihr einen tiefen Widerwillen hervor. Sie weiß, dass sie ihn geheiratet hat, um ihm treu zu sein. Ihr Körper ist ihm ja auch treu, aber die Blicke sind frei, wie auch die Gedanken, die an ungeahnte Orte fliegen, wenn Ramón sie ansieht. Dieses Spiel lässt sie erzittern. Sie würde für nichts auf der Welt darauf verzichten. Sie braucht es wie die Luft zum Atmen.

Wenn Mateo sich in sein Arbeitszimmer zurückzieht, geht sie die Treppe zu den Zimmern hinauf. Sie geht langsam, damit sie nicht den Eindruck erweckt, sie könne nicht schnell genug dorthin gelangen. Sie will nicht, dass die Dienstmädchen über sie reden. Sie hat sich tausendmal gesagt, dass sie sich natürlich verhalten und sich so bewegen muss, dass man ihr nicht anmerkt, wie gern sie alles hinter sich lassen möchte. Sie verkleinert die Bewegungen in der Absicht, die Gedanken zu zügeln, die auf den Fenstervorsprung zueilen. Jeder Schritt bedeutet einen Augenblick weniger Warten. Das erfreut sie. Wenn sie hinaufgeht, wirft sie einen kurzen Blick auf die Bilder auf dem Treppenabsatz. Da ist eines, das ihr besonders gefällt. Es ist ein Stilleben mit einem riesigen, reifen Kürbis und ein paar Quitten. Die Früchte sehen aus, als träte Sirup aus. Sie muss an die Konfitüren denken, und es ist, als könnte sie sie riechen. Sie möchte sie am liebsten nehmen und ihm schenken. Sie denkt, es ist gut, Aromen zu verschenken, denn sie täuschen nie.

Das Stück Flur vor ihren Augen wird länger. An diesem Punkt verspürt sie immer den Wunsch, mit einem Satz ans andere Ende zu gelangen. Ein kurzer Sprint, und sie wäre da, vor allen Blicken sicher. Sie bemüht sich um Geduld und Beherrschung. Er war sowieso noch nicht da. Sie schließt sich gern ein wenig vorher ein. Dann kann sie ihren Gedanken freien Lauf lassen und sich auf das Treffen vorbereiten. Sie stellt fest, dass ihr Körper die Initiative übernommen hat, ihr Atem geht schneller, ihre Schläfen pochen. Ihre Haut glüht. Das Herz schlägt rasch. Es drängt sie, die Flügel des Fensters weit für ihn zu öffnen, hinauszuspringen. Sie hat es nie getan, weil ihr Verstand ihr das verbietet. Sie lebt in einem Hin und Her aus Widersprüchen, das zur Qual wird. Das Herz und die Haut sagen in ihrem Begehren immer ja. Aber der Verstand widersetzt sich der Liebe.

An manchen Tagen ist das Warten süß. Warten kann zu einer einsamen Auszeit werden, in der das Begehren zunimmt. Sie hat entdeckt, dass Begehren ein Augenblick der Erfüllung ist. Die Gedanken werden zu fliegenden Kreaturen, und die Haut bekommt eine unerwartete Sensibilität. Der Körper vibriert, wenn das drängende Bedürfnis von ihm Besitz ergreift. Sofía legt sich auf das Bett. Sie deckt es nicht auf, es gefällt ihr, die Falten der

Bettdecke zu spüren. Da ist ein leicht raues Gefühl, sie spürt es im Gesicht, an den Händen, durch die Kleidung. Sie trägt ein Kleid aus Baumwolle, blau wie ein zerfließender Tag. Ihre Haarpracht fällt über die Schultern. Sie liegt gern so auf der Bettdecke. Sie breitet die Arme aus und umarmt das ganze Bett. Sie taucht noch ein wenig tiefer mit dem Gesicht ein, wie ein Tier, das in der Erde gräbt, um sich zu verstecken.

Bei anderen Gelegenheiten verliert das Warten seinen Liebreiz, weil die Ungeduld siegt. Eine unerklärliche Unruhe überfällt ihren Körper. Sie kann nicht ruhig im Zimmer bleiben. Sie ist unfähig, sich auf das Bett zu legen, weil die Reglosigkeit sie schmerzt. Das sind schwierige Momente, in denen sie nicht weiß, wohin sie treten soll. Die Trägheit, die sich im Verlauf der Monate entwickelt hat, kämpft gegen das Schuldgefühl. Warum wartet sie auf den Besuch eines Unbekannten? Sie fragt sich das voller Furcht, als würde sie mit einer anderen reden. Einer Frau, die beschlossen hatte, sich, ohne Fragen zu stellen, in eine merkwürdige Geschichte zu stürzen. Manchmal wollte sie dem Impuls, der sie dazu drängte, zu dem Treffen zu gehen, Einhalt gebieten. Aber was war das für ein Treffen, fragte sie sich, wenn sie nie miteinander sprachen? Sie versucht, sich mit Gründen zu rechtfertigen, die sie selbst als absurd erkennt. Sie weiß, dass es Verabredungen gibt, die unausgesprochen getroffen werden. Sie tun es jeden Tag. Jeden Abend, wenn Ramón das Haus verlässt, erneuern sie ihr Versprechen, sich wiederzusehen. Für morgen, für übermorgen, für alle Tage des Lebens. Es ist eine stillschweigende Übereinkunft, aber sie funktioniert. Sie brauchen keine Worte, die sie sich nicht sagen können, weil das Glas sie ersticken würde. Sie haben eine Liebe am Rande der Worte errichtet, die aus unverzichtbaren Gesten besteht wie die Luft, die man einatmet.

Ramón geht durch den Garten, ohne Lärm zu machen. Der Weg ist immer derselbe, und er versucht, keinerlei Spuren zu hinterlassen. Er muss vorsichtig sein, damit ihn niemand entdeckt. Falls ihm jemand über den Weg läuft, muss er seinen Schatten verschwinden lassen. Wenn es nur um ihn ginge, wäre es ihm egal, was die Leute sagen. Er steht in dem Ruf, ein menschenscheuer, merkwürdiger Junge zu sein. Aber bei ihr war das etwas anderes. Um nichts in der Welt wollte er, dass sie unter den Folgen ihrer Verrücktheit zu leiden hatte. Sofía musste von dem Gerede der anderen verschont bleiben. Er würde es sich nie verzeihen, wenn man sie entdeckte. Er ist verrückt vor Liebe, zu jedem akrobatischen Akt bereit, nur um sie betrachten zu können. Er muss sie sehen, um weiterleben zu können.

Er geht durch den Garten und denkt, dass der Weg zu weit ist. Wenn er so geschickt wäre, eine Abkürzung zu finden, wäre er beruhigt. Die Vorsicht verleiht ihm eine Langsamkeit, die den Rhythmus der Welt anhält. Tagsüber läuft man die Strecke in wenigen Minuten. Er hat es oft ausprobiert. Aber nachts ist jeder Schritt ein Risiko. Der Atem geht unregelmäßig und schwer. Die Nervosität besiegt ihn immer. Er berechnet die Schritte, die er noch vor sich hat, und es ist ihm, als müsste er sie mit einer enormen Last auf dem Rücken zurücklegen. Deswegen geht er gebeugt, mit vor Angst eingezogenen Schultern. Wenn er an der Fassade ankommt, fühlt er sich ein wenig erleichtert. Er weiß, er hat das schwierigste Stück noch vor sich. Er muss seinen Körper an den Stein pressen, mit den Händen nach den bekannten Ausbuchtungen tasten, die ihm als Stütze dienen, mit den Füßen auf die Vorsprünge steigen und nach oben klettern. Die Finger sind aufgeraut, die Knie stoßen gegen die Steine, aber er ist glücklich.

Sofía zieht ganz langsam ihr blaues Kleid aus. Sie öffnet die winzigen Knöpfe vom Hals bis zur Taille. An den Ärmeln sind auch welche, vom Unterarm bis zur Hand. Jeder einzelne ist wie ein Augenblick, der während des Wartens vergeht. Sie möchte, dass er sie mit dem über ihre Rundungen fallenden, seidenen Morgenrock vorfindet. Sie schließt ihn in der Taille. Er fällt senkrecht bis zum Boden. Sie hängt das Kleid in den Schrank und lauscht aufmerksam. Das Geräusch der Hände und Füße an der Fassade kündigt ihn an. Sie hält den Atem an. Sie betet, zu wem auch immer, niemand möge ihn entdecken. Einen Moment lang stellt sie sich vor, was geschehen würde, wenn man ihn entdeckte. Sie wird noch blasser, als sie Ramóns Anwesenheit hinter den Scheiben spürt.

Sie weiß, dass er der noch konturlose Schatten ist, wenn sich die Hände auf den Fenstervorsprung stützen. Einen Moment lang schwebt er in der Luft, und dann drückt sich das Gesicht an die Scheiben. Die Ahnung wird zur bewussten Wahrnehmung. Es dauert ein paar Minuten, bis sie die Gewissheit hat, dass er wirklich da ist. Es ist keine sofortige Entdeckung. Jeden Tag hat sie das Gefühl, ein kleines Wunder zu erleben, das Wunder von ein paar ihr nahen Augen.

Ramón klopft mit den Fingerknöcheln an das Fenster. Er macht das sehr diskret, damit niemand ihn hören kann. Es ist nur ein Zeichen, damit Sofía zu ihm kommt. Sie ist noch unentschlossen. Sie nimmt sich gern Zeit, um aufzustehen und zum Fenster zu gehen. Ihr Herz ist alles andere als ruhig. Die Ruhe ihrer Gesten passt nicht zu ihrem aufgewühlten Geist. Wenn sie nah vor ihm steht, schaut sie ihn an. Seine Augen suchen ihre und umgekehrt. Sie lächeln zufrieden, bevor das Spiel beginnt.

Der Stoff des Morgenrocks ist leicht, man spürt ihn fast nicht. Er gleitet über die Arme und den Rücken bis zum Boden. Die nackte Sofía ist eine andere Frau. Eine Frau mit einem kompakten Körper und einem straffen Bauch. Sie zieht die vielleicht ein wenig zu breiten Schultern zurück und gibt den Blick auf die festen Brüste frei. Die Brustwarzen sind klein wie zwei reife Kirschen und vor Erregung hart. Er ist immer noch vor dem Fenster und drückt die Handflächen gegen die Scheiben. Nur das Glas trennt seine Finger von dem Körper, der sich abzeichnet.

Sofía starrt auf Ramóns Hände. Eine Handfläche mit harter, rissiger Haut. Sie stellt sich das raue Gefühl bei der Berührung vor. Die Vorstellung erfüllt sie mit Glück. Sie schließt einen Moment lang die Augen und spürt den Druck seiner Finger auf ihrem Körper. Ein wenig schmerzhaft, er wird rosafarbene Abdrücke auf ihren Brüsten, ihren Schenkeln hinterlassen. Das macht ihr nichts aus. Sie möchte seine Hände überall spüren, sie sollen sie streicheln, ihren Rücken entlangfahren bis zum Po. Sie vergleicht diese Berührung mit der bekannten der Finger des Ehemannes. Er hat die sanften

Hände des eleganten Mannes, der grobe Arbeiten nicht kennt. Wenn er sie streichelt, spürt sie eine Zärtlichkeit, die ihr Herz entzündet, aber nicht die geheimen Spalten ihrer Haut. Mateos Zärtlichkeiten sind real, vorhersehbar. Sie wiederholen sich, sie haben den Geschmack des Bekannten. Sie waren ihr nie unangenehm, im Gegenteil. Sie haben eine beruhigende Wirkung, wenn sie nervös ist. Sie lindern ihr Leiden, sie lassen ihren aufgewühlten Geist zur Ruhe kommen. Sie kann nicht glauben, dass Ramón nie seine Hände auf sie gelegt hat. Das vorgestellte Gefühl ist so präzise, dass sie es in allen Einzelheiten beschreiben, sich an jeder Nuance ergötzen könnte. Seine Hände auf ihrem Körper sind realer als die von Mateo, wenn er sie umarmt.

Ramóns Atem geht unregelmäßig und schnell, als hätte er einen langen Weg querfeldein hinter sich: Seine Schläfen pochen, Schweißtropfen laufen ihm über die Stirn, die Hände glühen. Sie zeichnen sich auf der Scheibe ab wie ein Abziehbild. Sofía spreizt ein wenig die Beine und lässt die Finger zwischen die feuchten Schenkel gleiten. Sie kann nicht anders, ihr Körper lässt sich vom Rhythmus der Empfindungen leiten. Sofía verliert das Gleichgewicht und fällt langsam, Haar und Stirn zurückgeworfen. Ihr Gesicht ist schweißnass. Sie beißt sich auf die Lippen. Ramón würde am liebsten das Glas mit einem Schlag zerstören, in das Zimmer springen und sie in die Arme nehmen.

Es ist bestimmt schwierig, sich auf Distanz zu lieben, aber auf so kurze Distanz muss es fast schmerzlich sein. Wenn die Frau, die er begehrt, am anderen Ende der Welt leben würde, würde das Wissen, dass sie so weit weg ist, ihn traurig machen. Aber sie direkt vor sich zu haben und genau zu wissen, dass die Grenzen der Annäherung klar abgesteckt sind, ruft in ihm ein Gefühl hervor, das sich nur schwer erklären lässt. Auf der einen Seite ist da die Lust, alle Barrieren zu überwinden und hineinzugehen. Das hieße, die Regeln, die ihr Leben bestimmen, außer Acht zu lassen; Parameter, die von unterschiedlichen gesellschaftlichen Positionen sprechen, von einem Universum, zu dem er keinen Zugang hat, das er nur auf Zehenspitzen stehend beobachten kann. Auf der anderen Seite ist er davon überzeugt, dass Sofía sich verraten fühlen würde, wenn er durch das Fenster hineinkäme. Plötzlich wird ihm klar, dass dieses Fenster eine doppelte Rolle in der Geschichte gespielt hat. Wie viele Nächte hat er von diesem Rechteck aus Licht geträumt? Wie viele Rundgänge hat er mit betont abwesendem Gesichtsausdruck gemacht und auf den Abend gewartet. Im Fenster konkretisierte sich das Begehren. Er dachte daran, während er im Garten arbeitete. Er schaute es von weitem zufrieden an, weil es das Geheimnis seines Lebens barg. An vielen Morgen hatte er hochgeschaut, wenn es noch Stunden hin war bis zu dem Treffen. Wie Kopf und Zahl einer Münze war es für ihn Zauber und zugleich die Grenze des Freudentaumels.

Vor ein paar Tagen hatte Sofía ihm eine unerwartete Nachricht zukommen lassen. Weil sie nicht miteinander sprachen, wurden die Gesten bedeutsamer. Sie drückt sich über die Bewegungen des Körpers aus, der ihn so fasziniert. Ein Arm, der sich hebt, fliegende Finger, Augen, die sich mit seinen Blickgefechte liefern. Es war ein Abend wie jeder andere: die Erregung, das Zögern, der Wunsch, sich wiederzusehen. Jeder hatte seinen Weg zurückgelegt: sie über die Flure und Treppen und er die Fassade hinauf. Die Treffen hatten sich bis dahin mit der Exaktheit alter Rituale wiederholt. Sie sind beide angespannt. Ramón hat das Gefühl, gleich würde ihn jemand entdecken, angelockt vom Trommeln seiner Pulsschläge. Sie sind wie durchgehende Pferde, die über alle Hindernisse zu springen drohen, die er sich nicht zu überwinden traut. Sofía hat Angst, jemand könnte an die Tür klopfen und versuchen, in ihre Intimität einzudringen. Zum Glück ist das nie vorgekommen. Niemand hat sich getraut, in diesen Raum einzubrechen, der ihr jeden Abend ganz allein gehört. Die anderen glauben, dass sie vor dem Abendessen ein wenig ruht. Sie stellen sich vor, dass sie Zierkränze auf Tischdecken oder Blumensäume auf Taschentücher stickt. Jeder weiß, dass sie die Einsamkeit liebt. Sie ist eine Frau, die vor Menschenansammlungen flieht, die sich von unerwartetem Besuch gestört fühlt. Sie mag keine Besuche, die sie nicht erwartet.

An jenem Tag trafen sie sich mit derselben Dringlichkeit wie immer. Sie war vielleicht ein wenig nervöser als sonst, denn sie musste ihm ihr Geheimnis erklären. Sie hatte es noch niemandem gesagt, aber ihm musste sie es sagen. Was würde Ramón denken? Sie stellte sich diese Frage mit der Besorgnis, die das Unbekannte, Unvorhersehbare in uns hervorruft. Sie hätte nie gedacht, dass ihr so etwas passieren könnte. Das hatte sie sich nie gewünscht. Sie hatte den Gedanken ausgelöscht, als sie den Gärtner kennen lernte. Sie vergaß es einfach und lebte nur für die Treffen. Sie hatte einen Teil ihres Lebens verleugnet, als gäbe es ihn nicht. Mit einem weißen

Strich wurde alles aus dem Gedächtnis verbannt, was sie trennen könnte. Das mit ihnen war die einzige stabile, absolute Wirklichkeit. Der Rest bestand darin, sich von den Ereignissen treiben zu lassen, irgendwelchen Alltagsdingen, die sie nicht sonderlich beschäftigten. Sie musste das Haus verwalten. Also tat sie es. Sie tat es, ohne sich wirklich zu engagieren, die kleinen Gesten wurden schnell Routine. Sie musste die Marmeladen kochen. Sie erledigte es ohne die frühere Leidenschaft und irrte sich bei der Zuckermenge. Gläser mit viel zu süßer Marmelade stapelten sich in der Speisekammer. Sie musste Bettdecken mit mallorquinischer Stickerei versehen. In jedem Nadelstich steckte ein wenig von der inneren Unruhe, in der sie lebte, deswegen waren sie nie exakt. Da waren kleinere, mittlere und ein paar viel zu groß geratene Stiche. Sie musste bei ihrem Mann sein. Sie saß neben ihm, lächelnd und schweigend. Sie umarmte ihn mit geschlossenen Augen, während ihre Gedanken zu einem anderen Körper flogen.

Sofías Blick hatte etwas Düsteres, als verberge er etwas, das er nicht ergründen konnte. Ihre Gesten waren langsamer als sonst. Er sah, wie sie sich auszog. Die Bluse erhob sich in die Lüfte wie ein fliehender Vogel. Er sah die prallen Brüste, den gelenkigen Oberkörper. Die endlosen Beine, den wohlgeformten Rücken. Ramóns Penis schmerzte in seinem Käfig, ebenso sein Atem, der ihren nicht einsaugen konnte.

Plötzlich übernahm der Bauch die Hauptrolle. Er war federleicht, ein Schatten von Leib mit der Knospe des Nabels. Sie streichelte ihn, nur eine ganz leichte Berührung mit der Hand. Es verging eine Weile. Er hätte ihr gern gesagt, dass er sie liebte, aber das ist schwierig, wenn eine Scheibe dazwischen ist. Er sah, wie sie auf das Fenster zukam. Ihre Hände wollten ihm etwas sagen. Sie zeichneten einen Mond auf den Bauch. Ramón wurde blass. Er sprach es langsam aus, damit sie es von seinen Lippen ablesen konnte: »Du erwartest ein Kind.« Sofía nickte und sah ihn an. Ramón legte beide Handflächen auf das Fenster. Sie legte ihre auf die andere Seite, genau an dieselbe Stelle, an der seine waren. Zwei Paar Hände liegen aufeinander, dazwischen das kalte Glas.

9

Herzensangelegenheiten haben mich nie übermäßig beschäftigt. Man kann sagen, ich habe die Welt des Begehrens spät entdeckt. Wenn meine Freundinnen einander von ihren Schwärmereien erzählten – es ging fast immer um einen Klassenkameraden –, hörte ich zu, stellte anstandshalber ein paar Fragen und vergaß die Sache. Ich wollte keinesfalls einen unaufmerksamen Eindruck machen oder ihnen das Gefühl geben, dass ihre Sorgen und Nöte mich nicht interessierten. In Wirklichkeit konnte ich dem allem nichts abgewinnen. Die Mehrzahl der Jungen, die ich kannte, waren Kindsköpfe, die den Leuten nicht in die Augen sahen und nicht viel zu sagen hatten. Zu jener Zeit war ich zugleich schüchtern und eitel. Ich fühlte mich wichtig, weil ich in einem Haus voller Geheimnisse lebte. Ich unterschied mich von den anderen, weil ich einen Großvater hatte, der mich wie eine Erwachsene behandelte. Deswegen schaute ich ein wenig auf die anderen herab: Niemand war schlau genug, Großvater so zu verstehen, wie ich es tat. Die albernen Gespräche meiner Klassenkameraden fand ich langweilig. Sie redeten nur über Bildchen und Sport. Aber manchmal siegte die Schüchternheit.

Schuld an diesem Gefühlschaos war Ramón, der Gärtner. Ich erinnere mich an eine Begebenheit, die er bestimmt vergessen hat, die mir aber für immer im Gedächtnis bleiben wird. Ich war damals fünf oder sechs Jahre alt und trug zum ersten Mal ein neues Kleid mit dazu passendem Höschen mit Stickereien. Es war himmelblau mit weißen Tupfen, die aussahen wie kleine Wölkchen. Ich liebte dieses Kleid. Im Zimmer, vor dem Spiegel des Kleiderschranks, holte ich mit den Armen Schwung und drehte mich, damit das Röckchen hochflog. Dann sah man den Saum der Hose, der das gleiche Motiv hatte wie das Kleid. Ich war stolz und wollte den anderen diese perfekte Übereinstimmung vorführen. Ich lief durch alle Zimmer und suchte nach Großvater. Ich war sicher, dass ich ihm gefallen würde. Er war weder im Büro noch im Esszimmer, noch in der Bibliothek. Wenn ich feststellte, dass er nicht zu Hause war, verspürte ich immer ein gewisses Unbehagen, eine Unruhe in der Magengegend, den Wunsch, ihm nachzulaufen und laut nach ihm zu rufen. Aber ich beherrschte mich – wie immer.

Im Garten war es noch hell. Das weiß ich noch genau, weil ich damals dachte, dass ich dieselbe Farbe trug wie der Himmel. Das sind Eindrücke, an die man sich nach Jahren noch erinnert, auch wenn sie albern erscheinen.

Vielleicht vergisst du alle anderen Kleider deiner Kindheit, und du kannst dich nicht mehr erinnern, was für einen Schnitt, welches Muster und was für Ärmel sie hatten, aber du weißt genau, wie das einzige Kleid aussah, für das du dich begeistert hast. Vielleicht erinnerst du dich nicht einmal mehr an die Kombination, die du erst vor zwei Jahren für eine Hochzeitsfeier gekauft hast, zu der du aus bloßer Verpflichtung gegangen bist. Du hast alle Läden abgeklappert, um ein Kleidungsstück zu finden, in dem du eine gute Figur machst und das es dir erlaubt, den Schein zu wahren. Du hast es getragen und dich darin unwohl gefühlt, steif. Du hast es in den Schrank gehängt und vergessen. Aber hin und wieder fragst du dich, was wohl aus dem himmelblauen Kleidchen geworden ist, das du mit fünf Jahren getragen hast.

Ich wusste, Großvater würde auf sich warten lassen. Wenn er aus dem Haus ging, kam er immer erst abends zurück. Ich war enttäuscht, weil ich es ausziehen müsste, noch bevor er wieder da war. An diesem Abend würde er mich nicht sehen können. Von weitem erkannte ich Ramón. Ich kannte ihn, aber ich hatte kaum Kontakt zu ihm. Ich fand, dass sein mürrisches Gesicht etwas Abweisendes hatte und dass er mich nicht sonderlich mochte. Er sprach wenig mit mir und sah mich nicht an. In dieser wunderbaren Festung, dem Garten, hatte er mich immer für einen Störenfried gehalten. Ich hatte das Gefühl, dass er mir aus dem Weg ging. An jenem Abend war mir das Blau des Kleides zu Kopf gestiegen. Die Freude machte mich schwindelig, wie wenn wir auf die Kirmes gingen und ich mit dem Riesenrad fuhr. Ich musste an den Feiertag denken, an dem Großvater mich einfach vergaß, obwohl ich neben ihm saß und zu viel Wein trank. Ich sah Sternchen, und die Welt drehte sich. Ich habe mir auf einer Toilette die Seele aus dem Leib gekotzt. Damals kam ich zu dem Schluss, dass man nichts vergessen darf, weder ein Kleidchen und noch weniger seine Enkelin.

Ramón hockte mit dem Rücken zu mir auf dem Boden. Seine Hände waren rötlich braun wie der Ton. Er hatte ein Loch gegraben und holte gerade die letzten Wurzeln heraus, und da sah er mich. Er schaute mir fest in die Augen. Ich war noch ein Kind und wollte diesen Blick nicht verstehen, der auf mir ruhte. Ich könnte schwören, dass es kein feindseliger Blick war, aber auch kein herzlicher. Man könnte sagen, er suchte etwas Unbestimmtes in meiner Anwesenheit. Er sah mich mit der Aufmerksamkeit an, die wir dem zuteil werden lassen, was wir nicht verstehen, um dann herausfinden zu wollen, was uns am Verständnis hindert. Er schaute mich fragend an, aber das war mir gleichgültig, mich interessierte nur mein neues Kleid. Wir sagten beide nichts. Er war viel zu konzentriert auf etwas, das ich nicht verstand, und ich freute mich, weil ich endlich jemanden gefunden hatte, dem ich mein neues Kleid zeigen konnte. Ich stellte mich vor ihn, aufrecht, so als wollte ich bis in den Himmel hineinwachsen. Ich erinnere mich an die Szene und muss ein wenig lachen: Ein kleines Mädchen, dass sich reckt und streckt, um größer zu wirken. Ich wollte nicht älter wirken, sondern in diesem riesigen Garten Raum einnehmen.

Manchmal suchen wir nur danach, dass jemand davon Notiz nimmt, dass wir existieren. Das ist uns wichtiger als alles andere auf der Welt. Wir möchten, dass sich ein Augenpaar auf uns richtet und uns erkennt. Von anderen geachtet oder zumindest akzeptiert zu werden, bedeutet, dass wir uns lebendig fühlen. Das wusste ich mit meinen fünf Jahren nur allzu gut. Ich nahm die ernste Haltung wichtiger Situationen an und sah ihn an. Ramón ließ seine Arbeit ruhen und schaute mich erneut an, anders, als würde er darauf warten, dass ich etwas sagte oder eine Frage stellte. Aber ich sagte nichts. Ich zog den Rock hoch, weit genug, damit er merkte, dass die Hose darunter genau dieselbe Farbe hatte. Es war eine stolze, zufriedene, fragende Geste. Ich suchte nach einer Antwort auf meine Freude.

Es gibt Gesichter, die verändern ihren Ausdruck so gut wie nie. Die Muskeln haben immer die gleiche Spannung, egal, ob sie lachen oder weinen. Die Brauen haben in der Wut und der Angst dieselbe Krümmung. Es sind maskierte Gesichter. Man hat den Eindruck, jemand habe beschlossen, ihnen eine bestimmte Form zu geben: die Lippen versiegelt, ausdruckslose, straffe Wangen, unerforschlicher Blick. Diese Gesichter bekommen keine Falten, ihre Ausdruckslosigkeit bewahrt sie vor diesen kleinen Furchen, die das Leben zeichnet. Sie trocknen aus wie eine auf einem Tablett in der Küche vergessene Frucht. Sie verlieren an Glanz und Helligkeit. Sie werden immer kleiner und dunkler, bis sie wie leblose Gegenstände wirken.

Andere Gesichter spiegeln die Gefühle durch unterschiedliche Mimik wider. Die Bewegungen der Lippen, der Augen, der Brauen und der Stirn sind immer wieder anders. Ein Gesicht kann dann zu einem Satz, einem

Brief oder einem Gedicht werden. Es kann uns so vieles sagen, dass die Wörter überflüssig werden. Die Wörter haben sich in die Züge hineingelegt und ihnen Kraft verliehen. Wir sehen auf den ersten Blick, was uns dieses Gesicht sagen will.

Ramón sah mich an, und ich begriff sofort, dass ihm missfiel, was ich getan hatte. In seinem Gesicht zeigten sich die verschiedensten Gefühle. Er war überrascht, die Augenbrauen bildeten einen riesigen Bogen, der an den Eingang zu einer dunklen Höhle denken ließ. Da war auch Wut, Zähne und Lippen waren fest aufeinander gepresst, die Wangen waren hart wie Felsen. Sein Kinn zitterte leicht. Und ich war wie ein vom Wind getriebenes Blatt. Auf einmal kam ich mir lächerlich vor, wie ich dastand mit dem Kleidchen und der passenden Hose und auf die Zustimmung eines Mannes wartete, der mich jeden Moment wegscheuchen würde. Ich lockerte den Griff der Hände, die den Saum des Kleides festhielten, und es glitt langsam nach unten, bis es Unterhose, Schenkel und Knie bedeckte. Obwohl alles scheinbar wieder beim Alten war, konnte ich mich nicht von der Stelle rühren. Die Scham hatte Wurzeln geschlagen, und ich konnte die Füße nicht vom Boden heben.

Wir blieben eine ganze Weile ruhig stehen, einer vor dem anderen. Keiner sagte ein Wort, während der Nachmittag in melassefarbigem Licht unterging. Ich weiß es deshalb, weil das Blau des Kleides sich plötzlich auflöste. Ich hätte ihm gerne gesagt, dass ich nicht wusste, was los war. Ich verstand diesen ablehnenden Gesichtsausdruck nicht, dieses bedrohliche Gesicht, ich hatte ihm doch nur mein Kleid zeigen wollen. Ich war fünf Jahre alt, und ich weiß nicht, wie lange ich noch so schweigend stehen geblieben wäre, hätte ich nicht eine Stimme aus dem Haus gehört, die mich rief. Ich nahm alle Kraft zusammen und lief los. Ich lief, als wäre die Angst hinter mir her und würde mich jeden Moment an der Taille fassen.

Seit jenem Tag mied ich ihn. Wenn ich den Eindruck hatte, dass er irgendwo im Garten war, nahm ich einen anderen Weg. So ging das während einer ganzen nahezu wolkenlosen Kindheit. Die Jahre vergingen, und der anfängliche Schrecken hatte sich gelegt. Irgendwann traf ich ihn doch. Wir sahen uns an, beide mit unseren Dingen beschäftigt. Ich erzitterte nicht mehr, denn jene Episode hatte an Kraft verloren. Die Konturen waren schwächer geworden, bis sie schließlich in der Reihe von Anekdoten aus der Kinderzeit unterging. Aber manche Erinnerungen vergisst man nur scheinbar. Es vergeht manchmal viel Zeit, bis wir das Bild zurückerobern. Wir erinnern uns zunächst an ein Detail, aber den Rest können wir nicht rekonstruieren. Wir denken darüber nach, aber wir kommen immer wieder an den Ausgangspunkt, die Lücke, zurück. Manchmal dachte ich an ein himmelblaues Kleid. Ich erinnerte mich vage, was geschehen war, war dann aber wieder mit anderen Dingen beschäftigt. Es dauerte, bis die Episode aus dem Nebel wieder auftauchte.

Meine Kindheit verlief ruhig. Ich lebte in dem Schutz von Großvater und der Gespenster meiner Mütter, die immer in meiner Nähe waren. Es waren glückliche Tage, in denen mir Unruhe, Angst und Schmerz noch unbekannt waren. Der Schmerz kam erst später, als ich, inzwischen erwachsen, wie besessen in den Geheimnissen der Vergangenheit herumwühlte, weil ich ahnte, dass darin der Schlüssel zu meiner Gegenwart lag, dass ich nicht leben könnte, ohne meine Geschichte zu kennen. An jenem Nachmittag im Garten vor dem schweigenden, feindseligen Ramón wusste ich noch nicht, was ich über ihn erfahren sollte. Ich wusste auch noch nicht, dass die zwischenmenschlichen Beziehungen sehr feine Geflechte sind, die im Verlauf des Lebens aufgebaut und gelöst werden. Großmutter Margarita, die sehr zurückhaltend war und mir sinnloses Leiden ersparen wollte, sagte zu mir: »Verschwende nicht deine Energie darauf, die Vergangenheit zu ergründen. Das war und ist nicht mehr … vergiss es.«

»Das sagst du nur, weil du willst, dass ich wie du werde und alles stillschweigend hinnehme, aber ich bin nicht wie du. Ich bin neugierig, ich interessiere mich für dic Dingc.«

»Die Neugier ist eine schlechte Ratgeberin. Du wirst nichts dabei gewinnen, wenn du in Geschichten herumwühlst, die nicht die deinen sind.«

»Die Geschichten meiner Familie sind auch ein wenig meine.«

»Nein, du hast deine eigene Geschichte. Bemüh dich, sie so zu leben, wie es dir am besten erscheint, aber halte dich nicht mit der Vergangenheit auf.«

»Wir sind nie einer Meinung. Für mich ist die Geschichte meiner Großmutter meine Vergangenheit. Und auch die Geschichte meiner Mutter. Mein ganzes Leben waren sie Gespenster für mich, unwirkliche Wesen, die mir halfen, glücklich zu leben. Und auf einmal, wo die Zweifel kommen und ich entdecke, dass ich nur einen kleinen Teil von ihnen kannte, willst du mir verbieten, mich mit ihnen zu beschäftigen.«

»Ich habe kein Recht, dir irgendetwas zu verbieten.« Sie lächelte leicht. »Außerdem bin ich als Letzte in diese Gemeinschaft gekommen. Ich will dir nur Leid ersparen, und auch deinem Großvater, wenn ich kann. Er ist kein starker Mann. Ein Teil seiner Seele lebt in dieser Vergangenheit, die du wieder ausgraben willst. Lass ihn sie sich erträumen, wie er will. Bring ihn nicht mit Entdeckungen durcheinander, die ihn leiden lassen.«

»Du schützt ihn. Das kannst du gerne tun, aber du kannst mich nicht daran hindern, die Wahrheit darüber herausfinden zu wollen, was mit meiner Mutter passiert ist.«

»Ich habe sie kennen gelernt, als sie sehr jung war. Ich habe sie immer für eine wunderschöne Frau gehalten.«

»Wie auf dem Porträt?«

»Schöner als auf dem Porträt. Als dein Großvater mich bat, ihn zu heiraten, dachte ich, das kann nicht wahr sein. Er hat zwei so tolle Frauen um sich gehabt. Warum sollte er mich heiraten wollen?«

»Am Anfang habe ich das auch nicht verstanden. Aber jetzt denke ich, er hat eine hervorragende Wahl getroffen.«

Viele Jahre hatte ich nicht einmal gewusst, dass es eine Vergangenheit zu erforschen gab. Solange die Vergangenheit nur aus zwei Bildern und Großvaters Worten bestand, lebte ich ohne Höhen und Tiefen. In der Casa de Albarca war die Welt eine Festung voller Frieden. Sobald man durch das Gattertor in die Finca kam, waren alle Sorgen wie weggeblasen. Die Bäume wuchsen, auch wenn ich nicht darauf achtete. Die Jahreszeiten folgten aufeinander und brachten uns leichte Brisen oder raue Windstöße, intensive Farben oder sanfte, immer neue Nuancen. Ich ging in eine Schule, deren Uniform mich an die Erde in den Händen des Gärtners erinnerte, mit grünen Wollstrümpfen, die bis unters Knie reichten. Zu jener Zeit überwog in mir die Schüchternheit. Die Eitelkeit kam später. Ich war ein verlegenes kleines Mädchen, das sich ungeschickt bewegte, weil es möglichst wenig auffallen wollte. Außerhalb der Grenzen des Hauses, in dem ich mich allmächtig fühlte, wirkte ich wie ein verschrecktes Tierchen, das sich vor den anderen verstecken will.

Ich lernte halbe Wahrheiten und halbe Lügen, wie das in der Schule so ist. Ein paar Freundinnen hatte ich die ganze Schulzeit über. Sie waren wesentlich selbstbewusster als ich, zumindest nach außen hin. Die Schüchternheit spielte mir übel mit. Sie ließ mich unsicher, wankelmütig und wenig risikofreudig erscheinen. Dabei war das Gegenteil der Fall, aber es gelang mir erfolgreich, das zu verbergen. Die Skepsis, mit der ich der Welt gegenüberstand, war eine Art Schutzschild, hinter dem ich mein eigenes Reich aufbauen konnte, ein Reich aus Überraschungen und Schweigen, aus erfundenen Geschichten und Spielen.

Jene Schule hatte einen Garten, der mich ein wenig an den zu Hause erinnerte. Es gab Gattertore, und man musste eine Glocke betätigen, wenn man eintreten wollte. Das war gar nicht so leicht, denn sie war verrostet vom Regen. Es hieß, man hätte versucht, sie durch eine Klingel zu ersetzen, aber die Ergebnisse wären unbefriedigend gewesen. Und uns Schülern gefiel der verrostete widerhallende Klang. Der Garten hatte eine Rasenfläche, auf der wir uns im Sommer in die Sonne legten. Den Körper natürlich von der erdfarbenen Uniform bedeckt. Ich lag gerne so ruhig da und starrte in den Himmel. Wenn er klar war, erinnerte er mich an die Farben meiner Palette. Wenn Wolken auftauchten, versuchte ich, Formen zu erkennen: den Rücken eines Elefanten oder das Profil eines Wals. Einmal glaubte ich, die Gesichter von den Porträts zu sehen. Wolken und Dunst fügten sich so zusammen, dass sich in ihnen Sofías Locken und Elisas Blick abzeichnete. Es freute mich, sie dort zu entdecken, so ganz in meiner Nähe. Ohne ihre Gesellschaft fühlte ich mich häufig sehr einsam.

Ich betrachtete sie eine Weile. Plötzlich veränderte sich der Himmel, und die Gesichtszüge von beiden waren deutlich zu sehen. Ich sah den schlanken Hals, die hohen Wangenknochen, die Augen, die mich überallhin verfolgten. Ich lag im Gras und fuhr mit den Fingern die Formen nach. Ich war glücklich. Ich dachte, wenn ich nach Hause käme, müsste ich Großvater davon berichten.

Die Grundschulzeit zieht sich wie ein goldener Faden durch mein Gedächtnis. Keine ausgefranste Stelle, kein Riss, denn es gab keine großen Widrigkeiten oder erschreckenden Erlebnisse, alles hatte die klaren Konturen der Wolken im Patio. Dann kam ich aufs Gymnasium. Großvater dazu zu bewegen war fast eine Heldentat. Er hätte mich lieber auf eine Nonnenschule geschickt, wo der goldene Faden seine Fortsetzung gefunden hätte. So wäre ich eingehüllt in Watte aufgewachsen und hätte die Welt durchs Schlüsselloch betrachten können, aber das wär's dann auch gewesen. Aber als ich älter wurde, hatte ich die Teilansichten des Lebens zunehmend satt, und ich wählte ein freies Gymnasium voller Bögen und Palmen, wo wir morgens auf der Treppe in der Sonne saßen. Wir fühlten uns dort vor der Zeit erwachsen, und, wie das Leben so spielt, meine Schüchternheit legte sich überraschend schnell.

In jener Zeit machte mein Körper eine eigenartige Metamorphose durch. Ich wurde größer und schlanker, so dass die viel zu langen Beine und die Arme, die mir ständig im Weg gewesen waren, im Verhältnis zum Körper ein normales Maß hatten. Ich ließ mir das Haar bis über die Schultern wachsen. Augen und Mund waren immer noch zu groß, aber niemand – nicht einmal ich – musste bei ihrem Anblick an Rotkäppchens Großmutter denken. Der Rock und der Pullover meiner alten Schuluniform verschwanden aus dem Schrank. Ihren Platz nahmen Jeans, eng anliegende T-Shirts und Röcke ein, die oberhalb des Knies endeten.

Die Eitelkeit, die schon immer irgendwo in meinem Charakter angelegt war, wuchs in dem Maße, in dem die Schüchternheit abnahm. Ich hielt mich nicht für wichtiger als die anderen. Ich merkte nur, dass ich nicht mehr die unscheinbare Gestalt von früher war. Ich traf mich mit Jungen in meinem Alter. Wir gingen ins Kino, verbrachten den Nachmittag in der Bar hinter der Schule, oder wir diskutierten zwischen den Schulstunden über das Gute und das Böse.

Als mich ein Klassenkamerad zum ersten Mal küsste, schwebte ich nicht im siebten Himmel. Ich war atemlos – nicht etwa, weil ich so überwältigt war, sondern weil er mich wie ein Bär gepackt hatte –, und mein Gesicht war voller Speichel. Insgesamt ein unangenehmes Gefühl. Jemand, der es gut mit mir meinte, sagte, beim Küssen bräuchte man Übung. Ich gab mir die größte Mühe, aber das Ergebnis war nicht berauschend. Die Technik verbesserte sich, nicht aber die Wirkung. Manchmal, wenn ich Alkohol trank, konnte ein Kuss zu einem angenehmen Austausch von Zärtlichkeit und gutem Willen werden. Manchmal erzeugte die Berührung der tastenden Zungen eine gewisse Erregung, aber wenig mehr. Ich war wirklich enttäuscht von der Geschichte, die der Rest der Welt so mystifizierte.

Man hatte mir eingeredet, ein Kuss könnte so tief wie das Wasser eines Brunnens oder des Meeres sein, man müsste ihn langsam kosten, um den Geschmack des anderen herauszufinden. So ein Kuss würde das Leben lebenswert machen. Ich glaubte, Küssen wäre ein Gefühl, als hielte man das Gesicht in den Regen, ließe die Tropfen darüber laufen, um sie mit den Lippen aufzufangen. Der Kuss würde im Körper zu einem zitternden Blatt, während die Welt anhält. Ich dachte mir Arme aus, in denen ich ausruhen und leiden, lachen und weinen konnte, ich wollte mich in einem Kuss verlieren, der nicht endet und doch nur einen Augenblick dauert und nach nicht viel schmeckt. Die Jahre und das Leben vergingen. Bis ich eines Tages diesen Kuss fand. Das war zu einer Zeit, als ich schon überzeugt war, dass das alles reine Lüge war. Ich konnte es nicht glauben. Mit einem Schlag veränderte sich mein Leben. Seit er mich geküsst hatte, wurde alles kompliziert.

10

Das Fenster hebt sich kaum noch von der Fassade ab. Wenn die Jalousien geschlossen sind, kann man es nur noch vage erkennen, wenn man ganz nahe herangeht. Er musste zu dem Ast des Zürgelbaums zurückkehren, weil es keinen anderen Platz in der Nähe des Fensters gab. Es war wie früher, als er auf den unteren Zweigen gesessen und darauf gewartet hatte, dass durch die Vorhänge ein Spalt Licht nach außen drang. Nur mit dem Unterschied, dass es dieses Licht jetzt nicht mehr geben würde. Er weiß es, wie er auch weiß, dass die Nacht stockdunkel und die Luft kalt ist. Er musste sich eine dicke Jacke anziehen, um sich vor der Kälte zu schützen. Er weiß nicht, wie viel Zeit er an den Baum gelehnt verbringen wird. Manchmal hält er es nur kurze Zeit aus, gerade lang genug, um einen Blick nach oben zu werfen. Und manchmal vergehen Stunden. Das passiert, wenn die Gedanken sich wieder in die Lüfte erheben. Er versucht, das zu vermeiden, weil es wehtut, wenn sie wieder auf dem Boden landen, aber manchmal ist er nicht schnell genug, um sie aufzuhalten. Die Wege in der Luft bestehen aus Blasen und führen nirgendwohin. Die Gedanken fliegen zu lassen ist eine Art Selbstmord, bei dem man für wenige Momente tiefe Lust empfindet.

Ramón weiß noch nicht, wohin er gehen wird. Irgendjemand hat gesagt, die Reisen würden helfen, die Wunden der Liebe zu heilen. Er glaubt, dass seine nicht geheilt werden kann, das Leid ist allzu gegenwärtig und sein Leben für immer geprägt. Er hat das Gefühl, man hätte ihm die Seele aus dem Leib gerissen, auch wenn er noch nicht so genau weiß, was das ist. Es schmerzt jedenfalls. Er stellt sich vor, dass er sich nackt in einem Dornbusch wälzt, bis der Körper blutet. Wenn dann alles wie Feuer brennt, streut eine Hand Salz in alle Wunden, um das Leiden zu vergrößern. Wenn er darüber nachdenkt, kommt er zu dem Schluss, dass es so nicht ist. Die Dornen und das Salz in den offenen Wunden könnte er ertragen, aber nicht diesen anderen Schmerz. Er malt sich die schrecklichsten Folterqualen aus, aber keine wäre schlimmer als das, was er gerade durchmacht. Er umklammert den Stamm des Zürgelbaums und fragt sich, was er mit den verbleibenden Jahren seines Lebens anfangen soll.

Ramón ist ein junger Man. Er ist es gewöhnt, auf Schwierigkeiten zu stoßen, die er mit Anstrengung und Willen überwinden kann. Er ist sehr willensstark und widmet sich dem Leben mit derselben Intensität wie seiner Arbeit. Es ist das erste Mal, dass er feststellen muss, dass es Situationen gibt, in denen der Wille nicht ausreicht. Dass es manchmal nicht genügt, etwas unbedingt zu wollen und alles dafür zu tun, damit der Wunsch Wirklichkeit werden kann. Manchmal ist die Lage aussichtslos. Nicht locker lassen zu wollen ist, als schlüge man mit dem Kopf gegen die Wand: schmerzhaft und sinnlos. Ramón ist starrköpfig und will das nicht einfach hinnehmen. Er will nicht zulassen, was ihm passiert. Erst reagiert er mit unkontrollierter Gewalt. Seine Haut ist aufgeschürft von den Faustschlägen, die er dem Stamm des Zürgelbaums versetzt hat. Plötzlich wacht er mit einer Zange in der Brust auf. Er hat das Gefühl zu ersticken und ist schweißgebadet. Das Einzige, was er tun kann, ist, hinaus in den Garten zu gehen und zu laufen, kilometerweit, weit über die letzten Grenzsteine der Finca hinaus. Er wirkt wie von allen guten Geistern verlassen, verloren, verrückt.

Die zweite Phase des Schmerzes ist gemäßigter. Ramón verspürt den Zwang, sich an eine Wand zu drücken, als würde er Schutz suchen. Dann kauert er sich zusammen. Mit gebeugtem Rücken und angezogenen Beinen wird er ganz klein. Er möchte mit dem Stein verschmelzen, Stein werden, ohne jede Empfindung. Er schläft vor Erschöpfung ein, den Kopf zwischen den Armen. Er träumt von Sofía, von dem lockenumrahmten Gesicht, den Augen, die ihn ohne jede Scham ansehen, dem schlanken Körper, den er nie in seine Arme schließen durfte. Er hat sie so oft und so intensiv angesehen, dass er ihre Züge auswendig kennt. Was gibt einem die Berührung der Haut, wenn die Augen sie vorwegnehmen? Welche Bedeutung hat eine Zärtlichkeit, wenn die Blicke mit viel größerer Weisheit das geliebte Wesen einhüllen? Das Begehren kann zu einer Berührung werden, aber auch zu einem Blick.

Es heißt, die Distanz würde alles heilen. Das hat er von den Erwachsenen, die sich in fast allem auskennen. Er fragt sich, ob er ihrem Rat folgen soll. Er hat Bedenken, den bekannten Raum zu verlassen, den Garten, den er von jedem Winkel aus abgemessen hat. Und auch wenn es verschlossen ist, leistet das Fenster ihm Gesellschaft. Für alle anderen mochte es ein Fenster wie jedes andere sein. Er weiß, dass es einzigartig ist: Es ist der Ort, wo er die Liebe entdeckte, wo die Stunden verflogen, wo er glücklich war. Er weiß, dass er nicht einfach tatenlos dasitzen kann. Aber er weigert sich zu akzeptieren, dass das Leben weitergeht, dass er die Verrichtungen des Tages, der Woche, der Jahreszeiten wieder aufnehmen muss. Eine Saison nach der anderen, bis er ein verbitterter, trauriger alter Mann ist.

Er hatte nie darüber nachgedacht fortzugehen. Die Welt beschränkte sich für ihn auf den Raum, den er kannte und täglich betrat. Man hat ihm gesagt, dem sei nicht so. Das wäre nur ein unbedeutender Teil von dem, was er entdecken könnte. Da waren ferne Länder mit unaussprechlichen Namen. Meere, die unbekannte Ufer überspülten, Häfen, in denen die Schiffe Schutz suchten, Wellen, die die Luft mit Gischt erfüllten. Reißende Flüsse mit Steinbrocken, deren Kanten von anderen Steinen abgeschliffen wurden. Er kannte nur die fast immer trockenen Flussbette Mallorcas. Wenn er sich entschließen könnte, die Insel zu verlassen, würde er in See stechen und in ferne Länder reisen, wo das Leben und die Leute völlig anders waren. Diese fremde Umgebung würde ihm helfen, wieder auf die Beine zu kommen. Er konnte nicht hinnehmen, dass alles einfach so weitergehen sollte, dass er jeden Tag dieselben Leute, dieselben Szenen, die geschlossenen Jalousien sah. Wegzugehen hieße, dem sicheren Tod zu entkommen, denn im Schmerz zu versinken, das war wie ein langsames Dahinsiechen. Es hieße aber auch, eine Lüge zu akzeptieren und so zu tun, als gäbe es ein Weiterleben, als hätten die Treffen niemals stattgefunden, als hätte es Sofía und ihr Lachen nicht gegeben. Er weiß, dass sie ihm viele Nächte gehörte hatte, und er will nicht, dass die Erinnerungen verschwinden. Er will sie in der Nähe des Herzens bewahren, während er nach neuen Wegen sucht.

Es gab Tage, da hatte Ramón den Eindruck, das Leiden wäre wie eine riesige Pflanze, die das Wasser aus dem Topf sog, in den er es gepflanzt hatte. Jeden Morgen begoss er es mit frischem, klarem Wasser, damit die Traurigkeit ungehindert wachsen konnte. Er wollte nicht, dass sie vertrocknete. Wie gerne hätte er die Augen geschlossen und alles vergessen.

Man hatte ihm beigebracht, dass Männer nicht weinen. Auch wenn man ihnen das Herz bricht oder die Wut sie auffrisst, sie müssen stark sein. Ramón weint, er kann nicht anders. Er tut es im Verborgenen, halb tot vor Scham. Wenn er es verhindern könnte, würde er sich besser fühlen, weniger verwundbar. Tränen sind nur eine Mischung aus Wasser und Salz, was ist das schon, sagt er sich oft, und diese Feststellung beruhigt ihn ein wenig. Das Schlimme ist, dass sie so unerwartet auftauchen. Er versucht, vor den anderen so zu tun, als wäre nichts geschehen. Er schreitet erhobenen Hauptes durch die Gegend, führt dieselben Gespräche wie immer, wiederholt Belanglosigkeiten. Und im unpassendsten Moment tauchen sie auf. Sie kommen ohne Vorwarnung, zum Beispiel während er mit dem Nachbarn darüber spricht, wie wichtig es ist, die Orangenbäume zu beschneiden. Dann fängt er an zu blinzeln, sagt, es sei ihm etwas ins Auge geflogen oder der Rauch würde ihm in den Augen brennen. Die Tränen fallen wie ein leiser Regen. Er kann sie nicht aufhalten. Besiegt murmelt er irgendeine Entschuldigung, dreht sich um und geht nach Hause.

Weit weggehen. Das Bündel schnüren und viele Kilometer zurücklegen. Einen Kampf zwischen der Distanz und dem Leiden aufnehmen. Solange der Zürgelbaum und das Fenster da sind, wird sein Schmerz keinen Trost finden. Eine Kleinigkeit genügt, um ihn wiederzubeleben. Eine gut gemeinte Bemerkung, eine harmlose Frage, sogar ein Schweigen. Alles würde sich zu einem Berg auftürmen, der zwischen ihm und dem Leben steht. Er spürt, dass er die Neugier noch nicht verloren hat. Auch wenn er sich seit Tagen für nichts mehr interessiert, tief in seinem Inneren will er Neues erfahren, Dinge kennen lernen. Jemand hat ihm erzählt, dass es weit weg ein Land mit riesigen grünen Feldern gibt, auf denen spindeldürre Frauen arbeiten. Sie haben die dunkle Haut von denen, die viel ertragen müssen. Sie tragen Silberreifen an den Knöcheln, denn sie sagen, das bringt Glück. Sie fragen sich nie, warum sie in Armut leben müssen. Ihr Elend lässt sie den Blick nicht vom Schrecken abwenden. Sie bewegen sich sinnlich, barfuß. Ihre Saris schmücken die Erde mit bunten Flecken.

Er weiß, wenn er geht, lässt er keine Geschichte hinter sich. Auch wenn er noch sehr jung ist, hat er doch schon gelernt, dass wir das Erlebte immer mit uns herumtragen. Wir können unser Leben durch die Distanz nicht abschütteln, es wandert mit. Die Gegebenheiten verändern sich, es kommen neue Elemente hinzu. Wenn er geht, nimmt er Sofías Gesicht mit. Ihre kleinen gekrümmten Füße, wenn sie auf Zehenspitzen stand. Und die riesigen Augen, die voller Licht waren. Ihr Seiltänzerinnenkörper würde ihn begleiten. Er hatte eine Legende gelesen, die *Der Fluch der Seiltänzerin* hieß. Sie spielt in Udaipur, einer Stadt in Indien, wo es einen See in Form einer Bucht gibt. Die Seiltänzerin hatte mit dem Maharadscha eine Wette abgeschlossen. Er würde ihr die Hälfte des Reiches schenken, wenn sie es schaffte, den See von einem Ende zum anderen auf dem Seil zu überqueren. Das Mädchen bewegte sich behände wie ein Vögelchen und verlor nie das Gleichgewicht. Die Jungen, die ihr zusahen, hielten den Atem an. Es war nur noch eine Handbreit bis zum Ziel, da schnitt ein böswilliger Adeliger das Seil durch. Sie fiel in den See. Kurz bevor sie ertrank, blieb ihr noch Zeit, den Maharadscha zu verfluchen. »Du wirst niemals Kinder haben«, sagte sie. Ramón denkt, hätte doch Sofía jemand mit denselben Worten verflucht.

Das letzte Mal, als er sie sah, wurde es dunkel im Garten. Die Vorhänge waren offen, und das Fenster strahlte wie ein Scheinwerfer in die Bäume. Es war vielleicht nur Einbildung, hervorgerufen durch die Lust, sich in dieses Licht zu beugen, aber er hatte den Eindruck, aus dem Fenster ströme Zitronenduft. Es war ein intensiver Duft, den er tief einsog. Das Wissen, sie zu sehen, erfüllte ihn mit Freude, so als würde ihm an einem Frühlingstag die Sonne ins Gesicht scheinen. Wärme auf den Wangen, im Nacken, auf den Lidern, die er schließen musste, um nicht geblendet zu werden. Das Leben war zu einer Kette von Lichtmomenten geworden.

Er kletterte auf den Vorsprung an der Fassade. Er schaute durch die Scheiben und sah ihren Bauch. Er hatte beobachtet, wie er in den Monaten gewachsen war. Während er immer runder wurde, veränderte sich Sofías ganze Erscheinung. Sie ruhte in sich wie ein Vogel, der sich auf einem Ast niedergelassen hat, oder wie ein Schiff an der Landungsbrücke. Sie empfing ihn mit einem Lächeln in dem Morgenrock, den sie in den letzten Wochen getragen hatte, die Hände schützend über dem Bauch gekreuzt. Auch wenn sie weiter weg war als sonst, ganz auf sich und das, was in ihrem Inneren geschah, konzentriert, war er glücklich.

Er ahnte nicht, dass er sie nicht wiedersehen würde. Später fand er das ungerecht. Er hätte merken müssen, dass ihre Zeit zu Ende ging. Er hätte es voraussehen müssen, aber solche Dinge kann man nicht voraussehen, oder vielleicht war er nicht aufmerksam genug gewesen. Abgelenkt von dem Zitronenduft, hatte er jenen anderen Geruch nicht wahrgenommen. Er war subtiler, nicht so intensiv, bestand aus winzigen Partikelchen, Ahnungen. Manchmal nimmt uns die Intensität der Gefühle so gefangen, dass wir andere, nahe liegende Dinge gar nicht wahrnehmen – das ist tückisch. Der Mittelpunkt der Welt war Sofía. Dieser volle Leib war nur eine Anekdote, eine andere Form der Schönheit. Wie jeden Tag verabschiedeten sie sich, indem sie die Hände auf die Scheibe drückten. Er sah an dem feuchten Abdruck, dass ihre verschwitzt waren.

An jenem Abend setzten bei Sofía die Wehen ein. Als die Fruchtblase platzte, hatte sie das Gefühl, fortgeschwemmt zu werden. Die Vögel hatten noch nicht angefangen zu singen, als die Hebamme kam. Sie bat um heißes Wasser und Handtücher. Sofías Stirn war in Falten gezogen, sie hatte die Hände um die Stangen am Kopfteil des Bettes gekrallt. Neben ihr versuchte ihr Mann, der Arzt, ihr die Geburt des ersten Kindes zu erleichtern. Sie war lang und hart, und die Nacht zog sich hin. Es hatte den Anschein, als weigerte sich das Kind, auf die Welt zu kommen, während es die Kräfte seiner Mutter aufsog. Bevor sie starb, bat Sofía, man möge die Vorhänge aufziehen, die Fensterflügel weit öffnen und alle Lichter anmachen. Ihre Stimme war nur noch ein Hauch.

Im Garten schaute Ramón auf das erleuchtete Fenster. Als er schlafen gehen wollte, sah er, dass die Hebamme kam, und dann tat er nichts anderes als warten. Stundenlang brannte eine Lampe im Innern des Zimmers. Er stellte sich, ausgehend von diesem Lichtpunkt, die Bewegungen im Zimmer, Sofías Schmerz vor. Er wollte sie begleiten, den körperlichen Schmerz im selben Rhythmus spüren wie sie. Er spürte es in den Schläfen, in dem Kopf, der nicht stillhalten wollte, in der zugeschnürten Kehle, im Zittern der Hände. Stunden vergingen, jede so angespannt wie die Saite einer Geige. Er saß in eine Decke gehüllt auf dem Boden, zwischen den Bäumen, den Kopf auf die Hände gestützt. Ab und zu schaute er nach oben und sah, wie das Licht zitterte. Es war ein seltsames Licht, das größer wurde und dann wieder abnahm. Dieses Hin und Her quälte ihn. Er hatte das Gefühl, dass Sofías Lebenskraft mal erstarkte, aber dann wieder schwächer wurde wie das Licht. Er wäre gerne zu der Hauswand gegangen und zum Fenster hochgeklettert, aber er wusste, das war verbotenes Territorium. Es blieb ihm nichts anderes übrig, als zu warten.

Die Lichtexplosion machte ihn blind. Irgendjemand hatte Dutzende von Kerzen in dem Zimmer angezündet. Die Lampen warfen ein gelbes Licht in den Garten. Der Zitronengeruch überflutete ihn, er war wieder da. Einen Moment lang war er der glücklichste Mann der Welt. Sofía war es, die ihm diesen Lichtstrahl sandte. Es war ein Zeichen der Liebe. Das wurde ihm klar, als ein paar Hände die Vorhänge und Fensterflügel öffneten und das Licht nach außen drang. Es war vorbei. Sofías Kind war geboren, und sie wollte ihm sagen, er könne sich beruhigt zurücklehnen. Am liebsten hätte er laut gelacht und die Baumstämme umarmt. Oder wäre einfach losgelaufen, den Weg zwischen den Zypressen entlang.

Plötzlich totale Dunkelheit. Alle Lichter gingen aus. Eine enorme Erleichterung machte sich in ihm breit, eine angenehme Ruhe gab ihm das Maß der Dinge, das Bewusstsein von der Welt zurück. Eilig schlossen die unbekannten Hände die Vorhänge und ließen die Jalousien herunter. Was war da los? Er spürte eine fast schmerzliche Eile, die so gar nicht zu der vorausgegangenen Lichtexplosion passen wollte. Er hielt den Atem an. Ob sie wollten, dass sie nach der Geburt ein wenig ruhte? Er verstand nichts mehr. Er wusste, dass dieses Licht ein Geschenk von Sofía an ihn war. Er hatte es gespürt, sie hatte ihm sagen wollen, dass sie ihn liebte, weil sie wusste, dass er im Garten war. Von Ferne hörte er Klagen. Sehr bald merkte er, dass da ein Tod beweint wurde.

Sie war bei der Geburt gestorben. Ramón glaubte, wenn er bei ihr gewesen wäre, wäre sie nicht gegangen. Wenn er sie hätte in seinen Armen halten und ihr sagen können, sie dürfe nicht nachgeben, hätte sie den Schmerz ertragen. Sie war eine starke Frau, die nichts so schnell umwarf. Sie ist gegangen, ohne dass er, weit weg von den Vorhängen, den Jalousien, dem Vorsprung in der Fassade, irgendetwas hätte tun können. Von da an war er eine ziellos herumtreibende, verlorene Seele. Ohne zu wissen, warum, fühlte er sich dem Hausherrn nah, dem anderen

Mann, der seine Frau verloren hatte. Vorher war er ihm immer ausgewichen. Er war eifersüchtig gewesen, weil er Sofías Mann war und sie umarmen konnte. Er war neidisch darauf, dass er ihr körperlich nah sein konnte, dass er das Glück hatte, mit ihr das Bett zu teilen und ihren Atem einsaugen zu können. Oft hatte er sich vorgestellt, wie sie im Schlaf ruhig atmete. Jetzt kann keiner von beiden sie haben. Beide leiden stillschweigend, zurückgezogen von der Welt, an ihrer Abwesenheit. Es lohnt nicht zu warten, dass die Frühlinge und die Herbste vergehen, denn sie wird nicht wiederkommen. Wenn Ramón den anderen Mann von weitem ansah, war sein Gesicht traurig, nachdenklich, auf einen einzigen Gedanken konzentriert. Ramón geht nicht zu ihm. Er hat keine Ahnung, was er mit seinem Leben anfangen soll. Er würde am liebsten Blütenblatt für Blütenblatt herausreißen, als wäre es eine Blume, bis nur noch ein nackter, verletzlicher, schwindender Rest übrig ist. Das Leben hat seine Bedeutung verloren.

Die Sonne ist ein kränkliches Licht, das zwischen dicken Wolken hindurchscheint. Es überwiegen die Grautöne und ein undefinierbares Blau. Ramón geht durch den Haupteingang ins Haus. Er hat eine schwere Tasche mit seinen Habseligkeiten dabei. Der Arzt empfängt ihn mit dem abwesenden Ausdruck, den er immer hat, seit er seine Frau verlor. Er weiß, dass der junge Gärtner in die Welt hinaus will und gekommen ist, um sich zu verabschieden. Er betrachtet ihn mit einer Mischung aus Desinteresse und Neugier. Einen Moment lang beneidet er ihn. Es ist ein Glück, wenn man sein Leben einfach einpacken und verschwinden kann. Er würde dasselbe tun, wären da nicht die vielen Verantwortlichkeiten, die ihn mit unsichtbaren Seilen an das Haus binden. In seinem Blick liegt, trotz des distanzierten Tons, eine gewisse Sympathie. Und auch Ramón hätte ihm fast so etwas wie Herzlichkeit entgegengebracht, wäre da nicht das Bild gewesen. Er hatte nach oben geschaut und Sofías Porträt gesehen. Von dem Bild schauen ihn zwei Augen erwartungsvoll an. Er muss sich zusammenreißen, um die Traurigkeit zu unterdrücken. Der Abschied ist hart. Er hört Mateos Worte: »Ich habe gehört, du verlässt uns, du willst ein Schiff nehmen.«

»Ja, Señor, ich möchte andere Länder kennen lernen.«

»Richtig so. Du bist jung und hast die Energie dazu. Ich bedaure das wegen des Gartens. Du hast eine gute Hand für Pflanzen.«

»Mir tut es auch Leid. Ich werde das Haus bestimmt vermissen.«

»Wenn du des Reisens müde wirst, möchtest du vielleicht zurückkommen.«

»Ja, vielleicht.«

»Schreib mir, wenn es so weit ist.«

»Danke.«

Ramón schaut auf zu dem Bild. Mit verschleiertem Blick verlässt er den Salon und macht sich auf den Weg. Seine Schritte sind unsicher, mechanisch. Wenn er an diese Szene zurückdenkt, ist sie verworren. Er erinnert sich daran, dass er einen Moment lang gezweifelt hat und unentschlossen vor dem Bild der Geliebten stand, aber nicht an viel mehr. An das Gewicht der Reisetasche auf dem Rücken und ein Schiff.

Elisa

11

Elisa hat die dunkle Haut ihres Vaters und die Gesichtszüge ihrer Mutter. Als sie auf die Welt kam, waren die Lider fast geschlossen und die Augen zwei schmale Schlitze in dem von den Qualen der Geburt ganz blauen Gesichtchen. Der Wulst in der Stirn ließ in den ersten Stunden denken, dass die Natur es nicht sonderlich gut mit ihr gemeint hatte, als hätten die schlechten Feen ihr von Sofías Tod berichtet. Sofía sah auf dem Totenbett wunderschön aus. Wie von Zauberhand hatte das schmerzverzerrte Gesicht wieder die feinen, harmonischen Züge von früher angenommen. Der Ehemann wich nicht von ihrer Seite, er war zu aufgewühlt, um dem kleinen Mädchen Aufmerksamkeit zu schenken, das gerade geboren worden war. Die Frauen klagten, dass ihre Jugend und ihre Anmut nun für immer verloren waren. Die Uhren wurden angehalten, und das Fenster wurde abgedunkelt, damit das Sonnenlicht sich nicht über die Traurigkeit legen konnte. Es begannen die Gebete für die Seele, die die Welt verlassen hatte. Alles konzentrierte sich auf den Verlust, und niemand widmete dem Neugeborenen viel Zeit.

Als Elisa endlich Tage nach ihrer Geburt die Augen öffnete, erkundete sie ihre Umgebung mit einem ruhigen Blick, der über die Gegenstände und Personen glitt, ohne irgendwo innezuhalten. Lange, schwarze Wimpern verdunkelten die Augen, die eine verwässerte, undefinierbare Farbe hatten. Allmählich verschwand die blaue Färbung an der Stirn, und die Haut wurde rosa. Ihr Vater war immer noch zu sehr mitgenommen, um sich ihr zu widmen, aber die Dienstmädchen kümmerten sich abwechselnd um sie und fuhren sie im Garten spazieren. Tagsüber war der Garten ein Feuerwerk an Farben. Nachts wurde er zu einer anderen Welt. Alle Farben verschwanden, und es blieb nur noch der Glanz der weißen Blumen und silbernen Blätter, die zu Lichtpunkten wurden.

Die Tage ihrer Kindheit vergingen langsam, wie das bei den ersten Lebensjahren ist. Sie bestanden aus sich wiederholenden Ereignissen, kleinen oder großen Entdeckungen, die man nie vergisst. In ihrem Fall gab es keine großen Ereignisse, die diesen ersten ruhigen Blick durcheinander gebracht hätte. Das Wässrige in den Pupillen verschwand allmählich. An seine Stelle trat der dunkle Grund einer mondlosen Nacht. Niemand wusste, woher sie diese Maurenaugen hatte. Die Augen ihrer Mutter waren ganz anders, sie hatten an Honig und surrende Bienen erinnert. Elisas Blick gewann mit den Jahren an Kühnheit. Sie war nicht so sanft und in Gedanken versunken wie Sofía, die sich nie getraut hatte, aus sich herauszugehen. Sie war ein Ausbund an Lebensfreude und brachte Licht ins Haus. Die in Sofía nur angedeutete Verwegenheit war bei ihr um ein Vielfaches ausgeprägter, Argwohn oder Ängste waren ihr unbekannt. Sie war fast ein wenig leichtfertig, was ihrem Vater ernsthafte Sorgen bereitete. Der Arzt war das stille Wesen seiner Frau gewöhnt, und das überschäumende Temperament seiner Tochter irritierte ihn.

Elisa redet gerne. Sie hat gelernt zuzuhören, aber sie will auch, dass man ihr zuhört. Ihr Ton ist sanft, aber bestimmt. Sie hat keine Angst, offen auszusprechen, wie sie die Dinge und das Leben sieht. Sie fragt viel, was den Menschen in ihrer Umgebung unangenehm ist. Sie kann ein wenig schroff werden, wenn jemand ihr widerspricht, aber sie kann auch ganz sanftmütig sein. Sie sagt die Dinge direkt, manchmal mit einer gewissen Härte, was der Wirklichkeit angemessen scheint. Aber sie hat auch ein Faible für Details und kann sich an den minutiösen Beschreibungen eines Gegenstandes, eines Ortes oder eines Augenblicks erfreuen. Vor allem in Gesprächen mit ihrem Vater, der ihr mit offenem Mund zuhört.

Sie mag Wasserpflanzen, ganz besonders die Seerosen, die in den Teichen blühen. Sie begrüßt sie jedes Jahr freudig, als würde sie ein Ritual einhalten. Wenn sie sie ansieht, denkt sie an ihre Mutter, die sie nicht gekannt hat. Die Seerosen werden in Plastiktöpfen auf zwei Erdhügelchen gesät. Die Töpfe haben an beiden Seiten Löcher, damit die Wurzeln mit dem Wasser Kontakt aufnehmen können. Im Teich wurzeln sie in Schlamm und toten Blättern und breiten sich schnell aus. Manchmal zieht sie die gelben Blätter ab, damit sie durch ihr Verfaulen das Wasser nicht trüben.

Wenige Monate nach dem Tod Sofías tauchten die drei Tanten aus Llubí in der Casa de Albarca auf. Sie kamen nacheinander, weil sie nicht stören wollten. Sie hatten sich abgesprochen, weil sie dem Witwer Gesellschaft leisten und ihm beim Aufziehen des kleinen Mädchens helfen wollten. Die Tochter ihrer Nichte sollte schließlich ihr Leben nicht in fremden Armen beginnen. Aber sie konnten es nicht aushalten, getrennt zu sein, sodass sie schließlich doch wieder gemeinsam unter einem Dach landeten. Als Erste machte sich Magdalena auf den Weg. Die ganze Fahrt über dachte sie an Sofía und weinte. Sie hatte einen riesigen Topf mit Milch aus dem Dorf für das kleine Geschöpf dabei, das keine Mutter hatte. Sie konnte sich nicht an diesen Gedanken gewöhnen. Warum war Sofía in blühender Jugend gestorben? Sie war überzeugt, dass es ein Fehler gewesen war, so weit weg zu heiraten und das Dorf zu verlassen. In dieser Gegend in der Nähe von Palma war die Luft ungesund. Die Arme hatte aus Liebe geheiratet, und niemand hatte ihre Illusionen zerstören wollen. Ihre Illusionen? Was macht es schon aus, Illusionen zu zerstören, wenn man damit ein Leben retten kann? Auch wenn es ein Leben wie ihres wäre: eingesperrt im Dorf, durch die Jalousien das Leben der anderen beobachten, während die eigene Welt immer kleiner wird. Wir hätten ihr nicht erlauben sollen, zu heiraten. Wir hätten sie überzeugen sollen, dass sie einen guten Jungen aus dem Dorf nimmt, die es doch auch gab. Hatte nicht sogar bei ihr dreimal der Blitz eingeschlagen? Sie hatte drei Freunde gehabt, und alle hatten sie sich in Luft aufgelöst wie Rauchkringel.

Tante Magdalena kam um vier Uhr nachmittags, und Mateo empfing sie im Garten. Sie umarmten sich nicht sonderlich herzlich. Er nahm sie zurückhaltend freundlich auf, versuchte, jedes Gespräch zu vermeiden, indem er sofort sagte, es sei unterwegs sehr heiß gewesen, und sie wolle sich bestimmt ausruhen, man würde sie sofort auf ihr Zimmer begleiten, willkommen, Tante, ja, wir können es immer noch nicht fassen, wir finden keine Worte. Sie gab sich kühl und distanziert, und sie hätte ihm am liebsten mit ihrem Sonnenschirm den Schädel eingeschlagen, aber sie beließ es bei einem: Ach, Mateo, was für ein Unglück, ich werde das nie verwinden, dieser Schmerz, ich kann es nicht glauben, ja, Mateo, ich werde mich in mein Zimmer zurückziehen, danke, wir sprechen später, ich würde gerne ihr Grab besuchen, ach, mein Herzallerliebstes.

Eine Woche später hielt Tante Magdalena es nicht mehr aus und ließ Tante Antonia kommen, die den ganzen Weg über völlig durcheinander war. Sie musste ständig an das Ausmaß ihres Unglücks denken, ja, ihres, denn niemand konnte ihren Schmerz ermessen. Was hatte sie getan, dass der gute Jesus sie auf diese Weise bestrafte? Bei was war ich deiner nicht würdig, Herr? So vergiltst du mir also meine Ergebenheit, das Klosterleben, das ich führe? Ich bin kein kleines Kind mehr, ich weiß, aber wie viel Leid willst du noch über mich bringen? Die beiden Menschen, die ich am meisten geliebt habe, sind in frühester Jugend gestorben. Sofías Tod weckt den Schmerz über den Tod des Verlobten wieder auf. Er hatte einen blonden Schnäuzer, er war ein Goldstück, ein feiner Mensch, und er musste auf dem Feld der Ehre sterben. Und was hatte sie von der geretteten Ehre? Zum Teufel mit der Ehre und all denen, die ihr sagten, sie solle sich damit trösten, dass er starb, weil er seine Pflicht erfüllte. Zum Teufel mit der Pflicht. Zum Teufel mit allen. Und mit Mateo zuallererst, diesem Niemand. Hatte er nicht Medizin studiert? War er nicht ein renommierter Arzt? Und warum konnte er dann nichts für seine Frau tun? Warum hat er zugelassen, dass dieses Mädchen, ihr Herzblatt, bei der Geburt starb? Sie war doch erst zwanzig gewesen und hatte das Leben noch vor sich! Der Gedanke schnürte ihr die Kehle zu.

Antonia wurde von Magdalena empfangen, die sie umarmte, als wäre sie ein Schiff, das im sicheren Hafen gelandet ist, und dann von Mateo, der bemüht war, sich seine Irritation nicht anmerken zu lassen. Die beiden Schwestern küssten sich so überschwänglich, als hätten sie sich ein halbes Jahr lang nicht gesehen. Man hörte Koseworte, es fielen ein paar Tränen, und ihre komplizenhafte Verbundenheit war so eindeutig, dass der Arzt sie willkommen hieß und sich sogleich empfahl. Sie zogen sich sofort in das Zimmer zurück, wo sie sich ungestörter fühlten, um ihr Herz auszuschütten, den Tod ihrer Nichte zu beweinen und sich die neuesten Anekdoten zu erzählen; die eine die Geschichten aus dem Dorf und die andere die von der Kleinen. Sie waren aufgewühlt, traurig. Sie wollten sich in trauter Zweisamkeit die Stunden mit Reden vertreiben. Magdalena platzte sofort damit heraus, dass es in dem Haus drunter und drüber ging. Weil der Hausherr so viel Zeit in der Praxis verbringt, täten die Dienstmädchen, was sie wollten. Auf den Möbeln läge fingerdick der Staub, niemand würde die Räume lüften oder sich um die Speisekammer kümmern. Wie sollte Sofía in dieser Unordnung aufwachsen? Sie würde bestimmt kränkeln. Tante Antonia fiel ihr fast ins Wort, das hätte sie sich gedacht, es wäre genauso, wie sie es sich vorgestellt hätte, was für ein Unglück, mein Gott, Sofía war wie eine Tochter gewesen, und das kleine Wesen trug ihr Blut in sich, sie mussten sich um sie kümmern.

Es war noch keine weitere Woche vergangen, da machte sich Tante Ricarda auf den Weg, dem Ruf ihrer Schwestern folgend. Es fiel ihr nicht leicht, den angenehmen Schatten der Kirche zurückzulassen, die Predigten des Priesters, die Bußen, die sie immer hingebungsvoller erfüllte. Während der Reise, die ihr lang und unbequem vorkam, durchlebte sie verschiedene Phasen. Ihr Gemütszustand schwankte zwischen Wut und Traurigkeit. Das wunderte sie, denn eigentlich war sie von Natur aus gelassen. Sie vermied übertriebene Gefühlsausbrüche und setzte ihre Energien gezielt ein, wo es notwendig war, und sie ließ sich durch nichts so leicht aus der Ruhe bringen. Je weiter die Kutsche über die staubige Straße fuhr, um so mehr verloren sich Ricardas Gedanken in einer Wolke der Verwirrung.

Klar, meine beiden Schwestern kriegen allein wieder mal nichts auf die Reihe, sagte sie sich. Dann rufen sie mich. Was ist das für eine Organisation. Was sollen wir drei in dem Haus? Wir werden nur stören. Wir werden Mateo zur Last fallen, der immer noch der Vater des Kindes ist, und seine Geduld strapazieren. Die Männer sind alle gleich: Man kann ihnen nichts recht machen. Er schätzt uns nicht. Wie sollte er auch, wenn er uns vielleicht ein halbes Dutzend Mal in seinem Leben gesehen hat? Er nimmt uns auf, weil er wohlerzogen ist, aber es macht ihm kein Vergnügen. Es wäre geschickter gewesen, wenn wir nacheinander gegangen wären. Wir sollten eigentlich wissen, dass dem Kind eine ständige Anwesenheit mehr bringt als diese Invasionen. Drei Tanten … das ist viel. Ach Sofía, mein Kind, du weißt nicht, was für ein Opfer es für mich ist, das Dorf zu verlassen. Ich kann den Gottesmann nicht mehr sehen, der mein Leben ist. Ich weiß nicht, wie er in der Kirche ohne mich zurechtkommt. Wer wird frische Blumen in die Kapelle de los Dolores bringen? Wer wird die Stühle aufstellen und sein Messgewand bügeln? Andererseits, vielleicht ist es gut so, wenn er mich mal ein Weilchen nicht sieht. Vielleicht kann er mich dann mehr schätzen. Jahrelang habe ich alles für ihn getan, wie eine Dienerin. Was zu viel ist, ist zu viel. Ich habe es für ihn getan, ich will nicht lügen, aber Gott kann damit auch zufrieden sein. Ich habe viele Tage in der Kirche verbracht, wie viele Gebete, wie viele Messen, und für was? Er nimmt mir meine Nichte. Ach, Gott, es fällt mir schwer, dich zu verstehen! Es missfällt mir zu sehen, dass wir so wertlos sind, dass niemand Notiz von mir nimmt. Nehmen wird doch die Mädchen von Munar, dem Arzt, alle gesund und putzmunter, sie sehen aus wie Schweine, so fett sind sie. Richtige Wonneproppen, und ich habe nie ein Kind gehabt, und meine Kleine, die Einzige, tot und begraben. Am liebsten würde ich keinen Fuß mehr in die Kirche setzen. Wenn er nicht wäre, … würde mich dort keiner mehr sehen. Und er? Wie alle anderen. Nicht ein tröstendes Wort, kein Händedruck, um mich in meiner Trauer zu begleiten. Er sagte nur, ich müsse Gottes Pläne akzeptieren. Was für Pläne? Mein Gott, verzeih mir, aber manchmal glaube ich, bei dir ist eine Schraube locker oder du hast den Verstand verloren.

Sie kam ganz schwindelig an der Casa de Albarca an, so vieles war ihr durch den Kopf gegangen. Als sie aus der Kutsche stieg, stand Mateo mit einem angedeuteten Lächeln da, um sie zu begrüßen. Direkt dahinter waren ihre Schwestern und hüpften vor Wiedersehensfreude. Bevor sie irgendetwas sagen konnten, fragte sie: »Wo ist die Kleine?«

»Sie schläft gerade«, antwortete Mateo.

»Aber wir können kurz reinschauen«, fügte Magdalena hinzu. »Wenn wir keinen Lärm machen, wird sie nicht aufwachen. Sie schläft immer tief und fest.«

Sie gingen in Elisas Zimmer. Da lag ein wunderschönes, friedlich schlafendes Mädchen. Ein gelbes, durch die Vorhänge gefiltertes Licht begünstigte den Schlaf. Sie schlief auf der Seite, und sie konnten nur ihr Profil betrachte: eine wohlgeformte Nase, lange Wimpern, volle Lippen. Keiner sagte ein Wort. Einerseits wollten sie sie nicht aufwecken, und andererseits mussten sie an Sofía denken. Tante Antonia seufzte, Tante Magdalena schüttelte betroffen den Kopf, und Tante Ricarda kullerte nach ihrem langen Selbstgespräch während der Fahrt eine Träne über die Wange.

»Sie ähnelt doch ihrer Mutter.« Tante Ricardas Bemerkung hatte einen fragenden Unterton.

»Sie sieht genauso aus wie sie«, rief Tante Magdalena.

»Wie aus dem Gesicht geschnitten«, fügte Tante Antonia hinzu.

»Ja«, sagte Mateo, weniger überzeugt, »sie kommt auf Sofía. Aber wie man weiß, verändern Kinder sich oft.«

»Nun gut«, murmelte Ricarda zufrieden, »wenigstens haben wir nicht alles verloren.«

In ihren schwarzen Kleidern und mit dem traurigen Gesichtsausdruck sahen die drei Tanten wie Marionettenfiguren aus. Wenn sie sich gleichzeitig in Bewegung setzten, war es, als surrten Bienen um einen herum. Ein paar Tage, nachdem auch die letzte eingetroffen war, ließen die beiden anderen nicht mehr länger den Kopf hängen. Mit neuen Energien und Tatendrang machten sie sich daran, das Haus auf Vordermann zu bringen. Sie überwachten die Dienstmädchen, füllten die Speisekammer auf und kontrollierten jedes Möbelstück auf Staub. Sie waren fleißig und hartnäckig. Sie stellten tausend Fragen, wenn sie fanden, dass etwas nicht eindeutig klar war. Sie sagten zu allem ihre Meinung, überzeugt, dass ihre Anwesenheit unverzichtbar war. Mateo kamen sie manchmal vor wie Märchenfeen. Dann sah er sie voller Zärtlichkeit an. In dem Moment erinnerten sie ihn an seine tote Frau, wenn sie ihm Geschichten aus ihrer Kindheit erzählte und sich ihm eine neue Facette ihrer Persönlichkeit offenbarte. Er fühlte sich wohl, aufgehoben in den sich nahtlos aneinander reihenden Worten. Es war, als ob sie einen Kreis zögen, der ihn schützte und es ihm ermöglichte, sich friedlich an Sofía zu erinnern. Manchmal erschienen sie ihm aber auch wie böse Hexen. Die Metamorphose erfolgte plötzlich. Es konnte beim Essen sein, wenn sie draußen saßen, oder während der endlos langen Abende im Speisezimmer. Verzerrte Züge, glänzende Augen, wild gestikulierende Hände. Er sah sie an, und es fiel ihm schwer, in ihnen Sofías Verwandte zu erkennen.

Mateo wurde alles zu viel. Die Einsamkeit in diesem Zimmer, das er nun allein bewohnte, war hart. Manchmal wachte er auf und hatte das Gefühl, seine Frau atmen zu hören. Sie atmete ganz ruhig, während er sich unruhig hin und her wälzte. Einen Moment lang dachte er, Sofía wäre von einer langen Reise zurückgekehrt, und er könnte sie wieder berühren. Wenn er merkte, dass es nur eine aus dem Wunsch geborene Täuschung war, war er vollkommen niedergeschlagen, und er konnte nicht wieder einschlafen. Er hatte sich daran gewöhnt, vom Bett aus den Tagesanbruch zu betrachten. Er sah, wie der Himmel sich allmählich verfärbte und den heraufdämmernden Morgen ankündigte.

Es fiel ihm auch schwer, sich auf seine Arbeit zu konzentrieren, seine Gedanken waren ständig woanders. Er dachte an seine Frau und fragte sich, warum sie so wenig Zeit gehabt hatten. Er fühlte sich schuldig für die Stunden, die er seinem Beruf gewidmet hatte, und dachte, er hätte mehr Zeit mit ihr verbringen sollen. Er hatte sie ohne jeden Zweifel stets in gleichem Maß geliebt. Und er vermisste sie auf dieselbe Weise.

Immer wenn die ersten Seerosen blühten, freute sich Elisa. Die Freude glänzte in ihren Augen und sprudelte über ihre Lippen, und all die kleinen Gesten vertrieben den Nebel. An ihrer Seite gab es keine grauen Tage. Sie hatte eine große Fähigkeit, ihre eigene Begeisterung auf andere zu übertragen, und sie war dickköpfig. Ihr Vater fragte sich manchmal, woher diese Stärke kam. Ihm war sie nicht sehr ähnlich. Sie kannte die Zweifel nicht, die ihn manchmal daran hinderten, sich für einen Weg zu entscheiden. Und sie hatte auch nicht die zurückhaltende Art ihrer Mutter. Dafür traten Züge, die in den Eltern nur angedeutet waren, in ihrem Charakter so deutlich zutage, dass sich die Menschen in ihrer Umgebung wunderten. Je älter sie wurde, desto mehr offenbarte sich ihr unabhängiger, leicht hochmütiger Charakter. Nicht, dass sie auf andere herabgeschaut hätte, sie hatte sich nur eine eigene Welt aufgebaut, in die sie nicht jeden hineinließ. Sie war eine Einzelgängerin und verschlang begierig alles, was die Welt ihr bot.

Sie wuchs mit dem Schatten der Mutter im Kopf auf, der Mutter, die sie nur von einem Porträt kannte. Als sie klein war, nahm sie einen Stuhl und setzte sich vor das Bild. Sie versuchte, so lange wie möglich reglos zu verharren. Sie nahm dann die Haltung der Gestalt auf dem Bild an: die Art, wie sie die Hände hielt, die Neigung des Halses und des Kinns. Sie bestand darauf, dass die Schneiderin des Dorfes ihr dasselbe Kleid nähte, das ihre Mutter trug. Anfangs hatte ihr Vater sich geweigert, weil er nicht wusste, wie er damit umgehen sollte. Als sie ihn überzeugt hatte, spielte sie vor dem Bild, zog das Kleid an und ahmte ihre Mutter nach. Er fand das Ganze amüsant. An vielen Nachmittagen beobachtete er heimlich seine Tochter und stellte fest, dass sie die elegante Haltung exakt imitieren konnte.

Die drei Tanten hielten sie für ein eigenartiges Mädchen. Keine hätte zugegeben, dass sie in ihr eine energischere Sofía sahen, die sich durchsetzen konnte. Tante Magdalena behauptete, sie hätte das Gesicht ihrer toten Nichte. Man könne ihre Züge erkennen, und das wäre ihr ein Trost. Tante Antonia, die realistischer war, schwächte das immer ab und sagte, nicht ganz. Die Gesichter hätten unterschiedliche Proportionen. Am besten sähe man das am Mund. Elisas volle Lippen wären ganz anders als die nur angedeuteten von Sofía. Wenn man die verschiedenen Teile des Gesichtes genau betrachtete, wären sie sich nicht wirklich ähnlich. Aber wenn man das ganze Gesicht ansah, war – Geheimnisse der Natur – die Ähnlichkeit nicht zu verleugnen. Tante Ricarda sagte, das läge an der Mimik, an den Gesten. Wie soll sie diese Handbewegung gelernt haben? Wie kann sie auf dieselbe Weise den Mund verziehen, den Kopf neigen oder die Braue hochziehen? Das vermochte niemand zu sagen, aber die Bewegungen stimmten überein. Sie entschied, dass Mimik und Gestik genau so vererbt werden können wie die Augenfarbe oder die Form der Nase.

Die Seerosen erblühen, und Elisa lächelt das erste Mal. Das Lächeln erinnert an die frische Morgenluft, die durch das Fenster eintritt und die Räume von abgestandener Luft befreit. Jedermann im Haus atmet auf, jetzt kehren die guten Zeiten zurück. Es gefällt ihr, im Garten zu sitzen und die Seerosen zu betrachten. Sie verbringt viel Zeit dort. Es sind angenehme Tage, sie hat die Liebe noch nicht entdeckt.

12

Ramón kehrte in das Haus zurück. Er wusste nicht, ob diese Finca noch sein Haus war, umgeben von Gärten, die ihn nicht wiedererkennen würden. Sie würden sich nicht an seine flinken Hände erinnern, die zwischen den Kräutern und Steinen herumgewühlt, Wege von Unkraut befreit und die Pflanzen mit kühlem, klarem Wasser erfrischt hatten. Es war zu viel Zeit vergangen, und Blumen haben ein kurzes Leben. In Indien hatte er viele

Menschen kennen gelernt. In diesem Land der Gegensätze war er ein fliehender Nomade gewesen, ein Suchender, innerlich zerrissen. Einerseits war da der Wunsch, vor schmerzlichen Erinnerungen zu fliehen, vor dem Bild eines Fensters, das ihn verfolgte, ein Gesicht, ein Körper; andererseits eine erwachende Neugier, die uns drängt, neue Wege zu erkunden, ziellos durch ein Dorf, eine Stadt zu streifen: das Reisefieber des Jungen, der auf einer kleinen Insel geboren worden war und der sich nicht im Traum vorgestellt hat, dass die Welt so groß sein könnte.

Er erfuhr, dass die Welt so weiträumig ist wie die Gedanken und dass sie wie diese fliegen kann. Er hätte sich die Welt nie fliegend vorgestellt. Ein sich stetig verändernder Raum, wo das Leben ohne Pause und ohne Eile ablief. Die Mischung aus Schnelligkeit und Ruhe, die ihm begegnete, war seltsam. Der Überlebenstrieb, die Eile, mit der die Tage und Menschen vorbeiziehen. Zugleich schlief die Zeit. Die Menschen lebten mit der Langsamkeit derjenigen, die von keiner Unruhe getrieben werden. Er lernte zu warten. Er machte sich allein auf den Weg. Wenn er unterwegs auf ein angenehmes Dorf stieß, blieb er dort ein paar Monate. Wenn die Regenzeit kam, suchte er einen Unterschlupf. Das Beste war das Wandern. Es gefiel ihm, viele offene Wege vor sich zu haben. Manchmal traf er einen Reisegefährten, Menschen, die ihm von dem Bedürfnis erzählten, durch das Land zu wandern. Jeder erzählte ihm von einer anderen Obsession, und so lernte er die Mannigfaltigkeit der Welt kennen.

Auf dem Weg nach Agra konnte man am Wegesrand

wilde Tiere bestaunen. Man hatte sie im Urwald eingefangen und hielt sie dort, damit die Touristen sich mit ihnen fotografieren ließen. Sie standen seit hundert Jahren da, gefangen in einem imaginären Jahrmarkt. Kurz vor Agra hatten Prostituierte ihre Hütten, die Vorbeigehenden konnten auf die Betten schauen. Ramón gewöhnte sich daran, nach Belieben von einem Ort zum anderen zu gehen, ohne feste Regeln. Er ließ sich von der Hitze, dem Regen oder dem Hunger leiten. Agra stand für die Widersprüche dieses Landes, das er schätzen lernte. Kot auf der Straße, überquellende Kloaken, Abwässer an der Oberfläche, räudige Hunde und nackte Kinder sind die Hauptelemente der dantesken Landschaft. Überall Chaos und Schmutz. Zahnlose Männer, die den letzten Atemzug an eine von den Kunden erbettelte Zigarette verschenkten, fuhren die Fahrräder mit den Touristen. In Behausungen, die wie Tierkäfige aussahen, schliefen die Arbeiter, die von weither gekommen waren, um hier zu arbeiten. Hinter ihnen die Prostituierten mit den winzigen Füßen. Staubwolken auf Ramóns Haut, auf dem Haar, auf der Seele. Unerträglicher Gestank, das Lächeln resignierter Menschen.

Aber da war auch der Taj Mahal. Erhabene Schönheit neben Kothaufen und Abfall. Die Harmonie des Steins, das Gleichgewicht zwischen dem Marmor und der Luft, auf die er sich stützt, neben nacktem Fleisch voller eiternder Wunden. Tagelang konnte er sich von dem Anblick des Gebäudes nicht losreißen, das für ihn genau das repräsentierte, was er gesucht hatte: gelassenes Schweben in der Luft. Er ging ganz früh morgens, nachmittags und zum Sonnenuntergang dorthin. Der

Stein veränderte seine Farbe je nach dem Sonnenlicht. Es war, als könnte das Weiß im Nu ganz verschiedene Farben annehmen. Die Morgendämmerung verlieh ihm einen Hauch von Rosa. Die Intensität der Mittagssonne füllte es mit Gelbtönen. Der aufkommende Abend streute violette und maulbeerfarbene Töne aus und später dunkelblaue.

Er ging barfuß, im direkten Kontakt mit dem Stein. Da spürte er, dass er wieder Frieden finden würde. Die Unruhe legte sich bei der Berührung des Marmors. Er fragte sich, wie viele Geschichten sich an diesem Ort abgespielt hatten, wie viele Menschen hierher gekommen waren auf der Suche nach Vergessen oder Erinnerungen. Um die Spur vergangener Leben auszulöschen oder zumindest den Kopf freizubekommen. Oder um sich ohne Schmerz, auf ruhigen Pfaden der Vergangenheit anzunähern.

Der Taj Mahal war ein Grabmonument oder ein Liebesbeweis. Als der fünfte muselmanische Kaiser der Mogol-Dynastie, Shah Jahan, ein waghalsiger junger Mann war, dessen Herz leicht entflammte, lernte er eine Frau kennen. Sie trafen sich auf einem Markt, wo sich, wie in einem Spiel, die Ehefrauen und die Töchter adeliger Familien als Verkäuferinnen betätigten. Sie taten so, als ob sie schöne Dinge, Süßigkeiten und Bonbons verkaufen würden. Sie war verheiratet, aber der Mann war an jenem Tag weit weg. Shah Jahan ging auf sie zu und fragte sie nach dem Preis eines Zuckerkristalls. Er war groß und glitzerte. Sie sagte, es wäre ein Diamant, er glaubte ihr und fragte, wie viel sie dafür verlangte. Der Blick des Shahs verlor sich in ihrem. Er wollte ihr den Gegenwert mit Edelsteinen zahlen, aber ihr Lachen hielt ihn zurück. Da löste sich ihr Schleier, und er sah ihr Gesicht und verliebte sich unsterblich in sie.

Ramón mochte diese Geschichte. Er musste dabei an die Liebe denken, die der Tod ihm genommen hatte. Auch er hatte sich auf den ersten Blick in eine verheiratete Frau verliebt. Nur dass es nicht auf einem Markt, sondern bei einer Hochzeit geschah. Es war das tollste Fest, das er je gesehen hatte, damals, als er noch ein Junge gewesen war. Es wurden die köstlichsten Speisen aufgetischt, aber er konnte nichts essen, obwohl er ausgehungert war. Er schaute sie nur stillschweigend an und konnte nicht fassen, was er da sah. Er hätte ihr gerne gesagt, dass ein Wunder geschehen war, dass die Welt schön war, weil es sie gab, aber er fand weder Gesten noch Worte. Wenn er fähig gewesen wäre, ihr ins Gesicht zu sehen, wäre an seinen Handbewegungen, an seiner Körperhaltung und an dem geneigten Kopf sofort seine Ungeschicklichkeit aufgefallen. Wenn er einen Weg gefunden hätte, sie anzusprechen, wären die Worte zu einem unverständlichen Gestammel geworden. Deswegen hatte er ein Fenster ausgewählt. Es war der einzige Weg, sie wiederzusehen. Und in den engen Straßen von Agra verlor sich dieses Fenster in der Erinnerung.

Shah Jahan schickte den Mann der Frau, die er liebte, in den Krieg. Wie König David befahl er, dass er in der ersten Reihe kämpfen solle, damit er getötet wurde. Er wollte seinen Tod. Ein schwarzer Vogel sollte ihn für immer in einen Himmel voller Wolken mitnehmen. Sie sollte für ihn da sein, niemand sollte ihrem Glück im Weg stehen. Ramón hatte auch manchmal Mateos Tod herbeigesehnt. Es war ein Wunsch, der wie ein Gespenst auftauchte, das er nicht vertreiben konnte, wenn er das Fenster verlassen, von ihr weggehen musste, damit er sie nicht überraschte. Er wünschte ihm einen süßen Tod wie ein Zuckerkristall, der im Mund zergeht und einen angenehmen Geschmack hinterlässt. Manchmal dachte er, der Tod, den er beschworen hatte, hätte sich in der Person geirrt. Ein grotesker Scherz. Als sie in die wolkigen Gefilde entschwunden war, fühlte er sich Mateo nah. Es war merkwürdig, aber Empfindungen kann man nicht kontrollieren. Sie tauchen im Herzen oder an einer undefinierbaren Stelle auf, die unseren Blick überschattet.

Shah Jahan und sie lebten achtzehn Jahre zusammen. Weil sie eine intelligente und geschickte Frau war, beriet sie ihn in Regierungsfragen. Sie bekamen viele Kinder. Bei der Geburt des vierzehnten Kindes starb die Frau. Er konnte es nicht glauben. Er verfluchte Himmel und Erde, vergoss bittere Tränen. Kurz vorher hatte er sie gefragt, was sie sich wünschte, welchen Beweis sie verlangte, um in der Überzeugung gehen zu können, dass ihre Liebe wirklich stark war. Sie bat ihn, ein Monument errichten zu lassen, das ihre Geschichte für die Ewigkeit festhielt. Und so entstand der Taj Mahal, das Grabmal, das der Kaiser für die Frau baute, die er geliebt hatte. Ein Monument aus weißem Marmor – Inbegriff der Reinheit –, der aber unterschiedliche Farben annahm, wenn die Sonne ihn anstrahlte.

Es heißt, er sei nach ihrem Tod verrückt geworden. Er machte schwierige Zeiten durch. Seine Söhne stellten sich gegen ihn, um an die Macht zu kommen. Einer schickte ihm den Kopf seines Lieblingssohnes. Dann wurde er in einem Palast eingesperrt. Shah Jahan hatte davon geträumt, einen anderen Taj Mahal zu bauen, ein Grab aus schwarzem Marmor, wo er seine letzte Ruhe finden würde, wenn das Leben ihn verließ. Er stellte sich vor, dass beide Monumente durch einen perfekten Bogen verbunden wären, der als Brücke diente, aber die Zeit war gegen ihn. Als er starb, konnte er durch das Fenster die Umrisse des Taj Mahal sehen. Ramón dachte an Sofías Grab. Nachts flog er in Gedanken dorthin, während er das der anderen Frau betrachtete. Er wäre gern ein Vogel gewesen, der mit ausgebreiteten Schwingen auf einer Baumkrone landet und sich in den Schatten verwandelt, der an ihrer Ruhestätte über sie wacht.

Als Reisender entdeckt man die vielen Windungen des Weges. Das begriff er in jener Zeit. Es war ein eigenartiges Gefühl: nichts war endgültig, alles nur vorübergehend. Seine Aufenthalte in den Städten mit den vielen Seen, den Gebäuden aus Stein ohne Dach, den Minaretten. Die Stunden verflogen, wenn er offenen Herzens von einem Ort zum anderen wanderte und seinen Geist befreite. Die Orte, an denen er ein paar Wochen blieb, bevor er seine Reise fortsetzte, entschwanden. Die Luft und die Wolken flohen. Er lernte Frauen und Männer kennen, ihre Geschichten zogen an ihm vorbei, und er ließ sie ziehen. Er konnte nicht viele Augenblicke zurückhalten. In ihm häuften sich die Eindrücke, die zerfielen und sich im Schacht der Erinnerung zu einer einzigen Materie verbanden. Nichts war überflüssig, nichts geschah vergebens. Und doch konnte ihn nichts irgendwo halten.

Er hätte sich gewünscht, dass auch die Gefühle nur

vorübergehend waren. Man müsste sie mit der Gewissheit leben können, dass sie starben wie die Tiere und die Pflanzen. Wenn ein Mensch stirbt, warum soll dann nicht auch alles, was man erlebt, vergänglich sein? Das fragte er sich, während er die Form der Wolken oder das Gesicht eines Mannes am Wegesrand betrachtete. Er hätte sich gewünscht, dass die Gefühle wie die Blätter waren, die im Herbst fielen und im Frühjahr wiederkamen. Diese Gewissheit hätte ihm das Leben leichter gemacht. Aber er glaubte nicht daran. Er war ein Ungläubiger, der die Last des gelebten Lebens spürte. Es gab Gefühle, die waren wie die Bäume, deren Wurzeln sich in der Erde immer weiter ausdehnten. Ganz langsam nahmen sie an Kraft und Umfang zu.

Er begriff, dass der Wille das Leben nicht zurückzuhalten vermag. Wir können uns wünschen, einen Augenblick anzuhalten, damit die Zeit stillsteht und wir das Flüchtige auskosten können, aber das ist nicht möglich. Wir können flehen, eine Situation möge nur von kurzer Dauer sein, damit der Kummer schnell vorbei ist. Wie sehr wir uns auch bemühen, wir werden darauf keinen Einfluss haben. Die Dinge haben ihren eigenen Rhythmus. Man darf sich nicht darauf versteifen, ihn beschleunigen oder bremsen zu wollen. Wir müssen uns anpassen, als wären wir ein Körper, der auf Wellen treibt. Nicht gegen die Schicksalsschläge anzukämpfen, das heißt nicht, dass wir unterwürfig sind. Sich zu beugen, wenn die Zeichen auf Sturm stehen, zeigt nur unseren Überlebenswillen.

Manchmal wachte Ramón mit steifem Körper auf. Er hatte eine lange Strecke zurückgelegt oder war einen steilen Pfad hinaufgeklettert. Die Steine der Wüste drücken, obwohl er stabile Schuhe trägt und gut gelaunt ist. Da fragte er sich, welcher Schmerz schlimmer ist, der körperliche oder der seelische. Er hatte keinen Zweifel: Der Köper bestand aus konkreter, messbarer, greifbarer, klar umgrenzter Materie. Die Seele hingegen ist ein unbekanntes Territorium. Die Höhle der tiefsten Schmerzen kennen wir nicht. Deswegen stellte er sich gerne vor, dass er auf die Insel zurückkehrte. Dort, in dem Haus, wo er gelebt hatte, war alles überschaubar. Man musste keine großen Entfernungen zurücklegen. Alles war vorhersehbar und einfach. Jedes Mal, wenn er daran dachte, wurde er ein wenig traurig. Er hatte ein riesiges Land ausgewählt, wo jeder Schritt Überraschung und Unsicherheit bedeutete, und dafür eine winzige Insel zurückgelassen, die er vermisste.

Er traf auf Männer, die viele Stunden reglos dasitzen und auf einen See oder eine Hochebene blicken konnten. Sie trugen all ihre Habseligkeiten am Leib, denn sie hatten nicht viel. Sie hatten sich von allem getrennt, was sie besaßen, weil sie nicht mehr länger an den Dingen hängen wollten. Ihr Leben bestand darin, ihrem Weg zu folgen. Sie hielten nur in den Tempeln inne, in denen die Menschen sich versammelten. Ramón fiel es schwer, diese distanzierte Haltung der Männer nachzuvollziehen, als würden sie nirgendwo hingehören. Er verstand nicht, wie sie allem Materiellen entsagen konnten, denn er hütete die Dinge, die er bei sich trug, wie einen Schatz. In seinem Rucksack befand sich sein halbes Leben.

Die Männer hatten den tiefgründigen Blick von Menschen, die viele Geschichten kennen. Aber sie sprachen fast nie. Sie hatten das Schweigen zu ihrem Verbündeten gemacht. Das war ihr Verdienst: Sie hatten den Kopf voller Worte, und über ihre Lippen kam nichts Unbesonnenes. Sie hassten sinnloses Geschwätz. Sie kannten die Macht der Worte und setzten sie mit Bedacht ein. Sie wollten diese Kraft, die den Willen beeinflussen und Berge versetzen kann, nicht vergeuden. Sie waren überzeugt, dass man im Schweigen die Klänge der Welt besser hören kann.

Ramón lernte viel von ihnen, indem er sie beobachtete; Gespräche gab es kaum. Ihre Haltung half ihm zu leben. Es gefiel ihm vor allem, wie gelassen sie mit ihren Zweifeln umgingen. Sie ließen alles fließen, versuchten nicht, die Dinge aufzuhalten. Sie stellten sich dem Leben nicht entgegen. Ungeduld, Eifer, Angst waren ihnen unbekannt. Sie lösten die Fragen, indem sie auf die kleinen Momente achteten, die alles erklären. Er versöhnte sich mit der Erinnerung an Sofía, diesem Teil seines Lebens, den er wie eine Last auf den Schultern trug. Er gewöhnte sich daran, an das Fenster zu denken, als wäre es ein zurückgewonnener Ort. Ein Ort, an dem er glücklich war, an dem er die Liebe kennen lernen durfte. Diese Liebe würde ihn immer begleiten, er würde ihr Gesicht nie vergessen. Jetzt, wo er in direktem Kontakt mit den Dingen lebte, wunderte er sich, dass er sie nie berührt hatte. Es war seltsam, dass er sich einer Frau so nah gefühlt hatte, mit der er nie Körperkontakt gehabt hatte. Es kam ihm fast unwirklich vor. Manchmal träumte er nachts von ihr. Sie bot ihm ihren Körper dar, damit er ihn mit den Fingern berühren konnte. Berührung war sehr wichtig, das hatte er während ihrer Beziehung vergessen. Er hatte gedacht, es würde genügen, sie anzusehen, hatte all seine Blicke auf einen einzigen Körper gerichtet.

In Indien lernte er den Tastsinn schätzen. Die Dinge wurden von dem Moment an Teil der bekannten Welt, wenn seine Hände sie berührten. Ein Gesicht wurde durch ein Streicheln wahrgenommen. Er spürte das weiche Haar, die straffe oder müde Haut, die Arme immer bereit. An der Welt mit den Fingerspitzen entlangzufahren bedeutete, die Ränder, die Linien, die Windungen kennen zu lernen. Da waren Linien, die gingen pfeilgerade durch die Welt, andere schlängelten sich, als wollten sie zu einem Berggipfel emporsteigen. Manche schlossen sich zu einem perfekten Kreis. Andere hatten die Form von Wolken. Er mochte das Gefühl, wenn er die Steine, die Erde, das Gras berührte. Wenn die Hand sich an einer Hauswand, im Wasser verlor, in Schlamm oder Staub eintauchte. Er mochte es, auf dem Gesicht den Staub des Weges zu spüren wie eine zweite Haut, die unsere umfängt.

In diesen Landen lernte Ramón, die Dinge mit Ruhe zu betrachten. Bevor er auf die Insel zurückkehrte, besuchte er einen fernen Ort im Norden Indiens, Khajuraho. Man kam nur schwer dorthin. Das Flugzeug, das die Route Jaipur-Benares flog, machte dort eine Zwischenlandung, wenn die Witterungsverhältnisse es erlaubten. Es gab häufig Stürme, und wenn alle Landungsversuche fehlschlugen, flogen die Piloten direkt nach Benares. Ungefähr fünf Kilometer vom Flughafen entfernt lagen das alte und das neue Dorf. Wenn man die Umgebung mit einbezog, kam man auf etwa neuntausend Menschen. Kein Vergleich mit dem Gestank in Agra. Die Vegetation war üppiger, die Leute waren freundlich, die Straßen ruhig. Es kam ihm so vor, als hätte man den Raum reduziert, damit die Touristen nicht lange blieben. Die Leute kamen, um die prächtigen Tempel zu sehen, reich verzierte, architektonische Wunderwerke. Überall menschliche Gestalten und Paare in erotischen Stellungen. Er war überrascht, wie aus Stein Sinnlichkeit entstehen und das Wunder vollbringen konnte, ihn zum Leben zu erwecken, alles war Harmonie, andeutungsvolle Bewegung. Ihm gefiel die Detailgenauigkeit. Der wie ein Bogen gekrümmte Rücken, die erhobenen Arme, die Hände, die einen nur angedeuteten Sari fassen, die fast seiltänzerische Akrobatik der Liebenden. Er lernte, seinen Blick auf jede einzelne Geste, auf jeden Ausdruck auf dem Stein zu richten. Es war eine Wonne für seine Augen, die es nicht gewöhnt waren, für immer festgehaltene sinnliche Eindrücke zu erfassen. Taillen, die Bewegungen andeuteten, aufgerichtete Brüste, runde Gesäße. Er fragte sich, wie es möglich war, dass vor tausend Jahren die Sexualität reine Schönheit und Kunst war. Die Tempel erhoben sich majestätisch und boten ein Panorama erotischer Mannigfaltigkeit.

Er ging noch weiter in das Landesinnere, bis er zu den Wasserfällen kam. Das Wasser war braun von der Erde, die Natur war friedlich. Wenn Regen fiel, versanken die Wege in Schlamm. Er wanderte durch winzige Dörfer, die auf keiner Landkarte zu finden waren. Vielleicht ein Dutzend Häuser, eine Quelle, wo die grellbunt gekleideten Frauen Wasser holten, und Männer, die sie vom Hauseingang aus beobachteten. Vor allem die Kinder hatten es ihm angetan. Die indischen Kinder waren von außerordentlicher Schönheit, die nicht zu dem Elend passte. Die

Augen waren wie tiefe, dunkle Brunnen, die alle Blicke auf sich zogen. Sie waren neugierig und stellten Fragen. Die Jugendlichen zeigten ihre schlanken Körper, ihre langen Hälse, das verführerische Lachen. Sie verfolgten gerne die wenigen Reisenden, die hier vorbeikamen. Es war, als ob sie flohen und gleichzeitig etwas suchten. Einige Kinder gingen barfuß, ihre Füße waren schwarz vor Dreck. Sie wollten unbewusst ihrer Armut entkommen. Zumindest dachte Ramón das. Sie waren wie Vogelscharen, die ihn gefräßig verfolgten. Er schickte sie weg, weil er sich verwirrt und machtlos fühlte.

Ein kleines Mädchen mit riesigen Augen und einem schlanken, bezaubernden Körper verfolgte ihn weiterhin mit fliegenden Haaren, als die anderen bereits aufgegeben hatten. Sie trug eine Kette aus kleinen bunten Steinchen, nichts Wertvolles, aber an ihrem Hals sahen sie aus wie Edelsteine, einen alten Rock und ein grünes Leibchen, und man konnte ihre braune Haut sehen. Erschöpft und atemlos gab sie auf. Da wäre er am liebsten umgekehrt und ihr nachgelaufen. Er konzentrierte seinen Blick auf den Punkt, der immer kleiner wurde, bis er schließlich ganz verschwunden war. Aber ihr Bild war noch auf seiner Netzhaut. Er versuchte, es sich einzuprägen.

Lange Zeit verstrichen die Tage ohne Eile. Es zählte nur seine Lust, weiterzuwandern und neue Entdeckungen zu machen. Er war ein junger Mann, der voller Neugier durch die Welt reist. Am liebsten hätte er alles eingepackt, was ihm unterwegs begegnete, und es gehütet wie einen Schatz. Er war aus einem ruhigen Garten ausgebrochen, um eine Welt der Vielfalt und der Gegensätze zu erkunden. Er hatte gelernt, geduldig und wach zu sein, er hatte die Freude wiedergefunden und das Schweigen schätzen gelernt. Irgendwann vermisste er Mallorca. Es war keine stechende, bittere Wehmut, es lag etwas Genüssliches in diesem Gefühl, ein verlorenes Gut zurückzugewinnen. Den Schatz, den ihm der Tod entrissen hatte. Allmählich versöhnte er sich mit dem Leben. Da wollte er zurückkehren. Er wollte all die Landschaften zurücklassen, von denen sein Blick erfüllt war, und in die vertraute Landschaft zurückkehren, die er kannte und die ihm nah war. Er nahm ein Blatt Papier und schrieb einen Brief an den Hausherrn von der Casa de Albarca. Er schrieb, er hätte ein Stück Welt erkundet, es wäre weit und abwechslungsreich, aber er wolle den Rückweg antreten. Er wartete aufgeregt auf die Antwort, denn die guten Nachrichten brauchen manchmal, bis der Wind sie zu uns treibt.

13

Ramón legte das letzte Stück des Weges mit dem Schiff zurück. Die See war ruhig, und er verbrachte die Nacht an Deck und starrte in die Dunkelheit. Da waren viele Lichtpunkte, und er stellte sich vor, dass jeder eines von den vielen Gesichtern war, die er in der Ferne kennen gelernt hatte. Ein Funkeln genügte, um ihn an all die Menschen zu erinnern, die sich seinem Blick eingeprägt hatten. Er fragte sich, wie lange die Bilder wohl so deutlich blieben. Er wünschte, er wünschte, er könnte sie vor all denen, die zwangsläufig hinzukamen, retten. Das Leben war eine Häufung von Momentaufnahmen, die entweder nur kurz oder das ganze Leben im Gedächtnis blieben. Im Verlauf der Zeit hatte er viele Bilder gesammelt, und die aus Indien nahmen viel Raum in seinem Kopf ein. Sie löschten das Leben vorher fast aus und verbanden sich mit der Erinnerung an Sofía. Der Rest lag hinter einer Nebelwand. Er fragte sich, ob die Erinnerung ein Rad war, das sich drehte und im Bann der Gegenwart stand. Die Intensität des Erlebten machte die Vergangenheit kleiner, aber es löschte sie nicht aus. Nichts kann den Teil des Lebens auslöschen, den wir genossen haben, dachte er.

Es war eine klare Nacht. Der Himmel war wolkenlos, und die Wellen bildeten keine Strudel aus Schaum. Ramón war von Blau umgeben, eine intensive Farbe, die dazu einlud, jede Nuance mit dem Blick abzutasten. Er hatte sein Gleichgewicht wiedergefunden. Die Jahre waren vergangen, und alles hatte sich beruhigt wie das Meer nach einem Sturm, auch der Schmerz. Wie gut, dass der Schmerz vergänglich war. Ob früher oder später, irgendwann verschwand er. Zu Hause hatte man ihm gesagt, dass die Zeit ein gutes Mittel sei, um Wunden zu heilen. Er konnte es noch nicht ganz glauben, denn in einem Winkel seines Herzens war der Verlust immer noch spürbar. Aber er tat nicht mehr weh, als hätten die Jahre die Wirklichkeit mit dem Weichzeichner bearbeitet. Mehr als sechs Jahre war er schweigend gewandert.

Es war feucht, und das Salz setzte sich auf die Haut des Gesichtes und der Hände. Er wollte nicht im Schiffsinneren Schutz suchen, da er die Seeluft liebte. Er erlebte einen weiteren flüchtigen Moment, die Zwischenzeit der Rückkehr. Was er zurückließ, war noch sehr real, würde aber bald Teil der Vergangenheit sein. Was ihn erwartete, konnte er sich nur in der Phantasie ausmalen. Dieses Schweben in der Zeit gefiel ihm. Er wusste, dass er sich später freuen würde, sie so intensiv erlebt zu haben. Er beendete eine Etappe und begann eine andere, die ihm neue Horizonte eröffnete. Er kehrte als ein anderer zurück. Der Mann, der nachts dastand und, umgeben von Wellen, in die Nacht hinausblickte, war ein anderer als der Jüngling, der die Insel verlassen hatte. Damals war er fast noch ein Jugendlicher gewesen, ohne viel Erfahrung. Er hatte eine Frau mit aller Dringlichkeit der Welt geliebt. Es war eine Liebe aus Blicken gewesen, die hinter einem verschlossenen Fenster wuchs. Es war eine schöne, nicht abgeschlossene Geschichte wie die Träume, die mittendrin aufhören, wenn wir geweckt werden. Die Liebe kann nicht allein durch die Augen existieren. Es müssen auch die Hände und der Geruchssinn beteiligt sein. Wir müssen das geliebte Wesen berühren, riechen, damit die Liebe andauern kann.

Die Liebe war so solide wie die Felsen in der Landschaft, auch wenn er ihr nie ein Wort ins Ohr geflüstert hat. Durch eine Scheibe werden die Worte verzerrt. Die Distanz verfälscht sie, macht sie zu Karikaturen der echten Worte. Er hatte sich oft vorgestellt, dass sie lange Gespräche führten. Er erzählte ihr von jedem Winkel des Gartens, sie lächelte, stellte Fragen. An einem Tag, in den Gassen einer Stadt in Indien, wurde ihm bewusst, dass er Sofía nie lachen gehört hatte. Er kannte ihr Lachen nicht.

Das bekümmerte ihn. Er fragte sich, wie er so viel Distanz hatte ertragen können. Wie war ihr Lachen gewesen? Frisch wie die Minze oder rau wie ein Schluck Gin? Klang es eher wie eine Flöte oder wie ein Pianola? Wieder hatte er Mateo beneidet, der sie oft lachen gehört hatte. Er beneidete ihn vor allem um dieses heimliche Lachen, das uns nur nach dem Liebesakt entschlüpft, wenn der Körper sich im Rausch verausgabt hat.

Die Gegenwart war die ruhige Nacht, die Konturen des Mannes, der die Dunkelheit betrachtete und darin Zuflucht suchte, um sich zu erinnern. Es wehte eine leichte Brise. Ramón schlug den Kragen der Jacke hoch und dachte daran, was er zurückgelassen hatte. Das Chaos in den Straßen von Bombay. In einer Stadt mit dreizehn Millionen Einwohnern war es schwer, Stille zu finden. Er erinnerte sich an eine Wäscherei voller Wasser und Seife. Zwischen den Dächern hingen Wäschestücke und berührten den Himmel. Die Wäsche hatte Schmutzspuren. Hunderte von Laken hingen in der Luft, und trübes Wasser tropfte zu Boden. Er hatte den beeindruckenden Anblick der Bucht hinter sich gelassen und war an diesen Ort gekommen, der wie eine Bühnendekoration wirkte, bei der die Vorhänge jeden Moment reißen konnten. Die weiße Wäsche hatte dunkle Streifen. Bei den bunten Teilen vermischten sich die Farben. Das Wasser nach der Wäsche landete in einem riesigen Trog. Es war trübe, als enthielte es Lehmreste. Er sah einen Mann, der sich wusch. Zuerst sah er ihn von hinten: Das Wasser, das er sich mit einem kleinen Eimer übergoss, floss ihm über die Schultern. Einzelne Spritzer liefen die Wirbelsäule bis zum Po hinunter, der halb von einer Leinenhose bedeckt war. Der fast kahl rasierte Kopf hatte eine ausgeprägt runde Form. Der Mann war sehr schlank. Die schmale Taille und die langen Beine hatten kein Gramm Fett zu viel. Er bewegte sich zwar wie die Leute von dort, aber er sah nicht aus wie sie. Ramón sah ihm interessiert zu; er wirkte abwesend, ganz auf das konzentriert, was er gerade tat. Als er sich umdrehte, sah Ramón, dass der Mann, wie er, Ausländer war.

Sie schauten einander an und bewegten sich nicht. Zwei reglose Körper inmitten einer lärmenden Menge. Dann ging Ramón auf ihn zu. Er war neugierig auf diesen Menschen, der sich von den anderen unterschied. Sie stellten fest, dass sie dieselbe Sprache sprachen. Als hätten sie das schon von weitem erkannt. Miguel studierte Sanskrit an der Universität. Er lebte in einem kleinen Häuschen mit zwei anderen Studenten und vertrat den versöhnlichen Geist der Hindus. Er war nicht sonderlich groß, sehr mager, hatte eingefallene Wangen, und die Augen saßen tief in ihren Höhlen. Man hätte sagen können, dass er von Luft lebte. Auch wenn das nicht stimmte, hatte er doch ein Faible für alles Leichte und ließ sich vom Strom der Ereignisse treiben. Er mochte die Geheimnisse, die, so sagte er, das Leben erfüllten. Er liebte das Sanskrit, weil es ein Geheimnis barg, das er entschlüsseln wollte. Er sagte, nichts wäre zu schwer, wenn wir es verstünden, uns den Dingen ohne Angst zu nähern. Das Wichtige wäre, auf den Grund der Dinge vorzustoßen, sie von allem Unnötigen zu befreien. Und so lebte er frei von jeglichen materiellen Bindungen. Er hatte viele Monate ohne die geringste Bequemlichkeit überlebt. Er nahm nur das, was er unbedingt brauchte, um seinen Weg fortsetzen zu können. Dafür war er ein fanatischer Anhänger der Worte und des Schweigens.

Für ihn ähnelten die Worte dem Leben. Sie waren dessen Abbild. Mit ihnen konnte man es geschmeidig und genau nachzeichnen. Miguel begeisterte sich für alles Reizvolle. Die Form einer Wolke oder eines Frauenhalses. Die Steine auf dem Weg, die Seiten eines Buches, die mitten auf der Straße hängende Wäsche, alles konnte ihn in Ekstase versetzen. Manchmal dachte Ramón, sein Geist wäre allzu leicht, weil nichts ihn wirklich fesseln konnte, aber andererseits konnte er Gefallen an den kleinsten Dingen finden. Ramón bewunderte seine Persönlichkeit, und sie wurden Freunde. Er wäre gern wie Miguel gewesen und hätte das Leben gerne ergründet, ohne Schaden zu nehmen.

An dem Tag, an dem sie sich kennen lernten, gingen sie gemeinsam zum Turm des Schweigens, wo die Menschen ihre Toten den Raben übergeben. Ramón konnte das nur schwer verstehen. Sie beobachteten das Ganze aus einiger Entfernung, denn Ausländern war es nicht erlaubt, dabei zu sein. Miguel schwieg und schaute aufmerksam zu, als wollte er die Bilder mitnehmen. Sie waren schon eine Weile gelaufen, und ihre Füße waren müde.

Der Wind vom Meer wurde stärker. Ramón zog die Schultern hoch und versteckte sich in seiner Jacke. Allmählich fing er an zu frieren. Es war eine feuchte Kälte, die bis in die Knochen drang, ganz anders als in Indien. Aber es bedeutete, dass die Heimat nah war. Er hatte wieder das Gefühl zurückzukehren, und er hätte diesen einzigartigen Moment gerne verlängert. Wenn er könnte, würde er alle gelebten Momente festhalten und aufhören, sich zu fragen, was die Zukunft bringt. Miguel hätte gesagt, er solle sich keine Sorgen machen, er hätte noch ein ganzes ungeschriebenes Buch vor sich. Das Meer ist immer noch tief dunkelblau, aber durchbrochen von Wellen. Erst waren es nur kleine weiße Schaumkreise, mittlerweile wilde Ziegen.

Er war ein anderer. Die Jahre und die Erfahrungen hatten ihn verändert. Er hatte chaotische und angenehme Momente durchlebt und fühlte sich beschenkt. Es ging nicht nur um die tatsächliche Reise – die Welt kennen zu lernen ist immer ein Gewinn –, sondern um eine innere Verwandlung. Er hatte viel gelernt, hatte auf seinen Wegen viel gesehen, viele Geschichten gehört, Bücher gelesen. Aus der Distanz bekam die alte Welt völlig neue Dimensionen. Die Sehnsucht nach Mallorca verband sich mit Neugier. Er fragte sich, ob er fähig wäre, sich wieder an das Leben dort zu gewöhnen. Er hatte sich für die Rückkehr entschieden und freute sich darüber. Aber die Entscheidung konnte genauso gut falsch sein. Vielleicht war inzwischen zu viel Zeit vergangen. Womöglich hatte er sich zu weit von den Bewohnern des Hauses entfernt. Er war als Jugendlicher gegangen, und jetzt kehrte ein Mann mit vielen Bildern von Orten und Gesichtern im Kopf zurück. Er war so weit gegangen, dass er sich nach ein wenig Ruhe sehnte. Er hätte sich gewünscht, dass es einfach wäre, den Platz zurückzuerobern, den man verlassen hat. Als wäre es keine Herausforderung, sondern eine natürliche Folge langer Abwesenheit.

Ein große Welle erfasste das Boot, und er musste die

Füße in die Holzdielen stemmen, um nicht zu fallen. Aber er wollte seinen Posten nicht verlassen. In der Nähe unterhielt sich lautstark eine Gruppe von Leuten. Die Worte erreichten ihn mühelos, und er fühlte sich dazugehörig. Unter anderen Umständen wäre er lieber allein gewesen, aber in dieser Nacht war es anders. Die Stimmen wiegten ihn, begleiteten ihn, sie störten nicht. Sie erinnerten ihn daran, wo er war und was er tun würde. Er steckte die Hände tief in die Taschen, um sie vor dem Wind zu schützen. Er hörte ihn pfeifen, während er rau über ihn hinwegwehte. Er musste wieder an Miguel denken. Er war sein bester Freund gewesen und hatte wesentlich zu seiner Veränderung beigetragen. Er fragte sich, ob er ihm je für all das danken könnte, was er ihm gegeben hatte.

Sie hatten sich ein paar Tage vor seiner Abreise ein letztes Mal gesehen. In dem Haus in Bombay mit den schmucklosen Wänden. Ein ruhiger Ort, an dem sie viele Gespräche geführt hatten. Es gab immer eine Anekdote zu erzählen oder eine Landschaft zu beschreiben. An diesem Abend hatten sie sich getroffen, um sich zu verabschieden. Ramón war entschlossen, nach Mallorca zurückzukehren. Er hatte schon lange davon gesprochen, und Miguel war nicht überrascht. Es erschien ihm logisch, dass sein Freund sich mit der Vergangenheit aussöhnen wollte. Miguel hatte die Rückkehr immer wieder aufgeschoben, weil ihm das Leben in Indien stetig angenehmer wurde. Es würde ihm schwer fallen, auf die besondere Art der Zeitmessung zu verzichten. Er hatte sich sehr an die Rhythmen gewöhnt. Ramón hingegen war nur ein Reisender. Für ihn war klar, dass er vorübergehend da war, denn er gehörte an einen anderen Ort.

Das Ende des Abenteuers in Indien rückte näher. Sie saßen in dem grauen Betonhaus, in dem alles extrem nüchtern war. Nackte Wände, Böden mit einer leichten Schmutzschicht, in der man jeden Schritt sah, schwaches Licht. Der Teppich, auf dem sie so oft gesessen und sich unterhalten hatten, nahm sie auf. Er war abgenutzt, das Gewebe hatte die Farben verloren und löste sich an manchen Stellen auf. Aber er war gemütlich. Sie legten sich nebeneinander hin, mit dem angenehmen Gefühl, sich einfach treiben zu lassen. Durch das einzige Fenster, das es in dem Zimmer gab und das auf einen Hof hinausging, fiel mattes Licht hinein. Keiner von beiden war sonderlich gesprächig, wenn es um die eigenen Gefühle ging. Es fiel ihnen leichter, über die anderen und das Leben zu reden. Dann entdeckten ihre Blicke Geheimnisse. Doch jetzt gab es viel zu sagen. Ramón wollte nicht gehen, ohne es ausgesprochen zu haben, und Miguel wartete darauf und hörte ihm aufmerksam zu.

»Ich glaube, ich komme in eine unbekannte Welt. Ich weiß nicht, ob es richtig ist, nach Mallorca zurückzukehren.«

»Du sprichst schon lange davon. Du vermisst die Insel, und es ist gut, wenn du zurückgehst.

»Wenn der Zeitpunkt näher rückt, wachsen die Zweifel. Als ich ging, war ich ein Junge, der in eine unerreichbare Frau verliebt war. Sie ist tot, und ich fühle mich wieder lebendig.«

»Du lebst und hast viel gelernt.«

»Ich frage mich, ob all das, was ich gelernt habe, nicht dazu führt, dass ich mich auf der Insel und unter den Leuten fremd fühle.«

»Du wirst ihnen anders begegnen. Du hast den Blick der Erfahrung. Und das ermöglicht es dir, die Welt aufmerksamer zu betrachten.«

»Denkst du, dass wir uns wiedersehen? Ich werde dich sehr vermissen. Wer wird mir jetzt sagen, welche Bücher ich lesen soll?«

»Wir werden uns schreiben. Außerdem werde ich irgendwann nach Mallorca reisen, und dann werden wir uns wiedersehen.«

»Versprochen?«

»Du hast mein Wort.«

Ramón fühlte sich wohl, Miguel steckte ihn mit seiner Ruhe an. Es wunderte ihn, dass er ihm versprochen hatte, ihn auf Mallorca zu besuchen. Dieses Versprechen nahm Ramón ein wenig von seiner Traurigkeit. Er opferte alles, was für ihn Teil seines Alltags geworden war: den Anblick der Landschaft. Dafür warteten unbekannte Horizonte auf ihn. Die Linie, die Meer und Himmel verbindet, verschwamm vor seinen Augen. Sie verlor die Farbe, löste sich auf. Er hatte das Gefühl, seit seinem Aufbruch seien unendlich viele Jahre vergangen.

Auf dem Deck war die Kälte jetzt deutlicher spürbar. Ramón hörte, wie die Wellen sich hoben und brachen. Ein Stück entfernt hörte er die Gespräche der anderen Reisenden, doch die Worte verloren an Kraft, denn die meisten Passagiere zogen sich in das Innere des Schiffes zurück, wo die Temperatur angenehmer war. Er verharrte reglos. Er bewegte nicht einen Muskel, völlig versunken in das, was ihn umgab, eingehüllt in tiefes Schweigen. Es dämmerte, und das aufkommende Tageslicht war wie ein Wunder. Das Licht verteilte sich am ganzen Himmel, und die Wolken färbten sich blau. Er sah das Skelett der Insel, die dalag wie ein ausgestrecktes Wesen. Dieses Bild hätte er sich gern für immer eingeprägt, aber plötzlich zog ein Nebelschleier vor seine Augen. Sie fuhren langsam auf die Insel zu, während der Himmel eine orangerote Färbung annahm. Zwischen dunkelvioletten und Grautönen schimmerte es mandarinenfarben. Seine Lippen zitterten ein wenig, aber er wahrte weiterhin die Haltung des Unerschütterlichen. Der Jackenkragen war noch hochgeschlagen, und er hatte auch die Hände noch in den Taschen, als sie anlegten. Plötzlich, ohne Vorwarnung, tauchten die Konturen der Häuser, die Formen der Landschaft auf. Einen Moment lang dachte er, dass unmöglich so viel Zeit vergangen sein konnte. Es war alles genauso, wie er es in Erinnerung hatte. Die Schiffsirene sagte den Passgieren, dass sie die Insel erreicht hatten und bald aussteigen könnten. Ramón schaute auf die Felsen und die Bäume, und das Herz tat ihm weh vor Kummer und Wiedersehensfreude. War es wirklich Kummer? Vielleicht lag es nur an seiner Verwirrung. In der Stunde der Rückkehr gehen die Gefühle drunter und drüber.

14

Alles war so, wie er es zurückgelassen hatte. Der einzige Unterschied war, dass ihm alles dunkler vorkam. Aber das hatte mit der Genauigkeit der Wahrnehmung zu tun: Wenn man die Orte und Personen konkret vor sich hat, bekommen sie Körper und Schatten. Die Bilder, die die

Erinnerung aufgelöst und verändert hatte, setzten sich vor seinen Augen unter dem Einfluss der neuen Erfahrungen wieder zusammen. Die Erlebnisse verschmolzen in Ramóns Innerem zu einer seltsamen Materie, einer Art Balsam, der sich auf die Dinge legte und ihre Erscheinung veränderte. Das ging ihm vor allem bei den Entfernungen so. Er musste sich an die Insel wieder gewöhnen, wo ihm alles kleiner vorkam. Auch die Finca, deren Ländereien ihm vorher grenzenlos erschienen waren, wurde zu einem klar begrenzten Stück Land. Das beunruhigte ihn nicht, im Gegenteil. Während er durch die Welt gereist war, hatte er gehofft, sie möge grenzenlos sein. Jetzt, wo er wieder zu Hause war, waren das einzig Wichtige die bekannten Grenzen, die tausendmal abgeschrittenen Flecken, das Gefühl, jede Ecke zu kennen. Dasselbe passierte mit der Zeit. In Mallorca herrschte keine Eile. Die Dinge geschahen ohne jede Hektik, nichts wurde überstürzt. Trotzdem war der Rhythmus nicht wie in Indien. Dies ließ sich noch nicht in Einklang bringen, er musste sich erst darauf einstellen. Erst ein Schritt, dann ein Takt, dann eine ganze Abfolge. Es gefiel ihm, die alten Gewohnheiten wieder aufzunehmen.

Sie empfingen ihn mit einer Mischung aus Freude und Neugier. Für die Menschen, die in der Casa de Albarca lebten, endete die Welt an den Grenzsteinen der Finca. Sie konnten sich nicht vorstellen, was es auf der anderen Seite des Meeres geben könnte, und vielen war das auch egal. Für sie war die Insel der Mittelpunkt der Welt. Sie wollten wissen, wie man jahrelang so weit weg von Mallorca leben kann, ohne vor Sehnsucht zu sterben. Einige beneideten ihn. Sie waren jung, voller Unruhe, und wären mutig genug, in die Welt hinauszuziehen. Sie schauten sein Gesicht an, das sich verändert hatte, als hätte ein guter Bildhauer ein Stück Marmor bearbeitet. Er war jetzt ein Mann. Sie erinnerten sich an das frühere Gesicht, in dem man jede Gefühlsregung lesen konnte; das neue wirkte abwesend, verschlossen, so als wollte er die Gefühle wie einen Schatz für sich behalten. Aber er teilte mit ihnen die Geschichten aus fernen Ländern, die unglaublich klangen.

Der Hausherr nahm ihn freundlich auf. Er hielt eine gewisse Distanz, aber er sagte, er freue sich über seine Rückkehr. Er erwähnte den Brief und bedankte sich für die Kommentare und Beschreibungen, die er als respektvollen Vertrauensbeweis ansah. Er hoffe, dass er sich im Kreis seiner Familie wohl fühle und bald wieder die alten Aufgaben übernehme. Der Garten, sagte er, erinnert sich vielleicht noch an deine Hände. Ramón beobachtete ihn schweigend. Er analysierte die Gefühle, die Mateo in ihm weckte. Die alten Gefühle waren wie ausgelöscht, da war keine Spur mehr von Rivalität. Sogar die Erinnerung daran kam ihm unwirklich vor. Aber er fühlte sich ihm auch nicht mehr verbunden wie die damals nach Sofías Tod. Das alles war Teil einer anderen Geschichte. Er verhielt sich höflich wie ein Gärtner, der dem Hausherrn mitteilt, dass er seine Arbeit wieder aufnehmen will. Er war freundlich, und das war kein Theater und keine Unterwürfigkeit. Er freute sich wirklich, in der Casa de Albarca zu sein, und das wollte er dem Hausherrn zeigen. Alles andere war Schnee von gestern. Sie unterhielten sich eine Weile im Schatten des Zürgelbaums. Er musste immer wieder die Blätter ansehen, die Äste waren hoch hinausgewachsen, und der Stamm hatte ordentlich zugelegt. Einen Moment dachte er an all die Bäume, die er gesehen hatte. Kleine, unförmige, solche, bei denen die Zweige immer kahl, und andere, die wahre Luftgärten waren. Aber keiner war so wie der Zürgelbaum.

Die größte Entdeckung waren die Jahreszeiten. Es war wunderbar, wieder Frühling und Herbst zu erleben; den sanften Regen, die Blätter auf dem Boden, die Ockertöne, die dem Winter vorausgehen. Wie schön war es, wenn sich alles erneuerte, die Tage irgendwann länger wurden, wenn man der Sonne Zeit abgewinnt. Das erlebte er nun alles wieder, nachdem er jahrelang dem abrupten Wechsel von Trockenheit und wildem Regen ausgesetzt gewesen war. In jedem Frühling wartete er auf die morgendlichen Brisen. In jedem Herbst beobachtete er, wie das Licht mit jedem Tag eine Spur weniger wurde. In der Zwischenzeit musste er es mit dem Garten aufnehmen. In all den Jahren hatten unerfahrene Hände ihn unkontrolliert wuchern lassen, wodurch er einen undefinierbaren Charme bekommen hatte, und Ramón teilte die Ansicht des Hausherrn nicht, dass man Ordnung hineinbringen müsste. Er wählte einen Mittelweg: Er wollte den Eindruck von Freiheit erhalten und ließ manche Pflanzen gewähren – das Efeu, das eine ganze Wand bedeckte, die Pinien –, aber er beschnitt die Rosen, die krumm gewachsenen Bäume und die Pflanzen, die über die Beete hinausgewachsen waren.

Er hatte sich bald wieder eingewöhnt. Da die Wochen schnell vergingen, fühlte er sich nach kurzer Zeit wohl.

Er genoss das Vertrauen derjenigen, die mit ihm arbeiteten. Niemand stellte seine Entscheidungen in Frage oder legte ihm Steine in den Weg. Er hatte eine herzliche Beziehung zu den anderen. Es war immer Zeit für ein gutes Gespräch oder einen Scherz, aber er blieb unzugänglich – allerdings nicht mit Absicht, denn es war eine innere Notwendigkeit. Für die anderen war er nicht zu durchschauen. Er hielt sich oft zurück und schwieg. Das Schweigen hatte er in Indien schätzen gelernt und wollte nicht mehr darauf verzichten. Niemand hielt ihn für hochmütig oder schwierig. Sie akzeptierten seine Eigenheiten und gingen lächelnd darüber hinweg.

In Mallorca war die Zeit zyklisch. In Indien hatte er sie als linear empfunden. Der Unterschied lag in der Art und Weise, sie zu erleben. Als Wanderer war er durch das Land gezogen, immer zu einem anderen Ort. An einem blieb er, andere passierte er. Er hatte immer wieder neue Routen entdeckt und stellte sich diesen Weg als mäandernde Linie vor. Deswegen hatte die Zeit eine andere Dimension. Er schritt langsam vorwärts, und die Erfahrungen blieben zurück. Es ging immer nur vorwärts, weil es ständig Neues zu entdecken gab. Auf der Insel jedoch war die Zeit ein einziger großer Zyklus. Die Ereignisse und die Dinge gingen nie verloren, sie kamen immer wieder. Wie die Jahreszeiten.

Diese kreisförmige Zeitvorstellung führt zu einer anderen Lebenseinstellung. Wenn wir wissen, dass die Blätter die Zweige der Bäume wieder füllen werden, dann befallen uns nicht gleich Zweifel, wenn wir sie schwinden sehen. Wir schauen diesen letzten Blättern nicht begierig nach, als würden wir sie für immer verlieren. Wir haben einen Funken Hoffnung, der sich in Freude verwandelt, wenn wir feststellen, dass die Natur fortbesteht. Es werden noch mehr Knospen sprießen, in einem weiteren Frühling, den wir jetzt nur erahnen können. Es wird wieder ruhiger Regen fallen, der in bescheidenen Tropfen die Fassaden herunterläuft. Und die Abende werden wieder länger, und die Luft wird wärmer. Alles wird zu neuem Leben erwachen, einem natürlichen Trieb folgend, der einer wiederkehrenden Welt entspricht.

Die Jahreszeiten vergingen, und Ramón gewöhnte sich an seine neuen Pflichten. Er wohnte in einem kleinen Haus direkt am Eingang der Finca, das er sich hergerichtete hatte. Es war aus Stein, hatte Regenrinnen, eine Abortgrube und große Fenster, einen Patio mit zwei Steinbänken und einer Zisterne. Es gab einen Raum, in dem er seine Gartenwerkzeuge aufbewahrte und wo er sich zum Lesen hinsetzte, wenn er Zeit hatte. Er mochte das Alleinsein, und das neue Leben hatte durchaus seine angenehmen Seiten. Er stand früh auf und ging spät schlafen, nachdem er noch eine Weile gelesen hatte. Es gab die Plaudereien mit den Leuten in der Casa de Albarca, aber auch Phasen langen Schweigens. Er lebte ruhig, ohne Schimären oder irgendwelchen Ideen nachzujagen, während die Jahreszeiten sich erneuerten.

In jener Zeit traf er Elisa selten. Sie lebte in dem großen Haus, und er hatte in Indien so viele Kinder gesehen, dass diese Miniaturausgabe einer Dame keinerlei Gefühl in ihm weckte. Der Garten, die Leute und der wolkenlose Himmel erschienen ihm viel interessanter. Er wusste, dass es sie gab, aber die kleine Person mit dem bedeutenden Namen war ihm gleichgültig. Sie, die wohlbehütet von ihrem Vater und den Tanten aufwuchs, achtete auch nicht auf den Gärtner. Er war einfach Teil der Landschaft.

Die Jahre vergingen, und das Mädchen wurde älter. Ihre Beine und Arme wurden länger. Sie stellte sich auf Zehenspitzen, um größer zu wirken. Sie straffte die Schultern, um anmutig gehen zu können. Sie hatte markante Gesichtszüge und außergewöhnlich sinnliche Lippen. Ihre grazilen Bewegungen überraschten ihren Vater, der eher ungelenkig war, und begeisterten die Tanten, wenn sie zu Besuch kamen. Ohne dass jemand daran gedacht hätte – so etwas kann man ja auch nicht herbeibeten –, hatte sie die Züge ihrer Mutter geerbt, die Ausstrahlung einer schönen, abwesenden Frau. Aber die Häuslichkeit von Sofía war durch Eigenwilligkeit ersetzt worden. Elisa war resolut, nahm weder Befehle noch Ratschläge von anderen an. Sie lächelte mit geschlossenem Mund, als würde sie viele Geheimnisse kennen, die sie niemandem verriet. Manchmal lachte sie laut, und das war, als ob sie Minze kaute, denn alles war plötzlich von einem angenehmen Geruch erfüllt.

Die drei Tanten kamen immer wieder aus dem Dorf zu Besuch, um sie die Kindheit und Jugend über zu begleiten. Sie liebten dieses Wesen, für das sie abwechselnd die Mutterrolle übernehmen konnten, und auf dieses Privileg wollten sie keinesfalls verzichten. Über die Jahre hinweg wurde das Verhältnis zu Mateo herzlicher. Im Grunde war der Arzt den Tanten für ihre Gesellschaft dankbar. Es freute ihn, wenn die Kutsche ankam und Staub aufwirbelte und Elisa unter dem Torbogen des Eingangs klatschte oder mit dem Taschentuch winkte. Aus ihr hätte ein unerträgliches Geschöpf werden können, weil die drei Tanten alle Zeit der Welt hatten und sie wie Glucken beschützten und auch der Vater ihr uneingeschränkt seine knapp bemessene Zeit widmete. Sie hatte einen Wunsch noch nicht ganz ausgesprochen, schon wurde er erfüllt. Sie probierte die ersten Früchte aus dem Garten, kaufte sich Seidenhütchen und begeisterte sich für Musik.

Jeder sagte, sie wäre ein Engel, aber ein viel zu unruhiger. Von klein an konnte sie nicht eine Sekunde still sitzen. Sie rannte im Patio herum, kletterte auf die Bäume, plantschte in der Zisterne. Nichts konnte sie einschüchtern oder ihr Angst machen, ihre Neugier war grenzenlos. Sie musste alles verfolgen, was sich bewegte, und wenn es der Schatten eines Schattens war. Sie war schon bald eine kleine Dame, die sich sicher in den Räumen der Casa de Albarca bewegte, ganz wie ihre Mutter, nur kühner. Wenn sie lachte, war es, als würden sich Himmel und Erde verbinden. Sie steckte alle mit ihrem Lachen an, ein Zeichen von erwachender Lebenslust. Erst ihren Vater, ein wenig schüchtern, weil er sich schämte, seiner Freude freien Lauf zu lassen, die ihm kindisch vorkam, dann die drei Tanten, die die alten Gespenster vertrieben, die so viel Tränen gekostet hatten. Ihr Blick hellte sich auf, die Schleier eines Lebens voller Trauer waren verschwunden. Und der Grund dafür war Elisa. Erst hatten sie sie geliebt, weil in ihr die tote Mutter weiterlebte, dann wurde sie zum Mittelpunkt ihres Lebens. Sie war ein Mädchen, das vor Lebensenergie geradezu überschäumte und andere mitriss.

Als Jugendliche fand sie einen Weg, das Haus zu verlassen, ohne dass jemand es merkte. Ihr gefiel dieses Gefühl von Freiheit, einfach die Hintertür aufmachen und draußen herumstreunen zu können. Ihr Vater sperrte jeden Abend den Haupteingang zu. Er drehte den riesigen Schlüssel zweimal herum, und die Schlösser knirschten. Es war eine Art Zeremonie, er genoss es, das Haus vor der Welt zu verschließen. Ein paar Stunden lang würde nichts die Ruhe in den Räumen stören, in denen die Menschen schliefen. Am frühen Morgen würden die Dienstmädchen die Fenster weit öffnen, und das Licht würde bis in den letzten Winkel dringen. Bis dahin regierte die Stille, die uns beim Wachen oder Schlafen begleitete. Stunden schlaftrunkener, nur halb zugelassener Gedanken und verborgener Wünsche, Stunden der Erholung.

Nicht jeder wollte abends schlafen. Die Anweisungen des Hausherrn waren nicht für alle, die unter jenem Dach lebten, Gesetz. Elisa, sein Augenstern, konnte es nicht ertragen, eingesperrt zu sein. Schlafen gehen hieß für sie, nach einem Tag voller Spielen und Spaß todmüde ins Bett zu fallen. Sie hasste es, wenn die Müdigkeit alle Glieder erfasste und die Lider schwer wurden. Deshalb zögerte sie den Moment des Zubettgehens immer hinaus. Als kleines Kind hatte sie so lange gejammert, bis man sie in Ruhe ließ. Als junges Mädchen hatte sie entdeckt, dass die hintere Tür sich mit einem Schlüssel öffnen und schließen ließ, den niemand benutzte. Sie bewahrte ihn in einer Schublade ihrer Kommode auf, damit sie ihn immer zur Hand hatte.

Anfangs ging sie nur hin und wieder hinaus. Sie drehte eine Runde durch die schlecht beleuchteten Ecken des Gartens und ging dann wieder ins Haus zurück. Das

Wichtige war das Gefühl, unabhängig zu sein, kommen und gehen zu können, wann sie wollte. Der Spaziergang selbst war unwichtig, eher ein Vorwand oder eine Episode. Allmählich wurde das Ausgehen zur Sucht. Sie versuchte, keinen Lärm zu machen und ihren Vater nicht aufzuwecken. Die Tanten merkten sehr bald, was vor sich ging, sagten aber nichts. Sie erwähnten es nicht einmal untereinander, als hätten sie ein Komplott zu Elisas Schutz geschmiedet. Jede war überzeugt, dass nur sie von dem Geheimnis wusste. Tante Antonia schüttelte leicht den Kopf, wenn sie ihre Nichte auf dem Flur traf, eine Art Warnung. Tante Magdalena schaute an die Decke und tat, als ob sie nichts merkte. Tante Ricarda lächelte komplizenhaft, und Elisa verstand das ohne Worte. Sie ging gerne unter dem Sternenhimmel spazieren. Wenn es kühler wurde, legte sie sich eine Wolldecke um die Schultern. Im Sommer nahm sie das Fahrrad, passierte das Gattertor und fuhr herum.

Als sie zwölf Jahre alt war, kam sie in eine Nonnenschule in Palma. Sie trug einen grün-weiß karierten Rock, wollene Kniestrümpfe, eine weiße Bluse und eine graue Jacke. Diese Uniform hat ihr nie gefallen. Wenn sie am Wochenende nach Hause kam, zog sie bequeme Sachen an, die sich weich anfühlten. Sie wurden von ihren Tanten genäht, die ihr jeden Gefallen taten. Manchmal zog sie ein Kleid an, das ihrer Mutter gehört hatte. Es war auberginefarben, hatte eine eng anliegende Korsage und einen weiten Rock. In jener Zeit sehnte sie sich nach den freien Tagen. Im Internat wurden ihr die Wochen lang, es kam ihr vor wie eine Strafe. Direkt neben ihrem Internat war eines für Jungen. In der Pause warfen sie Papiertauben mit naiven Sätzen herüber, und die Mädchen sprangen hoch und fingen sie auf. Wenn man Glück hatte, standen die Verse irgendeines Poeten darauf. Weil sie sie aus dem Gedächtnis zitierten, waren es oft unvollständige oder holperige Verse. Einer von den Jungen hatte kürbisfarbenes Haar: orangenrot und süß. Sein Gesicht war voller Sommersprossen. Er verliebte sich in Elisa und schickte ihr viele Papiertauben. Sie wurden älter, jeder auf seiner Seite der Mauer. Manchmal kletterte er hoch, und sie unterhielten sich lange. Sie lachten über alles Mögliche, denn sie waren noch Kinder. Trotzdem wartete Elisa darauf, wieder nach Hause zu kommen. Sie vermisste die Dinge, die sie liebte und die sie kannte. Sie hätte gern das blaue Fahrrad, die Kleider ihrer Mutter, die Stute und die Bäume mitgenommen.

Als Elisa fünfzehn war, fing der Junge mit dem kürbisfarbenen Haar an, sie zu besuchen. Er kam an den Wochenenden mit einem laut knatternden Moped. Er trug eine dicke Jacke, um sich gegen die Kälte zu schützen. Manchmal vermutete sie ihn hinter dem Bus, mit dem sie nach Hause fuhr. Sie stand auf und ging nach hinten und schaute ihn durch das Rückfenster an und winkte, dann freute er sich. Er weckte keine tieferen Gefühle in ihr, aber er war der perfekte Kumpel, um die Welt zu entdecken. Elisa hatte nun einmal diese Art, sich kopfüber ins Leben zu stürzen, ohne um Erlaubnis oder Rat zu fragen. Ihrem Vater war es schleierhaft, woher all diese Neugier kam. Die drei Tanten runzelten die Stirn, wenn sie sie sahen, aber sie widersprachen ihr nie. Alle wussten von ihren Treffen mit dem Jungen auf einem verlassenen Grundstück im Schein einer Laterne hinter der Straße am Teich.

Sie stellten sich nicht sehr geschickt an. Sie küssten sich wild, unerfahren in der Kunst des Küssens. Sie bissen sich in die Lippen und machten einander Flecke am Hals. Sie wussten noch nicht, dass man die Zeichen der Liebe auch verbergen kann. Hastig berührten sie ihre Körper, als hätten sie keine Zeit, und immer mit dem Gefühl, nie genug zu bekommen. Der Kuss konnte lang und hart sein, sich zwischen den Zähnen verlieren. Die Hände ihres ersten Liebhabers weckten Elisas Begehren, befriedigten es aber nicht. Er hatte nicht die Gabe, die geheimen Winkel ihres Körpers zu erkunden, wo die Lust erwachte. Elisa hätte sich gewünscht, er wäre geschickter gewesen, sie hätte ihn gern gebeten, sich mehr anzustrengen und mit ihr gemeinsam neue Wege zu suchen. Aber er war schüchtern und unsicher. Er dachte, seine unwissenden Finger würden sie erbeben lassen, wenn sie über ihren Körper glitten. Sie spürte ein Kribbeln im Bauch, zwischen den Beinen, aber nichts weiter. Seine Unsicherheit und Ungeschicklichkeit löschten jedes vorhandene Begehren aus und riefen lediglich Ernüchterung hervor.

Sie traute sich nicht, mit ihm darüber zu sprechen. Bei jedem Treffen gab sie sich noch mehr Mühe, ihn in die richtige Richtung zu schieben. Es war zwecklos. Der Junge mit dem kürbisfarbenen Haar war kein guter Liebhaber. Er warf sich auf Elisa, fingerte an ihren Brüsten herum und ließ sie mit schmerzendem, unbefriedigtem Leib zurück. An einem Abend, der sich nicht sonderlich von den anderen unterschied, drang er plötzlich in sie ein. Es tat ihr weh, und sie zeigte das auch. Seine Bewegungen waren wie Peitschenhiebe. Sie befreite sich aus der Umarmung, schob den Rock nach unten und ging nach Hause. Sie hörte seine Rufe. Er verstand nicht, warum sie fortlief. Er wollte eine Erklärung, die sie aus Wut und Enttäuschung nicht geben konnte. Ihr Geschlecht und ihre Schenkel waren voll mit seiner Flüssigkeit, feucht. Sie kehrte in ihr Zimmer zurück. Sie spürte, dass die Tanten ihr nachspionierten. Niemals würde sie ihnen sagen, welches Pech sie gehabt hatte. Neun Monate später bekam sie ein Kind: Es war von dem Jungen mit dem kürbisfarbenen Haar. Sie wollte ihn nicht wiedersehen. Sie nannte das Kind Carlota.

15

Die drei Tanten rissen den Säugling förmlich an sich und kümmerten sich mit Leib und Seele um ihn. Es gab keine Vorwürfe, denn Elisa mit dem tiefgründigen Blick hatte nun einmal diese unbändige Lebenslust. Das Baby war ein Irrtum der Natur, in dem sie bald ein Geschenk des Himmels sahen. Sogar ihr Vater, der sie erst fortschicken wollte, versöhnte sich schnell mit seiner Tochter und betrachtete seine Enkelin mit Wohlwollen. Sie musste nicht in die Nonnenschule zurück, was sie ungemein freute, und bekam stattdessen zu Hause Musik- und Zeichenunterricht. Die neue Situation brachte sie nicht sonderlich aus dem Gleichgewicht. Das kleine Wesen, das in einem Moment entstanden war, den sie vergessen wollte, schenkte ihr nur Freude: Es war ein Glückskind mit ihren Augen. Sie dachte nie darüber nach, ob es ihrer Zukunft im Wege stehen könnte. Das Leben, das waren die Wände des Hauses, der Garten, die Gespräche auf der Terrasse und die unermüdliche Abfolge der Tage. Ihr gefiel dieses Leben in der Schönheit des Raumes und der Vollkommenheit der Dinge. Auf der Terrasse war man dem Himmel ganz nah. Sie hatte das Gefühl, sie müsste nur die Hand ausstrecken, dann könnte sie Stücke aus den Wolken reißen. Sie fühlte sich mächtig und glücklich. Die Schwangerschaft, eine Episode, die fast unbemerkt an ihr vorbeiging, hatte ihren jugendlichen Körper verändert. Er wurde runder und fester. Sie hatte immer noch die Wespentaille, aber ihre Brüste und Hüften waren runder geworden. Ihr Blick war selbstsicherer. Sie hatte das Gesicht eines Teenagers und den Körper einer Frau, die gelassen in die Welt sah wie jemand, der noch keine schmerzlichen Erfahrungen gemacht hat. Sie lebte ruhig, neugierig, was die Zukunft ihr bringen würde. Manchmal fragte sie, ob das Liebe war, sich kurz auf dem Boden zu wälzen. Sie stellte sich Hände vor, die gefühlvoll über ihren Körper strichen. Ihr Körper verspürte wieder den Ruf des Lebens, aber sie versuchte, ihn zum Schweigen zu bringen. Carlota lag zufrieden in ihren Leinenlaken, während sie kaum ein Auge zumachte.

Die Jahreszeiten vergingen, und das Leben hatte einen angenehmen Rhythmus. Zu Hause traute sich niemand, Unruhe in ihre Tage zu bringen. Sie sah nicht viele Leute, weil sie das nicht brauchte. Wenn es warm wurde, nahm sie einen Sonnensschirm und betrachtete vom Geländer aus das Wasser im Teich, die Seerosen, die Bäume. Wenn ihr ein unangenehmer Gedanke in den Sinn kam, vertrieb sie ihn einfach. Es war nicht schwer, das Grau loszuwerden, wenn die Farben um einen herum explodierten. Den Sommer hatte sie schon immer am meisten gemocht. Er rief seltsame Gefühle in ihr wach. Einerseits die drückenden Stunden, wenn die Sonne in den Garten fiel und sie die Rollladen schließen mussten, damit sie nicht in die Zimmer dringen konnte. Dann wurde alles langsamer. Und andererseits dieses Gefühl von Kraft, ein Energieschub im ganzen Körper. Wenn sie es hätte erklären müssen, hätte sie gesagt, der Sommer gab ihr Mut. Jede Bewegung in den heißen Stunden, die alles lähmen, war zu viel. Zugleich steigerte die Intensität des Lichts, das die Welt erbarmungslos bloßlegte, ihre Lebenslust.

Es geschah im Sommer. Wenn es Nacht wurde, zirpten die Grillen im Garten wie ein kleines Orchester. Morgens erwachte Elisa von dem einfallenden Sonnenlicht. Kein Vorhang konnte dieses Licht aufhalten. Alle schwitzten. Schweißperlen fielen dem Vater von der Stirn, wenn er sich zu einem Patienten hinunterbeugte. Wie Sprühregen setzte sich der Schweiß auf die Schläfen der Tanten, die sich an diese Temperaturen nicht gewöhnen konnten. Die Feuchtigkeit lag wie eine dünne Schicht auf Elisas Hals, ganz gleich, wie hoch sie ihr Haar band. Sie fragte sich, wie es möglich war, Langsamkeit und Unruhe zu verbinden. Nur der Sommer vereinte diese Gegensätze. Sie fühlte sich ruhig und zugleich getrieben.

Am fünfzehnten August, am Tag des Festes der Jungfrau, herrschte drückende Schwüle. Das Haus wachte bereits unruhig auf: unnötige Eile auf den Fluren, Rennerei auf der Treppe des Haupteingangs, Gelächter in der

Küche. Niemand kannte den Grund für dieses Durcheinander. Vielleicht fiel es den anderen gar nicht auf, und es war für sie ein Tag wie jeder andere. Auch Elisa war nicht gleich auf der Hut, obwohl die Tanten ihr etwas nervös vorkamen. Sie liefen hin und her, wiederholten eine Frage, die sie kurz zuvor schon mal gestellt hatten, mal redeten sie ohne Unterlass, und mal verfielen sie plötzlich in tiefes Schweigen. Auch Carlota war extrem unruhig und schrie ständig nach einem anderen Spielzeug, aber Elisa war nicht klar, was vor sich ging. Ihr Leben war nie außer Kontrolle geraten. Mit Ausnahme jener absurden Nacht, die ihr die Tochter beschert hatte, aber sonst nie. Sonst war alles ruhig verlaufen.

Mittags regnete es. Ein typischer Augustregen, sodass sie die Stühle von den Terrassen holen mussten. Er dauerte nicht lange, aber er hatte die Intensität von Gedanken, die einem immer wieder im Kopf herumgehen. Er hinterließ Pfützen am Boden, kleine Kreise mit grünlichem Wasser, die Carlota für sich entdeckte. Er hätte die Luft reinigen sollen, aber das war nur eine Wunschvorstellung. Es war immer noch drückend. Am Himmel hingen ein paar Wolken, die der Hitze nichts anhaben konnten. Die Feuchtigkeit legte sich auf die Stoffe der Kleidung und drang in den Körper ein. Der Tag wollte nicht vergehen, die Stunden und die Minuten zogen sich ewig hin. Niemand wartete auf etwas. Zu warten, das heißt aufmerksam sein, den Blick auf etwas gerichtet, was kommen soll. Elisa hatte nie so gelebt. Aber an jenem Tag war sie von sich selbst überrascht. Sie war zerstreut, trotzdem waren ihre Sinne hellwach. Sie nahm die Gerüche wahr, die nach dem Regen durch das Fenster hereinströmten.

Es roch nach Kräutern und Gewürzen. Sie verspürte den Drang, mit den Fingerspitzen über ihren Körper zu gleiten, um seine Formen zu ertasten. Die flirrende Erregung hatte sich auf Elisas Hände, auf ihren Blick übertragen, der nach Plätzen suchte, wo er hinfliegen konnte. Sie stützte sich auf das Geländer der Terrasse und schaute mit hochgekrempelten Ärmeln und offenem Kragen in den Garten. Und da geschah es.

Auf dem Weg zwischen den Eukalyptusbäumen ging jemand. Es war ein großer, schlanker Mann, sein Körper schwang im Rhythmus der Füße mit. Er kam ihr vage bekannt vor, und sie beobachtete ihn. Gemächlich schaute er sich die Bäume an, zupfte hier ein Blatt, entfernte dort ein paar trockene Zweige, strich mit der Hand über den Stamm, ganz langsam, als wollte er jede Vertiefung im Holz spüren. Seine Bewegungen fielen ihr auf, diese Ruhe, mit der er sich in den Tiefen des Gartens verlor, ohne jedes Zeitgefühl, ganz auf die Pflanzen, ihr Wachstum, ihre Kraft konzentriert. Als er näher kam, sah sie, dass er eine kräftige Statur und markante Gesichtszüge hatte. Wer hatte ihm beigebracht, sich so zu bewegen? Es wirkte spontan, andererseits so, als spräche aus ihm eine jahrhundertealte Erfahrung. Etwas Geheimnisvolles ging von ihm aus, und sie hätte ihn gern gefragt, woher er kam, auf welch verschlungenen Pfaden er in den Garten gelangt war.

Ramón hob den Kopf und sah eine Frau, die von der Terrasse in den Garten schaute. Es war Elisa, die Tochter des Hausherrn. Er erkannte sie sofort, auch wenn sie sich lange nicht gesehen hatten. Keiner von beiden hatte es auf ein Treffen angelegt. Solange sie klein gewesen war, hielt er sie von sich fern, weil sie absurde Gedanken in ihm wachrief. Später vergaß er sie schlichtweg. Und für sie war er ein uninteressanter Mann, zu rau in seiner Art. In jenem Moment änderte sich alles. Es war kein langsamer Prozess, bei der wir allmählich unsere Meinung über jemanden ändern. Es war auch nicht die Folge eines Gesprächs, das uns ungeahnte Facetten der Persönlichkeit des anderen enthüllt. Es war viel elementarer. Eine Frau schaut in die Ferne und entdeckt einen Mann, der auf sie zukommt. Er braucht eine Weile, bis er reagiert. Sie fragt sich, wer das wohl sein mag. Schließlich erkennt sie in ihm den Gärtner des Hauses. Sie findet ihn ausgesprochen attraktiv und fragt sich, wieso er ihr die ganze Zeit über nie aufgefallen ist. Sie schaut zum Himmel empor und sucht den Regen. Der Schauer hat die Luft gereinigt, damit sie ihn entdecken konnte. Sie verlässt ihren Aussichtspunkt nicht, unentschlossen, was sie tun soll. Sie beobachtet ihn weiter und wartet, dass er zu ihr kommt.

Ramón erging es ähnlich. Anfangs kam ihm das Profil der Frau bekannt vor. Nicht weil er sie schon das eine oder andere Mal gesehen hatte. Es reicht nicht, jemanden mal gesehen zu haben, damit sich das Gefühl von Kennen, von Nähe einstellt. Er war verwirrt, weil alte Bilder in ihm hochkamen. Elisa sieht Sofía ähnlich, und inzwischen ist genug Zeit vergangen, dass diese Geschichte aus seiner Jugend irgendwo in einer Schublade ruht. Nicht einmal die Erinnerung wühlt ihn noch auf. Aber trotzdem überrascht ihn die Ähnlichkeit. Er will sie aus der Nähe sehen. Aber je näher er kommt, desto mehr lösen sich die Ähnlichkeiten auf. Es ist eine gereifte Sofía, eine Frau mit im Nacken zusammengebundenem Haar, die ihn beobachtet. Ihre Augen erinnern ihn an die der anderen Frau. Sie ist jung, ein wenig hochmütig. Ihre Lippen ziehen sofort seine Aufmerksamkeit auf sich, sie erinnern ihn an die Erdbeeren vor dem Pflücken, wenn sich ihr Geruch mit dem der Erde vermischt. Er wundert sich. Es ist keine tote Frau zurückgekehrt, die ein vor langer Zeit erloschenes Feuer neu entfacht. Da ist nicht einmal mehr Glut vorhanden, nur eine lieb gewordene Erinnerung, die Trauer über ein intensives, süßes Begehren, das er so nie mehr erlebte. Die Frau, auf die er zugeht, lässt kein Modell gelten.

Es gibt Situationen, die man nie vergisst, Momente, in denen wir uns entscheiden müssen. Beide hätten den Augenblick vorüberziehen, ihn durch die Luft des Augustnachmittages entfliehen lassen können. Dann wäre alles anders gekommen. Wenn wir die Gegenwart nicht festhalten, flieht sie. In dieser Situation kamen zwei Dinge zusammen. Elisa wollte die Begegnung festhalten, Ramón sollte in ihr seinen Platz finden. Es war nicht nur eine Frage des Willens, es war auch das erwachende Begehren. Sie hatte es lange Zeit erstickt, denn die Erinnerung an die Umarmung in der Seitenstraße war ihr unangenehm. Er lebte sein Begehren in lustvollen Momenten aus, die jedoch ohne Folgen blieben.

Sie hätten sich nie getraut, das alles in Worte zu fassen. Sie waren unfähig auszudrücken, was sie wünschten, aber vielleicht waren sie sich dessen auch gar nicht bewusst. Wenn der Körper spricht, hört der Geist noch lange nicht auf zu reden. Manchmal ersticken die Argumente die Intensität des Begehrens, das wacher Sinne bedarf, um jedes Signal am anderen sofort erfassen zu können. Bereit, die Grenzen von Logik und Verstand zu durchbrechen, konzentrieren alle Sinne sich auf einen unbestimmten Punkt des Körpers, um Kraft zu schöpfen, bis sie die Oberhand haben.

Ramón blieb unterhalb des Geländers stehen. Am liebsten wäre er zu ihr hochgeklettert. Er bemühte sich, respektvoll, aber nicht allzu distanziert zu erscheinen. Auch Elisa hätte das Hindernis gern überwunden, aber sie hielt sich zurück. Sie lächelten. Sie sagten nichts, weil sie den Weg der Annäherung noch nicht gefunden hatten. Sie hörten die Stimme des Verstandes, der ihnen riet abzuwarten, Haltung zu bewahren. Ein kurzer Gruß, höchstens. Wenn sie den durch den Regen aufgepeitschten Sinnen gehorchten, müssten sie sich umarmen, damit es keine Möglichkeit mehr gab zu entfliehen. Stattdessen unterhielten sie sich. Sie ersetzten die Gesten durch Worte, eine andere Form von Nähe. Wir nähern uns scheu jemandem, weil wir unbedingt seine Geheimnisse ergründen wollen. Die Initiative ging von ihm aus.

»Macht es dir nichts aus, dass es gleich wieder regnet? Der Himmel ist voller Wolken, und die Leute haben sich alle in ihre Häuser zurückgezogen.«

»Ich mag den Regen, vor allem im August, wenn er schnell herabstürzt. Ein Schauer, und der Himmel ist wie sauber gefegt. Und warum bist du im Garten? Bist du mit deiner Arbeit noch nicht fertig für heute?«

»Solange es hell ist, gibt es Arbeit. Ich habe keinen festen Stundenplan. Die Bäume und die Pflanzen sollen spüren, dass ich in ihrer Nähe bin.«

»Glaubst du, dass sie dich bemerken? Ich weiß nicht,

entweder du schätzt deine Fähigkeiten sehr hoch ein, oder du bist verrückt.«

»Vielleicht beides.«

»Mein Vater sagt, du bist ein guter Gärtner. Er ist überzeugt, dass du jeden Winkel des Gartens wie deine Westentasche kennst. Und das muss stimmen, denn er lobt andere nicht so schnell.«

»Ich weiß. Deswegen bedeutet es mir viel, sein Vertrauen zu haben. Habe ich deines auch?«

»Was willst du damit anfangen? Vertrauen gewinnt man nicht in einem Tag. Es ist ein langer, schwerer Weg dorthin. Und außerdem kennen wir uns gar nicht.«

»Das stimmt.«

»Wir haben nie mehr als zwei Worte gewechselt. Heute allerdings sind wir uns begegnet.«

»Wir sind uns nach dem Regen begegnet, das ist ein guter Moment, findest du nicht?«

»Man sagt, der Regen reinige die Luft. Vielleicht auch unseren Blick.«

»Ich habe das Gefühl, die Welt zum ersten Mal zu sehen.« Er lachte. »Ich machte die Augen auf und sah dich, so einfach war das.«

»Du siehst mich doch schon seit meiner Kindheit.«

»Ich habe dich nicht wirklich gesehen. Du kannst es mir glauben, ehrlich, ich habe dich heute zum ersten Mal angesehen.«

»Ich weiß nicht, ob ich mich über das, was du sagst, ärgern oder ob ich es als Kompliment auffassen sollte.« Da war ein Anflug von Koketterie in Elisas Ton.

»Eigentlich solltest du dich aufregen.« Es klang ernst.

»Warum?«, antwortete sie überrascht.

»Es ist unverzeihlich, dass ich so blind war. Ich habe zwar Augen, aber ich habe gelebt, als hätte ich keine.«

»Ich habe dich auch nicht wahrgenommen. Ich wusste, dass es dich gibt, aber ich habe nicht darauf geachtet. Seltsamer Zufall.«

»Dass uns beiden plötzlich die Augen aufgegangen sind.«

»Ich habe sie aufgemacht und war verzaubert. Dir geht es sicher nicht so.«

»Mach dich nicht über mich lustig.« Sie versuchte, ein ernstes Gesicht zu machen, ein wenig verschämt und kurz davor, schallend loszulachen.

»Warum springst du nicht über das Geländer?«

»Was sagst du da? Du bist wirklich verrückt.«

»Spring, und ich fange dich auf. Es ist nicht hoch. Dann zeige ich dir den Garten.«

»Den Garten? Den kenne ich gut. Ich könnte mit verbundenen Augen darin herumlaufen. Ich brauche keinen Führer.«

»Ich zeige dir einen anderen Garten, den du vielleicht noch nicht kennst. Spring, Elisa.«

»Wünsche, die man laut ausspricht, werden nicht erfüllt. Sie werden vom Wind fortgetragen.«

»Es gibt Wünsche, die sind so stark, dass nicht einmal der Wind sie auslöschen kann. Wusstest du das?«

»Ich habe plötzlichen Impulsen nie vertraut. Sie sind nicht gerade ein Zeichen von Vernunft.«

»Ausgerechnet heute sprichst du von Besonnenheit? Erzähl mir von kühnen und unruhigen Geistern. Erzähl mir von Lebenslust. Aber irre dich nicht bei den Worten.«

»Die Worte, die ich gerne höre, sind nicht immer die passenden. Jetzt, zum Beispiel, gefällt es mir, dir zuzuhören.«

Die Wolken am Himmel kündigten an, dass es gleich wieder regnen würde. Elisa schwieg einen Moment. In einem Augenblick kann man viel denken. Der Gedanke kann sich ausdehnen und sich vervielfältigen. Er bahnt sich seinen Weg in unbekannte Höhlen wie ein Tintenfisch, der seine Tentakel in die Tiefen des Meeres streckt. Ihre Gedanken flogen zu dem Mann, den sie entdeckt hatte, tasteten seine Gestalt, sein Gesicht ab. Es hatte einen entschlossenen Ausdruck, den sie so nicht kannte. Sein Blick, der auf ihrem Körper ruhte, überraschte sie nicht, und er war ihr keineswegs unangenehm. Sie hätte den Blick gern für immer festgehalten. Es gefiel ihr, ihn so nah zu spüren. Sie stellte sich keine Fragen, das war überflüssig. Warum sollte sie darüber nachdenken, dass sie gerade etwas Außergewöhnliches erlebte? Später war Zeit für Fragen und Zweifel. In der Gegenwart siegte die Intensität der Entdeckung. Sie war sehr jung und hatte noch nicht gelernt, ihre Gefühle zu kontrollieren, ihre Stärke abzuwägen, zu ihnen auf Distanz zu gehen. Sie tauchte darin ein wie in das Wasser eines Teichs und ließ sich mit pochendem Herzen von der Freude davontragen. Es gab keinen objektiven Grund für diese Freude, sie war einfach da. Nach dem Regen war ihr ein Mann über den Weg gelaufen. Sie hätte ihn schon früher finden können, aber es war, als begegneten sie sich jetzt zum ersten Mal. Am liebsten wäre sie gesprungen. Sie stand da, angespannt, schweigend.

Ramón hatte seine innere Ruhe eingebüßt, mit der er

die Tage verstreichen sah, als das Leben noch unkompliziert war. Da waren die Bäume, die Bücher, die Miguel ihm schickte und in denen er jede Nacht vor dem Zubettgehen las, die Bekannten aus dem Dorf, mit denen er die verregneten Nachmittage im Café verbrachte, das Schweigen, das er seit einiger Zeit liebte. Er hatte geglaubt, das genüge. Ein vielleicht monoton erscheinendes, aber erfülltes Leben. Plötzlich stellte er fest, dass es nicht reichte. Die Bilder aus Indien hatten nichts an Deutlichkeit verloren. Die Vollkommenheit der Farben und Formen überraschte ihn. Es hatten sich andere Bilder über sie gelegt, die ihnen aber nichts anhaben konnten. Elisas Anblick jedoch löschte alles aus. Er fragte sich, ob es am nachmittäglichen Licht lag. Vielleicht spielte es ihm einen Streich. Er sah nur sie, weder das Haus noch das Geländer. Alles verschwand, damit die Frau umso deutlicher hervortrat. Seine Hände brannten, der ganze Körper glühte vor Begehren. Die Impulse wurden stärker, vermischten sich, ergriffen Besitz von ihm. Er hätte das Gespräch gerne fortgesetzt, aber es wollten keine Worte über seine Lippen kommen. Sie waren sich in einem Garten begegnet. Aus zwei Blicken, die aufeinander trafen, war eine neue Kraft entstanden. Obwohl sie es in dem Moment noch nicht wussten, waren ihre Leben von nun an untrennbar miteinander verbunden.

16

Ganz langsam glitt er mit der Zungenspitze über ihre Lippen, erst schüchtern, dann nachdrücklich, und sie öffneten sich wie Blütenblätter in der Sonne. Sie waren fleischig und feucht, wie von Demiurgen gezeichnet, weich. Spielerisch wechselte er das Tempo. Er benetzte sie mit seinem Speichel, er wollte ihre Bewegungen spüren. Vorsichtig biss er in sie hinein, und sie färbten sich blutrot. Elisas Lippen waren der Ort, den er immer gesucht hatte und wo er bleiben wollte. Da war er so weit gereist, um am Ende zu begreifen, dass sein Ort ein Paar Lippen waren, die Mundwinkel, die sie in einem Ausdruck von Überraschung oder Lust aus ihrer Starre befreiten.

Er hatte eine Zuflucht vor den Unbilden der Witterung gefunden, wo er Zucker und Zitrone kosten konnte. Er hätte nicht sagen können, wonach diese Lippen schmeckten. Manchmal, wenn er sanft darüber strich, fast ohne sie zu berühren, kamen sie ihm vor wie Anisbonbons. Andere Male verwandelte sich der Geschmack mit der ersten Berührung in Minze oder Schokolade. Eine Sekunde lang war da ein Hauch von Meersalz, dann wieder von Gras, das nach Regen roch. Und die Berührung? Die war auch nicht leicht zu beschreiben. Ein Gefühl von feiner Seide, wenn er sich ihr voller Begehren näherte, oder die Kraft, wenn das Fleisch zwischen seinen Zähnen bebte.

Er verstand, das Küssen eine Zärtlichkeit oder ein Kampf sein kann. Wenn zwei Lippenpaare aufeinander treffen, erzittern sie. Das ist das Begehren. Niemand spricht darüber, als wäre es ein Geheimnis. Man spricht nur über das angstvolle Zittern, wenn uns etwas erschreckt. Man spricht über das Zittern aus Unsicherheit oder Unentschlossenheit. Als würde das Zittern nur mit dem Schauer gleichgesetzt, der uns eiskalt über den Rücken läuft, dabei ist es auch ein inneres Beben. Das Gefühl, dass das Herz klein wird und zugleich heftiger pocht. Die Zunge entflammt, wenn sie auf die andere, begehrende trifft. Aus einer fast unbedeutenden Berührung kommt es zu einer vollkommenen Annäherung. Die beiden Zungen berühren sich, der Speichel ist wie Honigwasser, sie erkunden Innenwelten und verlieren sich gierig darin.

Er hatte noch nie so geküsst. Der Kuss war immer nur ein Reflex, das Vorspiel zu einer intimen Begegnung gewesen. Jetzt wurde er zum Mittelpunkt einer Welt, in der nur diese Lippen existierten, die er allein durch die Berührung erkannt hatte. Elisa zu küssen, das war, wie durch Indien zu reisen. Der Reiz, etwas zu entdecken, immer weiter zu gehen, bis uns der Atem stockt und die Seele vergnügt ist. Er glaubte, wieder Sithar-Musik zu hören. Er sah aus den Falten eines Saris emporgestreckte Arme. Enge, labyrinthische Gässchen. Er kam an einen See, und von einem Turm aus hatte er eine wunderschöne Sicht auf die Welt.

Sie zu küssen war eine Mischung aus Wohlgefühl und Unruhe. Langsam über die Haut der sich öffnenden Lippen zu gleiten und den Drang zu verspüren, sie zu entdecken. Schmetterlingsflügel, Regen auf den Blättern des Baumes, Finger, die Wege in der Luft zeichnen. All das zusammen und noch viel mehr. Wie soll man etwas erklären, das sich nicht erklären lässt? Wo sind die Worte, die so mächtig sind? Mit welchem Adjektiv lässt sich das Leben genau beschreiben? Er hatte immer die passenden Worte gefunden, um seine Gefühle, seine Gemütsverfassung, Lust und Schmerz zu beschreiben. Die Worte, die er zu lieben gelernt hatte, als er sie aus den Mündern der Frauen und Männer vernahm, lösten sich auf. Sie waren nur ein schwaches Abbild der Gefühle, eine ferne Annäherung, aber sie vermochten das Begehren nicht zu erklären.

Elisa hingegen hatte Angst. Es ängstigte sie der Gedanke, dass alles nur ein Traum sein könnte. Ramóns Küsse hatten nichts mit denen gemein, an die sie sich erinnerte, diese sich hastig und ungeschickt suchenden Münder. Und am Ende war das Gesicht voller Speichel, als wäre eine Schnecke darüber geglitten. Eine Zunge, die sich zwischen ihren Lippen hindurchbohrte. Aus diesem ganzen Unsinn war ihre Tochter entstanden, ein Goldstück. Dieser Gedanke war ihr ein Trost. Es schien ihr unmöglich, dass die Küsse so verschieden waren. Auf der einen Seite war da die Abneigung, oder bei wohlwollender Betrachtung diese Mischung aus Gleichgültigkeit und Neugier der Vergangenheit, und auf der anderen eine ungeheure Anziehung. Ein Gefühl, das alles auslöschte, sogar die Zweifel.

Sie konnte sich nicht erinnern, wie sie über das Geländer gekommen war. Vielleicht hatte er die Arme ausgestreckt und sie gehalten. Oder sie war allein gesprungen, gefangen von seinem Blick. Wer weiß, ob das Geländer, die Terrasse, der Regen überhaupt existiert hatten. Alles nur perfekte Vorwände für ihre Begegnung nach all der Zeit. Die einzige Gewissheit waren seine um sie geschlungenen Arme, sein Atem an ihrem Haar, die nahen

Lippen. Anfangs hatte sie reglos dagestanden. Sie war unfähig, sich zu bewegen, ihr Wille war betäubt. Das Begehren war wie ein im Käfig herumflatternder Vogel. Sie musste sich anstrengen, Türen und Fenster zu öffnen und ihn aufzufordern hinauszufliegen. Ihr Geist war zu lange ruhig gewesen, hatte nicht aufgemuckt. Langsam fand sie in seinen Armen in das Leben zurück. Ihr Mund verwandelte sich in eine geschmeidige Form, die sich dem Takt der anderen Lippen anpasste. Küssen war, als ginge sie durch einen unbekannten Ort. Es erzeugte eine Unruhe, Lust, sich in einer Kreisbewegung zu verlieren, eine Freude tief im Herzen.

Es stimmte: Mit ihm wurde der Garten anders. Sie betrachtete ihn aus der Geborgenheit seiner Arme, und er wurde zu einem unbekannten Raum. Sie sah die Zweige der Bäume voller Blätter und Vögel, die sich schlängelnden Wege, die Rabatten mit dem betörend duftenden Jasmin. Da waren die Eukalyptusbäume, die Pinien mit den runden Kronen, das Efeu an den Fassaden und Wänden. Ein grünes Feuerwerk, wie sie es nie zuvor bemerkt hatte. Die Rosensträucher verteilten ihre Blütenblätter auf dem Boden. Sie hätte sie gerne aufgehoben und eines nach dem anderen gegessen. Es gab nur sie beide, im Schutz der Säulen, eng umschlungen. Die Welt hatte sich allmählich aufgelöst, hatte Form und Farbe eingebüßt, bis es nur noch Lippen gab, die andere Lippen verschlingen wollten.

Es verging eine Weile. Keiner von beiden hatte die Minuten gezählt. Die Zeit war ihre Komplizin und entglitt ihnen, ohne dass sie sie hätten fassen können. Wenn die Zeit anhält, steht das Leben still. Für sie war das Leben Anfang, Begegnung. Das ließ sich nicht messen. Vielleicht hätten sie gerne gewusst, in welchem Moment genau sie vom anderen gefesselt worden waren, in welchem Moment ihre Blicke sich getroffen hatten und alles stillstand. Sie konnten sich nur von dem Zauber treiben lassen, die entstehende Liebe genießen, den Moment, in dem das Leben ein großes weißes unbeschriebenes Blatt ist. Sie könnten versuchen, die Stunde festzuhalten. Zwischen den Steinsäulen wehte ein leichter, erfrischender Wind. Sie umarmten sich, als wollten sie einander nie mehr loslassen. Es ist schwer, die Impulse zu kontrollieren, weil der Verstand uns befiehlt, Ruhe zu bewahren. Wir klammern uns verzweifelt an den Moment, weil wir wissen, wie das Leben vorher gewesen war, und dahin nicht mehr zurückwollen. Das Vertrauen muss wachsen, das Drängen zur Ruhe kommen. Anfangs siegt jedoch das Begehren. Die Ungewissheit, wie die Umarmung des anderen sein wird, beherrscht unseren Verstand und raubt uns den Willen.

Elisa wollte reden. Sie hätte gerne ein stundenlanges Gespräch angefangen. Sie wollte die Gefühle, die aus dem Herzen kamen, in Worte, in fliegende Materie verwandeln. Das Gespräch sollte weder Anfang noch Ende haben, sondern eine Fortsetzung dessen sein, was sie gerade erlebten. Warum konnte reden nicht so einfach sein wie einander umarmen. In der Nähe der Körper kam es zu einer perfekten Übereinstimmung. Er hatte die Arme um ihre Taille geschlungen, und sie schmiegte ihre Stirn an seine Brust. Ihre Hände streichelten seine Schultern. Sie konnte den Atem des Mannes, die zarte Haut, den festen Körper spüren. Da war kein Raum für Überraschungen, auch wenn die Begegnung ihnen seltsam erscheinen mochte. Sie kannten sich seit Jahren. Sie hatten einander nie wirklich beachtet, als wären sie sich gleichgültig gewesen. Sie hatte das Gefühl, dass das Leben an diesem Punkt anfing. Sie atmeten im selben Rhythmus. Elisa sagte: »Ich will dir so vieles sagen, aber es gelingt mir nicht.«

»Was denn?«

»Ich weiß nicht. All diese Gefühle. Mit dir zusammen zu sein kommt mir einerseits eigenartig vor und andererseits wie die natürlichste Sache der Welt. Ich frage mich, was ich bis jetzt gemacht habe, wo doch sicher ist, dass du für mich bestimmt warst.«

»Mir geht es genauso. Aber man muss sich das nicht fragen. In Indien habe ich gelernt, dass das Schweigen genügt. Es ist gut, wenn man versteht, dem Schweigen zuzuhören.«

»Und was sagt das Schweigen?«

»Unser Schweigen spricht von Erfüllung. Ich war nicht glücklich, bis ich dich traf. Mein Leben war leer, auch wenn ich es nicht gemerkt habe.«

»Ich habe ein Kind, weißt du das?«

»Ja.«

»Sie ist das Ergebnis einer überstürzten, traurigen Nacht, die ich seit langem vergessen habe.«

»Du wirst doch nicht die Nacht vergessen, die dir ein Kind geschenkt hat. Ich dachte all die Jahre, ich hätte ein ruhiges, friedliches Leben. Jetzt ist mir klar, dass du gefehlt hast.«

»Du bist vor einiger Zeit aus Indien zurückgekehrt. Du hast bestimmt andere Frauen kennen gelernt.«

»Es waren unwichtige Begegnungen, die sofort aus meinem Gedächtnis ausgelöscht waren. Ich erinnere mich weder an die Gesichter noch an die Namen. Es existiert für mich nur noch dein Name.«

»Meine Tochter ist das Ergebnis eines Fehlers. Ich hätte nie gedacht, dass Fehler Gutes hervorbringen können.«

»Warum nicht? In Indien habe ich gelernt, dass aus etwas Hässlichem etwas Schönes entstehen kann, dass die unterschiedlichsten Geschmacksnoten in einem Essen stecken können und dass Reichtum und Armut ganz nah beieinander liegen.«

»Umarme mich ganz fest. Niemand soll sich zwischen uns drängen können, und die Worte sollen keinen Spalt finden, uns einander zu entfremden.«

»Ich werde dich fest umarmen, Elisa.«

Tante Magdalena hatte einen merkwürdigen Gang. Alle, die sie kannten, hatten sich an die kleinen Sprünge gewöhnt: Sie startete mit geschlossenen Beinen, öffnete sie blitzschnell, als wollte sie losrennen, streckte den Körper nach oben und trat dann ein Stückchen nach vorne. Sie machte das von klein auf und konnte es perfekt. Für sie war diese Art des Gehens die absolute Normalität. Ihre Schwestern verloren keine Zeit damit, sie zu kritisieren, es wäre sinnlos gewesen. An jenem Tag fuhr Tante Magdalena Carlota im Garten spazieren. Sie war die unruhigste der drei Tanten. Sie hielt es nie lange an einem Ort aus, sie sagte, ihre Muskeln und ihr Gehirn würden einschlafen. Also bereitete sie den Kinderwagen vor und legte das kleine Geschöpf zwischen die

Kissen und die Spitze. Es waren Wolken am Himmel, und Tante Antonia wollte sie davon überzeugen, dass es besser wäre, nicht hinauszugehen. Wenn sie von einem Regenschauer überrascht würde, könnte sie sich nirgendwo unterstellen und würde nass werden. Tante Ricarda war damit beschäftigt, einen Brief wegen irgendwelchem geistigen Kummer an den Dorfpfarrer zu schreiben, und bekam von allem nichts mit.

Tante Magdalena ging gerne im Garten spazieren. Sie tat das jeden Tag. Das Gehen verbesserte die Blutzirkulation in den Beinen und erleichterte ihr das Einschlafen. Sie hatte immer schon Schlafprobleme gehabt. Sie ging sehr spät zu Bett, wenn die anderen im Haus bereits eine ganze Weile die Welt hinter sich gelassen hatten. Deswegen hatte sie viel Zeit zum Nachdenken. Sie war überzeugt, dass das viele Denken eine Strafe war, ein Makel, der sie daran hinderte, glücklich leben zu können. Das wurde ihr klar, wenn sie ihre Schwester Antonia sah, die nicht viel nachdachte. Antonia war zufrieden, ging ganz in den kleinen Alltagsaufgaben auf. Sie stellte keine Fragen und hatte keine großen Erwartungen an das Leben. Sie hingegen musste jede Situation hinterfragen. Sie wollte alles ganz genau wissen, obwohl die meisten Ereignisse keinerlei Logik gehorchten, was sie außerordentlich beunruhigte.

Sie machte sich also mit ihren Vogelschrittchen auf den Weg durch den Park, und Carlota lächelte sie freudig an. Es war zwar noch eine Weile hin bis zum Sonnenuntergang, aber trotzdem hatte die Sonne nicht die Kraft wie an anderen Tagen. Das Licht tat nicht in den Augen weh, die Wolken nahmen ihm seine Intensität. Das machte den

Spaziergang angenehm. Sie ging zu dem Teich mit den Seerosen, wo jede Blüte wie ein kleines Boot aussah, und dann weiter. Sie verweilte ein wenig im Schatten der Pinien und betrachtete die Pausbäckchen der Kleinen. Sie ging an den wunderbar duftenden Kletterpflanzen vorbei auf die Steinsäulen der Terrasse zu. Sie mochte diesen Ort, denn er erinnerte sie an die Plaza des Dorfes. Sie wusste nicht genau, warum. Die dicken Säulen, die sie gerade so umfassen konnte, ließen sie an steinerne Bäume denken.

Überzeugt, niemanden dort anzutreffen, schob sie unbeschwert hüpfend das Wägelchen weiter. Als sie näher kam, glaubte sie, einen Schatten zu sehen. Die Konturen eines reglosen Körpers. Sie dachte, sie sollte besser umkehren, aber die Neugier war stärker. Langsam ging sie auf den Schatten zu. Wer versteckte sich hinter den Säulen? Plötzlich bemerkte sie, dass es zwei verschlungene Körper waren. Ein Pärchen hatte den Schutz des Ortes gesucht. Offensichtlich gefiel auch ihnen dieser Ort, dachte sie mit einer gewissen Zärtlichkeit. Sie zog sich ebenfalls oft dahin zurück, wenn auch allein. Sie meinte, den Rücken und die Schultern eines Mannes zu erkennen; undeutlich sah sie einen Rock wehen. Die beiden rührten sich nicht, waren völlig versunken in dem Kuss. Sie versteckte sich in sicherem Abstand hinter einer anderen Säule. Sie wollte unbemerkt bleiben und das Paar beobachten, ohne es aufzuschrecken. Sie warf einen Seitenblick auf die Kleine, die, Gott sei Dank, eingeschlafen war. Dann ging sie ein paar Schritte weiter, um die beiden besser sehen zu können. Ein schönes Paar, Elisa und der Gärtner. Ein komplizenhaftes Lächeln huschte über Tante Magdalenas Gesicht. Sie hätte liebend gerne applaudiert. Es war ein schöner Sommernachmittag, und die beiden umarmten sich. Sie verspürte einen gesunden, glücklichen Neid.

Da erinnerte sie sich. Ihre Gedanken erhoben sich in die Lüfte, nachdem sie eine Weile zwischen den Säulen herumgestreift waren und das Pochen fremden Glücks vernommen hatten. Die Jahre gleiten wie Papier durch unsere Hände, während wir die Seiten des Lebens durchblättern. Sie ging zurück in die ferne Zeit ihrer Liebschaften. Es waren drei gewesen, und keine hatte lange gedauert. Eine Spanne ihres Lebens hatte sie intensiv gelebt. Dann kamen viele Jahre, in denen sie sich an die schnell vergangene Zeit erinnerte. Der erste Verehrer hieß Manuel. Er war sehr jung, und man konnte ihm die Schüchternheit in den Augen ablesen. Sie waren Kinder, die sich auf den Wegen des Dorfes begegneten und sich aus der Ferne misstrauisch beäugten. Eines Tages merkte sie, dass er ihr folgte, immer wenige Schritte hinter ihr bis zum Hauseingang. Sie merkte es, weil sein Schatten ihren verdeckte. Von dem Moment an wurde der Abstand immer geringer, bis sie schließlich nebeneinander gingen. Sie sprachen nicht viel und gingen schnell, damit die Nachbarn nicht zu reden anfingen. An einem Abend, an dem die Luft nach Zitrone schmeckte, küsste er sie hinter einer Ecke. Er nutzte die hereinbrechende Dunkelheit. Es war ein kurzer Kuss, der fast nach nichts schmeckte und im Bauch kitzelte. Sie hatte beide Hände auf die Lippen gelegt, damit er nicht fortflöge, und war schnell nach Hause gerannt. Sie hatte sich im Spiegel angeschaut, weil sie glaubte, die Liebe stünde ihr ins Gesicht geschrieben.

Antonio war ein fröhlicher Junge, der wie ein König daherkam. Er war der Sohn einer der reichsten Familien des Ortes. Von jung an benahm er sich wie der Hahn im Korb, der keinem Streit aus dem Weg ging. Sein Scheitel sah aus wie mit dem Lineal gezogen, und seine Hosen waren immer von dem Dienstmädchen frisch gebügelt. Wenn er die Straße überquerte, tat er, als gehörte sie ihm. Sie kannten sich eine Ewigkeit, aber irgendwann beschloss er, dass Magdalena sein Mädchen war. Er mochte ihre Augen und ihren Mund. Er stahl ihr Küsse, wann immer er konnte. Er war ein Kussdieb, der sie immer wieder übertölpelte. Antonios Lippen legten sich ganz kurz auf ihre, denn sie ergriff immer sofort die Flucht. Obwohl ihr diese nach Honig schmeckenden Küsse gefielen, versuchte sie, sich ihnen zu entziehen. Man hatte ihr gesagt, die Männer würden einer Frau schnell überdrüssig, wenn sie zu viel zuließ. Sie wollte sich ein wenig unnahbar geben, auch wenn sie am liebsten das Gegenteil getan hätte. Sie hatte das Gefühl, die Küsse nicht richtig auszukosten, als wären sie ihr gleichgültig. Nachts dachte sie darüber nach, aber tags darauf verhielt sie sich wie immer. Die Vorsichtsmaßnahmen hatten Magdalena nicht geholfen. Nach all den vielen vergangenen Jahren dachte sie immer noch voller Zorn daran. Antonio wurde ihrer trotzdem überdrüssig und fing an, anderen Mädchen nachzustellen. Sie hatte diese traurigen Küsse nie vergessen, die schon vor der Zeit erloschen waren.

Mit Aurelio war es anders. In diesem Fall war er der Unentschlossene. Er traute sich nicht einmal, sie anzusehen. Er hatte Angst, sie durch allzu kühne Gesten zu belästigen. Er bemühte sich sogar, leise zu sprechen, damit seine Worte ihr Ohr nicht verletzten. Sie waren mehr oder weniger zufällig zusammengekommen. Sie hatten sich am Bahnhof kennen gelernt, als sie ein paar Freundinnen aus der Stadt abholen wollte. Er stieg aus dem letzten Wagen aus. Später dachte sie, dass es wohl kein Zufall gewesen war, denn er gehörte zu den Männern, die immer zu spät kamen. Sie begannen ein schüchternes Gespräch, das ihnen beiden gut tat. Er erzählte ihr, dass er Notar werden wolle. Er lebte eingeschlossen in einem Büro, das seinem Vater gehört hatte, Gott hab ihn selig, umgeben von Gesetzestexten. Er hatte schon einige staatliche Auswahlprüfungen hinter sich und hoffte, dass die siebte Prüfung den gewünschten Erfolg bringen würde, aber er sagte es ohne Überzeugung, als würde er das Scheitern bereits vorwegnehmen, und das gefiel ihr nicht. Er brauchte ein Jahr und sieben Monate, um sich dazu durchzuringen, sie zu küssen. Vorher nahm er lediglich ihre Hände in seine, die stets feucht und voller Zweifel waren. Er küsste sie unter einem Baum mit einer riesigen Krone, die ihr wie ein Glockenturm vorkam, der außerhalb vom Dorf stand, an dem Weg zum Bahnhof, auf dem sie sich kennen gelernt hatten. Es war ein Kuss wie leiser Regen, der ihren Mund mit Wasser füllte. Es war ein langsamer Kuss, denn Aurelio tat alles ohne Eile und ohne Leidenschaft. Während er über ihre Lippen strich, war Magdalena versucht, in seine kalte Haut zu beißen. Sie konnte sich gerade noch zurückhalten, und am nächsten Tag sagte sie ihm, dass sie die Beziehung nicht fortsetzen wolle. Sie sah, wie er gebeugt und mit gesenktem Kopf abzog, unfähig, ihr Vorwürfe zu machen oder zu versuchen, sie umzustimmen.

Hinter der Säule dachte sie an ihre Küsse. Wenige, unsichere Küsse. Sie hätte gerne andere Erinnerungen gehabt, aber das Leben lässt sich nicht ändern. Es war, wie es war, auch wenn im Rückblick alles wie mit Weichzeichner bearbeitet wirkt. Der Anblick von Elisa und dem Gärtner nahm ihr Herz gefangen; die Begeisterung, die Distanz. Ja, sie waren beide weit weg von dem, was sie umgab. Magdalena lächelte und stieß einen Seufzer aus. Ramóns Lippen glitten über Elisas, die sich öffneten, feucht, einladend. Dort wollte er für immer bleiben, das war der Ort auf der Welt, wo er glücklich sein wollte.

17

Seine Zunge glitt hinauf bis zu den Rundungen der Schultern und dann weiter bis zum Hals, wo er ihr Herz pochen spürte, direkt unter den Ohrläppchen. Voller Leidenschaft verweilte er dort. Dann glitt er senkrecht nach unten zu den Brüsten. Die Brustwarzen waren wie dunkle Kirschen. Sie hatten die Farbe von Blut auf weißer Leinwand. Er biss vorsichtig hinein, während ihre Finger sich in seinem Haar verloren. Er verliebte sich in Elisas Geruch. Es war eine Mischung aus verschiedenen Aromen, die er in den Winkeln ihres Körpers entdeckte: der Duft des Haares nach Gräsern im Sommer, der des Brustansatzes, der Handflächen, des Geschlechts. Das alles verband sich zu einem einzigen Geruch, den er so tief in sich einsog, bis er davon ganz erfüllt war.

Ihre Körper in den zerwühlten Laken, fern von der

Welt, hatten Ramóns Zimmer zu einer Zufluchtsstätte gemacht. Durch die halb geschlossenen Vorhänge fiel ein Streifen gedämpftes Licht herein, das die Konturen der Körper verschwimmen ließ. Da war ein großes Bett, das sie aufnahm. Sie erforschten ihre Haut und suchten gegenseitig ihre Lippen. Die Berührung des anderen, die straffen Beine und der Bauch, vollkommener Körperkontakt. Sie umarmten sich, und die Hände suchten sich ihre Wege. Sie strichen über Arme, hielten einen Moment in der Ellenbogenbeuge inne, genau an dem Punkt, an dem die Haut zu beben beginnt, wenn sie von Lippen berührt wird. Sie bewegten sich weiter bis zum Anfang des Bauchs, und sie spürten den Mond in ihren Geschlechtsteilen, hungrig und glücklich.

Sie begriffen, dass der Lust eine Spur Schmerz innewohnt. Das ist eine Frage der Intensität. Man muss das genaue Maß finden. Wenn eine gewisse Grenze überschritten wird, gibt es kein Halten mehr. Die Sinne treten über die Ufer wie Flüsse nach einem Unwetter. Jegliche Distanz scheint aufgehoben. Nicht ein Millimeter trennt die beiden Körper, denn sie bilden zusammen eine Haut. Es gibt nur noch eine Berührung, einen Geruch, einen Geschmack nach Meer. Die Körper schmecken nach dem Salz, das in den Höhlen der Felsen zurückbleibt. Wie die Hand das Salz nimmt und festhält, so erkennen die Lippen den Geschmack und nehmen ihn auf.

Ramón lehnte sich zurück gegen das Kissen. Er streckte die Arme aus und öffnete die Beine. Begehrlich, aber ohne Hast, wartete er auf sie. Ganz langsam setzte sie sich auf ihn. Ihr Haar lag auf seinen Schultern, kitzelte ihn am Kinn. Ein paar Minuten verharrten sie reglos. Das Einzige, was zählte, war, die Körperformen und die Verbundenheit zu spüren. Ihre Brust an seiner; Bäuche, die sich vereinigen. Draußen neigte sich der Tag seinem Ende zu. Das Licht löste sich auf, und es wurde Nacht. Sie bemerkten, wie sich das Licht veränderte, wie die Schatten auftauchten. Es waren angenehme Schatten, die sie umfingen. Boten einer Nacht, die zu ihrer Komplizin wurde. Elisa fing an, sich langsam zu bewegen. Sie zeichnete Linien und Kreise über der anderen, erwartungsvollen Haut. Es war, als würde sie mit ihrer Haut auf die andere schreiben. Sie machte geometrische Muster, schlängelnde, weite oder kleine Bewegungen. Ramón erhob sich ein wenig, um sich im gleichen Rhythmus zu bewegen, bis die Körper vollkommene Synchronisation erreicht hatten.

Er war in ihr, oder sie nahm ihn. Das spielte keine Rolle. Warme Wellen breiteten sich überall aus, und das Zimmer nahm die Farbe der Bäume im Garten an. Die Laken wurden dunkel wie die Luft. Es roch nach Haut, die sich findet und erkennt. Das Begehren, zu einem fliegenden Wesen geworden, war unstillbar. Sie ergriffen die Hände, die Finger fest ineinander verschlungen. Sie flüsterten Liebesworte, die, von ihnen ausgesprochen, neu wurden. Dann plötzlich die Explosion der Körper.

Die Lust hielt an. Sie hätten gewünscht, dass sie eine Ewigkeit währte, denn Ewigkeit gibt es, wenn überhaupt, dann in der Umarmung. Sie küssten einander, und ihre Lippen schmeckten ein wenig bitter. Die Körper eng umschlungen, dachten sie, das kann nicht sein, das ist unmöglich. Es ist schwer, das Glück zu erkennen, wenn es uns sein Gesicht ganz zuwendet. Im ersten Moment können wir es nicht glauben. Sie schauten sich in die Augen und fragten sich, wo die Ungläubigkeit von früher geblieben war. Sie hatte sich in Luft aufgelöst. Zwischen den feuchten Laken stellten sie fest, dass alles ganz elementar war. Das Begehren bezwang die Gedanken, die Worte, die Gesetze. Nichts auf der Welt hatte diese Kraft.

Sie lernten, sich von den Sinnen leiten zu lassen. Jeder einzelne wurde während des Liebesaktes schärfer. Der Geschmackssinn, zum Beispiel, machte neue Entdeckungen. Der Geschmack nach Honig oder Wellen war überraschend und überschwemmte ihren Mund mit neuen Wahrnehmungen. Elisa konnte davon nicht genug bekommen. Ramón hingegen gab sich ganz dem Tastsinn hin. Er wurde nicht müde, sie zu berühren. Er fuhr mit den Finger durch ihr Haar, die Konturen ihres Körpers entlang bis zu den Füßen. Es fühlte sich warm an, eine Zärtlichkeit mit geöffneten Händen. Seine Handflächen nahmen ihren Geruch an. Er schloss die Hände zu Fäusten, damit sich ihre Spur nicht verlor.

Sie entdeckten, dass sich zu lieben eine andere Lebensform war. Der Körper war nicht mehr länger die Grenze, durch die sie sich im Spiegel oder in den Augen erkannten, sondern der eigene Körper war der des anderen. Ein eigenartiges Gefühl. Sie wunderten sich, wie schnell sie sich daran gewöhnten, vor allem, weil sie in der Vergangenheit trotz der Menschen um sie herum immer allein gewesen waren. Die Entwicklung vom Ich zum Wir war nicht schwierig. Ramón sah Elisa an und hatte das Gefühl, ihre Stimmungen erspüren zu können. Wenn ihr Gesicht Lust oder Schmerz ausdrückte, wurde er zum Echo dieses Ausdrucks und verlängerte ihn. Elisa bemerkte die kleinste Veränderung in Ramóns Gesicht. Sie sah sofort, ob er fröhlich oder besorgt war. Ob der Schatten der Erschöpfung auf seinen Augen lag oder dieser Anflug von Begeisterung, die sein ganzes Gesicht veränderte.

Ramóns Zunge glitt durch ihre Kniekehlen. Sie hatte die Beine gebeugt. Er hob ein Bein am Knöchel an und hinterließ eine salzige Spur. Ähnlich war es bei den Schenkeln, die sich unruhig bewegten. Es war, als ob die Haut den Kuss einige Momente vorher spürte, bevor er erfolgte. Erst kam die Ahnung des Kusses, die sie erschaudern ließ, und dann folgte die Berührung, die ihre Empfindungen noch vervielfachte. Diese entstanden im Kopf und verteilten sich in allen Winkeln, die der Mund erforschte. Ramóns Kopf tauchte zwischen ihre Schenkel. Seine Lippen suchten andere Lippen, die ihn erwarteten. Elisa streckte die Hände aus und ergriff seine. Wieder schlangen sich die Finger ineinander.

Zu lieben, das hieß, mit der eigenen Haut und zugleich mit der des anderen zu fühlen; die Augenblicke herbeizusehnen, denn es galt, keine Zeit zu verlieren. Die Zeit ohne Umarmung war eine sinnlose Pause, die sich im Nichts verlor. Die Stunden zwischen zwei Treffen waren tot, Minuten völliger Reglosigkeit. Sie mussten die Augenblicke der Liebe, so gut es ging, ausschöpfen. Sie brauchten sich nicht sonderlich anzustrengen. Alles stand still, wenn sie sich trafen. Es kam ihnen so vor, als würde die Welt nur existieren, damit sie sich liebten. Manchmal öffneten sie das Fenster, damit das Licht hereinfiel. Nur durch die Vorhänge geschützt, ließen sie zu, dass das Leben auf sie einströmte. Hätten sie eine Hand ausgestreckt, hätten sie ein wenig Licht einfangen oder den Augenblick anhalten können. Nichts außer dem sich vermischenden Atem war von Bedeutung.

Jeden Nachmittag, wenn das Haus in der Hitze schlief, verließ sie den Schutz der vier Wände und eilte durch den Garten wie von Windböen getrieben. Die Vorfreude, ihn zu treffen, besiegte die sengende Sonne, die ihr im Nacken brannte. Sie sah kurz nach ihrem Töchterchen, das, von einer der Tanten bewacht, schlief, und machte sich auf den Weg zu Ramóns Häuschen. Sie schwebte durch die Tür, als hätte sie Luft unter den Absätzen, dann umarmten sie sich. Ohne lange Vorreden. Die Worte kamen später. Im ersten Moment war die einzige erforderliche Gewissheit die der Körper. Sie küssten sich langsam, als müssten sie sich mit den Lippen erst erkennen. Manchmal lächelte sie.

Ramón war sich sicher, zum ersten Mal zu lieben. Diese Liebe aus Begehren und realen Zusammenkünften hatte es in seinem Leben vorher nicht gegeben. Er hätte nicht einmal davon zu träumen gewagt. Er hatte sich immer vorgestellt, dass das Leben ein Quell an Überraschungen war, aber seit er aus Indien zurückgekehrt war, waren körperliche Genüsse zu einer Gelegenheitsübung verkommen, bei der er seine Bedürfnisse befriedigte und nicht weiter darüber nachdachte, weil es nichts gab, was ihn fesselte. Mit Elisa war alles anders. Wenn sie traurig wirkte, hätte er am liebsten die Welt angehalten. Er hätte alle Gärten der Welt zum Blühen gebracht, nur um sie lächeln zu sehen. Wenn sie zufrieden war, war er es auch. Ihre Gemütszustände passten sich einander an, und das kam ihm ganz natürlich vor. Und so war es auch, wenn sie sich umarmten, dann war er der Gebende und zugleich der Nehmende.

Sie klopfte dreimal an die Tür, wenn sie kam. Ramón öffnete. Sie war kurzatmig, und ein Schweißrinnsal lief über ihr Dekolleté bis zum Ansatz des Kleides. Auch wenn sie ihr Haar wegen der Hitze zurückgebunden hatte, war da immer eine einzelne Strähne, die einen Schatten auf ihr Gesicht warf. Ihre Lippen drückten Ungeduld aus. Ihre Hände zitterten wie Vögel. Es war ein kaum merkliches Beben, das nur er verstand. Sie umarmten sich noch im Eingang, während die Tür hinter ihnen ins Schloss fiel. Es konnte passieren, dass sie sich direkt auf dem Boden liebten, unfähig, auch nur drei Schritte zu gehen. Oder sie liefen bis zum Bett und ließen sich zwischen die Laken fallen, denen der Geruch ihrer Körper anhaftete. Noch bevor er ihr Klopfen hörte, spürte er sie. Er bildete sich ein, dass sie schon da war, und öffnete die Tür. Oft war es eine Täuschung. Er schloss die Tür wieder und tat so, als ob er ganz ruhig wäre. Elisa wartete auf den geeigneten Augenblick. Sie musste sichergehen, dass es still im Haus war und niemand beobachtete, wie sie durch den Garten ging. Am liebsten wäre sie einfach ausgeflogen, aber sie musste sich beherrschen. Wenn der Moment gekommen war, dann wurde sie zu einem Windhund.

Arm in Arm starrten sie an die Decke des Zimmers. Sie war weiß und hatte ein paar Feuchtigkeitsflecken. Elisa sagte, es wären Wolken, und er lächelte. Das erinnerte ihn an den Himmel an dem Tag, an dem sie sich zum ersten Mal auf der Terrasse begegnet waren. Eines Nachmittags stellte Ramón ihr eine Frage, die ihm schon seit längerem durch den Kopf ging. Er sprach ganz leise, ein wenig ängstlich und hielt sie dabei im Arm.

»Elisa, hast du an deinen Vater gedacht?«

»Ob ich an meinen Vater gedacht habe? Wie meinst du das? Mein Vater ist ein viel beschäftigter Mann, der gern seine Ruhe hat. Es gibt nicht viele Dinge an ihm, die mich interessieren.«

»Hast du nie darüber nachgedacht, wie er reagieren würde, wenn wir ihm sagten, dass wir uns lieben?«

»Nein. Warum sollte ich? Ich will nicht, dass irgendetwas uns stört.«

»Ich fühle mich wie ein Dieb, der sein Vertrauen missbraucht. Schließlich lebe ich in seinem Haus. Ich habe ihn gebeten, zurückkommen zu dürfen, und er hat zugestimmt. Es sind viele Jahre vergangen. Du warst damals noch sehr klein. Niemand hätte damit rechnen können, was eines Tages passieren würde.«

»Klar. Niemand kann die Zukunft voraussehen.«

»Voraussehen können wir sie nicht, aber jetzt würde ich sie mir gerne ausmalen. Ich denke oft darüber nach.«

»Und was denkst du so?«

»Ich stelle mir eine Zukunft an deiner Seite vor. Deswegen glaube ich, wir sollten ihn nicht länger hintergehen. Die Situation ist mir unangenehm.«

»Sprich nicht von Hintergehen. Wir haben niemanden hintergangen. Wir haben nur getan, was wir für richtig hielten.«

»Elisa, so einfach sind die Dinge nicht. Ich glaube nicht, dass es richtig ist, so weiterzumachen. Ich will dieses Versteckspiel nicht mehr. Vor was müssen wir uns verstecken?«

»Vor allem, was unserer Liebe schaden könnte. Ich will sie doch nur schützen. Wir sind glücklich. Wir sind zusammen. Warum sollen wir uns das Leben unnötig verkomplizieren?«

»Du wirst doch wohl nicht ewig so weiterleben wollen! Was soll die Heimlichtuerei? Ich habe nichts zu verbergen.«

»Du irrst. Im Moment hast du etwas Wichtiges zu verbergen: unsere Geschichte. Sei nicht so ungeduldig, Ramón. Die Zeit wird eine Lösung bringen.«

»Ich will nicht, dass jemand uns entdeckt. Überleg dir mal, wenn das jemand deinem Vater erzählt. Er würde mit Sicherheit falsche Schlüsse daraus ziehen und sich von mir verraten fühlen.«

»Wir sind einfach nur vorsichtig. Sonst nichts. Und ansonsten heißt es abwarten.«

»Ich verstehe dich nicht. Worauf sollen wir denn warten?«

»Auf die passende Gelegenheit. Irgendwann werde ich schon eine Möglichkeit finden, es ihm zu sagen. Er liebt mich. Ich bin sein Augenstern.«

»Und genau deswegen solltest du ihm die Wahrheit sagen.«

»Das ist eine rein strategische Frage. Ich will nichts überstürzen. Ich muss erst die geeigneten Worte finden.«

»Ich kann es ihm selbst sagen. Ich finde, ich sollte mich dem stellen. Ich kann ihm nicht im Garten über den Weg laufen und so tun, als wäre nichts geschehen. Ich fühle mich wie ein mieser Schuft.«

»Jetzt übertreib mal nicht. Diese Gewissensbisse werden uns viel Kopfzerbrechen bereiten«, sagte sie lachend.

»Du lachst über mich.«

»Nein. Ich lache über eine Sorge, die mir absurd vorkommt. Ich wünschte, du würdest das auch so sehen. Beruhige dich. Wir dürfen nicht zulassen, dass irgendetwas unsere Liebe stört. Nur diese vier falschen Wolken dort«, sagte sie scherzend und zeigte auf die Decke.

»Was soll ich also deiner Meinung nach tun?«

»Warten. Vertrau mir und versuche, mich zu verstehen. Ich muss die Situation erst mal entwirren. Im passenden Moment wird alles ganz einfach sein.«

»Einverstanden. Auch wenn es mir nicht leicht fällt, werde ich tun, was du sagst. Aber lass nicht zu viel Zeit verstreichen.«

»Küss mich auf die Augen, damit ich dich besser sehen kann.«

»Auf die Augen?«

»Ja. Auf die Augen, die Lippen, die Brüste.«

Die Unruhe und die Sorgen wurden ausgesperrt. Ramón vergaß alles, als Elisa ihn umarmte. Er hätte es lieber gesehen, wenn alle von ihrer Liebe gewusst hätten und sie sie nicht mehr länger hätten verbergen müssen.

Tante Antonia verzog die Lippen, wenn sie etwas nicht verstand. Sie hoben sich links ein wenig, und einen Moment lang sah der Mund entstellt aus. Ihre Schwestern waren es müde, sie darauf hinzuweisen. Und weil es eine Grimasse war, die nur ein paar Sekunden anhielt, hatte sie sich nie im Spiegel gesehen. So sehr Tante Magdalena auch bemüht gewesen war, ihr mit einem kleinen Spiegel hinterherzulaufen, um ihn ihr vorzuhalten, es war ihr nie gelungen. Sie war nicht schnell genug, um Antonia im richtigen Moment zu erwischen. Die Lippen hatten immer schon wieder ihre natürliche Form angenommen, und das machte sie wütend. Sie war überzeugt, wenn ihre Schwester das entstellte Gesicht gesehen hätte, hätte sie sich so hässlich gefunden, dass sie für immer geheilt gewesen wäre. Aber seit Jahren verzichtete sie auf dieses unmögliche Unterfangen. Tante Ricarda, die immer vernünftig und gelassen erscheinen wollte, hatte ihr dazu geraten, als sie sah, dass die Versuche ständig fehlschlugen. Schließlich hatten sie sich daran gewöhnt, so dass es ihnen gar nicht mehr auffiel. Manchmal fragten sie sich, ob das alles Einbildung gewesen war. Und Antonia hatte es sowieso vergessen.

Sie war eine Frau, der schnell heiß war. Es war anstrengend für sie, den Sommer zwischen Fächern und Taschentüchern verstreichen zu sehen. Sie zog luftige Seidenblusen an und wartete im Schaukelstuhl auf die Nacht. An manchen Tagen wurde ihr die Zeit lang. Die Stunden wollten nicht vergehen, als hätte man ihnen Mühlsteine verpasst. Ihre Hände schwitzten, und die Stickerei wurde ihr langweilig, das Lesen ermüdete sie, und ihr fiel nichts ein, worüber sie reden könnte. Sie war eine wortkarge kleine Frau, die den Herbst herbeisehnte. Jener Sommer war besonders drückend, und sie traute sich nicht, Carlota auf den Arm zu nehmen. Sie wäre hinterher schweißnass gewesen, die arme Kleine, und so musste sie sich darauf beschränken, sie anzusehen. Jeden Abend, wenn es allmählich dunkel wurde, ging sie in den Garten hinaus. Sie nahm immer denselben Weg bis zu den Zypressen. Sie ging sehr langsam, denn sie hatte geschwollene Füße wegen der schlechten Blutzirkulation. Sie ging alleine, weil sie sich nach der langen Sitzerei ein wenig die Beine vertreten wollte, und versank dabei oft in Gedanken. Die Gedanken kreisten in ihrem Kopf, während sie Beine und Körper weiter vorwärts schleppte. An manchen Tagen hörte sie die Grillen zirpen, an anderen sah sie nur die Fliegen herumschwirren.

Ein Abend war anders als die anderen. Später dachte sie, dass das nicht vorauszusehen war. Wir haben ein halbes Leben damit verbracht, dieselben Bewegungen zu machen und aus Trägheit zu denselben Orten zu gehen, und plötzlich bringt eine Kleinigkeit alles durcheinander. So leicht konnte sie nichts aus der Fassung bringen. Das musste schon etwas Bedeutsames sein. Sie ließ die Situationen einfach an sich vorbeiziehen, überzeugt, dass das Leben wie das Wasser eines dahinfließenden Flusses ist. Sie hatte nicht resigniert, wie ihre Schwestern manchmal behaupteten, sondern sie hatte nur begriffen, dass man die Ereignisse nicht kontrollieren kann. Sie war überzeugt, dass man den Kurs des Lebens nicht beeinflussen kann, und unternahm deshalb auch keine vergeblichen Versuche. Das hatte sie vor Jahren gelernt, als man ihr sagte, dass ihr Verlobter im Krieg umgekommen war. Da war in ihrer Seele etwas zerbrochen, was nie mehr heilte. Sie hatte weitergelebt, weil die Tage vergehen, auch wenn wir es nicht glauben können, und sie wurde zu einer Frau, die die Gegenwart fraglos akzeptierte.

Die Dunkelheit breitete sich im Garten aus, als würde jemand auf unsichtbaren, von einem Himmelsende zum anderen gespannten Leinen immer mehr dunkle Laken aufhängen. Sie mochte diese frühe Abendstunde, wenn die Laternen noch nicht brannten und der Raum erfüllt war von mattem Licht und aufkommender Dunkelheit. Sie beschloss, den Spaziergang noch auszudehnen. Das lag an der lähmenden Hitze, die sie den Tag über begleitet hatte. Sie wollte nicht in das Haus zurückkehren, aus dem die drückende Schwüle noch nicht ganz gewichen war. Sie veränderte die gewohnte Route und bog auf den Weg ein, der an den letzten Rosensträuchern und an den Lilien vorbeiführt, bis zum Haus des Gärtners am anderen Ende des Gartens.

Da war ein offenes Fenster. Sie nahm zwei Silhouetten hinter dem Vorhang war. Wahrscheinlich hätte sonst niemand die Frau, die der Gärtner umarmte, erkannt. Sie hatte es erst selbst nicht bemerkt. Es war nur ein kurzer Moment, eine Geste. Eine weibliche Gestalt, die die Arme hebt, um das Haar zurückzunehmen. Es lag eine gewisse Anmut darin, die Ellbogen zeigten in die Höhe und die Finger bohrten sich in die Locken. Sie hatte diese Bewegung hundertmal gesehen. Es war Elisa. Sie sagte nichts. Kein Laut kam über ihre Lippen. Anfangs dachte sie sich auch nicht viel dabei. Später sagte sie sich, sie hätte überrascht sein müssen, auch wenn sie nichts überraschen konnte. Sie ging im selben Rhythmus weiter wie vorher, langsam, als würde es sie Mühe kosten, den ungelenken Körper zu bewegen. Sie ging ein paar Meter und dachte an den Mann, den sie geliebt hatte. Sie konnte sich nicht dagegen wehren. Das Bild des Geliebten kehrte so deutlich zurück, wie sie es nicht für möglich gehalten hätte. Sie hatte gedacht, die Jahre lösen die Gesichter und die Körper auf und bedecken sie mit einem feinen Nebel. Jetzt wurde ihr klar, dass das nicht immer so war. Sie stellte sich ein Bett vor wie das, was sie hinter den Vorhängen vermutete. Ein Bett, das jahrelang leer geblieben war. Einen Moment lang bemitleidete sie sich selbst. Aber nicht lange, denn sie wollte sich nicht verwundbar fühlen. Bevor sie die Augen schloss, warf sie noch einen letzten Blick auf die Liebenden. Körper an Körper. Sie dachte an Elisa und lächelte in die Dunkelheit hinein.

18

Tante Ricarda war eine argwöhnische Frau. Nicht dass das Leben ihr viele Gründe gegeben hätte, anderen zu misstrauen. Eher im Gegenteil. Von den drei Schwestern war sie diejenige, die sich am besten durchsetzen konnte. Niemand wurde mehr Rücksicht und Respekt entgegengebracht. Tante Magdalena und Tante Antonia folgten ihrem Willen, ohne Fragen zu stellen. Beide waren überzeugt, dass sie die Dinge besser einschätzen konnte und stets ihre Gründe hatte. Für Tante Ricarda war das mit den Gründen relativ. Sie hatte festgestellt, dass man auf ähnliche Weise für zwei konträre Standpunkte argumentieren konnte. Man musste nur entsprechend viele Worte aufwenden und den Standpunkt eindringlich genug vertreten. Wenn sie es sich in den Kopf gesetzt hatte, redete sie heute Weiß das Wort und nächste Woche Schwarz. Und jedes Mal gelang es ihr, die beiden Schwestern zu überzeugen, die ihre treuesten Zuhörerinnen waren. Sie hielt das keineswegs für ein Verdienst. Erstens, weil sie ihre Fähigkeit, unterschiedliche Argumente einander gegenüberzustellen, nicht sonderlich hoch einschätzte. Ihr Publikum war nicht sehr erfahren in rhetorischen Fragen. Und zweitens glaubte sie, dass ihre Gabe nicht gottgegeben, sondern das Ergebnis langer Übung war. Jahrelang hatte sie Tag für Tag die Messen des Dorfpfarrers besucht. Seine Predigten galten als Beweis für Genauigkeit und Kunstfertigkeit. Er bereitete sie mit wahrer Leidenschaft vor. Sie hatte festgestellt, dass dies das Einzige im Leben war, das er wirklich mit Begeisterung tat. Der Rest war eine Folge dieser Predigten. Vor den Gläubigen, die sich jeden Sonntag in der Kirche des Dorfes versammelten, wurde er ein anderer. Er wuchs über sich hinaus, gewann an Ausdruckskraft, und seine Haltung bekam etwas Majestätisches. Die Stimme tönte durch die ganze Kirche, während er von Gut und Böse sprach.

Allein durch das Anhören der Predigten entdeckte sie die Techniken der Redekunst. Sie war ganz Ohr, überzeugt, dass sie nicht ein Detail verpassen dürfe. Ihr gefielen nicht nur die Worte, sondern auch die Art, wie er sie kombinierte, die Pausen, mit denen er Spannung erzeugte, die Modulation der Stimme, die stets runden Sätze. Sie hielt es für eine Form, ihr seine Liebe zu zeigen. Die verbotene Liebe, die er nie zugelassen hatte. Wenn sie seinen Körper nicht lieben durfte, wollte sie seine Worte lieben. Sie wollte seine Schülerin sein, bis sie die Kunst des Redens beherrschte. Mit den Jahren perfektionierte sie diese Fähigkeit, obwohl sie nicht viele Gelegenheiten hatte, sie zu praktizieren. Sie erprobte sie immer wieder an ihren Schwestern, die nie ein Anzeichen von Langeweile zeigten, sondern glaubten, Ricarda hätte ein Talent, das sie nicht hatten. Sie hörten ihr gerne zu, mit einem respektvollen, fast devoten Ausdruck, der sie mit Befriedigung erfüllte.

Sie stellte fest, dass Worte ein sehr wirkungsvolles Instrument sein konnten. Sie zu beherrschen war nicht einfach eine geistreiche Fertigkeit, sondern es verlieh einem Macht. Sie mochte dieses Gefühl. Die anderen zu überzeugen, sie dazu zu bringen, der eigenen Argumentation widerspruchslos zu folgen, wurde zu einem Vergnügen. Das Einzige, was Freude in ihr Leben brachte. Bei dem Mann, der ihr Meister gewesen war, reagierte Ricarda höchst eigenartig, was ihr selbst unverständlich war: All ihre Fähigkeiten schienen sich in Nichts aufzulösen. Wenn er sie ansah, verstummte sie. Wenn er sie ansprach, antwortete sie stockend, fast stammelnd. Wenn er sie, was selten vorkam, in einer unbedeutenden Sache nach ihrer Meinung fragte, gab sie eine verworrene, zusammenhanglose Erklärung ab. Wo waren die brillanten Sätze? Wo war ihre Fähigkeit geblieben, überzeugend zu reden? Sie wusste es nicht. Der Mensch, der sie gelehrt hatte, die Worte zu beherrschen, raubte sie ihr. Sie hätte ihm das gerne gesagt, aber das wagte sie nicht. Da waren viele Dinge, die sie sich nicht erklären konnte. Zum Beispiel, woher sie das Misstrauen geerbt hatte. Ihre beiden Schwestern waren vertrauensselig und dachten nie schlecht von den Leuten. Sie hingegen stellte, ohne es zu wollen, alles in Frage. Sie dachte, das käme von den Worten. Weil sie wusste, dass es tausend verschiedene Argumentationsmöglichkeiten gab, traute sie dem nicht, was man ihr sagte. Sie war auf der Hut. Ungläubig dachte sie immer wieder über alles nach.

Das war eine Charakterfrage, da war sie sicher, auch wenn es wie ein Spiel des Zufalls oder des Schicksals wirkte. Sie war stolz darauf, mit offenen Augen durch das Leben zu gehen. Sie ahnte, dass die Gesichter der anderen zu Masken werden könnten, zu Verkleidungen, hinter denen sich Gedanken verbargen. Der Grund konnte eine Lebenseinstellung sein, eine Reaktion auf ein bestimmtes Ereignis, oder dass jemand etwas zu verbergen hatte. Es machte ihr eine diebische Freude, hinter die Geheimnisse der anderen zu kommen. Sie hielt es für ein Intelligenztraining, den Beweis ihrer naturgegebenen Wachsamkeit. Das einzige Problem war, dass ihre Schwestern gewöhnlich keine Geheimnisse hatten. Sie waren durchsichtig, ihr Gesicht spiegelte ihren Gemütszustand. Man konnte alles an ihren Augen ablesen: Ob sie zufrieden oder besorgt waren, ob ihnen etwas Unangenehmes passiert war oder ob sie sich gefreut hatten. Es wäre ihr lieber gewesen, wenn sie nicht so leicht zu durchschauen wären.

Ihre zerstreute Art versetzte sie in Alarmbereitschaft. Sie erwischte sie nicht dabei, wie sie heimlich über etwas sprachen, als gäbe es eine Verschwörung. Es entschlüpfte ihnen auch kein verräterischer Satz. Es gab keine wirkliche Spur von einem Geheimnis, aber sie konnte es förmlich riechen, wenn sie die abwesenden Gesichter sah. Beide erinnerten sich wehmütig an ihre Jugendzeit. Sie sah ihnen an, dass sie an die geliebten Männer dachten, die sie verloren hatten. Sie dachten an sie als reale Wesen, nicht als Schatten oder Staub oder Erinnerung. Diese Anfälle von Melancholie mussten durch irgendein Ereignis hervorgerufen worden sein, das ihr entgangen war, und das verwunderte sie zutiefst.

Sie kam dahinter, indem sie sie einige Tage lang stillschweigend beobachtete. Es musste etwas Wichtiges vorgefallen sein. Sie flüchteten. Sie starrten an die Decke, lächelten ohne Grund, waren mit den Gedanken woanders. Sie stellte fest, dass sie Elisa verstohlen ansahen und seufzten, wenn sie das Zimmer betrat oder verließ; manchmal war es, als wollten sie etwas sagen, aber dann verkniffen sie es sich im letzten Moment. An einem Nachmittag in jenem langen Sommer beschloss sie, sie zu fragen. Sie saßen mit der kleinen Carlota auf der Terrasse. Sie redeten nicht viel, klagten lediglich über die Hitze, die ihnen die Worte und die Kräfte raubte. Es wehte nicht ein Lüftchen. Die Atmosphäre lud zur Ruhe ein, dazu, einfach sitzen zu bleiben, bis die Abendstunden erfrischende Kühle brachten. Ricarda wandte sich an Magdalena: »Es ist schon eigenartig, dass Elisa jeden Tag bei dieser Hitze ausgeht. Ich weiß nicht, woher sie die Energie nimmt.«

Sie merkte, dass diese Bemerkung die beiden Schwestern mit einem Schlag aus ihrer Lethargie riss. Sie wurden beide rot, und da war sie überzeugt, dass sie auf dem richtigen Weg war. Scheinbar gleichgültig wartete sie auf die Antwort.

»Ach, sie ist jung«, murmelte Magdalena.

»Es ist doch nur natürlich, dass sie in ihrem Alter gerne ausgeht«, sagte Antonia.

»Ich finde es eigenartig, dass sie so viele Stunden außer Haus verbringt. Ihr wisst doch, die Leute reden schnell.«

Diesmal ergriff Antonia die Initiative.

»Und, was werden sie schon reden? Wir haben unser ganzes Leben damit zugebracht, immer darauf zu achten, was die anderen sagen. Es wurde Zeit, dass jemand aus dieser Familie tut, wonach ihm der Sinn steht. Ich finde das gut.«

»Ich auch«, unterstützte sie Magdalena. »Wohin hat uns das gebracht? Ihr seht es selbst: Drei alte Frauen, die nur sich allein haben. Sie ist jung und soll lieben.«

»Ach ja?« Ricarda tat überrascht. »Und wisst ihr auch, wen sie liebt?«

»Wir haben schließlich Augen im Kopf.« Zum ersten Mal in ihrem Leben hatte Magdalena Gelegenheit, Ricarda gegenüber eine gewisse Überlegenheit an den Tag zu legen, und sie konnte der Versuchung nicht widerstehen.

»Auch ich habe Augen im Kopf, meine Liebe.« Ricarda war nicht bereit, sich geschlagen zu geben, also wagte sie einen Vorstoß. »Also ich muss sagen ... Ich weiß nicht. Er gefällt mir nicht.«

»Das dachte ich mir. Er gefällt dir nicht, weil er der Gärtner ist. Aber er ist ein strammer Bursche.«

Schweigen trat ein. Die drei senkten die Köpfe und stellten sich Ramóns Arme vor. Ricarda hatte ihr Geheimnis entdeckt. Es war nicht schwer gewesen. Sie rümpfte die Nase, weil es ihr nicht passte, dass Elisa sich in den Gärtner verliebt hatte.

Ramón stand jeden Morgen früh auf. Er nutzte das erste Tageslicht, um den Garten zu sprengen, bevor die Sonne brannte und das ganze Wasser in Sekundenschnelle verschluckte. Er war zufrieden wie jemand, der sehr glücklich war. Ihm war bewusst, dass er alles ganz intensiv auskosten musste, denn es war die schönste Zeit seines Lebens. Er konnte sich keine bessere vorstellen. In den Laken waren noch Spuren von Elisa. Ihr Geruch. Er fand ein gelocktes Haar von ihr und strich mit der Fingerspitze darüber, dann legte er es in seine Hand und pustete, bis es davonflog. Manchmal fand er ein Kleidungsstück, das sie zurückgelassen hatte, und hütete es wie einen Schatz. Wenn er aufwachte, sprang er nicht gleich aus dem Bett. Er wälzte sich zwischen den Laken hin und her, öffnete die Arme und umarmte sie, auch wenn sie gar nicht da war.

Er duschte und frühstückte, den Blick auf das Fenster gerichtet. Die Sonne war noch nicht so intensiv wie später am Vormittag. Es wehte ein angenehmes Lüftchen, das die kommenden Stunden ersticken würden, bis die Nacht hereinbrach. Er ging auf das Haus zu, und stellte sich vor, dass sie auf der Terrasse, im Patio oder bei dem Zürgelbaum war. Das Leben, das vorher immer gleich verlief, wurde an ihrer Seite zu einer ständigen Überraschung. Sie beherrschte seine Gedanken, es gab keinen Moment, an dem er nicht an sie dachte. Sie war zu einer Obsession geworden, zu einem Bild, das ihn nicht mehr losließ. Er ließ den Morgen verstreichen, versuchte, sich durch seine Arbeit abzulenken, aber er war unkonzentriert. Die anderen merkten es. Er war nicht bei der Sache, hörte ihnen nicht zu. Die Kommentare der Leute von der Finca waren ihm gleichgültig. Der liebenswürdige Mann von früher wurde zu einem geistesabwesenden Mann. Er zog sich zurück, und die distanzierte Haltung, die ihm immer schon eigen war, verstärkte sich. Nur Elisa öffnete er die Türen seines Herzens und seines Hauses.

Wenn sie sich aus irgendeinem Grund verspätete, dachte Ramón sofort, dass er sie nie mehr wiedersehen würde. Die Gespenster der Angst waren wieder da, er fürchtete, sie zu verlieren, sie nie mehr sehen oder berühren zu können. Im Nu wurde die Welt zu einem feindlichen Ort, wo man nicht leben konnte, wo alles gegen ihn war. Er hätte nie geglaubt, dass es so schwer sein könnte, seine Gefühle zu kontrollieren. Während er sich immer wieder sagte, er müsse die Ruhe bewahren – ein zweckloser Singsang –, flehte er, die Zeit möge schneller vergehen. Warum waren die Minuten so verräterisch? Sie wurden zur Ewigkeit, wenn Elisa nicht da war, und verflogen, wenn sie bei ihm war. Er öffnete zigmal die Tür, weil seine Sinne ihn täuschten und er sie vor sich sah, auch wenn sie gar nicht da war. Er vermutete sie hinter der Tür, aber dort war nur Luft, Leere, wenn er öffnete. Er stellte sich gern ihr Lachen vor, ein lebendiges Lachen mit Flötenklängen, das angenehm duftete. Was hatte es für eine Tonart? Am liebsten hätte er es mit seinen Fingern eingefangen.

Vorher war er ein ruhiger Mann gewesen. Eile kannte er nicht, denn in Indien hatte er gelernt, dass man die Zeit nicht zwingen kann, dass alles von selbst kommt. Die Zeit des Lebens und des Todes. Die der Ruhe und der Leidenschaft. Man hatte ihm gesagt, es gäbe eine Zeit zu lieben, und er hatte es nicht geglaubt. Er hatte eine Frau hinter einem Fenster geliebt. Das war sein Bild von der Liebe gewesen. Dann war eine Dürrezeit für das Herz gekommen. Die Liebe war nicht mehr vorrangig gewesen. Er musste erst einen langen Weg zurücklegen, durch entlegene Winkel der Welt reisen, sich in unbekannten Orten verlieren. Er begriff, dass das Leben in einer Landschaft oder in einem Buch geschrieben wird. Er hatte noch nicht gelernt, dass es auch in einem Gesicht, in der Haut, die uns gefällt, geschrieben werden kann. Das verstand er erst bei Elisa. Da gab es kein Zurück mehr, nichts konnte diese Entdeckung auslöschen. Er wurde zum Leser ihres Körpers. Er glitt mit seinen Fingerspitzen, seinen Handflächen, seinen Augen über ihre Konturen, lernte sie auswendig. Er gewöhnte sich an, hinter der Tür zu warten. Die Zeit spielte mit ihm, aber Elisa kam immer.

Sie trat ein und sah ihn an, das Haar zurückgebunden, die Hände feucht. Das kam von der Hitze, aber auch von einer gewissen Nervosität, die sie auf dem Weg begleitet hatten. Sie hatte sich aus dem Haus geschlichen und ihren Weg durch den Garten gesucht. Sie brauchte eine Weile, um zu begreifen, dass Tante Magdalena und Tante Antonia ihr die Flucht erleichterten. Sie verschwanden zur rechten Zeit, lockten unerwünschte Personen weg oder lenkten ihren Vater ab. Ohne ihre Hilfe hätte er sie schon längst entdeckt. Sie merkte es an dem komplizenhaften Kichern hinter ihrem Rücken. Das Wissen ließ sie ruhiger leben, aber eine gewisse Unruhe blieb. Sie beeilte sich, rannte fast.

Wenn sie angekommen war, lachte sie. Es war eine Art, das Wiedersehen zu feiern und sich von der Anspannung zu befreien. Und mit diesem Lachen stahl sie ihm sein Herz. Jeden Tag aufs Neue. Sie umarmten einander, und er nestelte an den Knöpfen, und sie sprangen auf, als wären es Kügelchen einer Kette. Seine Hände verloren sich in ihrem Ausschnitt, an der zierlichen Taille, umfassten ihre Hüften. Halbtot vor Hunger und Schmerz wälzten sie sich am Boden. Es war der Schmerz des unbefriedigten Begehrens, das sich in den Magen bohrt. Sie öffnete sein Hemd. Der Rock flog durch die Luft. Die Kleidungsstücke vermischten sich auf dem Boden. Ramón hatte sehr braune Haut, Elisas war heller. Es war, als würden Sonne und Mond sich treffen, nachdem sie einander tage- und nächtelang gesucht hatten. Sie atmete heftig.

Er drückte sie, bis sie keine Luft mehr bekam. Dann glitt er wieder mit der Zunge über ihren Körper, verharrte in einem Winkel des Bauches oder der Rundung der Taille. Ihre Bewegungen wurden eins. Mal lag er auf ihr und mal umgekehrt. Wer nahm wen? Sie hätten es nicht zu sagen vermocht. Manchmal sahen sie einander an, von Angesicht zu Angesicht. Sie knieten, die Augen versunken in denen des anderen. Sie hatten das Gefühl, sie hätten nicht genug Zeit, die Liebe auszukosten. Deswegen hatten sie solche Eile. Sie glaubten, sie müssten die Zeit gierig verschlingen, die das Leben ihnen gewährte. Sie waren glückliche Unwissende und konnten nicht ahnen, dass das Leben ihnen so wenig Zeit geben würde.

Der nicht enden wollende Sommer ging schließlich doch vorbei. Fast unmerklich wurden die Tage kürzer. Erst in winzigen, dann mit großen Schritten. Die warmen Tage, die drückende Hitze, die Nächte bei geöffneten Fenstern und Balkontüren verflüchtigten sich. Es war ein Sommer der Entdeckungen, und die drei Tanten beobachteten Elisa, ihren Gesichtsausdruck, ihre Gesten. Sie hätten sie gerne gefragt, wie es ihr ging, ob sie glücklich war, aber sie trauten sich nicht. Tante Magdalena und Tante Antonia hätten ihr Geheimnis um nichts in der Welt verraten. Sie respektierten Elisas Schweigen. Tante Ricarda war empört.

Elisa und Ramón spürten, dass der Sommer zu Ende ging. Ein absurdes Gefühl, über das sie nicht sprachen, da sie sich wünschten, dass sich nichts verändern möge. Sie hätten so gerne die Zeit angehalten, damit alles blieb, wie es war. Nichts sollte in ihr Paradies einbrechen. Hätten sie das Licht am Himmel halten und die kürzer werdenden Tage vermeiden können, hätte sie das froh gestimmt. Sie hatten sich an den heißen Tagen getroffen, und warum konnte das nicht einfach so weitergehen, warum konnte man nicht Herbst und Winter aus dem Kalender streichen. Er liebte es, wenn er die Tür öffnete und Elisa, umgeben von Licht, vor sich sah. Er war überzeugt, dass die Helligkeit zu dem Glücksgefühl gehörte. Und sie hatte sich daran gewöhnt, dass die Sonne ihr den Weg zu seinem Haus wies.

Aber der Zyklus der Jahreszeiten ließ sich nicht aufhalten. Der Sommer war schon ungewöhnlich lang geblieben. Jetzt brach der Herbst mit neuen Farben in den Garten ein. Die Grüntöne erloschen wie Kerzen. Es begann die Regenzeit. Das Wasser tropfte in die Regenrinnen und hinterließ auf den Fassaden eine feuchte Spur, die die Morgensonne nicht mehr zu trocknen vermochte. Der Winter kam, und die Zweige im Garten wurden kahl. Es wurde dunkel. Elisa gewöhnte sich an die Dunkelheit, die sie durchqueren musste, um zu Ramón zu gelangen. Die Landschaft hatte sich verändert: die Bäume, die Steine, die Pflanzen, konkrete Dinge, die sie vorher sehen und anfassen konnte, konnte sie jetzt nur mehr erahnen. Außerdem war es kalt, und der Wind trieb sie vor sich her. Auch daran gewöhnte sie sich. Es war nur ein kurzes Stück unter freiem Himmel, dann befand sie sich schon am besten Zufluchtsort der Welt.

Eines Winternachmittags, sie war gerade durch die Tür gekommen, bemerkte sie, dass etwas nicht stimmte. Sie lächelte ihn an wie immer, und er lächelte zurück. Dann sagte er: »Elisa, es gibt Neuigkeiten.«

»Das dachte ich mir. Irgendetwas an dir war anders. Was ist?«

»Ich weiß nicht, wie viel ich dir von meiner Zeit in Indien erzählt habe. Ich glaube, nicht allzu viel.«

»Du hast mir kleine Geschichten erzählt, einzelne Episoden. Es waren eher Eindrücke als konkrete Beschreibungen. Wie es dir eben so eigen ist, Liebling.«

»Was willst du damit sagen?«

»Gerüche sind dir wichtiger als Anekdoten.«

»Da hast du wohl Recht. Ich glaube, ich habe dir von Miguel erzählt.«

»Klar, dein Freund. Ich weiß nichts Genaues über ihn, aber ich erinnere mich, dass du ihn häufiger erwähnt hast. Er schreibt dir und schickt dir Bücher.«

»Ja. Das tut er immer noch, nach all den Jahren. Er ist ein ganz besonderer Mensch. Du wirst sehen.«

»Wie das?«

»Ich habe einen Brief von ihm erhalten. Er wird in ein paar Wochen kommen und will eine Weile hier bleiben.«

»Hier, in diesem Haus?« Elisa konnte ihr Missfallen nicht verbergen. »Und was tun wir dann?«

»Dasselbe wie jetzt. Er ist mein Freund, Elisa. Er wird sich freuen, dich kennen zu lernen.«

Sie redeten nicht weiter darüber. Sie war nicht begeistert von der Aussicht, den Raum mit einem anderen Mann teilen zu müssen. Sie hatte das Gefühl, dass die Wände, die Decke, die Eingangstür und die Zimmer ausschließlich ihnen beiden gehörten, und sie wollte das nicht zeigen. Es war der einzige Ort, den sie hatten, wo Elisa sich sicher vor jeder Störung von außen fühlte. Wie sollte sie es also so einfach hinnehmen, dass plötzlich ein Unbekannter auftauchte? Selbst wenn er die Diskretion in Person war, würde er da sein. Man würde seine Anwesenheit spüren. Ramón war verwirrt. Er hatte Miguel viele Jahre nicht gesehen. In all den Jahren hatten sie einen engen, angenehmen Briefkontakt gepflegt. Er hatte gedacht, das ginge immer so weiter, dass sie sich nicht zu sehen brauchten. Man konnte wunderbar mit Hilfe des geschriebenen Wortes kommunizieren. Es bedeutete Nähe und Distanz zugleich. Sie konnten einander ihr Herz ausschütten, ohne das Gefühl zu haben, sich vor dem anderen zu entblößen. Als er den Brief las, in dem Miguel seinen Besuch ankündigte, wusste Ramón nicht, was er davon halten sollte. Er bedauerte, sich eingestehen zu müssen, dass ihm zu jenem Zeitpunkt jede Ablenkung ungelegen kam. Er lebte allein für Elisa, und Miguel hatte keinen Platz in seinem Leben. Sie sagten nichts, aber sie waren beide unruhig. Sie fürchteten, etwas würde in ihre Liebe einbrechen.

19

Die Jahre hatten seine Haut ausgedörrt, sie lag wie eine dünne Schicht direkt über den Knochen. Dazwischen war fast nichts. Kein Fleisch, dass die harte Physiognomie hätte weicher erscheinen lassen. Er hatte immer noch diesen erstaunten Gesichtsausdruck. Die gelbliche Hautfarbe war durch die Sonne dunkler geworden. Seine Gestalt, die ihm schon hager vorgekommen war, als sie sich kennen gelernt hatten, wirkte jetzt wie ein zerbrechliches Skelett. Aber er war überraschend flink in seinen Bewegungen. Dieses Knochenbündel, wie ihn Ramóns Bekannte nannten, bewegte sich grazil wie ein Vogel. Er kletterte auf Bäume oder die Wände hoch, sprang irgendwo herunter, und er konnte das Gleichgewicht halten, wenn er auf ein Geländer oder ein Dach stieg. Sein tiefer, vielsagender Blick ruhte voller Neugier auf den Menschen und Gegenständen.

Miguel war ohne weitere Nachricht gekommen, wie er in dem Brief angekündigt hatte. Sein Zeitkonzept war relativ. Wenn er von ein paar Wochen sprach, konnte es gut und gerne ein paar Monate dauern. Achtzehn Tage, nachdem er seinen Besuch angekündigt hatte, stand er vor der Tür. Er hatte ein Bündel auf dem Rücken, das einzige Zeichen, dass er zu bleiben gedachte, und ein offenes Lachen auf den Lippen. Er freute sich, seinen alten Freund wiederzusehen, und zeigte das so warmherzig und natürlich, dass Ramón sehr überrascht war. Als ob sie nie getrennt gewesen wären. Und doch hatten die Jahre ihre Charaktere verändert. Zumindest war das der Eindruck, den Ramón hatte, der den passenden Ton für das Wiedersehen nicht finden konnte. So sehr er sich auch bemühte, er empfand nicht mehr dieselbe Vertrautheit wie früher, diese völlige Entspannung, wenn sie zusammen waren. Da war ein Ungleichgewicht. Der Besucher war offen, empfangsbereit, und derjenige, der ihn empfing, war mit den Gedanken woanders, ohne böse Absicht.

In den ersten Stunden war alles sehr verworren. Miguel umarmte Ramón noch im Türrahmen. Er stand reglos da, mit einem angedeuteten Lächeln. Er sagte nicht, komm doch rein, fühl dich wie zu Hause, ich freue mich, dich zu sehen. Er überließ Miguel das Wort, der eine lange Reise hinter sich hatte. Er sagte, es käme ihm so vor, als wäre gar nicht so viel Zeit vergangen, und sie hätten sich viel zu erzählen. Ramón schloss das nicht aus. Im Gegenteil, jedes Detail würde belegen, wie fremd sie sich geworden waren. Sie waren Freunde gewesen, ja, aber er fragte sich, ob es gerecht war, dass die Vergangenheit so plötzlich einen Platz in seinem Leben beanspruchte. Auch wenn durch die Briefe der Kontakt nie abgerissen war, war er doch sicher, dass sie nicht wirklich eine Brücke darstellten. Ramón sah Miguel an: Der Mann mit der Pergamenthaut war nicht mehr der Mensch, den er vor vielen Jahren kennen gelernt hatte.

Zugleich plagte ihn das schlechte Gewissen. Inwieweit stand Elisa zwischen ihnen? Ramón war überzeugt, wenn Miguel früher gekommen wäre, vor dieser Geschichte, hätte er ihn anders aufgenommen. Er hätte in ihm den Seelenfreund wiedererkannt. Es war doch Miguel – so versuchte er sich einzureden –, der ihn in einem fremden Land aufgenommen und ihm Welten eröffnet hatte, von denen er nicht einmal geträumt hatte. Es war ein Glücksfall, ihn kennen gelernt zu haben, hatte er immer wieder gesagt. Ihn wiederzutreffen musste doch ein Gottesgeschenk sein. Als Miguel vor ihm stand, löste das widersprüchliche Gefühle in ihm aus. Er empfand eine Zärtlichkeit, als würde er einen Teil seines Lebens zurückgewinnen. Eine freundschaftliche Hand legte sich auf sein Herz und seine Stirn. Ramón sah Miguel an und war kurz versucht, ihn auch richtig zu umarmen, seine Herzlichkeit zu erwidern. Er hätte sich gewünscht, sein Verstand hätte es ihm erlaubt, in der Zeit zurückzugehen bis zu dem Punkt, an dem das, was er für diesen Mann empfand, tief und echt gewesen war. Stattdessen empfand er eine instinktive Ablehnung. Es war schwer zu erklären, und er musste sich anstrengen, damit Miguel mit seinem klugen Blick nicht sah, was vor sich ging. Ramón hätte am liebsten gesehen, wenn Miguel verschwunden wäre. Einfach so. Wie konnte er ihm zu verstehen geben, dass er ihn in diesem Moment störte? Er wollte ihn um nichts in der Welt verletzen, aber es war nun mal so. Seine Zeit gehörte Elisa. Im Schlaf dachte er an sie, und wenn er erwachte, war überall ihr Gesicht. Sein Freund gehörte zu einer anderen Zeit, zu anderen Lebensumständen. Damals war es ein anderer Mann gewesen. Ramón wusste Miguels Zuneigung und seine großzügige Freundschaft zu schätzen, aber warum musste es zu diesem Wiedersehen kommen?

Miguel gestikulierte mit den Händen, wenn er sprach. Vom ersten Moment an erkannte er die Gesten, die ebenso viel erklärten wie die Augen oder die Lippen. Sie passten sich den Worten an, unterstrichen den Rhythmus seiner Rede, die immer gemäßigt war. Nie verlor er die Kontrolle über das, was er sagte. Ramón erinnerte sich, wie er an Miguels Seite gelernt hatte, sich zurückzunehmen, seine Impulse zu mäßigen. Er war kein strenger, sondern ein hochsensibler Mann. Er hatte begriffen, dass man den Ausdruck seiner Gefühle kontrollieren muss, damit man sie nicht verschwendet und sie wie die Wellen des Meeres im Sand versickern. Er war überzeugt, wenn er maßvoll mit Gefühlsäußerungen umging, würden sie wertvoller. Das war der Grund. Zu jenem Zeitpunkt war Ramóns Leben ein reißender Strom gewesen. Die Worte und die Gesten hatten keine Grenzen. Und die Haltung des anderen Mannes war ihm unangenehm.

Manchmal sammeln sich die Spannungen in uns an, ohne dass wir etwas dagegen tun können. In Ramóns Geist gab es so viele, dass er Schwierigkeiten hatte, sie im Einzelnen zu erkennen. Da war die Irritation des Wiedersehens, mit dem er nicht gerechnet hatte, und die Anspannung, der Situation nicht gewachsen zu sein, die Nervosität, weil er feststellen musste, dass er zwischen Weiß und Schwarz hin und her gerissen war. Ramón hätte Miguel am liebsten umarmt und zugleich hinausgeworfen. Er wollte ihm unbedingt von Elisa erzählen, und andererseits auch wieder nicht, weil er nicht wusste, wie. Miguel mit seiner von fremden Winden dunkel gefärbten Haut, den Händen, die Zeichen in die Luft malten, während er ihm von dem langen Weg erzählte, der hinter ihm lag. Ramón dachte, dass das Leben sie voneinander entfernt hatte. Der andere Mann war immer noch ein großer Reisender; er selbst lebte in seinem Garten. Seit einiger Zeit bewohnte er den Körper einer Frau. Er legte keinen Wert mehr auf sonnenüberflutete Wege, für ihn existierte nur noch die Sonne in Elisas Augen.

Miguel stellte seine paar Sachen in dem Zimmer am Ende des Flures ab, in dem ein Holzbett, ein flacher Tisch und ein Stuhl mit einer Sitzfläche aus Bast standen. Sonst gab es dort nicht viel. Mit einem dankbaren Lächeln nahm er die Decken entgegen, die Ramón ihm gab, und machte sich selbst das Bett für die Nacht. Er verhielt sich völlig ungezwungen, als wäre es ganz selbstverständlich, in dem Haus untergebracht zu sein. Vielleicht war es das auch, auch wenn es Ramón nicht passte. Miguel bewegte sich in den Grenzen, die sie in der Vergangenheit abgesteckt hatten, ohne sie in Frage zu stellen. In Indien hatte er seinen Raum und die wenigen Habseligkeiten großzügig mit dem Freund geteilt. Wenn man nicht viel besitzt, steigt der subjektive Wert des einzelnen Gegenstandes. Sie hatten Menschen kennen gelernt, die sich wie wild an die Dinge klammerten, denn sie waren der Beweis ihrer Existenz. Sie sahen sich durch die Gegenstände repräsentiert. Aber sie hatten auch Menschen getroffen, die leicht auf alles verzichten konnten. Menschen, deren Leben erfüllt genug war, dass sie es nicht mit unnötigem Ballast auffüllen mussten. Es gibt ein Leben jenseits von allem Tand, nüchtern und klar. So war ihr Leben in Indien gewesen.

Etwas hatte sich verändert. Es war eine fast unmerkliche Veränderung, die nicht leicht zu erklären war. Es ging nicht um Großzügigkeit. Trotz seiner anfänglichen

Zurückhaltung war Ramón selbstverständlich bereit, seinen Freund aufzunehmen. Er geizte nicht mit Dingen, sondern mit Gefühlen. Er konnte das alte Vertrauen nicht wiederfinden, das sie einander so nahe gebracht hatte. Da war ein Argwohn, der in Ramóns übermäßiger Eifersucht begründet war. Er war eifersüchtig auf die Zeit, die der andere Mann ihm rauben würde. Er bedauerte es, dass er ihm Aufmerksamkeit schenken musste, obwohl er mit den Gedanken woanders war. Er versuchte, dieses Bedauern zu verbergen, aber das wollte ihm nicht hundertprozentig gelingen. Die Funken der Unruhe sprühten, die ihn seit dem Empfang des Briefes nicht mehr losgelassen hatte. Miguel war sehr feinfühlig. Er merkte, dass etwas nicht stimmte, wollte aber nicht darüber sprechen. Er wartete darauf, dass die Zeit alles ins Lot brachte. Sie mussten das Gespräch, die alten Gewohnheiten, wiederfinden und die Lücken der Trennung füllen.

Am Tag nach seiner Ankunft lernte er Elisa kennen. Weil sie Miguel so schnell wie möglich kennen lernen wollte, kam sie schon in der Frühe. Sie hatte dafür gesorgt, dass sie ein Weilchen verschwinden konnte. Morgens herrschte im Haus ein ständiges Kommen und Gehen, und so war es nicht schwierig, sich davonzustehlen. Die Luft war kalt, und wenn man das Fenster öffnete, schnitt sie in die Haut wie ein Stilett. Vor dem Fenster waren dichte Wolken. Sie waren nicht durchlässig wie der Nebel, sondern wie aus hartem Stein. Es gab nicht einen Spalt, durch den man den Himmel hätte sehen können. Ein dunkles Grau hatte sich über das Blau geschoben, dessen Anblick einen traurig stimmte.

Sie trug ein granatfarbenes Kleid, das mit der Zeit dunkler geworden war, sodass es jetzt fast schwarz wirkte. Es hatte eine Knopfreihe vom Hals bis zur Taille. Die Knöpfe waren klein und ließen sich nur schwer öffnen. Darüber trug sie ein Cape gegen die Kälte. Es war dick und weich und hüllte sie von Kopf bis Fuß ein. Aus dem Stoff sah man ein paar neugierige Augen hervorblitzen. Ein wenig ungeduldig nahm sie denselben Weg wie immer. Zum ersten Mal war die Situation anders, und das beunruhigte sie. Nach der anfänglichen Ablehnung, als sie sich gegen die Anwesenheit eines Fremden im Haus ihres Geliebten gewehrt hatte, waren die Fragen gekommen. Wer war der Mann, der von so weither kam? Ramón hatte von ihm gesprochen, als er von Indien erzählte, und sie hatte sich im Geist ein Bild von ihm gemacht. Mit der Zeit war aus dem Nebel eine Gestalt aufgetaucht. Sie wollte wissen, ob er wirklich so aussah. Sie hatte sein Bild mühsam zusammensetzen müssen. Meist waren Ramóns Worte deutlich, aber manchmal blieben die einzelnen Sätze in der Luft hängen, als müsste jemand anders sie vollenden. Die Erinnerungen kamen nur bruchstückhaft, und er bemühte sich, sie ihr nahe zu bringen.

Das Zusammentreffen zwischen Miguel und Elisa verlief anders, als alle gedacht hatten. Als sie kam, war Ramón im Wohnzimmer. Er war allein, sein Freund schlief noch in seinem Zimmer. Sie waren spät schlafen gegangen, sie hatten lange über die alten Zeiten in Indien gesprochen. Die Erschöpfung von der Reise und das späte Zubettgehen ließen ihn an jenem Morgen länger schlafen. Bei Elisa war es genau umgekehrt: Die Ungeduld trieb sie schon früh aus dem Bett. Sie stand auf, kaum dass es hell geworden war. Das war der beste Moment, um ungesehen das Haus verlassen zu können. Die Tanten huschten noch nicht durchs Haus, ihr Vater war im Sprechzimmer und kümmerte sich um die ersten Patienten des Tages, und ihre Tochter schlief.

Ramón empfing sie mit einem fragenden Lächeln. Wie hatte sie es geschafft, sich um diese Zeit aus dem Staub zu machen? Er freute sich, sie zu sehen, aber die Anwesenheit einer dritten Person unter seinem Dach irritierte ihn. Sie umarmten sich mit der gleichen Leidenschaft wie immer, vielleicht ein wenig zurückhaltender. Ihr Haar roch nach Garten. Er hatte das Gefühl, sie trüge ihn bei sich. Trotz der Härte des Winters, die Pflanzen und Gerüche einschläferte, hatte er das Gefühl, in ihrem Körper würde jeder Duft wieder aufleben. Sie legte das Cape ab und breitete es am Kamin aus, damit es vor dem Feuer trocknete. Sie wärmte ihre Hände an den Flammen und fragte nach seinem Freund. Sie wollte alles wissen – wann er angekommen war, welchen Eindruck er von ihm hatte. Ramón blieb keine Zeit zu antworten, denn in diesem Moment betrat Miguel den Raum.

Man sah ihm an, dass er wenig geschlafen hatte. Um die Augen hatte er dunkle Schatten, die die Augenhöhlen betonten. Man konnte den dünnen Körper in der schlackernden Hose und dem Hemd aus Leinen nur erahnen. Er bewegte sich langsam, schien keine Eile zu haben. Er sprach auch nicht sofort. Er war nicht einmal überrascht. Trotz der Müdigkeit wirkte er entspannt, als hätte er den Schlaf genutzt, nicht für den Körper, aber für den Geist, der ausgesprochen wach schien.

Elisa dachte, sein Gesicht müsse aus Baumrinde sein.

Da war ein kraftvoller Ausdruck, ganz im Gegensatz zu den sanften Augen. Sie betrachtete ihn neugierig. Auch sie fühlte sich beobachtet, aber das machte ihr nichts aus. Sein Blick war ihr nicht unangenehm. Sie merkte sofort, dass er sie nicht bewertete und auch nicht zu ergründen versuchte, was sie dachte. Es war einfach nur ein Blick. Miguel betrachtete ihr Gesicht, die riesigen Augen, die markante Nase, die Form der Lippen in aller Seelenruhe, ohne ein Wort zu sagen, obwohl Ramón langsam nervös wurde. Das Schweigen störte ihn nicht. Es war keine unangenehme Situation. Die Gesten gingen den Worten voraus. Die Blicke hatten sich getroffen, und erst dann fingen sie an zu reden.

Hinter dem Fenster zeigte der Winter sein Gesicht. Die Kargheit passte zu der Atmosphäre im Raum. Es gab kein einziges grünes oder goldenes Blatt mehr. Der Herbst und der Wind hatten alles mit sich fortgenommen. Schließlich sagte Elisa: »Du bist also Miguel. Ich habe mir dich ganz anders vorgestellt.«

»Es ist schwer, sich jemanden vorzustellen, den wir nie gesehen haben.«

»Das stimmt. Aber Ramón hat mir von dir erzählt. Er sagt, du seist sein bester Freund.«

»Er hat mir auch von dir erzählt.«

»In den Briefen?«

»Nein, in den Briefen so gut wie gar nicht. Er wägt die Worte wohl genau ab, die er dir auf dem Papier widmet. Er hat offenbar Angst, ein Unbekannter könnte sie lesen und dich rauben.«

»Mich rauben? Wie meinst du das?«

»Es gibt Leute, die glauben, dass man die Seele des

anderen rauben kann, wenn man sie irgendwo unauslöschlich niederschreibt.«

»Ein komischer Glaube! Also, wann hat er dir von mir erzählt?«

»Heute Nacht.«

»Und hat er mich nicht gut beschrieben?«

»Ich denke, nein. Wenn ich dich ansehe, ist es, als hätte ich nie zuvor von dir gehört.«

Die Geschichten werden unvermeidlich kompliziert. Wenn im Leben alles so klar wäre wie ein strahlender Sonnentag, wäre es vielleicht zu einfach. Es ist besser einzusehen, dass es keinen goldenen Faden gibt, der uns ohne Schwierigkeiten den Weg nach Hause und in das normale Leben weist, wenn wir uns einmal getrauen loszulaufen. Ramón und Elisa hatten monatelang nur füreinander gelebt. Sie trafen sich dort, wo sie niemand stören konnte. Plötzlich brachte Miguel alles durcheinander. Ramón begriff das sofort, als er ihn zusammen mit Elisa sah. Die drei lachten und machten ein freundliches Gesicht. Sie bemühten sich, so zu tun, als wäre nichts geschehen, aber es lag eine gewisse Spannung in der Luft, zu viele verschiedene Gefühle. Vor allem Ramóns Eifersucht. Er hätte so etwas nie für möglich gehalten, denn er kannte sich als ausgeglichenen Menschen, aber er konnte dieses Gefühl nicht unterdrücken: Er war eifersüchtig auf seinen Freund. Bevor die beiden sich begegnet waren, hatte er sich nur darüber Gedanken gemacht, dass er seine Zeit teilen musste, weiter nichts. Als er sie zusammen sah, änderte sich die Lage. Ihm missfiel die Leichtigkeit, mit der sie sich unterhielten, sich anlächelten; das war der Beginn einer komplizenhaften Verbundenheit, die er erahnte, noch bevor sie wirklich existierte. Es kostete Ramón viel Kraft, Miguel nicht zu bitten, zu gehen. Er hätte ihn am liebsten aus ihrer beider Leben verbannt, um wieder in die Zeit zurückzukehren, in der es nur sie beide gab. Er war wütend und machte sich zugleich Vorwürfe, einen schwachen Geist und abwegige Gedanken zu haben. Er sagte sich, er habe keinen Grund zur Eifersucht, er steigere sich da in etwas hinein. Er beobachtete sie aufmerksam: die Haltung der Körper, wenn sie sich unterhielten, die Gesten des einen und des anderen, das verschwörerische Lächeln. Ihm würde nicht das kleinste Indiz entgehen, aber er konnte keines entdecken. Da war nur eine gegenseitige Sympathie, die sie nicht verbargen.

Miguel war ein unkomplizierter Mensch. Er nannte die Dinge beim Namen, Lügen waren ihm fremd, was aber nicht hieß, dass er leicht zu durchschauen war. Er hatte schon vor Jahren das Schweigen schätzen gelernt. Die Worte, die einmal ausgesprochen sind, konnte man nicht mehr auslöschen. Immer bleibt etwas in der Erinnerung oder in der Seele der Menschen zurück. Auch wenn wir so tun, als wären die Worte nie gesagt worden, auch wenn wir nie mehr darüber sprechen, bleiben sie existent. Vielleicht in einem Winkel des Herzens. Man musste Worte so vorsichtig dosieren wie die Medizinpflanzen im Wald.

Miguel war von Elisa fasziniert. Wenn er sie sah, hatte er das Gefühl, sie schon ewig zu kennen. Er mochte ihre Augen, die an tiefdunkle Nächte erinnerten. Wenn ihr verführerisches Lachen in den Räumen des Hauses erschallte, war sein Herz wie gebannt. Vom ersten Moment an war ihm klar, dass er seine Gefühle für sich behalten musste. Das fiel ihm nicht schwer, er war in Mäßigung geübt. Das Gefühl war am Rande seines Willens entstanden. Er brauchte nicht auszusprechen, dass er einem alten Freund gegenüber loyal war, weil es so war. Er würde sich niemals zwischen die beiden Liebenden drängen. Er war ein Zugvogel, der eine Weile an einem Ort bleibt und dann weiterfliegt. Er wünschte, dass Ramón das begreifen würde. Er hätte ihm gerne zu verstehen gegeben, dass er an seiner Loyalität nicht zu zweifeln brauchte, dass er ihn niemals hintergehen würde. Aber sie sprachen nicht darüber. Ihre Beziehung wurde immer wortkarger. Miguel bewahrte seine Worte für Elisa auf. Wenn er mit ihnen zusammentraf, erzählte er alte Geschichten von Leben und Tod, Heroisches aus verlorenen Dörfern.

Elisa hörte ihm voller Bewunderung zu. Seine Fähigkeit, Geschichten aneinander zu reihen, beschwingte sie. Ihre Hände in denen von Ramón, den Kopf an seine Schulter gelehnt, folgte sie der Stimme Miguels auf wundersamen Pfaden. Dank seiner Beschreibungen kam sie an Orte, die sie sich niemals hätte vorstellen können. Er hatte sie verführt. Auch wenn sie nicht viel Erfahrung mit Männern hatte, merkte sie das sehr bald. Aber sie wusste, dass sie ihm das niemals sagen würde. Es gab eine Übereinkunft zwischen ihnen: Sie durften nicht davon sprechen, und dann konnten sie weiter Geschichten erzählen. Nichts durfte diese Beziehung aus dem Gleichgewicht bringen. Elisa liebte seine Worte. Wenn er Geschichten erzählte, hörte sie ihm mit einem Lächeln zu, das ihr Gesicht veränderte. Sie gab sich keine Mühe, das zu verbergen. Ramón stürzte in völlige Verwirrung. Er hatte das Gefühl, dass sie ihn noch liebte, und zugleich musste er feststellen, dass es in ihrem Leben etwas Neues gab. Es war Miguel, sein langjähriger Freund, versuchte er sich zu beruhigen. Eine Geschichte folgte auf die andere, sie waren wie langsam vom Baum fallende Blätter, denen wir nachblicken.

20

Es war ein kalter Wintermorgen. Der Himmel war von feinem Nebel bedeckt. Die Feuchtigkeit konnte man sogar durch den Mantel hindurch spüren. Der Wind verhärtete ihre Gesichtszüge und verlieh ihnen eine ungewöhnliche Strenge. Es fiel ihnen schwer, die Hände zu öffnen und die Finger zu bewegen, denn sie waren starr vor Kälte. Elisa vertraute darauf, dass die Sonne herauskommen und den Tag erwärmen würde. Zu so früher Stunde spürte man noch die Überreste der eisigen Nacht. Bald würde der Januar die ersehnte Ruhe bringen. Vielleicht war es nicht die beste Gelegenheit für einen Ausflug, aber sie wollten es ausnutzen, dass Elisas Vater außer Haus war. Er würde erst spät in der Nacht zurückkommen, so hatten sie ein wenig Spielraum und brauchten niemandem eine Erklärung abzugeben. Elisa musste nur vor Tante Ricarda flüchten, die ihr immer wieder sagte, sie wäre auf einem falschen Weg. Aber sonst nichts. Sie konnten den Sechshunderter aus der Garage holen und an die Küste fahren, am Steuer saß Elisa.

Sie waren fröhlich. Dieser Ausflug war eine Auszeit, sie konnten ihre vier Wände verlassen und die frische Luft genießen. Ramón verspürte schon seit einiger Zeit ein Bedürfnis danach. Er hatte sich zu sehr in seiner Gedankenwelt eingeschlossen, in der sich alles immerfort im Kreis drehte. So in sich versunken, hatte er den Eindruck, dass er alles überdeutlich wahrnahm. Es missfiel ihm, wenn er sich dabei ertappte, dass er unruhig jedes Wort prüfte und in jedem Lächeln eine geheime Bedeutung zu finden trachtete. Er hielt sich für kleinlich, vor allem, weil Miguels Augen ihm sagten, dass er sich keine Sorge zu machen brauchte. Immer wieder konnte er in diesen Augen beruhigende Zeichen lesen, aber er beachtete sie nicht, er traute niemandem mehr. Er hätte diese Augenblicke gerne aus der Landkarte seiner Gefühle gestrichen, doch er kam nicht gegen sich selbst an.

Miguel war zufrieden. Vom Rücksitz aus betrachtete er die Landschaft durch das Fenster. Er sah Bäume mit dicken Stämmen, Felder und Berge vor blauem Hintergrund an sich vorbeiziehen. Die Bilder waren wie Filmsequenzen, die ihm Teilansichten der Insel darboten. Er betrachtete die Farbe der Erde, hier rötlich, da grau und dann wieder sandig. Er hätte gerne hineingegriffen und jeden Ton in einen ledernen Beutel gepackt, damit sie sich nicht vermischten. Die Insel war nicht groß, aber voller Kontraste. Er hatte den Eindruck, dass sich in kurzen Abständen die Umgebung völlig veränderte. Von den Bergen hinter der Casa de Albarca bis zum offenen Meer gab es große Unterschiede. Er, der aus einem riesigen Land kam, war überrascht. Auf den ersten Kilometern sagte er nichts, ganz auf seine Entdeckung konzentriert, aber man merkte ihm seine Freude an.

Im Auto war die Stimmung allgemein gut. Elisa fuhr sicher und atmete die Morgenluft ein. Der Geruch nach Erde lud dazu ein, tief durchzuatmen. Sie hätte ihn ewig riechen können. Es gab Dinge, die machten sie glücklich. Nichts Großartiges oder Ungewöhnliches. Sie war glücklich, weil sie Ramón, seine Hand, in ihrer Nähe spürte, weil Miguel später eine Geschichte erzählen würde und sie von schönen Worten erfüllt wäre. Sie war glücklich, weil ihre Tochter an diesem Morgen in ihre Arme gelaufen kam, als sie sie rief. Sie glaubte, immer noch das Gewicht ihres kleinen Körpers zu spüren, der sich an sie drückte. Außerdem hatte sie entdeckt, dass man von ihrem Fenster aus wie eine steinerne Säule den Rauch aus Ramóns Kamin aufsteigen sah. Und sie war glücklich, weil die Sonne durch die Wolken drängte und weil sie das Meer sehen konnten, das verschwand und sogleich wiederkehrte.

Sie fuhren durch den Pla de Mallorca, kamen durch gleich aussehende Dörfer, in denen die Läden geschlossen waren. Ein Platz, eine Kirche mit Glockenturm, ein paar Holzbänke. Hin und wieder sah man gemächlich dahinschreitende Leute auf den Bürgersteigen. Die wenigen Autos hatten sich dem langsamen Tempo angepasst. Sie hielten an einer Ecke an, wo zwei Frauen über die Marktpreise diskutierten. Sie fuhren weiter. Die Welt schien ruhig. In jedem Ort, den sie passierten, war das Pulsieren des Lebens zu spüren. Das gerade erst begonnene Leben der Kinder und das andere, das uns sagt, dass morgen alles vorbei sein kann. Die Sonne hatte sich am Himmel durchgesetzt. Es war ein schwaches, gedämpftes Licht, das die Konturen der Gegenstände hervortreten ließ, ohne sie durch seine Intensität zu vernichten. Manchmal lässt die Sonne Dinge verschwinden, die sie anstrahlt. An jenem Morgen traten die Straßen und die Häuser jedoch deutlich hervor. Sogar die Menschen wirkten wie von sicherer Hand gezeichnet.

Sie fuhren nach Kap Formentor, wo das Wasser intensiv blau ist und der Strand sich wie ein großer Fächer öffnet. Die Straße ist sehr eng und kurvenreich. Zu dieser Stunde herrschte wenig Verkehr. Vielleicht mal ein LKW, der hupte, bevor er sie überholte. Sie fuhren an die Seite und ließen ihn vorbei. Sie hatten keine Eile anzukommen, sie genossen die Fahrt. Die drei gaben sich schweigend der Landschaft und dem Geruch der Bäume und Gräser hin. Man konnte die Pinien in der Ferne riechen. Sie hörten das Echo des Meeres und öffneten einen Moment die Fenster. Elisa dachte erneut, was für ein schöner Tag es war. Sie freute sich, dass sie die Gelegenheit für einen Tapetenwechsel genutzt hatten. Auch die Männer wirkten wie befreit von den Spannungen, die sie manchmal an ihnen wahrnahm. Im Winter fahren nicht viele Leute nach Kap Formentor. Der Ort hatte einen besonderen Charme, vor allem, wenn niemand da war. Alles gehörte ihnen. Dieser Eindruck verstärkte sich, je näher sie kamen. Es war Mittag, und die Sonne verbreitete eine angenehme Wärme zwischen den Felsen und dem Sand. Sie war trügerisch, denn in jeder Ecke war noch Feuchtigkeit verborgen, aber sie fühlten sich wohl.

Während der Fahrt, als Elisa ihren Gedanken nachhing, hatte Ramón sie von der Seite angeschaut. Er musste immer wieder ihr Profil ansehen, sie war die schönste Frau der Welt. An diesem Tag kam sie ihm sogar strahlend schön vor. Das lag wohl an dem Licht, in das ihr Gesicht getaucht war, das er so lange nur in Innenräumen gesehen hatten. Selbst Miguels Anwesenheit störte ihn nicht. Diese innere Gelassenheit ermöglichte es ihm, ihre Gesichtszüge noch genauer zu erfassen. Auch sie wirkte entspannt und gut gelaunt. Die wenigen Worte, die sie sagten, erinnerten sie daran, dass die Welt ihnen gehörte. Ihnen dreien. Es war eine kleine, einfache Welt aus Gesten und Worten. Warum sollten sie diese Augenblicke nicht teilen, in denen man die Wellen hören und das Salz riechen konnte.

Als er sie so von der Seite ansah, hätte er sich am liebsten in ihrem Mund verloren. Sie biss sich auf die Unterlippe, und die Bissspur ließ die Lippe umso fülliger wirken. Rot wie eine wunderbar reife Frucht, die dazu einlädt, sie zu essen. Ein paar rebellische Strähnen hatten sich aus dem zusammengebundenen Haar gelöst. Wenn er den Blickwinkel leicht veränderte, konnte er Miguel auf dem Rücksitz sehen. Es machte ihm nichts aus, dass er mitbekam, wie er Elisa schweigend betrachtete. Er wusste, Miguel würde ihn verstehen. Er hätte sie auch gerne angesehen. Dessen war sich Ramón sicher. An und für sich bildeten sie ein ganz harmonisches Dreieck. Einen Moment lang dachte er, sie könnten sich Elisa teilen: Er bekäme die Umarmungen und all die kleinen Gesten, und Miguel müsste sich mit den Geschichten zufrieden geben. Würde er sich damit begnügen? Er wusste es nicht. Das offenkundige Einvernehmen zwischen den beiden störte ihn, und er war ein wenig eifersüchtig.

Er hätte zu gern die Kunst des Geschichtenerzählens beherrscht, damit niemand ihm auch nur einen Bruchteil von Elisas Aufmerksamkeit stehlen konnte. Und er spürte, dass Miguel sich mit Worten allein nicht zufrieden geben würde. Und diese Feststellung brachte das Gleichgewicht der Kräfte zwischen ihnen sogleich wieder aus dem Lot.

Er schaute sie erneut an, und sie schien sorglos, weit weg von allem zu sein. Miguels Gesichtsausdruck konnte er nicht so leicht deuten. Er selbst bemühte sich, weiterhin Ruhe zu bewahren. Es ist doch alles in Ordnung, dachte er und sagte: »Wir sollten zum Leuchtturm fahren.«

»Es gibt einen Leuchtturm?« Miguel war überrascht.

»Ja«, sagte Elisa, »ich denke auch, dass wir dort hinfahren sollten. Es ist ein magischer Ort. Wenn wir dort ein wenig bleiben, kannst du uns eine deiner Geschichten erzählen.«

»Klar.« Miguel schien sich zu freuen. »Geschichten erzählen sich besser vor einer schönen Kulisse.«

»Du brauchst keine Kulisse.« Ramón konnte sich den ironischen Unterton nicht verkneifen. »Du hast ein gutes Publikum, und das sollte genügen.«

»Sind wir ein gutes Publikum für dich?«, fragte Elisa mit einem Anflug von Koketterie.

»Du bist die beste Zuhörerin der Welt.« Zärtlichkeit lag in Miguels Stimme. »Aber Ramón ist zerstreut. Wenn ich eine Geschichte erzähle, fliegen seine Gedanken weit weg. Sie fliehen vor der Geschichte an einen anderen Ort.«

»Mich interessiert die Wirklichkeit mehr. Ich habe

es lieber mit Tatsachen als mit Lügenmärchen zu tun. Deine Geschichten langweilen mich.«

»Und was sind die Tatsachen, mein Freund? Was sind deine Wahrheiten und was meine? Glaubst du, sie müssen zwangsläufig übereinstimmen?«

»Nein.« Es fiel ihm schwer, Miguel Recht zu geben. »Für mich gibt es Tatsachen und Wahrheiten.«

»Und wie unterscheidest du sie?«

»Elisa ist eine Tatsache. Sie ist real, unbestreitbar. Sie ist immer da.« Ramóns Stimme zitterte kaum merklich.

»Danke, Liebling«, flüsterte sie.

»Da bin ich anderer Ansicht,« sagte Miguel selbstbewusst. »Elisa kann keine Tatsache sein. Tatsachen sind abgeschlossen. Sie ist eine Frau. Menschen verändern sich, glücklicherweise. Man kann höchstens sagen, dass sie für dich eine Tatsache ist.«

»Und was ist deine Wahrheit, Miguel?« Eine gewisse subtile Aggression war aus seiner Stimme herauszuhören.

»Ihr beide und die Geschichten, die ich erzähle, das ist meine Wahrheit.«

Elisa lächelte, weil Miguels Worte ihr gefielen. Sie fühlte sich wohl, und sie wollte nicht, dass irgendetwas die Stimmung verdarb. Sie wollte auch nicht Anlass für einen Streit zwischen den beiden Freunden sein. Sie wusste, dass Ramón Miguel manchmal am liebsten zum Teufel gejagt hätte, aber sie spürte auch, dass die beiden sich sehr zugetan waren. Sie hoffte, dass das ausreichte, um die Missverständnisse zu beseitigen. Vielleicht hätte sie Ramón sagen sollen, dass er sich keine Sorgen zu machen brauchte, denn sie liebte ihn nach wie vor. Sie hatte das für überflüssig gehalten, weil es ihrer Meinung nach völlig klar war. Im Grunde machte ihr die Situation sogar ein wenig Spaß, denn sie war die Starke. Elisa war stolz, dass die beiden sie bewunderten und an ihren Lippen hingen. Dieses Gefühl kannte sie nicht. Sie wollte damit nicht spielen und hatte nicht die Absicht, es auf die Spitze zu treiben. Sie wollte nur ein Gleichgewicht finden. Nichts könnte ihre Beziehung zu Ramón stören, und für Miguel gab es noch genug Raum. Solange er auf Mallorca war, könnte sie immerfort die Geschichten anhören, die sie faszinierten. Wer hatte gesagt, Worte könnten keine Liebesgefühle wecken?

Sie trug ein kirschrotes Kleid, das in der Taille eng anlag und die Hüften betonte. Um den Hals hatte sie einen Seidenschal gegen die Kälte geschlungen, über den Schultern lag eine dicke Jacke. Sie fuhr bis zum Leuchtturm, ein endloser Weg voller Kurven. Ramón wurde ernst. Er wäre lieber umgekehrt, aber er traute sich nicht, das zu sagen. Die Landschaft war ihm zu einsam. Er wollte Risiken vermeiden. Das Grün der Bäume im Hintergrund verfärbte sich hier und da grau. Der Himmel war bewölkt. Er erinnerte ihn an Miguels Augen, an diesen Blick, der nichts mit dem von früher gemein hatte, als sie zwei ungeduldige junge Männer waren, die sich in labyrinthischen Gässchen verloren. Er sagte: »Wir sollten uns nicht zu lange aufhalten. Es kann jeden Moment zu regnen anfangen.«

»Es wird nicht regnen«, sagte Elisa im Brustton der Überzeugung. »Vielleicht ein paar Tropfen. Außerdem sind wir beide ja an den Regen gewöhnt.« Es war ein spontaner Versuch, durch die Erinnerung an ihr erstes Treffen Verbundenheit zu signalisieren.

»Willst du vielleicht den Regen bei uns mit dem hier vergleichen? Hier kann er sintflutartig werden. Es wäre klüger umzukehren. Miguel kann das Meer und die Felsen sehen. Wir müssen nicht noch näher heranfahren.«

»Du bist viel zu vernünftig, Ramón. Ab und zu würde dir eine Spur Verrücktheit ganz gut tun. Da wir schon mal hier sind, wäre es doch albern, nicht bis zum Ende zu gehen. Ich möchte bis zum Abgrund gehen und über die Felsen hinunterschauen. Was meinst du, Miguel?«

»Ich weiß nicht. Ich kenne diesen Ort nicht. Das müsst ihr entscheiden. Aber ich finde, wir sollten uns nicht unnötig in Gefahr bringen.«

Es störte Elisa, dass die beiden ihr widersprachen. Der eine entschlossen, der andere ruhig, aber bestimmt. Ungewollt hatten sie damit ihren Widerspruchsgeist geweckt. Wie konnten sie ihr nur vorschlagen umzukehren? Es fehlte doch nur noch das kleine Stück. Sie hatte das Gefühl, dass die Landschaft ihren Plan unterstützte. Das Meer war ungeheuer anziehend. Sie sah die Möwen schon vor sich, roch das Salz. Ihre Handflächen waren feucht vor Ungeduld. Ein paar Strähnen lösten sich und fielen ihr in die Stirn. Sie strich sie nervös aus dem Gesicht. Es begann zu nieseln. Man sah die Tropfen zwischen den Blättern der Bäume kaum. Aber Ramón ließ nicht locker.

»Es hat angefangen zu regnen. Du musst aufpassen, wenn du wenden willst. Wir haben an diesem Ort nichts verloren.« Ramón war unerbittlich.

»Er hat Recht«, schaltete sich Miguel ein. »Es kann gleich stärker regnen. Fahren wir zurück.«

»Es dauert doch nicht lange. Könnt ihr mir nicht einen

Wunsch erfüllen? Nur einen Augenblick. Ich will doch nur den Felsen des Leuchtturms sehen. Sonst nichts.«

Sie schwiegen alle drei. Elisa hatte die Hände am Lenkrad, und ihr Mund drückte Entschlossenheit aus. Man hörte nur die Regentropfen auf den Scheiben. Ramón hätte sie am liebsten erwürgt. Wie konnte sie nur so halsstarrig sein? Er wusste, dass er sie nie überzeugen könnte zurückzufahren. Die Stimmung war angespannt. Sein Gesicht starr wie eine Maske. Auch Miguel war unruhig, man konnte es an seinen Augen sehen.

Ramón dachte, dass sie schwierig war. Immer musste sie ihren Kopf durchsetzen, und sie schaffte es. Wenn möglich, mit einem Lächeln, wenn nicht, dann mit einem flehentlichen Blick. Es machte ihn wütend, wie viele Register sie nach Belieben ziehen konnte, um etwas zu erreichen. In diesem Fall war es albern. Es wäre so einfach gewesen, auf sie beide zu hören. Auch er bemerkte den Einfluss der Landschaft. Er dachte an die Szenen, die er vergessen zu haben glaubte. Zum Beispiel, wie oft er sie gebeten hatte, mit ihrem Vater zu sprechen, damit die Heimlichkeiten aufhörten, bis er es schließlich aufgegeben hatte. Mit Miguel war es nicht anders. Elisa musste doch wissen, dass es ihm wehtat, wenn Miguel seine Geschichten erzählte. Er litt, wenn sie ihre staunenden Augen unentwegt auf sein Gesicht richtete, ihn anlächelte.

Manche Situationen entstehen, ohne dass wir etwas dagegen ausrichten können. Wer kann dem Regen Einhalt gebieten? Wer kann die Felsen in einen Garten verwandeln? Wer kann einen Menschen beeinflussen, der felsenfest zu etwas entschlossen ist? Ramón war in dem

Moment blind vor Zorn. Miguel merkte es und schwieg. Er versuchte, sich möglichst unauffällig zu verhalten, um die Stimmung nicht noch mehr zu verderben. Elisa wirkte auch nicht sonderlich fröhlich. Sie waren alle drei nervös und kurz davor, wegen irgendeiner Bemerkung in die Luft zu gehen. Am Leuchtturm angekommen, stellte Elisa das Auto am Wegrand ab. Sie sprang sofort aus dem Auto und lief auf die Felsen zu, ohne auf die anderen zu warten.

Sie lief voraus, die beiden Männer kamen in einem gewissen Abstand hinterher. Sie eilte dahin, voller Furcht, jemand könnte sie überholen. Sie musste gegen den Wind ankämpfen. Heftige Böen peitschten die Bäume und die Körper. Die beiden Männer sahen, wie das kirschrote Kleid sich an Elisas Beine legte. Ramón wollte ihr folgen, es machte ihm Angst, als er sie alleine laufen sah. Miguel hielt sich bewusst zurück und holte den Mantel aus dem Auto. Am liebsten wäre er vom Erdboden verschwunden. Sie hätten diese kurvenreiche, enge Straße nicht hinauffahren sollen. Elisa hatte die Situation erzwungen. Er fragte sich, warum. Vielleicht hatte sie nur eine Entscheidung durchsetzen wollen, die sie für richtig hielt. Etwas Herausforderndes lag in ihrem Verhalten. Wer wusste, ob es nur eine Laune oder wirklich ihr Wille war. Er fragte sich, welche Bedeutung dieser Ort für sie hatte. Sie hatte so sehr darauf bestanden, dorthin zu fahren. Dieser Platz übte zweifellos eine große Anziehungskraft aus. Gerade deswegen fand er ihn gefährlich: das unendliche offene Meer, der Abgrund. Das menschliche Leben verlor sich in der Landschaft, als hätte es keinerlei Wert.

Elisa schaute sich um und sah Ramón ein paar Meter weiter hinter ihr. Sein Gesicht war verzerrt, der Wind zwang ihn, die Muskeln anzuspannen. Sie winkte ihm freundschaftlich zu, aber sie blieb nicht stehen. Sie ging auf den Abgrund zu und beugte sich vor. Das Meer war unendlich groß und schrecklich. Das gefiel ihr. Einen Moment lang flößte ihr der Ort Respekt ein. Es war nicht direkt Angst, sondern das Bewusstsein, wie klein der Mensch war. Sie wollte die anderen rufen. Sie winkte Ramón erneut. Er kam in Zeitlupentempo auf sie zu und winkte zurück. Da war sie beruhigt. Bald würde er bei ihr sein. Auch Miguel war auf dem Weg zu ihr. Er ging absichtlich langsam. Sie hätte sich gewünscht, dass sie beide sich zuerst bei den Felsen am Meer getroffen hätten.

Als Ramón neben ihr stand, sah er das Haar in ihrem Gesicht. Es hatte sich gelöst und flatterte im Wind. Sofort erkannte er den Geruch, der ihm ein Gefühl von Frieden vermittelte. Er wollte ihr sagen, dass sie Recht hatte, dass es ein außergewöhnlich schöner Ort war, aber der Wind und die tosenden Wellen verschlangen die Worte. Er sah, wie sie sich anstrengte, ihm etwas zu sagen, aber die Sätze drangen nicht bis zu ihm vor. Ein paar Worte, die verloren gingen und die niemand mehr zurückholen konnte. Elisa blickte wieder in die Tiefe. Wie sie so dastand und versuchte, dem Wind standzuhalten, wirkte sie schwach, zerbrechlich. Er wollte ihr das sagen. Das Tuch löste sich von ihrem Hals und flog die Felsen hinunter ins Meer. Ein unbedeutendes Detail, das zwischen den Wellen verschwand. Ramón sagte: »Wir müssen gehen«, aber jedes Wort verkümmerte zu einem winzigen Laut. In dem Moment trat Miguel neben ihn. Er legte eine Hand auf seine Schulter. Ramón sah ihn kurz an. Eine Windböe brachte Elisa ins Wanken. Instinktiv streckte sie die Hand nach Ramón aus, aber er bemerkte es nicht. Eine Sekunde – aus und vorbei. Der Wind riss sie mit sich fort. Ramón schrie, und dieser Schrei, der wie der einer Möwe klang, wurde vom Wind erstickt. Miguel sprang vor und wollte den Körper festhalten, aber er hielt nur das Nichts in seinen Armen. Elisa lag zwischen den Felsen. Am Kopf klaffte eine riesige Wunde. Die Farbe ihres Kleides vereinte sich mit dem Blut.

Carlota

21

Ich heiße Carlota, und ich lebe in einem großen Haus mit Fenstern und Balkonen. Von meinem Vater weiß ich fast nichts. Nur dass er rotes Haar hatte und im Leben meiner Mutter lediglich eine kurze Episode war. Von ihr habe ich ein Porträt. Ein Bild, das mir in schlaflosen Nächten Gesellschaft leistet und mich daran erinnert, dass wir uns ähnlich sehen. Ich habe ihre Augen und ihre Lippen geerbt. Sie war eine außergewöhnlich schöne Frau, so viel kann man auch viele Jahre nach ihrem Tod noch sagen. Sie war von einer besonderen Schönheit, die nicht den gängigen Vorstellungen entsprach. Ich betrachte gerne ihr Gesicht auf der Leinwand, ohne dass uns jemand stört. Ich habe es schon gesagt: Auch meine Großmutter war eine attraktive Frau mit markanten Zügen. Sie lassen an einen Maler denken, der eine Dame malen wollte, die jüdische und arabische Merkmale hat. Vor einiger Zeit kam ich zu dem Schluss, dass ich eine Mischung aus beiden bin. Das gefällt mir und beunruhigt mich zugleich. Ich will wissen, ob das Schicksal auch so ein tragisches Ende für mich vorgesehen hat. Und zugleich ist da die Befriedigung, ein Dreieck zu schließen. Waren wir drei traurige Frauen? Das würde ich nicht sagen. Ein hartes Ende bedeutet nicht zwangsläufig, dass man ein schweres Leben gehabt hat. Meines war bis vor ein paar Monaten sehr angenehm. Ihres war von oberflächlicher Ruhe und versteckten Gefühlen geprägt. Ich habe keine Beweise dafür, aber ich brauche nur ihre Augen auf den Porträts anzusehen. Wir haben bestimmt noch mehr gemein. Und das würde ich gerne herausfinden.

Ich habe gelernt, die Menschen zu beobachten. Wenn ich durch die Straßen laufe oder auf den Fluren der Universität stehe, konzentriere ich mich auf die Gesichter der Vorübergehenden. In jedem Gesicht findet man eine eigene Lebensgeschichte, auf der Stirn, in den Augen. Oft habe ich mir die Zeit damit vertrieben, mir Lebensgeschichten auszudenken. Ausgehend von einem Gesprächsfetzen, den mir der Wind vom Nachbartisch im Café, von einer Bank im Garten, wo ich meine Notizen durchgehe, oder vom Schatten der Bäume irgendeiner Plaza zuspielt, kann ich eine Geschichte erfinden. Ich male mir die Gründe für die eiligen Schritte einer Frau aus, die mehr fliegt als geht. Oder ich stelle mir vor, warum ein Junge traurig schaut oder ein Mann lächelt, der raucht und mit niemandem spricht. Es ist leicht, die Augen zu schließen, in denen das gerade wahrgenommene Bild präsent ist, und die Gedanken fliegen zu lassen. Ich schaffe eine Welt aus Worten und Gesten. Das ist eine wunderbare Übung.

Die mich kennen, sagen, ich sei eine zerstreute Person. Das finde ich nicht. Sie begründen das damit, dass ich nie ganz aufmerksam sei, immer geistig abwesend. Mein Blick bleibt nun einmal nicht an Dingen haften, die mich nicht fesseln oder meine Neugier wecken. Man sollte einen regen, stets beschäftigten Geist nicht mit

Zerstreutheit gleichsetzen. Bei mir war das schon immer so, seit ich als kleines Mädchen die verborgenen Winkel des Hauses entdeckte, in dem ich lebe. Ich musste mich an das verständnisvolle Lächeln der Leute gewöhnen, wenn sie merkten, dass ich wieder mal einem Gespräch nicht folgte. Vielleicht bin ich gerade an einem Punkt der Geschichte hängen geblieben, der mich besonders berührt hat. Wie ein Vogel im Netz komme ich davon nicht los. Ich muss die Worte immer wieder überdenken, ihren tieferen Sinn ergründen. Es ist nicht leicht, Worte zu finden, die berühren. Wenn das gelingt, sollte man nicht einfach darüber hinweggehen.

Ich werde mit niemandem darüber diskutieren, ob ich aufmerksam sein kann oder nicht. Ich glaube nicht, dass es viele Leute gibt, die die verborgenen Winkel meiner Seele kennen. Ich zeige sie nicht jedem. Es ist eigenartig: Ich interessiere mich für die anderen, aber ich mag nicht der Mittelpunkt ihres Interesses sein. Es gibt nur drei Menschen, denen ich mein Innerstes offenbart habe: Großvater Mateo, der immer auf der Bank im Garten unter dem Zürgelbaum auf mich wartete; Großmutter, die zu meiner Komplizin wurde, und der Mann, von dem ich noch sprechen werde. Die drei haben meine Seele aus ganz unterschiedlichen Blickwinkeln gesehen – Großvater mit von Spinnweben der Vergangenheit verhangenem Blick, Großmutter Margarita geduldig und er ohne Vorurteile.

Großvater erkrankte im Winter. Jeden Tag fiel Regen, und die unheilvollen Nordwinde nutzten jeden Spalt, jedes schlecht schließende Fenster, um ins Haus einzudringen. Es zog überall, und wir krümmten uns beim

Gehen zusammen. Die einzige Rettung war der Kamin im Wohnzimmer, wo wir uns alle hinflüchteten. Die Krankheit war nicht plötzlich da, es war ein längerer Prozess. Eines Morgens hustete er nach dem Aufwachen ein wenig. Er dachte, er hätte eine Halsentzündung, und nahm es nicht weiter wichtig. Aber der Husten war hartnäckig und ging auch am nächsten Tag nicht weg. Er wurde Teil seines Lebens. Wir erkannten Großvater bereits an den kurzen Hustenstößen, bevor er selbst den Raum betrat. Nachts wurde der Husten stärker. Von meinem Zimmer aus konnte ich ihn hören, er hallte durchs ganze Haus. Später, ich weiß nicht mehr genau, wie viel Zeit inzwischen vergangen war, bekam er leichtes Fieber. Er sah müde aus, hatte tiefe Augenringe und wurde immer dünner. Er, der so breite Schultern hatte und dessen Körper mich immer an einen Baumstamm erinnerte, wurde zu einem Schatten seiner selbst. Natürlich machten Großmutter Margarita und ich uns große Sorgen. Wir bedrängten ihn, einen Arzt zu holen, aber er beharrte trotzig darauf, selbst Arzt zu sein.

An dem Tag, an dem er wegen eines plötzlichen Fieberanfalls nicht mehr aufstehen konnte, musste er nachgeben. Ein Kollege von ihm, den er seit Ewigkeiten kannte, kam und untersuchte ihn. Er sagte, wir hätten zu lange gewartet, aus der harmlosen Erkältung wäre eine Lungenentzündung geworden, die Lage sei kritisch, wir sollten uns auf das Schlimmste gefasst machen. Ehrlich gesagt, glaubte ich ihm nicht. Ich konnte mir ein Leben ohne Großvater nicht vorstellen. Und auch nicht das Haus, in dem wir drei lebten. Meine erste Reaktion war, dass ich mir einredete, der Arzt hätte bestimmt übertrieben. Vielleicht wollte er uns Angst machen, damit wir künftig nicht mehr so leichtfertig waren, wenn es darum ging, einen Arzt zu rufen. Wir hatten viel zu viel Zeit verstreichen lassen. Ich wusste, dass Großvater es seit langem mit dem Herzen hatte. Und ein schwaches Herz würde ihm nicht dabei helfen, aus dem Zustand herauszukommen, in dem er sich befand. Es sah so aus, als wäre alles gegen ihn, aber ich war überzeugt, dass er uns nicht verlassen konnte. Wie könnte er Großmutter Margarita verlassen, die ihn still liebte, ohne einen Hehl daraus zu machen? Wie könnte er mich verlassen, wo wir doch noch so viel zu bereden hatten?

Es gibt Momente im Leben, da sagt dir einer, dass der Mensch, den du liebst, bald sterben wird. Du siehst sein Gesicht voller Leben, du kannst seine Hand nehmen und spüren, dass auch er deine Berührung wahrnimmt. Das geschieht völlig unerwartet, noch bevor du auch nur im Entferntesten daran denkst, dass so etwas passieren könnte. Unsere Vorstellungskraft hinkt in solchen Fällen der Wirklichkeit hinterher. Die Wirklichkeit zwingt uns ihre Regeln auf, und das Denken muss sich daran anpassen. Stunden vergingen. Als ich die Reaktion des Arztes sah und feststellte, dass Großvater wie eine erlöschende Kerze wirkte, war ich nicht mehr länger ungläubig. Ich war ratlos, fühlte mich wie kurz vor dem Abgrund. Ich schwankte zwischen Überraschung und Zweifel. Großmutter Margarita, die neben mir saß, ließ die Perlen eines Rosenkranzes durch ihre Finger gleiten. Wir sprachen nicht viel, aber ihre Anwesenheit tat mir gut. In diesen kritischen Stunden, in denen wir an seinem Bett wachten und auf Besserung hofften, war sie mir sehr nah.

Ich starrte stundenlang auf sein schlafendes Gesicht. Er hatte die Augen geschlossen, die Wangen waren eingefallen, die Lippen nur noch zwei ausdruckslose, dünne Striche. Er sah anders aus, war kaum wiederzuerkennen. Ich wollte nicht zulassen, dass seine Nase schmal wurde, die Form des Todes annahm. Ich starrte ihn an und sagte mir, er müsse wieder mein Großvater werden. Es war merkwürdig, diesem Vorgang beizuwohnen. Einerseits kehrte ich zu meinem kindlichen Glauben zurück: Wenn ich etwas ganz stark wollte, würde es sich erfüllen. Ich wollte nicht, dass er stirbt. Ich wollte es einfach nicht. Ich musste es nur tausendmal wiederholen, bis mir die Lippen wehtäten. Andererseits hatte ich das Gefühl, unbedingt etwas tun zu müssen. Ich konnte nicht einfach dasitzen und warten. Ich weigerte mich, auf den Tod zu warten. Ich wollte ihn abwenden. Ich hätte die absurdesten Zeremonien auf mich genommen, alles, nur um nicht passiv warten zu müssen. Manchmal beugte ich mich zu Großvater hinunter und flüsterte ihm tröstende Worte zu. Ich legte eine Hand auf seine Schulter und sagte, er solle tapfer sein, er würde diese Krise überstehen.

Manchmal kehrte er aus der Abwesenheit, dem Schlaf, zurück und sprach. Wir konnten nur hin und wieder einzelne Worte verstehen. Wir mussten uns sehr konzentrieren. Es waren kurze, unruhig gestammelte Sätze. Schweißnass und unter den Laken zitternd, wiederholte er unaufhörlich dasselbe. Ich wurde ungeduldig.

»Was sagt er?«, fragte ich Großmutter Margarita.

»Nichts Konkretes. Er wiederholt nur ein paar Frauennamen. Hörst du das nicht?«

»Ich kann ihn so schwer verstehen. Aber ich möchte wissen, was er sagt.«

»Sofía, Elisa, Carlota.«

»Unsere Namen.«

»Ja, eure Namen.«

»Und sagt er nicht auch …?« Ich verstummte, weil ich nicht wusste, wie ich die Frage formulieren sollte, aber sie kam mir zuvor.

»Nein, meinen sagt er nicht«, erwiderte sie ganz ruhig, ohne jede Traurigkeit.

»Das finde ich ungerecht. Warum?«

»Das hat nichts mit Gerechtigkeit zu tun, mein Kind. Sie hat er verloren. Du bist sein großes Fragezeichen. Ich bin die Sicherheit in seinem Leben. Um mich braucht er sich keine Sorgen zu machen.«

Ich erinnerte mich an die Wochen, bevor Großvater krank geworden war. Der Herbst war sehr angenehm, vor allem die Morgen. Großvater und Margarita nutzten die warmen Sonnenstunden, um in den Garten hinauszugehen und sich unter dem Zürgelbaum niederzulassen. Nach dem Frühstück setzten sie sich auf die schattige Bank unter den Zweigen. Großvater las die Zeitung, und Großmutter Margarita stickte an einer von den Decken, um die ich sie gebeten hatte. So verbrachten sie ein paar Stunden nahezu wortlos. Das hat mich nie gewundert, denn ich kannte das Schweigen an ihrer Seite, in dem man sich aufgehoben fühlte. Hin und wieder machte er eine Bemerkung über eine Nachricht, die er gelesen hatte. Er hob dabei nicht einmal den Blick vom Papier, als wäre das nicht nötig. Er sagte etwas, wartete auf die kurze Antwort seiner Frau und las dann weiter. Einmal jedoch überraschte ich sie dabei, wie sie sich ansahen. Es war seltsam, weil sie sich nicht gleichzeitig anschauten, wie Liebende das gewöhnlich tun. Erst schaute der eine und danach der andere. Im Blick des Großvaters, der sie kaum merklich lächelnd von der Seite anschaute, lag Zärtlichkeit. Sie, versunken in ihre Arbeit, bemerkte den beschützenden Blick nicht. Ihr Blick auf ihn war voller Vertrauen. Sie schauten einander an, als wollten sie sich vergewissern, dass der andere noch da war. Sie hatten das Bedürfnis, den anderen zu sehen.

Wenige Tage, bevor der Winter mit der feuchten Kälte und Großvaters Krankheit anfingen, überraschte ich sie noch einmal unter dem Zürgelbaum. Ich werde das nie vergessen. Sie saßen nebeneinander. Er trug einen karierten Pullover, und sie ein Strickjäckchen. Sie hatten beide graues Haar, aschgrau der Großvater, silbergrau die Großmutter. Ihre Hände waren faltig. Großmutter Margarita fiel ein Blatt des Zürgelbaums auf das Haar. Es dürfte eines der letzten gewesen sein, denn seine Zweige waren schon fast kahl. Es war ockerfarben und verlor sich in ihrem grauen Haar. Großvater versuchte, es zu entfernen. Mit gebeugtem Kopf und einem verspielten Lächeln auf den Lippen wartete sie geduldig ab. Großvaters Bewegungen waren ungeschickt wegen der Arthrose. Es fiel ihm schwer, das Blatt zu fassen. Es war wie ein gelber Schmetterling. Schließlich zeigte er es ihr triumphierend lächelnd. Großmutter Margarita pustete, und es flog davon. Sie lachten, und sie kamen mir vor wie zwei fröhliche Kinder. Von weitem beneidete ich sie um dieses unschuldige Glück, das sie in die beste Zeit ihres Lebens zurückversetzte. Ich habe nie etwas zu ihnen gesagt, weil es ihnen bestimmt nicht gefallen hätte, dass ich Zeugin der Szene war, aber ich dachte, sie waren begnadet. Und ich auch, weil ich sie hatte. Das hätte ich Großvater gerne gesagt, aber ich kam zu spät.

Großvater starb nachts. Es war, als schliefe er ein. Großmutter Margarita und ich wachten an seinem Bett und sahen zu, wie er ging. Wir konnten nichts tun. Er atmete schwer. Ich zählte die letzten Züge dieses Lebens, das verblasste. Ich habe nicht geweint. Nicht, dass ich mich mit seinem Tod abgefunden hätte, der Schmerz blieb einfach in mir. Er lastete auf meinem Körper und meinen Gedanken, aber ich konnte ihn nicht zeigen. Ich fühlte mich steif, unfähig, mich von dem Stuhl zu erheben. Ich hatte gesehen, wie sein Gesicht vom Leben in den Tod überging, und das Bild ließ mich nicht los. Sein Ausdruck verzerrte sich, die Haut veränderte ihre Farbe, alles erstarrte. Diese Maske war einmal mein Großvater gewesen. Ich konnte es nicht glauben. Großmutter Margarita geriet nicht aus der Fassung und ging zu ihm. Sie schloss die Augen, die uns so oft angesehen hatten. Dann beugte sie sich hinab und küsste ihn auf die Stirn. Sie zitterte, als sie sich zu mir umdrehte. Sie machte mir ein Zeichen, dass auch ich zu ihm kommen sollte, weder befehlend noch drängend. Sie wollte mich einfach nur einladen, meinen Platz an ihrer Seite einzunehmen. Ich schaute sie dankbar an, aber ich war unfähig, mich zu rühren.

Wenige Wochen zuvor waren die letzten Blätter des Zürgelbaumes wie in einem ockerfarbenen Regen zu Boden gefallen. Eines davon hatte sich im Haar der Großmutter verfangen. Großvaters Finger hatten es gesucht.

Sie lachten, es war wie ein Spiel. Sie waren glücklich, alles war so friedvoll. Und kurz danach war er tot. Er war mit unseren Namen auf den Lippen gegangen. Sofía, Elisa, Carlota. Er hatte sie ständig wiederholt, vermischt mit anderen unverständlichen Worten. Wenn er die Namen aussprach, war es, als wollte er sie essen.

Die Tage danach vergingen langsam. Es folgten die Abschiedszeremonien in der Kirche und auf dem Friedhof des Dorfes, zu denen sehr viele Leute kamen. Ich kann mich erinnern, wie die Gesichter an uns vorbeizogen, an die unvermeidlichen Worte, die man immer zu den Lebenden sagt, die jemanden verloren haben, an die Müdigkeit, den Wunsch, sich im Haus einzuschließen. Wir wollten uns in die angenehme Ruhe der Erinnerung flüchten, an das, was von ihm noch da war. Ich suchte nach seinen Spuren. Ich schloss mich in seinem Arbeitszimmer ein und fand ihn in den Medizinbüchern in den Regalen, in dem Füllfederhalter, den Notizen. Ich sah mir gerne seine Schrift an. Sie war schön, ein wenig geneigt. Wenn ich auf dem Stuhl saß, in dem er so viele Jahre gesessen und der sich seinem Körper angepasst hatte, fühlte ich mich ihm sehr nahe. Ich öffnete die Schubladen, schaute Mappen durch, las in alten Briefen. Ich wollte nicht seine Vergangenheit erforschen, denn dort war nichts Dunkles zu vermuten. Er war sehr genau gewesen, großzügig, tat anderen Menschen gern einen Gefallen. Seinen Kummer hatte er nicht selbst verursacht, sondern die Frauen, die er liebte. Er hatte nicht eine Spur von Leid hinterlassen, nur schöne Momente. Und während ich das dachte, zitterte mein Herz, und ich fragte mich, ob er glücklich gewesen war.

Während ich die Papiere, die Bücher, die Mappen ansah, beschlich mich ein schwer erklärliches Gefühl. Großvater war gegangen, und die Dinge blieben. Und diese Gegenstände hatten nur deswegen einen Wert, weil sie zu seinem Leben gehörten. Seine Uhr erinnerte mich daran, dass er nie wieder seinen schützenden Arm um meine Schulter legen würde. Beim Anblick seiner ledernen Brieftasche musste ich an sein Lächeln denken, wenn ich ihn als Teenager um Geld bat, damit ich ausgehen konnte. Langsam hatte er die Brieftasche hervorgezogen, sie geöffnet und einen Geldschein herausgenommen. Diese Szene hatte sich oft wiederholt. Wenn ich den Schreibtisch ansah, war es, als säße er vor mir, nach vorn gebeugt, ganz auf seine Lektüre konzentriert. Und bei der Bank unter dem Zürgelbaum dachte ich immer, dass er auf mich wartete.

Wenige Wochen später ließ Großmutter Margarita die Maler kommen. Sie sollten das ganze Haus weiß streichen und ihm seine reine Atmosphäre zurückgeben. Tagelang roch es nach Farbe. Der Geruch war so intensiv, dass er die schlechten Gedanken vertrieb. Sie ließ die Möbel reinigen, die Türen wachsen, das Silber auf Hochglanz polieren. Es hatte den Anschein, als plante sie ein großes Fest. Ich sprach sie darauf an, und ihre Antwort war eindeutig und klar: »Ich tue es für ihn.«

»Wie meinst du das, Großmutter? Ich verstehe nicht.«

»Ich will, dass das Haus bereit ist, ihn zu empfangen, wenn er zurückkommen will.«

»Zurückkommen? Hast du den Verstand verloren?«

»Ich weiß nicht, warum dich meine Worte so verwundern, Carlota. Gerade du solltest das doch wissen.«

»Was sollte ich wissen?«

»Wir lebten immer von Gespenstern umgeben. Das musst du zugeben.«

»Die Gespenster meiner Mütter, klar.«

»Er wird auch immer in diesem Haus gegenwärtig sein. Wenn ich ehrlich sein soll, ist es mir schwer gefallen, mich an die Anwesenheit der beiden Unbekannten zu gewöhnen.«

»Wegen dir haben wir die Bilder abgenommen.«

»Was bedeutet das schon? Sie waren immer in seinem Herzen. Das Haus war von ihnen erfüllt. Jetzt wird dasselbe passieren. Er ist in unseren Herzen. Und deswegen will ich das Haus für seinen Empfang bereitmachen.«

Ich lächelte sie an. Ich empfand Zärtlichkeit, als ich sah, wie sie hin und her lief und sich um alle möglichen Kleinigkeiten kümmerte. Sie stellte frische Blumen auf die Kommoden, sie ersetzte die gehäkelten Tagesdecken durch andere, säuberte die Kupfergefäße. Ihre Aktivität brachte mich allmählich ins Leben zurück. Sie wirkte müde. Erst die schlaflosen Nächte am Krankenbett und jetzt diese rastlose Arbeit.

An einen Abend erinnere ich mich ganz besonders. Was damals passierte, erfüllte mich mit Dankbarkeit. Auch wenn es mich nicht wirklich wunderte – ich wusste ja seit langem, dass sie ein großes Herz hatte –, hätte ich nie für möglich gehalten, dass sie auf so einen Gedanken kommt. Ich kam müde von der Universität nach Hause. Es war einer von diesen kurzen Wintertagen. Ich hatte mich von dem Verlust noch nicht erholt und dachte oft an meinen Großvater und konnte mich nicht auf die Vorlesungen konzentrieren. Traurigkeit ist keine gute Begleiterin. Als ich kam, brannte überall Licht. Von außen sahen die Fenster wie Glühwürmchen aus. Die Eingangstür stand offen. Großmutter Margarita wartete auf mich. Sie trug ein glänzendes graues Kleid, passend zu ihrem Haar. Sie war sorgfältig frisiert und sah unwirklich aus wie eine Gestalt aus dem Märchen. Sie schien ungeduldig auf mich zu warten. Ich sagte ihr, ich sei nicht gut gelaunt, es wäre ein langer Tag gewesen und ich wollte nicht zu Abend essen. Sie winkte ab und nahm mich an der Hand. Ihre Handfläche war warm. Sie führte mich in den Salon, und es verschlug mir die Sprache. Die Bilder hingen wieder an ihrem Platz. Nach so vielen Jahren hingen sie wieder an zentraler Stelle. Das Lächeln meiner Mütter empfing mich im wichtigsten Zimmer des Hauses. Ich dachte an Großvater. Das hätte ihm gefallen. Großmutter Margarita neben mir lächelte. Sie wirkte wie ein Vögelchen.

22

Seit ich diesen Brief auf dem Dachboden entdeckt hatte, hatte sich mein Leben verändert. Manche Veränderungen zeigen sich nicht sofort. Anfangs bemerkt man sie kaum, so unscheinbar sind sie. Doch langsam werden sie uns bewusst. In meinem Fall war das erste Zeichen eine erwachende Neugier. Die Seiten, die von fernen Ländern sprachen, weckten meinen Wissensdurst. Ich muss gestehen, mich zieht es in die Ferne, auch wenn ich noch keine Gelegenheit hatte, in der Welt herumzukommen.

Ich habe die Hoffnung noch nicht aufgegeben, und ich denke, eines Tages werde ich eine große Reise machen. Mein Geist ist unruhig, und ich würde gern fremde Straßen und Plätze erkunden. Trotzdem fühle ich mich sehr an das Haus gebunden, in dem ich immer gelebt habe, und wenn ich in die Welt hinausziehe, dann nur, um mit erfrischtem Blick zurückzukehren.

Der Brief machte mich neugierig. Ich las ihn immer wieder und stellte dem Mann, der ihn geschrieben hatte, in Gedanken viele Fragen. Ich wollte, dass er mir Geschichten über Indien erzählte, über die Leute, die er kennen gelernt hatte, von dem Geruch der Erde und der Luft. Als ich ihn fand, waren schon viele Jahre vergangen, seit er ihn nach Mallorca geschickt hatte. Das Papier war vergilbt und staubig. Manchen Seiten hatten die Zeit und die Feuchtigkeit besondere Schäden zugefügt. Dunkle Kreise erschwerten das Lesen. Das Papier wurde an den Rändern rissig, was den Eindruck von Zerbrechlichkeit noch verstärkte. Der Gärtner war schon lange von seiner Reise zurück und lebte in einem Haus am Rande des Gartens. Ich sah ihn selten. Ich war auf meine Freunde, meine Vorlesungen und meine Welt konzentriert. Außerdem war er ein Einzelgänger. Er hatte nicht viel Kontakt zu den anderen. Er erledigte seine Arbeit sorgfältig und mit absoluter Hingabe, aber er ließ niemanden an sich heran.

Es war nicht nur der Brief. Auch dieser Mann hatte meine Neugier geweckt. Ohne dass ich es richtig bemerkte, rückte er immer mehr ins Zentrum meiner Aufmerksamkeit. Erst beobachtete ich ihn eine ganze Zeit. Das war, als Großvater noch lebte und ich ihn befragen konnte. Er sagte, er hätte bereits in jungen Jahren bei ihm angefangen zu arbeiten, aber trotz der vielen Jahre würde er ihn kaum kennen. Er wäre korrekt, höflich, würde sehr gute Arbeit leisten, viel lesen und hätte eine ganz ordentliche Bibliothek beisammen. Das wäre das Einzige, wovon er jedem voller Stolz berichtete. Einmal hätte er ihm sogar seinen Schatz gezeigt, eine Offenheit, die unter anderen Umständen undenkbar gewesen wäre. Großvater erzählte mir, dass er trotz seines rauen Wesens über eine außerordentliche Sensibilität verfüge. Er hätte mit den Leuten in seiner Umgebung nie Probleme gehabt. Er ging ihnen aus dem Weg, ohne sie zu verletzen. Wenn man ihn um einen Gefallen bat, war er immer entgegenkommend. Wenn es ein Problem zu lösen gab, tat er es, ohne zu zögern. Obwohl er distanziert war, respektierten ihn die Leute.

Ich beobachtete ihn. Jahrelang hatte ich Material aus erster Hand in Reichweite und mich nicht darum gekümmert. Ich konnte die Gelegenheit nicht an mir vorbeiziehen lassen. Ramón ging auf die sechzig zu. Er war groß, und er hatte den muskulösen Körper eines Mannes, der körperlich gearbeitet hat. Sein Haar wurde weiß, und seine Gesichtszüge wurden markanter. Seine Hände trugen die Zeichen des Gartens, waren rau vom Kontakt mit der Erde. Er hatte Pflanzen gesät und dafür gesorgt, dass sie wuchsen und gediehen. Zugleich hatte er mit seinen langen, feinen Fingern viele Buchseiten umgeblättert. Er trug weite Kleidung, Hemden mit kleinen Karos, Kordhosen und Schuhe mit dicker Sohle. Er bewegte sich langsam. Das hatte er wohl in Indien gelernt. Wenn er mit jemandem sprach, gestikulierte er. Manchmal waren die Bewegungen der Hände minimal, als wollten sie beschreiben, wie klein die Welt war. Andere Male waren sie weit ausholend. Dann, dachte ich mir, wollten sie die Grenzenlosigkeit des Raumes erfassen. Ich verfolgte ihn, ohne dass er es merkte. Ich wollte mich nicht in sein Leben einmischen, ich wollte es nur von außen betrachten.

Ich hätte gerne von ihm die Geschichte des Hauses gehört. Er musste sie sehr gut kennen, nachdem er so viele Jahre hier gelebt hatte. Er muss meine Großmutter und meine Mutter gekannt haben. Vielleicht erinnerte er sich und konnte mir etwas von ihnen erzählen. Ich wäre auch mit wenig zufrieden. Mir genügen die Erinnerungen, die andere mit mir teilen wollen. Da ich sie nie kennen gelernt habe, ist jedes noch so kleine Detail für mich eine große Entdeckung. Ich traute mich nicht, ihn zu fragen, ob er mir von ihnen erzählen würde. Monatelang wechselten wir kein einziges Wort. Er machte seine Arbeit, und ich beobachtete ihn von weitem. Es war eine sonderbare Beziehung, weil sie nur in meinem Inneren existierte, aber das machte mir nichts aus. Ich gewöhnte mich daran, mein Leben aufzuteilen. Ich hatte mein Leben außerhalb des Hauses, Kommilitonen, die Stunden in der Bibliothek oder einer Bar, meine alten Freundinnen. Und ich hatte ein Leben, eingeschlossen in einem Haus und einem Garten, mit einem Mann, der sich verhielt, als sei ich überhaupt nicht da. Beide Bereiche waren attraktiv. Langsam nahm jedoch der zweite Lebensbereich überhand. Ich konnte es nicht vermeiden, mit dem Willen hatte das nichts zu tun. Die Neugier wurde mit der Zeit immer stärker, was aber nicht mit den Gerüchten zusammenhing. Ich dachte nicht schlecht von ihm, ich hatte einfach nur den Wunsch, ihn kennen zu lernen. Der Brief war ein Anreiz gewesen, den er selbst noch verstärkt hatte.

Mir fiel auf, dass er ein wenig nach vorne gebeugt ging. Er schaute auf den Boden, aber das war kein Ausdruck von Bescheidenheit oder falscher Demut. Ich deutete es als Desinteresse für die Dinge, die um ihn herum vorgingen. Er war ganz auf sich und seine Aufgaben konzentriert. Diese geistige Abwesenheit faszinierte mich. Da musste eine Geschichte dahinter stecken. Ich hatte noch nie jemanden gesehen, der sich der Welt gegenüber so vollkommen abschloss. Man brauchte den Kontakt mit der Wirklichkeit, man musste doch sehen, was um einen herum vorging. Ihn kümmerte das nicht. In seinem Panzer war nicht ein einziger Riss. Er war aus einem Guss, ohne Schwachstellen, durch die man an ihn herankommen könnte. Einmal sprach ich mit Großmutter Margarita darüber. Ich dachte, ich müsste meine Worte mit Bedacht wählen, damit sie sich nicht wunderte, dass ich nach ihm fragte. Aber sie wunderte sich über gar nichts. Ich sagte: »Was hältst du von unserem Gärtner? Er ist ein seltsamer Vogel.«

»Er genießt mein Vertrauen, und auch Großvater vertraute ihm. Er ist ein rechtschaffener Mann.«

»Wir wissen kaum etwas über ihn. Manchmal macht mir seine Erscheinung Angst.«

»Seine Erscheinung? Ich weiß nicht, warum.«

»Er ist, sagen wir, kein gewöhnlicher Gärtner …«

»Nun, das nicht.« Sie lachte. »Wenn du dir seine Bibliothek anschaust, bist du überrascht. Das hat mir dein Großvater erzählt, der sie kannte. Ich weiß, dass er ein paar Jahre in Indien gelebt hat und dann zurückkam.«

»Das ist nicht viel. Großvater hat mir das bereits erzählt. Weißt du, ob er meine Mutter kannte?«

»Natürlich. Er war alt genug, um sie zu kennen. Ich glaube, sie waren befreundet. Er muss auch deine Großmutter gekannt haben. Er war noch ein Junge, als sie in dieses Haus kam.«

»Mit meiner Mutter befreundet? Was meinst du damit?«

»Ach, Einzelheiten weiß ich nicht. Dein Großvater wollte nicht darüber sprechen. Ich glaube, sie kannten sich. Auf jeden Fall hatten sie wohl ein gutes Verhältnis.«

»Wie kannst du dir da so sicher sein?«

»Er war bei ihr, als sie umkam.«

»Am Leuchtturm von Formentor?«

»Ja.«

Ich war überrascht. Dieses Gespräch stachelte meine Neugier noch mehr an. Ich hatte vom Tod meiner Mutter gehört. Es war eine schreckliche Geschichte, die mir in verschiedenen Versionen zugetragen worden war, je nachdem, wer sie erzählte. Ich wusste, dass sie mit Freunden zum Kap Formentor gefahren war. Es gab ein Unwetter, und der Wind riss sie mit sich. Sie stürzte die Felsen hinunter. Ich wusste nicht, dass Ramón dabei gewesen war. Man hatte mir nie gesagt, wer die Freunde gewesen waren. Es hatte mich auch nicht übermäßig interessiert. Es war für mich eine nebensächliche Information. Jetzt nicht mehr. Als ich mich ein wenig von dem Schock erholt hatte, fragte ich weiter: »Wieso war Ramón dabei? Das verstehe ich nicht.«

»Es sind viele Jahre vergangen, mein Kind. Bestimmt war er damals ein anderer Mensch. Er war ein Teil der Familie. Die Jahre haben aus ihm einen menschenscheuen Mann gemacht. Er war nicht immer so. Außerdem war deine Mutter ein bezauberndes Mädchen. Sie hatte ein offenes, eigenwilliges Wesen. So wie du.«

»Einen Ausflug mit dem Gärtner zu machen … Das ergibt für mich keinen Sinn. Ich verstehe es nicht.«

»Das brauchst du auch nicht. Ich habe dir schon gesagt, es waren mehrere Leute. Ich erinnere mich nicht mehr, wer sonst noch dabei war. Und es ist besser, wenn man sich nicht darauf versteift, alles entschlüsseln zu wollen. Die Zeit und das Leben erledigen das schon. Das habe ich vor langer Zeit gelernt.«

»Ich glaube, manchmal müssen wir ein wenig nachhelfen. Wir müssen der Zeit und dem Leben zur Hand gehen und können nicht tatenlos herumsitzen und abwarten.«

»Du hast die Ungeduld der Jugend in dir. Das ist normal. Wir alle hatten diese Neugier und glaubten, in den natürlichen Verlauf der Geschehnisse eingreifen zu können.«

»Es ist nicht einfach Neugier. Wir sprechen immerhin vom Tod meiner Mutter. Ich würde gerne mehr Einzelheiten darüber wissen. Großvater hat mir nie davon erzählt.«

»Das ist nur natürlich. Für ihn war das sehr schmerzlich. Er hatte deine Großmutter sehr jung verloren. Und im selben Alter stirbt dann auch seine Tochter. Eine Welt brach für ihn zusammen.«

»Ja, er lebte in ständiger Wehmut.«

»Ich musste mich daran gewöhnen. Im Grunde fiel es mir nicht schwer, ihn zu verstehen. Ich musste mir nur vorstellen, was es mir bedeutet hätte, ihn zu verlieren. Früher habe ich es mir nur vorgestellt. Jetzt weiß ich, wie es ist.«

»Ich hatte keine Chance, meine Mutter zu vermissen. Ich meine, eine real vorhandene. Ich musste sie erfinden.«

»Es war schwer für euch beide, für ihn und für dich.«

»Ich kann nicht verstehen, dass er mir nie von ihr erzählt hat. Als wäre sie sein Geheimnis. Ich hatte so viele Fragen.«

Seit diesem Gespräch war ich nicht mehr zu halten. Das Ganze war zu einer Schimäre geworden, die mich obsessiv, fast krankhaft, verfolgte. Es ist schwer zu erklären, wie man sich fühlt, wenn sich einem ein einziger Gedanke im Kopf festsetzt. Man hasst das Gefühl, er nimmt ihn ganz ein, sodass kein Platz mehr für andere Ideen bleibt. Alles, was mich zuvor beschäftigt hatte, verlor an Bedeutung. Ich konnte den Vorlesungen kaum noch folgen. Meine Gedanken flogen davon, und ich verlor den Anschluss. In meinem Notizheft gab es viele leere Stellen. Bei den Gesprächen mit meinen Freunden war es ähnlich. Ich hörte kaum zu und dachte ständig an Ramón. Es interessierte mich nicht nur die Vergangenheit, beispielsweise die Frage, welche Rolle er im Leben meiner Mutter gespielt hatte, sondern die Gegenwart. Am Vormittag fragte ich mich, was er wohl gerade tat. Ich schaute aus dem Fenster des Klassenzimmers und stellte mir den Garten vor. Ich hätte gern gewusst, ob er mitbekam, dass es mich gab. Aber die Antwort würde wohl negativ ausfallen.

Damals erhielten wir die Nachricht, dass Tante Ricarda krank war. Sie hatte schon seit einiger Zeit gesundheitliche Probleme. Sie war sehr alt und kam nicht mehr zu Besuch. Sie lebte mit all ihren Phantasien zurückgezogen von der Welt wie ein Vögelchen, das sein Nest nie verlässt. Sie hatte den überraschenden Tod von Tante Antonia im letzten Winter noch nicht überwunden. Und auch nicht den von Tante Magdalena, deren Krankheit sich über zwei Frühlinge hingezogen hatte. Als ich klein war, hatte ich eine enge Beziehung zu ihnen. Sie spielten mit mir und begleiteten mich in den ersten Lebensjahren, als der Tod meiner Mutter ein riesiges Loch gerissen hatte. Die schlechte Gesundheit und die Wechselfälle des Lebens führten dazu, dass sie immer seltener und schließlich gar nicht mehr kamen. Sie hatten viele Krankheiten. Mal die eine Tante, mal die andere, teilten sie, je nach Laune und Jahreszeit, die Migräne- und Rheumaanfälle, das Herzjagen und den grauen Star. Als junges Mädchen fuhr ich gerne in das Dorf, um sie zu besuchen. Auch wenn sie sich kaum noch bewegen konnten, freuten sie sich sehr, wenn ich kam. Jede hatte mir vom Leid ihres Lebens erzählt, als wäre es ein noch unausgesprochenes Geheimnis. Mit geröteten Wangen – sie wirkten wie junge Mädchen, die über ihren Liebeskummer reden – sprachen sie über den im Krieg gefallenen Verlobten, die drei wie durch Zauberhand verschwundenen Verehrer, den Dorfpfarrer, der in seinem Geburtsort im Ruhestand lebte. Sie erzählten die Geschichten, die sie berührt hatten, die ihre Stunden füllten, ihnen glückliche Momente schenkten.

Sie sprachen auch häufig über Sofía und Elisa. Und

auch wenn ich ihnen gerne zuhörte, spürte ich, dass sie Wirklichkeit und Phantasie vermischten. Manchmal war es, als ob meine Mütter noch lebten. Sie sprachen von ihnen in einem so alltäglichen Ton, dass ich völlig verwirrt war. Sie fragten mich zum Beispiel, ob Sofía die Konfitüre gut gelungen sei, oder sie wollten wissen, welches Menü sie für Weihnachten vorgesehen habe. Sie interessierten sich für die Einzelheiten eines Kleides, das Elisa bei irgendeinem Fest getragen hatte. Sie wunderten sich, dass ich allein kam, und fragten, ob meine Mütter krank wären. Ich habe nie versucht, ihnen zu widersprechen. Was hätte es für einen Sinn gehabt, wenn ich sie gezwungen hätte, sich an ihren Tod zu erinnern? Warum sollte ich sie in eine Wirklichkeit zurückholen, die sie mühsam zu verdrängen gelernt hatten? Erstaunlicherweise fiel es mir nicht schwer, mich an ihre Art zu gewöhnen. Ich fand immer mehr Gefallen daran, die Fiktion aufrechtzuerhalten. Für mich war es eine angenehme Scheinwelt. Sie sprachen über Dinge, die es nicht gab, aber das tröstete mich. Ich wäre den Tatsachen auch gerne ausgewichen, aber es gelang mir nicht. Wenn ich bei ihnen war, ließ ich den Wunsch Wirklichkeit werden und folgte lächelnd ihren Erzählungen. Ich erfand Speisen, die es so nie gegeben hatte, phantastische Konfitüren, Klaviermusik und neue Kleider. Eine Weile fühlte ich mich, als steckte ich in Sofías oder Elisas Haut. Sie waren glücklich und ich auch.

Als die Nachricht eintraf, dass es Tante Ricarda sehr schlecht ging, war ich schon eine Weile nicht mehr dort gewesen. Die Jahre hatten mich von diesem Kinderparadies entfernt. Manchmal hatte ich angerufen. In den letzten Jahren waren ihre Stimmen in der Leitung immer schwächer geworden, aber ich konnte sie immer noch unterscheiden. Sie fragten immer dasselbe. Sie fragten, wann ich in das Dorf kommen würde, wie es meinen Müttern ging, ob ich verlobt sei. Ich antwortete ausweichend, aber das merkten sie nicht. Die Zeit hatte ihr Urteilsvermögen ausgelöscht. An jenem Tag wartete Großmutter Margarita auf mich, um mir die Nachricht zu überbringen. Ich war überrascht.

»Sehr krank?«

»Ja, anscheinend liegt sie im Sterben.«

»Aber sie ist noch nicht tot.«

»Wir sollten hinfahren.«

»Was ist passiert?«

»Du weißt, sie kommt kaum noch aus dem Haus. Das Gehen fällt ihr schwer, aber sie wollte unbedingt zur Wallfahrtskapelle des Dorfes.«

»Die Wallfahrtskapelle? Da war sie doch schon seit Jahren nicht mehr.«

»Plötzlich überkam es sie. Sie sprach von nichts anderem.«

»Wer hat sie begleitet?«

»Eine Nachbarin, die sie schon seit Ewigkeiten kennt. Sie muss so heftig darauf bestanden haben, dass die Frau ihr schließlich den Gefallen getan hat. Sie sagt, es war eine Qual, sie aus dem Auto herauszubekommen. Als sie es geschafft hatte, sie auf eine Bank in der Nähe der Kirche zu setzen, fing es an zu regnen.«

»Zu regnen?«

»Nicht viel, ein paar Tropfen. Ein Nieselregen, der ihr Angst machte.«

»Der Regen hat sie krank gemacht.«

»Der Arzt hat eine Lungenentzündung diagnostiziert. Er sagt, sie würde bald sterben.«

»Das tut mir schrecklich Leid. In der letzten Zeit hat sie sich bestimmt verlassen gefühlt. Ich habe sie nur selten angerufen.«

»Sie hatte den Verstand verloren. Wie sollte sie das merken?«

»Ja, stimmt auch wieder.«

»Wir sollten hinfahren.«

Als wir im Dorf ankamen, war sie bereits tot. Ich konnte mich nicht von ihr verabschieden. Und ich konnte ihr nicht sagen, dass Sofía ihr ein Glas Pflaumenkonfitüre mitschickte, die in diesem Jahr besonders köstlich war. Und dass Elisa eine Decke fertig machte, die sie ihr für den Winter schicken würde. Eine Wolldecke mit kleinen Blümchen. Ich wollte ihr sagen, dass sie ihr herzliche Grüße schickten, dass sie sie vermissten und alles tun würden, um sie möglichst bald zu besuchen.

Es war meine Zeit der Verluste. Es muss eine Zeit zum Finden und eine zum Verlieren geben. Ich stellte das mit einem gewissen Bedauern fest, denn dadurch, dass Großvater und die Tanten nicht mehr existierten, hatte ich keine wirklichen Verbindungen mehr zur Vergangenheit. Sie konkretisierte sich nicht mehr in Gesichtern, die mich an sie erinnerten. Die Wurzeln wurden zu einem Gefühl, das ich nicht genau zu beschreiben vermochte. Es war ein Gefühl, das in mir war und keine anderen Bezugspunkte hatte als diese vier Dinge: ein Haus und einen Garten, Großmutter Margarita, die Erinnerungen. Die Bilder würden mich immer begleiten.

Ich wusste nicht, ob die Zeit sie verzerren, ihnen eine andere Form geben würde. Es zählte nur, dass ich sie aufbewahrte wie einen Schatz. Die Gespenster meiner Toten hatten genug Raum, um sich in einem Haus mit dicken Wänden und in dem Kopf einer Frau, meinem Kopf, frei zu bewegen. Das zu wissen tat mir gut. Die Verluste waren nur scheinbar. Meine Mütter würden sich freuen. Sie wären nicht mehr allein in den Räumen. Man spürte, dass Großvater im Haus war. An der Luft, der ganzen Atmosphäre. Die drei Tanten, immer zurückhaltend, waren noch nicht aufgetaucht. Aber auch sie würde ich irgendwann treffen. Sie würden irgendwann vom Dachboden kommen und die Nase rümpfen, weil sie der Staub störte. Sie würden vor der Hitze unter die überdachte Terrasse fliehen, mir aus der Küche entgegen lachen, während sie über den Herd wachten. Ich musste nur Geduld haben und auf sie warten. Die Zeit würde sie auf anderen Wegen zurückbringen. Solange würde ich mit niemandem darüber sprechen. Ich würde das Geheimnis für mich behalten, denn über manche Dinge spricht man besser nicht. Sie helfen uns zu überleben, und was gehen die anderen unsere Schimären an?

Schweigend fuhren wir zurück. Es war Nacht, und ich fuhr. Die Scheinwerfer beleuchteten nur ein kurzes Stück der Straße. Großmutter Margarita saß neben mir und leistete mir still Gesellschaft. Ich hätte ihr gerne dafür gedankt, aber ich fand keine Worte. Vielleicht war das auch nicht nötig. Da war so ein Gefühl von Wärme, wenn sie in der Nähe war. Ich fuhr ohne Eile nach Hause. Nachts war kaum Verkehr. Man kam gut voran. Als wir auf die Autobahn fuhren, entspannte ich mich. Meine Gedanken flogen hoch hinaus über den Beton und die Wolken. Ich durfte die Zeit nicht verlieren, die den Menschen, die ich liebte, zwischen den Fingern zerronnen war, denn noch war sie meine Komplizin. Ich fühlte mich jung und stark, aber auch ich wusste nicht, wie lange das Leben dauerte. Meine beiden Mütter waren sehr jung gestorben, niemand hatte damit gerechnet. Niemand kann voraussagen, wie viel Zeit ihm bleibt. Das Schicksal ist launisch. Es überrascht uns immer wieder. Es hat glückliche Zeiten, Tage voller Zweifel, Angst und Kummer für uns vorgesehen. Ich beschloss, mir nicht ständig Fragen zu stellen. Ich musste die Antworten außerhalb von mir suchen. Sie waren nicht in mir und auch nicht in den Menschen um mich herum. Ich musste sie in einem steinernen Haus am Ende des Gartens suchen. Es hatte eine Lampe in der Tür, die nachts brannte und einen Kreis aus Licht bildete. In dem Haus lebte ein Gärtner.

23

Ich ging noch am selben Abend zu ihm. Als wir im Dorf ankamen, wirkte Großmutter Margarita sehr erschöpft. Ich sagte ihr, sie solle zu Bett gehen. Sie hatte einen völlig veränderten Gesichtsausdruck. Es wirft die alten Menschen immer aus der Bahn, wenn sie mit dem Tod der anderen konfrontiert werden und ihren eigenen riechen. Obwohl sie nie etwas zu mir gesagt hatte, wusste ich, dass die Beerdigungen und Trauerzeremonien sie belasteten. Sie hatte sich überwinden müssen, mich nach Llubí zu der letzten Begegnung mit meiner Vergangenheit zu begleiten. Diskret, wie sie war, sprach sie nicht darüber, wie schwer es ihr gefallen war. Ich war dankbar für ihre vorbehaltlose Unterstützung. Sie war eine großherzige Frau, die mir in den schweren Stunden zur Seite stand. Aber jetzt brauchte ich sie nicht. Sie wäre ein Hindernis gewesen. Ich musste sie nicht drängen, sie zog sich gern zurück. Sie war die Königin der Intuition. Ich glaube, ich habe das nie so zu schätzen gewusst, wie sie es verdient hätte.

Leichenblass ging sie auf ihr Zimmer. Sie wünschte mir noch eine gute Nacht, und es lag nicht die Spur eines Verdachts in ihrer Stimme. Sie strahlte dieselbe Herzlichkeit aus wie immer. Ich hätte diesen inneren Frieden gerne mit ihr geteilt. Seit Wochen war ich nervös und angespannt. Ich dachte nur an den Gärtner, den Kopf voller Fragen. In mir hatte sich etwas verändert. Die Carlota von früher, die sich in vielen Kleinigkeiten verzettelte, war von einer einzigen Obsession beherrscht.

Ohne die Bilder meiner Mütter wirkte mein Schlafzimmer größer. Sie hatten den ganzen Raum eingenommen. Seit sie nicht mehr da waren, verspürte ich eine gewisse Wehmut. Ich starrte die leere Wand an und musste an sie denken. Aber meist fühlte ich mich wohl. Es war angenehm, mein Reich wieder für mich zu haben, ohne irgendwelche Störfaktoren oder Ablenkungen. An jenem Abend öffnete ich die Tür des Kleiderschranks. Ich musste in seinen Tiefen herumwühlen. Ich wollte für mein Treffen mit Ramón etwas Besonderes anziehen. Die Sachen, die da hingen, waren nicht sehr originell:

Jeans, Blusen, Pullover, ein paar lange Röcke. Das war es nicht, was ich suchte. Ich fand ein grünes Kleid, und ich überlegte. Aber der Rock war zu eng und der Ausschnitt zu betont. Ich legte es wieder weg. Da war noch ein violettes, aber die Farbe stand mir nicht gut. Ich hatte es nur einmal auf der Hochzeit einer Freundin getragen und danach nie mehr. Das kam überhaupt nicht in Frage. Schließlich entdeckte ich das schwarze Kleid, das die Taille betonte. Es hatte einen weiten Ausschnitt, der den Blick auf den Hals und den Schulteransatz freigab. Es war sehr schlicht, aber der Stoff war immer noch so weich wie am ersten Tag. Ich probierte es an. Er passte sich perfekt an meinen Körper und meine Bewegungen an. Außerdem war es die geeignete Kombination von Nüchternheit und Provokation.

Entschlossen ging ich zwei Schritte auf die Tür zu. Aber dann kamen mir Zweifel. Wo wollte ich hin? Was machte es für einen Sinn, um Mitternacht bei einem Unbekannten aufzutauchen? Er hält mich bestimmt für verrückt. Eine arme Frau, die den Verstand verloren hat und kommt, um ihn nach alten Geschichten zu befragen, die längst zu Asche geworden sind. Ich versuchte, mir eine Rede zurechtzulegen oder zumindest einen Anfang. Ich wollte ihm sagen, dass ich nicht gekommen war, um ihn zu belästigen oder um alte Gespenster wieder aufleben zu lassen. Er sollte mir nur erklären, was geschehen war. Wie hatte er meine Mutter kennen gelernt? Auf welch seltsamen Wegen war er dazu gekommen, in ihrer Todesstunde bei ihr zu sein? Warum am Kap Formentor? Warum waren sie dorthin gefahren?

Ich ging in den Garten hinaus, und ich hatte das Gefühl, eine Heldentat zu vollbringen. Um diese Zeit war niemand unterwegs. Langsam schloss ich die Tür hinter mir. Es war kalt, und ich dachte, ich hätte besser einen Mantel mitgenommen, aber es kam mir alles so unwirklich vor. Meine Wirklichkeit war die Eile, das Magenkribbeln, die Angst. Die Bäume vor mir waren riesige Schatten. Es gab kein Licht, das mir den Weg gewiesen hätte. Nur die Lampe an Ramóns Tür, die sich näherte. Ich weiß nicht, wie ich dorthin gelangte. Meine Sinne waren geschärft, ich nahm jedes noch so kleine Detail wahr. Die Fragen hatten sich in einen Winkel meines Kopfes zurückgezogen, wo sie auf ihre Gelegenheit warteten. Im Augenblick ließen sie mich einfach weitergehen, ohne Einfluss zu nehmen. Ich wusste, dass es nicht an den Umständen lag. Es war mein freier Wille, der mich über die Pfade der Erinnerung trieb. Vielleicht hatte Elisa, meine Mutter, auch diesen Weg genommen. Geradewegs von einem Haus zum anderen, im Schutz der Dunkelheit. Wer wusste, wann oder wie. Die Toten hinterlassen keine Hinweise, wir Lebenden müssen sie selbst finden.

Ich klingelte drei Mal. Der Klingelton brach in die Stille ein und erinnerte mich an das Signal eines einfahrenden Zuges. Das passte nicht, denn ich hatte nicht das Gefühl, irgendwo anzukommen. Wenn überhaupt, dann war dieser Besuch ein Aufbruch, wohin auch immer. Durch das Fenster sah ich, dass im Innern des Hauses Licht brannte. Es war ein schwaches Licht, das stärker wurde, als ich klingelte. Dann hörte ich Schritte. Ramón öffnete. Er sah keineswegs müde aus. Er wirkte, als hätte ich ihn bei etwas unterbrochen, als hätte ich ihn von irgendwo zurückgerufen. Wahrscheinlich hatte er in einem Sessel gesessen und gelesen. Er hatte wieder diesen abwesenden Blick, der mich rührte, auch wenn ich den Grund dafür nicht ahnte.

Er trug ein an den Ärmeln ausgefranstes Leinenhemd und weite Hosen. Er hielt das Buch noch in den Händen. Er war wohl zu überrascht gewesen von diesem Besuch zur Unzeit, um es irgendwo abzulegen. Als er mich im Türrahmen stehen sah, versuchte er, mich irgendwo auf der Landkarte der Lebenden einzuordnen, aber es gelang ihm nicht. Er starrte mich ruhig an, ohne ein Wort zu sagen. Ich schaute ihn an, als hätte ich jemanden nach langer Zeit wiedergefunden. Das entsprach meinem Eindruck: Dieser Mann und ich hatten uns viel zu sagen. Das Leben hatte uns noch keine Gelegenheit gegeben, die Worte auszusprechen, aber nun war ich dem Leben zuvorgekommen. Trotz meiner Entschlossenheit war dies das erste Mal, dass ich einen solchen Schritt wagte. Obwohl ich nervös war, war ich überzeugt, dass es kein Fehler war. Ich hatte zu viel Energie investiert, es konnte nichts schief gehen. Er stand vor mir, mit seinen langen Armen und Beinen, leicht gebeugt, wie ich ihn kannte, das Haar voller grauer Strähnen. Da war ein Geheimnis, viele Fragen würden sich lösen. Ich konnte nicht denken. Ich ließ mich einfach von dem Gefühl leiten, ihn in meiner Nähe zu haben. Wir blieben stehen und schwiegen. Es war eine ungewöhnliche, aber keineswegs unangenehme Situation. Er machte nicht den Eindruck, als ob ich ihn störte. Ich wusste, dass ich etwas sagen, dass ich erklären musste, warum ich gekommen war, aber ich sagte nichts. Ich fühlte mich auch nicht dazu aufgefordert. Da war nichts

Fragendes, keine Überraschung in seiner Mimik. Das hatte ich nicht erwartet, und jetzt wusste ich erst recht nicht, was ich tun sollte. Mein Kopf war voller Nebel, und mein Magen verkrampfte sich. Ich war unfähig, zu reagieren. Meine Energie, meine Schutzmechanismen, alles war auf einmal verschwunden.

Und so standen wir da, ich weiß nicht, wie lange. Mir kam es ewig vor. Die Lampe und der Mond strahlten uns an. Und doch waren wir nur zwei vage Erscheinungen, der Wille ebenso verschwommen wie die Konturen. Es tauchten die ersten Worte auf. Zögerlich tastete ich mich vor.

»Guten Abend, Ramón.«

Die Antwort war kurz, aber klar und deutlich zu verstehen. Nicht dass die Phantasie mir einen Streich gespielt hätte, er sagte es wirklich: »Guten Abend, Elisa.«

Ich wollte ihn korrigieren, ihm sagen, dass Elisa ihn nicht nachts besuchen konnte, weil sie tot war, aber es war zu spät. Er hatte schon die Arme um mich gelegt. Ich konnte mich nicht wehren. Vielleicht wollte ich das auch gar nicht. Ich wollte bei dem Körper Zuflucht finden. Er hob mich hoch, und ich ließ es willenlos geschehen. Wir gingen in das steinerne Haus. Und was dann geschah, war wie ein Traum.

Da war ein Teppich, der den gesamten Wohnzimmerboden bedeckte. Seine Farben waren verblichen, aber er vermittelte ein Gefühl von Wärme. Wir legten uns nebeneinander, ohne uns zu bewegen. Dann fing Ramón an, mich zu küssen. Ich hatte das Gefühl, seine Lippen würden jeden Moment explodieren. Sie zitterten, als sie sich auf meine legten. Es war nur ein leiser Schauer. Ich löste mich auf. Es war, als ob mein ganzer Körper auf meinen Mund konzentriert war und ich darüber hinaus nicht existierte. Meine Wahrnehmung war auf einen einzigen Punkt konzentriert. Sein Mund schmeckte nach Zitrone und Salz, nach dem Gras im Garten, wenn der Regen fällt. Ich hatte noch nie so geküsst, eine so vollkommene Berührung verspürt. Die anderen Küsse, die mich nicht zu verzaubern vermochten, zogen an mir vorbei. Fade, langweilig, traurig. Ich hatte nur Funken von Begehren erlebt, die sogleich erloschen. Ramóns Zunge glitt über meine Lippen, drang in meinen Mund ein und verwandelte ihn in eine magische Höhle, in der die schönsten Erinnerungen verborgen waren.

Ich öffnete die Knöpfe an seinem Hemd. Er zog mir das Kleid aus und warf es in die Luft. Es landete auf dem Teppich, wo es wie eine schwarze Pfütze aussah. Wir umarmten uns, und ich wollte mit ihm verschmelzen. Das Bedürfnis war so dringlich, dass meine Bewegungen immer hastiger wurden. Aber Ramóns Langsamkeit erlaubte keine Eile. Ich konnte mein Begehren nicht zügeln. Erst allmählich fand auch ich zu dem Rhythmus, der die Lust verlängert. Es war, als hätte mein Körper schon immer darauf gewartet. Alles wurde ganz einfach. Ich öffnete mich, damit er in mich eindringen konnte. Ich hielt ihn kurz fest. Wir waren eine Materie, ein Körper. Jegliche Eile war wie weggeblasen. Ich wollte diesen Moment in seiner ganzen Intensität in mir aufnehmen, damit er mich später begleitete.

Er küsste meinen Hals und meine Schultern. Die Haut seiner Hände war rau, aber es fühlte sich gut an. Ich spürte sie an den Brüsten, den Brustwarzen, den Schenkeln. Mein ganzer Körper war angespannt wie der Bogen einer Geige. Ich brannte innerlich, und die Flammen spendeten eine vertraute Wärme. Sie erfassten meinen Rücken, meinen Bauch, mein Geschlecht. Ramóns Bewegungen luden mich ein, ihm auf unbekannten Wegen zu folgen. Er flüsterte wieder den Namen, den ich nicht hören wollte: »Elisa.«

Sonst nichts. Nur diesen Namen, wie eine Beschwörung. Er kam ganz langsam über seine Lippen und hatte einen anderen Klang, als hätte ihn noch nie zuvor jemand ausgesprochen, als würde ich ihn gerade erst entdecken. Das verwirrte mich und machte mir Angst. Ich war außerstande, ihn zu korrigieren. Außerdem, was machte das schon. Alles, was mich so lange verfolgt hatte, wurde zu Wasserspuren auf dem Fenster nach dem Morgengrauen. Die Sonne mit ihrer Wärme würde sie rasch verdunsten lassen. Er war die Sonne. Ich wusste, dass ich in einer Zwischenzeit lebte, in der die Zweifel ruhten. Ich fragte mich nicht, ob sie mich wieder verfolgen würden, wenn ich erwachte.

Eine Woge aus Wärme und Schwindel erfasste mich. Der Körper war wach, wartete auf die Explosion der Lust. Ich konzentrierte mich darauf wie zuvor auf die Lippen. Kreise von dem Feuer zeichneten sich auf meiner Haut ab. Ramón bewegte sich in mir mit der Geschicklichkeit eines Tauchers im Meer. Lust erfasste mich und wurde immer stärker, bis ich ganz darin aufging. Er kam mit mir: Wir waren die Schaumkronen und die Wellen, die sich am Felsen brechen. Er küsste mich wieder. Eine merkwürdige Zärtlichkeit lag in dem Kuss. Ich fühlte mich, als hätte ich mit einem Finger den Himmel berührt; er schien ein verlorenes Paradies wiedergewonnen zu haben.

Von jener Nacht an besuchte ich ihn noch viele weitere Nächte. Es war keine Gewohnheit, sondern ein Bedürfnis. Ich konnte es kaum erwarten, bis die Nacht kam und ich im Laufschritt die Distanz zwischen uns überwinden konnte. Beim Abendessen mit Großmutter Margarita war ich mit den Gedanken bereits woanders. Es fiel mir schwer, ihr zuzuhören. Bestimmt hat sie die Veränderung an mir bemerkt. Sie wunderte sich, als sie mich mit Tüten beladen nach Hause kommen sah, weil ich beschlossen hatte, meine Kleidung rundum zu erneuern. Ich hatte nie viel auf Kleidung gegeben. Und plötzlich fing ich an, mir verführerische Kleider zu kaufen. Mein Zimmer füllte sich mit luftigen Röcken, mit fein gemusterten Blusen, mit Schuhen mit Absätzen. Ich ließ mir beim Frisör Locken machen. Ich trug das Haar im Nacken zusammengebunden, ein paar Strähnen ließ ich locker fallen. Ich schminkte mich wenig, aber ich betonte die Konturen der Augen und der Lippen. Mein Studium hatte ich nicht aufgegeben, es aber mit einer Nachlässigkeit verfolgt, die mir sonst nicht eigen war. Je mehr Ramón die Hauptrolle übernahm, desto unbedeutender wurde alles andere.

Die Wochen vergingen. Es war eine Zeit der Ungeduld. Da war kein Platz für andere Geschichten, nur für den Mann, der mich jeden Abend umarmte. Meine Kommilitonen rückten völlig in den Hintergrund. Als ob sie nicht existierten. Es kam vor, dass ich tagelang nicht mit ihnen sprach. Die Abstände zwischen den Telefonaten und den Treffen wurden immer größer. Eine enorme Trägheit befiel mich, wenn ich mich mit jemandem treffen sollte. In letzter Sekunde erfand ich irgendeine Entschuldigung. Ich hätte noch zu arbeiten, ich müsse etwas erledigen, ich fühlte mich nicht gut. Manchmal hakten sie nach, aber ich hatte immer eine Erklärung parat. Ich lernte, meine Stimme zu modulieren, damit meine Worte glaubwürdiger klangen. Irgendwann riefen sie nicht mehr an. Sie luden mich nicht mehr zu den Parties und Kneipentouren ein. Endlich hatte ich meine Ruhe und musste nicht länger Lügen erfinden. Ich konnte aufatmen, mich ins Haus zurückziehen und auf den Abend warten.

Eines Abends sprach mich Großmutter beim Essen auf die Veränderung an: »Du wirkst so verloren, Carlota. Irgendwie bist du ständig abwesend.«

»Mein Leben hat sich verändert. Die Dinge, die mir früher wichtig waren, bedeuten mir jetzt nichts mehr, man muss Prioritäten setzen.«

»Wenn du das sagst.«

Es fiel mir schwer, über die geistige Verwirrung zu sprechen, in der ich mich befand.

»Gestern Abend sah ich dich in den Garten hinausgehen.«

»Manchmal kann ich nicht schlafen, und dann drehe ich eine Runde. Der Garten ist der ideale Ort dafür.«

»Du warst sehr gut angezogen, und du hattest es eilig.«

»Ich erinnere mich nicht mehr, Großmutter.«

»Ich hatte den Eindruck, du gehst zu einem Rendezvous.«

»Zu einem Rendezvous? Sei nicht albern. Mit wem sollte ich mich um diese Uhrzeit treffen?«

»Darüber habe ich auch nachgedacht. Schon viele Nächte lang.«

»Es tut mir Leid, dass ich dir mit meinen Angewohnheiten den Schlaf raube. Wie ich gesagt habe, ich drehe gerne noch eine Runde, bevor ich ins Bett gehe.«

»Du triffst dich mit Ramón, dem Gärtner.« Sie sagte es, ohne im Geringsten die Stimme zu heben.

»Woher weißt du das?«

»Du selbst hast es mir verraten. Es ist leicht, in deinen Augen zu lesen, Carlota.«

»Wir sind gute Freunde. Er lädt mich auf einen Kaffee ein, wir sprechen über Bücher und Musik. Du hast selbst zu mir gesagt, dass er ein wertvoller Mensch ist.«

»Ich habe dich im Morgengrauen zurückkommen sehen.«

»Spionierst du mir nach?«

»Nein. Ich weiß, dass ich dazu kein Recht habe. Vielleicht hätte ich gar nicht mit dir darüber sprechen sollen.«

»Genau. Das wundert mich, du bist doch sonst die Diskretion in Person.«

»Ich mache mir Sorgen.«

»Dafür gibt es keinen Grund. Du kannst ganz beruhigt sein.«

»Du gehst denselben Weg wie deine Mutter. Elisa tat dasselbe wie du.«

»Woher weißt du das?« Ich sprang auf. »Und warum hast du mir nichts davon erzählt?«

»Ich wollte dich nicht unnötig mit der Vergangenheit belasten. Ich dachte, es hätte keinen Sinn, darin herumzurühren. Aber jetzt...«

»Jetzt willst du mich warnen. Das ist nicht nötig.«

Ich weiß nicht, ob es nötig war. Die Wahrheit ist, dass ich diese kleine Information in meinem Gehirn abspeicherte. Ich tat so, als ob es sie nicht gäbe, als ob ich sie vergessen hätte, überzeugt, dass die Zeit sie vernichten würde. Die Tage würden sie immer kleiner werden lassen, bis nicht einmal mehr ein Schatten übrig war. Aber es kam anders: alles wurde komplizierter. Ungewollt fragte ich mich, welches Verhältnis meine Mutter zu Ramón gehabt hatte. Zweifel nagten an mir vor und nach unseren Treffen. Wenn wir zusammen waren, schob ich sie beiseite. Die Kraft seiner Persönlichkeit vertrieb jeden Gedanken. In seiner Gegenwart verlor alles andere an Bedeutung.

Er war ein stiller Mann, der das Schweigen zu einer Losung machte. An seiner Seite waren die Worte überflüssig. War er weg, kehrte alles wieder an seinen Platz zurück. Auch die Zweifel. Wochenlang war ich unfähig, ihm Fragen über die Vergangenheit zu stellen. Er lernte, mich Carlota zu nennen, und ich mochte es, wenn er meinen Namen sagte. Aber ich stellte fest, dass er es vermied, ihn auszusprechen. Als störte ihn etwas. Er hätte mich wohl lieber weiter Elisa genannt, aber das akzeptierte ich nicht. Ich wollte mich ganz bewusst von einer Vertauschung der Identitäten befreien. Ich sagte, bei unserem ersten Treffen wäre er einem Trugbild erlegen, dass wir das vergessen und die Dinge richtig stellen müssten. Auf einer anderen Ebene – und es fiel mir schwer, das zuzulassen – wurde ich meiner Mutter immer ähnlicher. Ich überraschte mich selbst dabei, wie ich vor dem Spiegel stand und versuchte, sie zu imitieren.

Ich frisierte mich nicht nur wie sie, ich kleidete mich auch so. Ich wählte dieselben Farben, dieselben Stoffe. Ich hätte das nie zugegeben, aber ich stand mit einem Bein in der Wirklichkeit und mit dem anderen in einer seltsamen Scheinwelt.

Die Wirklichkeit, das waren seine Arme, die über meinen Körper glitten. Der Kuss, bei dem die Welt anfing, sich zu drehen. Es war Ramóns Bewegung, wenn er mir die Tür öffnete. Sein gelassener Blick, sein Lächeln, seine Schritte. Das Zählen der Stunden, in denen wir getrennt waren, wenn ich ihn mir im Garten zwischen den Bäumen und den Blumen vorstellte. Die Scheinwelt, das war das Schweigen, die geheim gehaltenen Mutmaßungen, die unausgesprochenen Zweifel. Wir taten, als ob die Dinge anders verlaufen wären, als ob niemand zwischen uns stünde, als ob die Gespenster schliefen. Gespenster haben ihre Zeiten, in denen sie ruhen, und andere, in denen sie wach sind. Sie dringen in die Räume ein, die einmal die ihrigen gewesen waren, in die Körper, die sie liebten, in das Leben, das sie einst lebten.

24

Man kann zwischen Himmel und Hölle leben. Ich vegetierte in einer Flut von Zweifeln dahin. Es waren sonderbare Zeiten, an die ich mit eingeschnürtem Herzen denke, denn alles drehte sich nur um eine Person. Erst hatte ich an eine einzigartige Geschichte geglaubt, jetzt zweifelte ich an allem. Kurzzeitig war ich glücklich, und dann verfiel ich wieder in Traurigkeit. Ramón machte mich glücklich, wenn er mich umarmte, wenn ich seine Stimme hörte. In den ersten Nächten hatte ich geglaubt, wenn man es wollte, wäre die Zeit ein riesiges, aus vielen Teilen bestehendes Puzzle. Jedes einzelne Teil würde sich perfekt in das Ganze fügen. Wir müssten aufpassen, dass kein Teil verloren geht, sonst würde ein Stück des Himmels oder die Form der Wolken fehlen. Es gäbe darin keine seltsamen Figuren, die die perfekte Landschaft stören. Ich wollte das glauben, aber ich wusste, dass es nicht stimmte. Meine Geschichte war unvollständig. Die Vergangenheit dieses Hauses hatte zu viele Schatten.

Die ersten Treffen waren ein Feuerwerk an Entdeckungen. Ich hatte das Gefühl, zu spät zu kommen, vielleicht weil ich nie ganz losließ und ein Teil von mir immer wachsam war. Das Misstrauen kommt nicht aus heiterem Himmel. Anfangs vertrauen wir jemandem nicht ganz, und auf einmal verlieren wir den Glauben an diese Person. Die Wirklichkeit ist kompliziert. Es gibt Leute, die sagen, Vertrauen gewinne oder verliere man wie bei einem Würfelspiel. Es zu gewinnen, das dauert oft lange. Es zu verlieren kann ganz schnell gehen. Ich habe ihm nie wirklich vertraut. Es war eine schwer zu erklärende Faszination, die sich durch die körperliche Nähe noch verstärkte. Ist es möglich, einen anderen Menschen zu begehren, seinen Atem in sich aufzusaugen und zugleich seine Augen zu fürchten? So erging es mir. Er küsste mich, und ich dachte, die ganze Welt wäre ein Garten. Wir sahen uns an, und die Erinnerung an meine Mutter tauchte auf.

Elisa, die Frau, die mich verließ, als ich noch ganz

klein war. Die Gestalt von dem Bild, lächelnd und ein wenig verwegen. Ich hatte keine Zeit gehabt, sie zu lieben. Das Leben gab mir keine Gelegenheit dazu. Aber ich vermisste sie sehr. Großvater steckte mich mit seiner Wehmut an. Er erzählte mir, dass manche Leben nur von kurzer Dauer sind, aber die Intensität des Windes und des Meeres haben. Wer solche Menschen kennen lernen, ein Stück dieses Lebens mit ihnen teilen durfte, kann sich glücklich schätzen. Großvater lebte in der Gewissheit, sie jederzeit in die Gegenwart holen zu können. Er schloss die Augen und verschwand. Er floh aus der Wirklichkeit – aus einem Gespräch, vor einem anderen, vor sich selbst –, um die beiden Frauen zurückzuholen, die er verloren hatte: Sofía und Elisa, zwei Geheimnisse. Ich lernte, seine innere Unruhe zu teilen. Wir ließen uns beide von den Bildern verführen und fühlten uns wehrlos, verlassen, weil sie nicht da waren. Wir teilten die Momente der Erinnerung.

Großvater war fort, und ich konnte ihm nicht erzählen, wie es mir erging. Und mit Ramón konnte ich auch nicht darüber sprechen. Wie hätte ich ihm sagen sollen, dass ich wusste, dass er bei Elisa gewesen war, als sie umkam? Wie sollte ich ihm gestehen, dass ich ihm nicht traute, dass ich nicht wusste, welche Rolle er im Leben meiner Mutter gespielt hatte? Er war verschlossen. Das Schweigen, das ich so verführerisch gefunden hatte, erschien mir jetzt gefährlich. Warum schwieg er? Normalerweise hätte er mir etwas über die Vergangenheit erzählen, irgendeine Andeutung machen müssen, aber das tat er nie. Tage und Wochen vergingen langsam und unerklärlich, bis eine Kette von Ereignissen das Schweigen brach. In dieser Zeit war ich hin und her gerissen. Ich fühlte mich zu Ramón hingezogen. Ich wollte mit ihm verschmelzen, vom Erdboden verschwinden. Ich wollte, dass die Umarmung nie endete, ich wollte mich in seinem Körper niederlassen wie in einem Haus. Ich suchte Schutz unter dem geneigten Dach seiner Arme, an der festen Wand seiner Brust, die voller Fenster war, durch die das Sonnenlicht hereinströmte. Aber da waren auch die Zweifel, die mir das Leben schwer machten. Sie überfielen mich nachts und raubten mir den Schlaf.

Eines Tages hörte ich von der Dachterrasse aus ein Gespräch mit. Ein altes Dienstmädchen, das schon lange im Haus arbeitete, sprach mit dem Mann, der uns jedes Jahr das Brennholz brachte. Sie waren mehr oder weniger im selben Alter. Ich kannte sie von klein auf, und ihre Stimmen waren mir vertraut. Anfangs hörte ich nicht hin. Ihre raunenden Stimmen zogen an mir vorbei. Ich kostete die Morgensonne aus und genoss die Ruhe der frühen Stunde. Ich schaute in die Ferne und sah Ramón im Garten arbeiten. Januar war eine gute Zeit, um Bäume umzupflanzen. Er stand bei einem Granatapfelbaum, gegen die Kälte durch eine weite Jacke mit hohem Kragen geschützt. Mein Herz folgte ihm.

Die Frau hängte Laken auf. Das erregte meine Aufmerksamkeit. Es ist seltsam, aber es waren nicht die Worte, sondern die im Wind flatternden, weißen Laken. Sie nahmen die verschiedensten Formen an. Sie hängte sie fein säuberlich nebeneinander, man sah, dass sie diese einfache Aufgabe beherrschte. Manchmal wünschte ich mir auch so ein einfaches Leben: eine Hand, die die Falten an der feuchten Wäsche glatt streicht. Nicht ständig nach dem Warum fragen, sich einfach treiben lassen. Das musste der Zustand völliger Gelassenheit sein. Der Mann ging im Alter immer gebeugter, die Jahre raubten ihm Zentimeter um Zentimeter. Dafür schenkten sie ihm eine natürliche Klugheit. Er war äußerst gewitzt, aufmerksam und gesprächig. Er trug das Herz auf der Zunge und redete gern über andere.

Da waren die Laken. Manchmal holen uns die Gegenstände in die Wirklichkeit zurück. Wir konzentrieren uns auf sie, und plötzlich kommen die Worte. Ich hörte, wie sie sagte: »Ich weiß nicht, was in diesem Haus los ist. Man sagt, die Geschichten wiederholen sich, aber ich kann es einfach nicht glauben.«

»Natürlich wiederholen sie sich. Weißt du nicht, dass die Welt ein Rad ist? Alles kommt wieder.«

»Jeder spricht darüber. Man sagt, in ihr sei das Gespenst ihrer Mutter wieder leibhaftig geworden.«

»Hast du sie mal gesehen?«

»Nein. Ich habe einen sehr festen Schlaf. Das liegt am Alter, ich bin abends völlig erschöpft. Es heißt, sie geht durch den Garten wie die andere. Sie nimmt denselben Weg bis zu dem steinernen Haus.«

»Das ist schlimm. Zum Glück sieht Don Mateo das nicht, Gott hab ihn selig.«

»Er würde tot umfallen. Er hatte schon genug mit seiner Tochter zu tun.«

»Ja, die beiden sind sich wirklich ähnlich, das Haar, der Mund. Dieser unverschämte Kerl hat sich wohl zum zweiten Mal bedient.«

»Sei still. Man kann dich hören. Ich weiß nicht, was sie an ihm finden. Früher, da war er ja noch ein junger, strammer Bursche. Aber die Zeit geht an niemandem spurlos vorüber.«

»Nein, der Kelch geht an niemandem vorüber.«

»Glaubst du, dass Señorita Carlota es weiß? Denkst du, es hat ihr jemand gesagt?«

»Was?«

»Na, wie ihre Mutter umgekommen ist. Du weißt, dass er bei ihr war. Sie waren am Leuchtturm von Formentor. Es heißt...«

»Es heißt, dass es nicht der Wind war, sondern die Hände eines Mannes. Sie stürzte die Felsen hinunter.«

»Man brachte sie tot hierher. Sie war wie eine Feder. Er auch.«

»Da war doch noch jemand. Die Leute sagen, Ramón sei eifersüchtig, besitzergreifend.«

»Die Leute reden viel...«

»Señorita Carlota ist noch sehr jung. Sie erinnert mich an ihre Mutter. Ich will nicht, dass ihr dasselbe passiert.«

»Stimmt – alles wiederholt sich.«

Am nächsten Tag fand ich das Foto. Es ist seltsam, wie die Ereignisse sich verketten. Plötzlich ist alles anders. An jenem Abend ging ich nicht zu Ramón. Ich verbrachte eine unruhige Nacht. Die Worte, die auf der Dachterrasse an mein Ohr gedrungen waren, ließen mich erst sehr spät einschlafen. Die alten Gespenster tauchten wieder auf. Sie schwebten um mein Bett herum, und ich fand keine Ruhe. Elisa kam wie ein Schatten zu mir. Ich sah sie nur schemenhaft wie ein Trugbild. Sie wollte mit mir reden. Es fiel ihr schwer, sie war verzweifelt bemüht, sich verständlich zu machen. Die Worte entschwanden, kaum dass sie sie ausgesprochen hatte. Sie waren wie kleine

Rauchwölkchen. Ich wurde zu Wasser. Ich war ein kleiner Fluss, der unter den Laken dahinfloss und kleine Pfützen bildete. Der Rauch kündigte das Feuer an. Wo war der Brand, den es zu löschen galt? Woher kamen die Flammen? Sie waren in Elisas Augen, in den Worten, die ich gehört und die mich innerlich aufgefressen hatten.

Ich stand sehr früh auf, schweißnass, mit zerzaustem Haar und traurigem Blick. Ich zog mich schnell an. Ich hatte keine Zeit zu verlieren. Durch das Fenster sah ich das erste Morgenlicht, zögerlich, unentschlossen wie ich selbst. Es erinnerte mich an meine Ängste. In wenigen Minuten war der Himmel klar, was man von meinem Kopf nicht behaupten konnte. Steif machte ich mich auf den Weg zu dem steinernen Haus. Um diese Zeit war noch niemand wach. Selbst die größten Frühaufsteher lagen noch in den Federn. Die Bäume kamen mir entgegen, solide Geschöpfe voller Leben. Ich ging an ihnen vorbei und hatte das Gefühl, den Tod in mir zu tragen. Das Licht der Lampe an der Tür wurde von der Sonne verschlungen. Die Zeit verändert unsere Perspektive. Was in der Nacht so groß wirkt, macht der Tag kleiner. Oder umgekehrt. Ich wünschte, dasselbe wäre mit Elisas Tod geschehen. Die Leute konnten Lügen verbreiten, Geschichten erfinden.

Als Ramón mir die Tür öffnete, nahm er mich in den Arm, ohne etwas zu sagen. Ich sah seine Unruhe. Er hatte seit dem Abend auf mich gewartet, verwundert, dass ich nicht kam, aber er stellte keine Fragen. Wir stürzten uns förmlich aufeinander. Da war ein Verlangen, das die Körper zueinander trieb und die Herzen höher schlagen ließ. Alles geschah ganz natürlich. Erst wollte ich es unterdrücken, aber dann ließ ich mich gehen. An jenem Morgen liebten wir uns fast grob. Nicht mehr mit der gewohnten Zärtlichkeit, sondern dem Instinkt gehorchend. Das Begehren in seiner reinen Form, ohne Verkleidung und ohne jede Kunstfertigkeit. Da war nur der Wunsch, den anderen zu spüren, seine Haut zu erkunden, die bekannten Formen erneut zu entdecken. Wir wussten nicht, dass es das letzte Mal sein würde, aber wir verhielten uns, als ob es uns jemand gesagt hätte. Verzweifelt wollten wir die Zeit festhalten.

Ich wachte am späten Vormittag auf. Ich schwebte außerhalb von Zeit und Raum. Mir war kalt, und ich deckte mich zu. Ich sah mich um. Ramón schlief. Sein Kopf war leicht nach hinten gebeugt, der Mund geöffnet. Er atmete friedlich wie jemand, der nichts zu befürchten hat. Ich stand auf, mir war unwohl. Er war immer so ruhig, und ich litt unter dieser ständigen Anspannung. Ich betrachtete das Wohnzimmer. Es gab wenig Möbel, aber sie machten einen soliden Eindruck. Da waren nicht viele Schubladen, und ich dachte, es wäre nicht schwierig, sie zu durchsuchen. Die Idee kam mir plötzlich, ich hatte das nicht geplant, aber sie erschien mir gut. Ich musste etwas finden, das mir meinen inneren Frieden zurückbrachte. Er war ein ordentlicher Mensch. Die Bücher waren in den Regalen aufgereiht, die Papiere lagen in den Schubladen. Ich warf einen Blick hinein. Quittungen, Materiallisten für den Garten, Zeitungsausschnitte. Es war alles nach Themen sortiert und leicht zu finden. Es war nichts dabei, was mich interessiert hätte. Keine Geheimnisse, keine Geschichten. Ich suchte eine Weile, besorgt, dass er aufwachen könnte. Als ich schon aufgeben wollte, fand ich das Foto.

Auf dem Bild waren drei Personen. Eine Frau und zwei Männer. Ein fröhliches Grüppchen, das in die Kamera lächelte. Es war Elisa, meine Mutter. Ich war überrascht, sie auf diesem schwarz-weißen Stück Papier zu finden. Sie sah sehr jung und verletzlich aus. Keine Spur von der Sicherheit, die sie auf dem Porträt ausstrahlte. Sie wirkte schwach, als könnte der Wind sie forttragen. War es wirklich der Wind gewesen, der sie in den Tod gerissen hatte? Auf der Fotografie wurde sie von zwei Männern eingerahmt. Auf der einen Seite ein junger Ramón, der sie voller Zärtlichkeit ansah. Mich hatte er nie so angesehen. Vielleicht lag es auch nur an der Fotografie oder an meiner Einbildung. Auf der anderen Seite stand ebenfalls ein junger Mann. Er war hager und hatte markante Gesichtszüge. Er schaute sie mit einem intensiven Blick an, der über reine Zuneigung hinausging. Sie schien sich ihrer Wirkung vollkommen bewusst zu sein. Sie war stolz auf ihre Macht. Ich fragte mich, ob ich gerade das Geheimnis ihres Todes entdeckt hatte. Liebe lässt sich nicht dosieren. Niemand will sie teilen.

Verwirrt schaute ich auf. Da sah ich Ramón. Er war wohl gerade aufgewacht, denn er sah aus, als käme er von weit her. Er sah mich an und dann das Foto. Ich gab mir Mühe, dass die Worte nicht gereizt, die Fragen nicht vorwurfsvoll über meine Lippen kamen.

»Das ist meine Mutter.« Nun, das war offenkundig.

»Ja.«

»Und der andere?«

»Ein Freund, den ich in Indien kennen gelernt habe.«

»Hast du meine Mutter geliebt?« Es kostete mich Überwindung.

»Sehr.«

»Wie hast du sie geliebt?« Ich hätte ihn gern gefragt, ob er sie mehr geliebt hat als mich oder, besser gesagt, ob er mich nur wegen ihr liebte.

»Ich habe sie geliebt, wie ich atme. Sie war mein Leben.«

»Und dann starb sie.«

»Ja.«

»Bitte, Ramón, erzähl es mir. Antworte nicht so einsilbig. Versetz dich mal in meine Lage. Wie soll ich damit umgehen? Wie soll ich es verstehen, wenn du immer schweigst?«

»Ich weiß nicht, wie ich darüber reden soll. In all den Jahren habe ich mit niemandem darüber gesprochen.«

»Erzähl es mir. Du musst mir keine Einzelheiten berichten. Ich weiß, dass ihr zum Kap Formentor gefahren seid.«

»Ja, wir waren zu dritt. Sie wollte unbedingt zum Leuchtturm, trotz des schlechten Wetters. Die Stimmung war angespannt.«

»Hattet ihr euch gestritten?«

»Nicht direkt. Miguel und sie hatten sich angefreundet. Da war von Anfang an eine Vertraulichkeit, die mir nicht gefiel. Vielleicht gab es eine sinnlose Auseinandersetzung.«

»Warst du eifersüchtig?«

»Ja, sicher. Aber das ist jetzt nicht mehr wichtig.«

»Für mich schon. Ihr seid also zusammen zu den Felsen gegangen. Habt ihr hinuntergeschaut?«

»Sie war vorausgelaufen. Ich bin ihr nachgegangen. Miguel blieb ein wenig zurück.«

»Es heißt, der Wind habe sie in den Tod gerissen. Sagst du das auch?«

»Ja, es war der Wind.«

»Hättest du sie nicht retten können?«

»Nein. Oder vielleicht doch... Ich weiß es nicht.«

»Du weißt es nicht? Du bist unschlüssig. Hast du nicht Zeit genug gehabt, darüber nachzudenken?«

»Ich habe tausendmal darüber nachgedacht. Tag und Nacht, aber ich finde keine Antwort. Es ging alles so schnell. Ich streckte den Arm nach ihr aus, aber sie war schon nicht mehr da.«

»Warum hast du den Arm ausgestreckt? Wolltest du sie retten oder vielleicht...?«

»Ich weiß es nicht. Wie gesagt, es ging alles sehr schnell. Ich habe nur noch das Bild vor Augen, wie sie auf den Felsen liegt. Ich weiß, dass ich sie geliebt habe und ihren Tod nicht wollte. An mehr erinnere ich mich nicht.«

Es klingelte an der Tür. Das Geräusch erschreckte mich. Ramóns Worte hatten mich durcheinander gebracht. Er zog ein Hemd und eine Hose an und öffnete. Er wurde draußen gebraucht. Ich sah, wie er sich entfernte. Ich war erleichtert, dass er ging. Ich denke, auch er war froh, das Haus verlassen zu können. Ich war erregt. Er hatte mir gestanden, dass er meine Mutter vielleicht hätte retten können. Wieso wusste er das nicht? Wieso fing er an zu stottern, wenn er davon sprach? Was tat er dort zusammen mit diesem anderen Mann? Plötzlich war eine riesige Distanz zwischen uns. Ich würde ihm nie mehr vertrauen können. Ich fragte mich, was meine Rolle bei der Geschichte war. Ich war eine plumpe Kopie meiner Mutter. Die Gelegenheit, etwas Verlorenes zurückzugewinnen, das wir selbst weggeworfen haben. Derselbe Wind, der ihm die eine entrissen hatte, schenkte ihm eine neue Frau. Eine junge Frau voller Fragen, die den Fehler machte, sich zu verlieben. Ich hatte das alles nicht gemerkt und mich von einer merkwürdigen Faszination leiten lassen, aber so ist das wohl.

Ich ging in die Küche. Ich hatte mich in die Decke eingehüllt und sie über der Brust verknotet, damit ich die Hände frei hatte. Auf einem Tablett lagen Äpfel mit dicker Schale. Sie waren saftig, prall, glänzend. Ich setzte mich auf einen der Baststühle und nahm einen Apfel. Nach dem Messer musste ich erst suchen. Es war nicht sehr groß, aber scharf. Ich schälte den Apfel und ließ die spiralenförmige Schale zu Boden fallen. Ich mochte es, wenn das Fruchtfleisch langsam hervortrat. Der Saft lief mir über die Hände. Ich schnitt den Apfel in Stücke und aß ihn. Er roch wunderbar. Er roch besser, als er schmeckte. Das kommt vor. Die Erwartungen, die der Geruch weckte, wurden nicht erfüllt. Er erinnerte mich an das fade Leben von früher, nach dem ich mich jetzt zurücksehnte. Ein kleiner Sonnenstrahl fiel durch das Fenster auf das Messer, das ich auf dem Tisch liegen gelassen hatte. Es glänzte, als wäre es aus Silber. Es war sehr scharf und einfach zu handhaben. Ich hatte aufpassen müssen, dass ich mich nicht schnitt. Ich konnte meine Augen nicht davon abwenden. Vorsichtig strich ich mit dem Finger über die Stahlklinge. Ich stand mitten im Morgenlicht. Es war schön, das Messer. Es war klein, und es hatte die Würde der Vollkommenheit. Da dachte ich, dass ich Ramón gerne tot sehen würde.

25

Es folgten Tage der Verwirrung. Ich war nicht mehr die junge Frau mit dem Kopf voller Zukunftspläne. Ich war ein hilfloses Geschöpf, das mit dem Gefühl in die Welt blickte, arglistig getäuscht worden zu sein. Ich war überzeugt, dass man meine Geschichte verändert hatte. Die Vergangenheit war eine Anhäufung von Verlusten. Die Menschen, die mir wichtig gewesen waren, gab es nicht mehr. Manche kehrten als Gespenster zurück und halfen mir zu leben. Das waren meine Großmutter und meine Mutter auf den Porträts. Am liebsten hätte ich alles andere nicht gewusst. Manchmal zeichnet das Leben unglaubliche Kreise. Es fällt uns schwer, sie mit dem Verstand zu akzeptieren, auch wenn das Herz sie uns diktiert. Mit jedem Wort wird uns klar, dass nichts so war, wie wir es uns gewünscht hatten.

An jenem Morgen hatte ich das Gefühl, ein Brand wäre ausgebrochen. Es war fast Mittag, als ich das steinerne Haus verließ. Hastig hatte ich mich angezogen. Ich wollte raus aus diesen vier Wänden. Ich wollte nicht mit Ramón zusammentreffen, wenn er zurückkam. Auf dem Boden lagen die Apfelschale und die Decke. In der Luft hingen die Augenblicke, die wir festzuhalten versucht hatten, ohne es zu wissen. Ich ging ins Haus zurück. Im schamlosen Licht des Vormittags sieht alles anders aus. Ich traf einige Leute, die mich erstaunt ansahen. Ich verstand nicht, was sie so aus der Fassung brachte, aber ich dachte auch nicht weiter darüber nach. Wahrscheinlich wunderten sie sich einfach, dass ich um diese Zeit zu Hause war. Vielleicht hatten sie irgendwelche Geschichten über mich gehört und betrachteten mich deswegen so interessiert. Es war mir egal. Ich wollte nur schnell nach Hause.

Ich ging direkt in mein Zimmer. Ich blieb vor dem Kleiderschrank stehen und sah hinein. Da hingen die Kleider, eines neben dem anderen. Manche trugen noch die Etiketten von dem Geschäft, wo ich sie gekauft hatte. Ich warf einen flüchtigen Blick darauf: alles Verkleidungen. Ich hatte sie gekauft, weil ich aussehen wollte wie Elisa. Um Ramón zu gefallen. So einfach war das, und ich fühlte mich klein. Wie konnte ich mich so verändern? Ich hatte meine Zeit damit vergeudet, hinter einem Mann herzulaufen, der sich ebenfalls zu verkleiden verstand. Er verbarg eine Vergangenheit vor mir, die anzuerkennen er nicht bereit war. Ich faltete die Kleider sorgfältig zusammen, legte sie auf einen Haufen und ließ sie dann in irgendwelchen Tüten verschwinden. Ich entledigte mich der Sachen mit einem Gefühl der Erleichterung, als würde ich eine riesige Last loswerden. Ich hängte die Kleider von früher wieder auf, die Teil des Lebens einer fast vergessenen Carlota waren.

Ich betrachtete mich im Spiegel. Ich hatte gelocktes Haar. Es war nicht mehr die alte Frisur, bei der mir das Haar über die Schultern fiel. Die weichen Wellen, die verschwanden, sobald ich den Kopf bewegte. Auch das gehörte zu meiner Metamorphose. Ich trug es zurückgebunden, wie sie auf dem Bild. Und die frech hervorspringenden Strähnen waren Ausdruck ihrer Rebellion, nicht meiner. Ich hatte eine eigenartige Situation durchlebt: Ich war in sie hineingeschlüpft, ohne es zu wollen. Ich strich mit einer Bürste die Haare glatt und versuchte, sie wieder so aussehen zu lassen wie früher. Je mehr ich mich von Elisas Bild entfernte und wieder ich selbst wurde, umso ruhiger ging mein Atem. Ich eroberte mich zurück. Ich erkannte mich im Spiegel zwar wieder, aber ich war nicht mehr dieselbe. Es fiel mir schwer, das zu akzeptieren, aber der Prozess war nicht mehr rückgängig zu machen. Die Zweifel waren noch da, aber ich zog sie der erahnten Gewissheit vor.

Drei Tage und Nächte vergingen. Einer nach dem anderen, sang und klanglos. Alles wurde langsam. Jede Minute hatte ihre eigene Form. Ich schloss mich in meinem Zimmer ein. Es war dasselbe, in dem Sofía gelebt hatte, mit dem Himmelbett und der alten Kommode. Der Schrank hatte einen Spiegel. Großmutter Margarita verstand nicht, was in mir vorging. Sie setzte sich auf das Bett und fragte, ob ich krank oder traurig sei. Ich wusste nicht, was ich antworten sollte. Alles war so klar und andererseits nur ein Hirngespinst. Schließlich fragte ich sie doch: »Erinnerst du dich an den Tod meiner Mutter?«

»Natürlich. Damals war ich nur eine Nachbarin. Ich kannte deinen Großvater kaum, aber ich hörte davon.«

»Die Leute haben bestimmt darüber gesprochen.«

»Klar. Wenn jemand sehr jung stirbt, reden die Leute immer. Das lässt sich nicht vermeiden.«

»Und was sagten sie?«

»Ach, lass das doch ruhen, mein Liebes. Sie erzählten

tausend Geschichten. Ich habe keine einzige davon geglaubt.«

»Was für Geschichten? Hat jemand behauptet, es wäre kein Unfall gewesen?«

»Ja. Manch einer sagte, sie wäre unter merkwürdigen Umständen zu Tode gekommen.«

»Mord?«

»Nicht direkt. Ehrlich gesagt, kann ich mich nicht mehr richtig erinnern. Denk nicht darüber nach. Es sind so viele Jahre vergangen.«

»Die Jahre sollten die Erinnerung nicht ausradieren.«

»Manchmal sind die Erinnerungen nutzlos und richten nur Schaden an. Warum sollen wir uns damit aufhalten?«

»Du meinst, mit den Erinnerungen? Ich will sie nicht missen. Ich kenne nur ihr Gesicht auf einem Bild. Wer hat Schuld? Kannst du mir das sagen?«

»Es gibt keine Schuldigen. Carlota, komm zur Ruhe. Du hast ein wunderbares Leben vor dir. Verschwende deine Zeit nicht mit absurden Schimären.«

»Geh, Großmutter. Ich bin müde.«

Das stimmte nicht. Ich habe die drei Tage kein Auge zugemacht. Nachts verharrte ich reglos und schaute in die Dunkelheit. Nichts brach in die Stille ein, weder mein verhaltener Atem noch die Stimmen der Erinnerung. Ich hielt die Augen offen, damit die Gespenster nicht vorbeizögen, wenn sie zu mir kämen. Ich wollte ihnen viele Fragen stellen, wenn sich die Gelegenheit dazu bot. Ich zählte die Sekunden und wurde immer trauriger.

Am vierten Tag kam Ramón, um mich zu besuchen. Ich sah ihn vom Fenster meines Zimmers aus. Der Morgen war schon fortgeschritten, und ich hatte eine Weile auf den Weg gestarrt. Durch die geschlossenen Fenster beobachtete ich die Bäume. Gelbliches Licht glänzte auf den Blättern. Ich sah, wie das Licht hindurchstrahlte. Einige Zweige waren hoch hinaus gewachsen und berührten fast die Scheiben. Meine Gestalt muss sich wohl im Rahmen abgezeichnet haben, denn er hob den Kopf und blieb stehen. Ich konnte sehen, wie blass sein Gesicht war. Instinktiv wollte ich ihm zuwinken, aber ich hielt mich zurück. Ich würde ebenfalls reglos auf ihn warten. Ein paar Sekunden sah er aus wie ein anderer Mann. Vielleicht war ich nur durcheinander, aber sein Blick war merkwürdig. Als würde er mich nicht erkennen. Das hielt allerdings nicht lange an. Er kehrte von dem seltsamen Ort zurück, an dem er herumgeirrt war, und nickte mir zu. Ich dachte, dass ich ihn wirklich kaum kannte.

Eine Weile betrachteten wir uns aus der Entfernung. Ich am Fenster, und er im Garten. Ich fragte mich, ob er wohl in der Lage wäre, diese Wand hochzuklettern. Die Mauer hatte viele Vorsprünge. Ich musste lachen. Er würde bestimmt keine akrobatischen Übungen unternehmen, um zu meinem Zimmer zu gelangen. Ramón war ein bodenständiger Mann. Ich machte keine Anstalten, das Fenster zu öffnen, und er bat mich auch nicht darum. Das geschlossene Fenster war die Garantie für das Schweigen. Ich wollte das Treffen hinausschieben. Wir standen da, von Angesicht zu Angesicht, in dem Wissen, dass etwas zu Ende ging.

Es ist mir schon immer schwer gefallen, Entscheidungen zu treffen. Ich meine, endgültige Entscheidungen.

Ich erfinde tausende von Vorwänden, um sie aufzuschieben. Manch einer würde von Feigheit, Unentschlossenheit oder fehlender Willensstärke sprechen. Ich bin nicht so hart zu mir. Es gibt Leute, die sagen, das Leben verläuft kreisförmig. Deswegen fällt es uns schwer, auf Dinge zu verzichten, die unsere Seele berührt haben. Andere denken, das Leben ist eine ins Unbekannte fortschreitende Linie, und lassen die Fragmente der gelebten Geschichte einfach zurück. Ich glaube, das Leben ist eine Spirale: Es schreitet voran, aber in einer Kreisbewegung.

Man holte mich. Man sagte mir, Ramón sei gekommen und wolle mit mir sprechen. Ich sagte, er möge im Salon auf mich warten. Ich hatte keine Eile, denn ich wusste, es würde das letzte Treffen sein. Ich wollte nicht an seine Augen denken, nicht an seine Worte und nicht an unsere Körper bei der Umarmung. Ich sagte mir, Vorstellungen könne man einfach wegwischen, man fährt mit einem Lappen darüber, und schon sind sie verschwunden. Von den schmerzlichen Erinnerungen soll keine Spur mehr zurückbleiben. Bevor ich das Zimmer verließ, schaute ich noch einmal in den Spiegel. Auch ich war zu einem Gespenst geworden.

Er wartete stehend im Salon auf mich, den Blick auf die Porträts gerichtet. Ich selbst hatte entschieden, dass meine Mütter bei dem Treffen dabei sein sollten. Ich hätte jeden anderen Raum des Hauses wählen können, um ihn zu empfangen, aber dort fühlte ich mich von den Bildern beschützt. Es ging mir wie meinem Großvater, auch er hatte sich immer mit den Bildern eingeschlossen, wenn er eine Entscheidung zu treffen hatte. Ich schaute durch den Türspalt. Ramón wirkte nicht gehemmt. Trotz seines ungepflegten Äußeren – das Hemd hing halb aus der Hose, im Gesicht ein Dreitagebart – passte er an diesen Ort. Ich muss gestehen, das überraschte mich. Ich hatte erwartet, dass er sich unwohl fühlen würde, eingeschüchtert von dem Raum, der für ihn neu war. Aber er verhielt sich seltsam natürlich. Sein Körper erfüllte den Raum. Ich war mit einem Schlag entwaffnet und musste mich zusammenreißen, um ihm meine Verwundbarkeit nicht zu zeigen. Ich dachte, dass er trotz allem der Stärkere war, und das machte mich wütend. Ich hüstelte, um mein Kommen anzukündigen. Er drehte sich zu mir um und wollte auf mich zukommen, hielt dann aber inne, als er meine Anspannung bemerkte. Ich versuchte, die Fassung zurückzugewinnen, und sagte: »Tag, Ramón. Was machst du denn hier?«

»Ich musste dich sehen. Seit drei Tagen hast du nichts von dir hören lassen.«

»Ich musste unser letztes Gespräch verdauen. Du hast es anscheinend schon vergessen.«

»Ich vergesse nie etwas. Ich vermisse dich.« Das klang aufrichtig, aber ich tat so, als habe ich es nicht gehört.

»Hast du die Bilder schon gesehen?«

»Ich hatte noch keine Gelegenheit, aber die Modelle waren viel schöner.«

»Was meinst du damit?«

»Dem Maler ist es nicht gelungen, ihre Schönheit einzufangen.«

»Die von Elisa?«

»Auch nicht die von Sofía.«

»Klar. Sie hast du ja auch gekannt. Glaubst du, dass wir uns ähnlich sind?«

»Was die Ausstrahlung angeht, ja. Das lässt sich nicht abstreiten, aber ihr seid sehr unterschiedlich.«

»Findest du? Ich habe immer gedacht, dass wir uns nahezu bildähnlich sind.« Diese letzte Äußerung war mir so rausgerutscht.

»Überhaupt nicht.«

»Und welche würdest du wählen, Ramón?«

»Dich, Carlota.«

»Lügner. Du bist ein Lügner.« Ich wiederholte dieses Wort, und ich fühlte mich besser, nur weil ich es ausgesprochen hatte. »Ich glaube nichts von dem, was du mir erzählst.«

»Ich habe dich nie belogen.«

»Natürlich hast du das. Du belügst alle anderen und dich selbst. Verschwinde.«

»Was sagst du da? Ich verstehe dich nicht.«

»Du verstehst mich sehr wohl. Ich will, dass du von hier verschwindest. Pack deine Sachen. Jetzt gleich. Und dann mach, dass du wegkommst. Ich will dich nie mehr wiedersehen.«

»Weißt du, was du gerade gesagt hast? Ich bin ein Teil dieses Hauses. Ich habe mein ganzes Leben hier verbracht. Wo soll ich denn hin?«

»Schon wieder eine Lüge. Du bist kein Teil von irgendeinem Haus. Und am wenigsten von dem Haus, das meinem Großvater gehörte. Und jetzt gehört es mir, und ich will dich hier nicht haben.«

»Was soll ich ohne das Haus machen? Wie soll ich ohne den Garten und ohne dich leben?«

»Ich weiß es nicht, und es interessiert mich auch nicht. Morgen bist du weg.«

Ich konnte selbst nicht glauben, was ich da sagte. Es war ein eigenartiges Gefühl. Ein Teil von mir fragte mich, was ich da gerade tat, machte mir Vorwürfe, ich würde mein Leben über Bord werfen. Aber der andere Teil brachte ihn zum Schweigen. Ich ließ meiner Wut freien Lauf. Die Worte ließen sie konkret werden. Ich sagte Dinge, obwohl ich gar nicht so empfand. Dieser Groll war nicht die ganze Wahrheit. Die Worte tauchen nach einem Prozess auf, zuerst ist es ein Gefühl, das dann zu einem Gedanken wird, und dieser wiederum wird zu Worten. Manchmal ist es jedoch umgekehrt. Die Gefühle und die Gedanken sind ein einziges Durcheinander. Wir machen den Mund auf, und es schießen unbedachte Worte heraus. Die Worte übernehmen die Regie. Entweder ist unsere Verwirrung dann geklärt oder noch größer.

Meine Stimme zitterte nicht, als ich ihm sagte, er solle gehen. Und doch sollte das alles nicht wahr sein. Ich hielt es für das Ergebnis eines Albtraums. Ramón stand vor mir. Ich zerstörte seine Welt und bemerkte, wie seine Hände leicht zitterten. Er hob den Kopf und sah mich an. Da war kein Bitten in seinen Augen, nur Ungläubigkeit, Vernichtung. Ich musste wieder zu meinen Müttern hinsehen und Luft holen. Sie mussten mir helfen, ihn hinauszuwerfen. Sie waren meine Komplizinnen, und ich erwartete von ihnen die Kraft, die von nirgendwo sonst herkam. Ungerührt blickten sie von der Wand, während ich die Fäuste ballte. Ich war kurz davor, einen Rückzieher zu machen. Ich hätte am liebsten geschrien, es stimmt nicht, er solle mir nicht glauben, ich wolle ihn für immer bei mir haben. Aber meine Stimme brach, noch bevor ein Laut über die Lippen gekommen war.

Ich sah, wie er das Haus verließ. Er drehte sich nicht um, obwohl ich noch lange stehen blieb. Ich wartete auf ein Zeichen, irgendeinen Hinweis, der mir sagte, dass das alles nur ein Traum war. Es fiel mir schwer, mich in dieser Rolle wiederzuerkennen. Der Garten sah prächtig aus. Die Rosen blühten, diejenigen mit den weißen Blüten, die der Wind entblätterte, die blutroten, die korallefarbenen. Die Wege bildeten ein geometrisches Muster um die Quelle. Ich begriff: Das war sein Raum, er war der Künstler, und ich vertrieb ihn aus seiner kleinen Welt, die er im Verlauf seines Lebens geschaffen hatte. Der Schmerz war fast körperlich spürbar. Meine Gedanken gerieten durcheinander, dann sah ich plötzlich Elisas Gesicht. Sie stand wehrlos an einem Leuchtturm im Wind. Ich sah eine ausgestreckte Hand und wusste nicht, ob sie sie retten oder zerstören wollte. Die Bilder vermischten sich. Das Leben machte mir Angst. Warum hatte mich niemand darauf vorbereitet? Warum hatte mir niemand gesagt, dass die Zweifel zu riesigen Ungeheuern werden können?

Ich setzte mich in einen Schaukelstuhl und wartete. Nichts geschah. Da waren nur die Bilder und ich im Halbdunkel des Salons. Plötzlich dachte ich, ich hätte die alten Geschichten begraben sollen. Großvater trug die Schuld an dieser Faszination für zwei Frauen, die ich nicht einmal kannte. Auch Ramón war ein Teil dieser Vergangenheit, sagte ich mir, und wenn er weg ist, werde ich in der Gegenwart leben können. Ich weiß nicht, ob es stimmte. Ich wiederholte zusammenhanglose Sätze, die jedes Mal eine andere Bedeutung hatten. Ich dachte an das Tablett mit den Äpfeln in der Küche des steinernen Hauses. Ich habe einen Apfel gegessen, einen roten. Vorsichtig hatte ich das Messer genommen, um mich nicht zu verletzen. Es war sehr scharf. Ich schob die Klinge bis zum Herz der Frucht. Plötzlich spürte ich einen Stich in meinem eigenen, als würde es brechen. Ich vermisste Ramón. Er war noch nicht gegangen, und schon hatte ich Sehnsucht. Wie konnte man Gefühle vorwegnehmen? Ich hatte das Gefühl, ich säße im Kino. Der Saal war dunkel, und auf der Leinwand sah ich Ausschnitte aus den Filmen, die ich morgen oder übermorgen sehen würde. Und diese fragmentarischen Geschichten lösten Gefühle aus. Aber es war keine Fiktion.

Es wurde schon dunkel, als ich mich entschloss, ihn aufzusuchen. Der Garten strömte die verschiedensten Düfte aus, die ich noch nie so intensiv wahrgenommen hatte. Ich hatte Kopfschmerzen und machte diesen starken Geruch dafür verantwortlich. Ich nahm denselben Weg wie immer. Das Licht der Lampe zitterte. Man konnte auch die Scheinwerfer eines Lieferwagens erkennen, der vor dem Eingang stand. Zwei Männer luden Bücher ein. Stillschweigend kamen sie immer wieder aus dem Haus. Am Eingang standen zwei Lederkoffer auf dem Boden. Hemden, Pullover, Hosen lagen auf einem Haufen. Ich sah ihn mit dem Rücken zu mir im Sessel sitzen. Er hatte eine Mappe in den Händen und ordnete Papiere und Fotografien. Ich dachte, ich sollte ihn auffordern, mich zu umarmen. Wenn er mich umarmte, wäre alles wieder wie vorher. Er stand auf und sah mich an. Und wieder begingen die Worte Verrat: »Du gehst schon? Du hättest dich nicht so zu beeilen brauchen.«

»Du hast mir eine Frist gesetzt. Ich wollte nicht warten, bis sie abgelaufen ist.«

»Wo willst du hin?«

»Willst du das wirklich wissen?«

Ich zögerte. »Nein.«

»Das dachte ich mir.«

Das war alles, was ich sagte. Ramón sagte auch nichts mehr. Es dauerte eine Weile, bis er seine Sachen zusammengepackt hatte. Die Bücher, die Kleidung, die Unterlagen. Ich wollte ihm sagen, er solle auch die Möbel mitnehmen. Ich wollte nicht, dass der Raum, nachdem er ihn verlassen hatte, noch von ihm erfüllt war, aber ich schwieg. Noch war er da, aber für mich war er schon weg. Ich sah seine entschlossene Haltung, trotz der Niederlage.

Ich stand an der Tür. Er verabschiedete sich von den Männern, die ihm geholfen hatten. Als er an mir vorbeiging, drückte er mir etwas Kaltes in die Hand. Es ging ganz schnell. Es war ein Gegenstand aus dunklem Eisen, der Schlüssel zum Haus. Er stieg in den Lieferwagen und schloss die Tür. Er ließ den Motor an. Anfangs war da nur ein sanftes Brummen, dann wurde es lauter. Er steuerte auf das Tor zu. Gleich würde die Nacht ihn verschlingen. Ich lief hinter dem Auto her und winkte. Ich weiß nicht, ob der Arm ihn anhalten oder ihm Lebewohl sagen wollte. Manchmal strecken wir die Arme nach den anderen aus, ohne genau zu wissen, warum. Er sah mich im Rückspiegel und streckte zum Abschied den Arm aus dem Fenster. Der Mond stand über uns und tauchte uns in sein Licht.